LEGACY. DONDE TODO COMIENZA

Planeta Internacional

REBECCA YARROS

DONDE TODO COMIENZA

Planeta

Título original: *Reason to Believe*

Esta edición se publica mediante acuerdo con The Foreign Office Agència Literària, S.L. y The Fury Agency.

Traducido por: Yara Trevethan Gaxiola
Ilustración de portada: © Best smile studio / Shutterstock y © Jill Battaglia / Trevillion Images
Créditos de portada: Lidia Vilamajor
Fotografía de la autora: © Katie Marie Seniors

Bajo el sello editorial PLANETA M.R.
Avenida Presidente Masaryk núm. 111,
Piso 2, Polanco V Sección, Miguel Hidalgo
C.P. 11560, Ciudad de México
www.planetadelibros.com.mx

Primera edición impresa en México: abril de 2026
ISBN Volumen: 978-607-39-4200-3
ISBN Obra Completa: 978-607-39-4199-0

Impreso en los talleres de Corporación en Servicios
Integrales de Asesoría Profesional, S.A. de C.V.,
Calle E # 6, Parque Industrial
Puebla 2000, C.P. 72225, Puebla, Pue.
Impreso y hecho en México / *Printed in Mexico*

Para Aidan, mi Hulk, mi monstruo,
mi compañero zombi del apocalipsis.
Porque te aferraste a tu hermana pequeña desde
el momento en el que la trabajadora social
la puso en nuestros brazos y nunca la soltaste.

CAPÍTULO 1

Knox
Hace siete años

Me asomé al refrigerador y saqué un par de refrescos de marcas desconocidas. Prefería beber alcohol, pues la semana de exámenes finales había sido espantosa, pero la señora Anders jamás lo habría permitido.

¿Ryker? Claro. Él ya tenía veintiún años.

Sin embargo, yo aún tenía veinte por seis meses más. Era la eterna maldición por haberme saltado el segundo grado, estaba en el mismo salón que mis amigos, aunque siempre era un año más joven.

—Oye, Ry, ¿me puedes pasar el *boutonnière* de Vic? —preguntó una voz cadenciosa y femenina.

Mi pulso se aceleró.

Me puse de pie y me enderecé lo más que pude. Con movimientos mecánicos, bajé del segundo estante la caja transparente que contenía la rosa blanca.

Sentí cómo su respiración contenida recorría cada nervio de mi cuerpo y, despacio, volteé. Al verla, mis dedos se contrajeron y abollaron los costados de la frágil caja de plástico.

—Knox.

Sus ojos se abrieron con sorpresa y terminó de pronunciar mi nombre con esa respiración entrecortada que siempre me hacía sentir un nudo en el estómago.

—Harper —respondí, logrando formular la palabra sin tragarme la lengua.

—No... no sabía que estabas aquí.

Llevaba recogido el largo cabello rubio en un peinado suave que invitaba a pasar las manos sobre él y su vestido *strapless*, del mismo color verde azulado que sus ojos, abrazaba cada maldita curva en su camino al suelo.

Harper ya no era la niñita que nos seguía por la estación de bomberos cuando éramos pequeños. Ya tenía dieciocho años. Era una mujer adulta alistándose para su fiesta de graduación.

También era la hermana pequeña de mi mejor amigo.

Hermana pequeña. Así era precisamente como se suponía que debía pensar en ella, ya que había pasado la mayor parte de mi adolescencia en esta casa. Sin embargo, mis pensamientos eran todo menos fraternales mientras seguía el movimiento de sus pechos que se elevaban con cada aliento. Tenía labios carnosos y con brillo, una piel perfecta y pestañas increíblemente largas. Desde el año anterior había pasado de ser hermosa, siempre lo había sido, a ser... bellísima. Carajo, era de verdad espléndida.

Y yo la miraba fijamente.

«Di algo».

—Apenas regresé hoy. Conduje hasta aquí con Ryker.

Dejé el *boutonnière* y los refrescos a un lado y me recargué sobre la barra, embriagándome de su presencia.

No me era ajeno el afecto que ella siempre había sentido por mí. Oh, no, lo sabía muy bien, pero había mantenido mis manos lejos de Harper por tres razones. La primera era que no podía permitirme hacer enojar a Ryker; él y nuestro mejor amigo, Bash, eran la única familia que me quedaba aparte de mi abuela. ¿La segunda razón? Mis antecedentes sociales y penales en este pueblo eran tan largos que constituían una prueba de que no era digno de ser algo más que su amigo. ¿La tercera? Tenía todas las intenciones de convertirme en un bombero de la brigada de élite, igual que lo fueron nuestros padres, como Bash ya lo era, pero Harper no quería tener relación alguna con esa vida.

No podía culparla. Habían pasado apenas cuatro años desde que el incendio en Legacy Mountain había reducido a nuestro pueblo, y a nuestros padres, a cenizas.

—Ya veo. —Me lanzó una sonrisa temblorosa y sacudió la cabeza—. Digo, sabía que habías vuelto, solo que no sabía que estabas en casa. —Hizo una mueca y se ruborizó—. No que no debas estar en casa. Claro que deberías. Siempre has pasado mucho tiempo aquí y siempre eres bienvenido, lo sabes. Es más, tienes llave. Es solo que no me di cuenta de que estabas... ya sabes, aquí.

Terminó su balbuceo y entrelazó los dedos de sus manos.

Dios mío, la había extrañado. No tenía sentido ocultar mi sonrisa. Adoraba eso de ella, sus balbuceos. Para todos los demás en nuestro pequeño pueblo de Legacy, Colorado, Harper era genial, decidida y completamente empoderada, pero, cuando estábamos a tres metros uno del otro, se ponía nerviosa. La mitad de las veces la molestaba a propósito solo para ponerla nerviosa. Era mía como nadie más lo era, mía para aturdirla, para protegerla, incluso para adorarla... pero jamás para tocarla.

—Te ves hermosa.

—Gracias. —Pasó las palmas de las manos sobre la cintura alta adornada de su vestido y las detuvo en sus caderas—. Es la fiesta de graduación.

—Ya me di cuenta.

Cruzó la cocina y pasó frente a mí para tomar la pequeña caja de plástico. Harper era diminuta, era, fácil, treinta centímetros más baja que yo, que medía un metro noventa de estatura. Aunque ella llevara tacones, yo era mucho más alto.

Le echó un vistazo al reloj de la estufa y tragó saliva.

—Ya casi es hora.

Su mano temblaba al deslizar el elástico plateado que rodeaba la caja y al desabrochar los botones de plástico.

Algo no estaba bien.

—¿Por qué estás nerviosa? —pregunté en voz baja; sabía que Ryker llegaría en cualquier momento y, frente a él, ella no diría una sola palabra.

Mi miró de inmediato, esos ojos verde-azulados me alteraban como ningunos otros en los tres años que viví en Boulder. No es que no haya estado con otras chicas, siempre las había, sino que ninguna de ellas me afectaba como Harper, lo que era muy preocupante. Si hubiera sido cualquier otra persona...

«Basta».

La caja se le cayó de las manos.

—Harper, ¿por qué estás nerviosa? —insistí.

—No lo estoy —mintió con descaro al tiempo que recogía el *boutonnière* del piso antes de que yo pudiera hacerlo.

Las manos aún le temblaban un poco cuando dejó la caja sobre la barra, luego enderezó los hombros y alzó la barbilla, lanzando una sonrisa falsa que me puso los pelos de punta.

—Es bueno verte, Knox.

Me ignoró y se marchó caminando por el pasillo.

«Déjala ir».

Pero no podía hacerlo. Era evidente que algo le molestaba. Contra mi propio juicio, la seguí por el corredor y me recargué en el umbral de la puerta abierta del baño de la planta baja, donde examinaba su maquillaje ya perfecto y revisaba el contenido de su pequeño bolso.

—¿Qué, Knox? —espetó cruzando mi mirada en el reflejo del espejo.

—¿Por qué estás nerviosa? —pregunté de nuevo—. Y esta vez no me mientas.

De sus ojos salieron chispas.

«Nerviosa».

—¿Es por el tipo? —pregunté entrando al baño; ella retrocedió hasta que su espalda golpeó el toallero, colocado en un pequeño espacio. Cerré la puerta y me recargué en ella—. Solo estamos nosotros dos y te prometo que no le diré a Ry, pero, por favor, dime por qué te temblaban las manos. Se supone que la fiesta de graduación debe ser divertida.

Apretó los labios.

—¿Lo dices por lo mucho que te divertiste con Angie Crawford después?

Parpadeé.

—¿Cómo sabes...?

—No soy tonta, Knoxville Daniels —dijo cruzando los brazos bajo sus pechos.

Allí estaba, el nombre con el que nadie más se atrevía a llamarme, pero Harper lo blandía como si fuera suyo. Supongo que, en cierto sentido, lo era.

—Sí, bueno, me la pasé bien con Angie —acepté. Un muy buen momento en el que ambos terminamos desnudos en la ribera del lago Hawkins—. Espera, ¿crees que este tipo te va a presionar para que te acuestes con él? Porque, carajo, lo mato...

Su mano me cubrió la boca antes de que pudiera terminar.

—¡Shhh! Si Ryker te oye, moriré virgen.

«Un momento. ¿Qué?». Esa idea no me molestaba.

Me fulminó con la mirada.

—No bromeo. Me llevó una eternidad encontrar a alguien que no estuviera aterrado de ustedes tres y accediera a llevarme al baile, así que no me lo van a echar a perder. —Bajó la mano despacio—. Bastante tengo con que Bash vaya a ir con Emerson, lo que significa que tendré que evitar a mi mejor amiga toda la noche.

—¿Eres virgen?

—Fue lo único que oíste, ¿verdad?

—Tal vez.

Mierda, sí, lo único. Harper hablaba mucho; continuamente bromeaba con Emerson y le decía que tenía que acostarse con Bash, quien se mordía los nudillos esperando con ansias que Em cumpliera dieciocho años.

—Supongo que por la manera en la que hablas, pensé...

Me miró con una ceja arqueada.

—¿Que tenía experiencia?

—Que tenías pleno control de tu sexualidad —corregí, sabiendo lo rápido que Harper usaría esa frase en mi contra.

—Y así es, tengo pleno control de lo que quiero y de cómo voy a obtenerlo, pero antes de irse a la universidad, Ryker, Bash y... tú

—me golpeó el pecho con el índice— ahuyentaron a casi todos los chicos de la preparatoria Legacy. Ustedes tres son como un campo de fuerza mortal, así que no es que haya tenido la oportunidad. Ahora voy a mi fiesta de graduación como una virgen a la que nunca han besado con un chico que tiene mucha más experiencia, según afirman casi un cuarto de las chicas de último grado. Así que, sí, quizá estoy un poco nerviosa de hacerlo mal y que se dé cuenta de que soy... —Sacudió la cabeza.

—Virgen —repetí.

Me pregunté a quién no había logrado ahuyentar de Harper. Los tres habíamos sido bastante minuciosos en una preparatoria que solo contaba con un par de cientos de alumnos. Un momento... ¿dijo «a la que nunca han besado»?

—¿Por qué sigues diciendo esa palabra?

—Porque lo eres —respondí encogiéndome de hombros.

—No por mucho tiempo. Esta es la cita con la que todos sueñan, ¿no? Perder la virginidad en la noche de graduación.

Le hubiera creído su bravuconería si su voz no se hubiera agudizado y el labio no le hubiera temblado un poco.

—No para todos. Se supone que debes esperar a estar enamorada. Ese es el sueño.

Y era lo que ella se merecía.

—¿Y tú estabas enamorado de Angie Crawford?

¿Percibía celos en su tono?

—No. Y ella no fue mi primera.

Ni mi segunda.

Harper abrió la boca de par en par, pero luego la cerró de golpe.

—¿Cuántas han sido? ¿Amaste a la primera?

Esa sencilla pregunta era capciosa, no solo curiosa, sino íntima.

—No —respondí sinceramente—. Nunca he estado enamorado. —No era capaz—. Aunque, mi récord no es algo a lo que se debería aspirar.

En todo caso, había evidencias de lo absolutamente dañado que estaba. Iba de chica en chica como una abeja en busca de polen;

siempre en busca de algo que no podía encontrar y desaparecía antes de que la otra persona tuviera la oportunidad de hacerlo.

Se relajó un poco.

—Bueno, por lo menos tú no eres un virgen a quien nunca han besado, ¿cierto? —Forzó una risita—. No estabas nervioso en tu fiesta de graduación.

—Harper —murmuré, tenía el estómago hecho un nudo, odiaba que ella se sintiera así en este momento—. ¿Quieres que este tipo sea tu primero en... todo?

Ignoré el dolor en el pecho que pedía a gritos que ella dijera que no.

Desvió la mirada hacia la pared y se encogió un poco de hombros.

—No es así como deberías sentirte.

Levanté su barbilla con suavidad hasta que nos miramos a los ojos. Era demasiado hermosa, más de lo que le convenía. Demasiado inteligente, amable, apasionada, endiabladamente perfecta. Quienquiera que fuera ese maldito tipo, no se merecía nada de ella; aunque, yo tampoco fuera digno.

—Los besos... el sexo... no es algo que se deba hacer solo para quitárselo de encima. Se trata de una necesidad mutua, de cariño y deseo. Es anhelar algo, a alguien, con tantas ganas que no te queda otra opción más que tocarlo. Si tienes suerte, se trata de amor y de usar tu cuerpo para comunicarlo, no solo para que lo posean. Si estás tan nerviosa, no pierdas algo tan precioso como tu primer beso, tu primera vez, con alguien cuya única cualidad es no tener miedo de Bash y de Ryker.

—O de ti —añadió.

Un instinto protector y primitivo, que no tenía derecho a sentir, recorrió mi espalda.

—Sí, bueno, debería tenerme miedo. Si te hace algo que tú no quieras, te prometo que lo haré pedazos; no me importan ni Bash ni Ryker. Todo lo que tienes que hacer es llamarme y estaré ahí para acabar con él.

Nadie iba a tocarla sin su absoluta participación. Mierda, no quería que nadie la tocara, punto, pero esa no era mi decisión. No importaba que cada fibra de mi cuerpo reclamara de pronto algún tipo de derecho sobre la única mujer a la que no tenía permitido desear.

—Enséñame —murmuró.

—¿Mi número de teléfono? —pregunté llevando la mano al bolsillo trasero para sacar mi teléfono.

—No. Enséñame... el deseo, la necesidad. Bésame.

«Ca-ra-jo». Todos los músculos de mi cuerpo se tensaron cuando me concentré en su boca.

—Harper...

—¿Qué más te da un beso? Es probable que hayas dado miles.

Un beso era todo si era con ella.

La cordura entraba en conflicto con mis instintos y mi egoísmo vencía todo pensamiento racional. Yo quería ese beso. Yo quería ser el primero en sentir la suavidad de sus labios, en escuchar los sonidos que salieran de su boca. Quería enseñarle lo bien que te puede hacer sentir un beso, cómo era un acto completo. Yo quería ser el hombre con el que comparara a todos los otros después de este momento. Eso no estaba bien.

—¿Por favor? No le diré a nadie —prometió—. Solo... enséñame. Sé que puedes. ¿Qué pasa si nunca lo siento y lo que pase esta noche...? Confío en ti. —Sonrió—. Eres Knox.

«Mierda». El deseo se transformó en una suerte de necesidad que no podía negar, no cuando me miraba de esa manera. Lo imposible se convirtió en lo inevitable en menos de un latido.

«No puedes».

—Harper... —Tomé su rostro entre mis manos y con los pulgares acaricié sus pómulos suavemente—. No es bue...

Se puso de puntitas y me plantó un beso en la boca con fuerza, con los labios cerrados; se acabó antes de que yo pudiera reaccionar. Se alejó y me miró con aprehensión y los ojos muy abiertos.

—Me besaste —dije despacio.

Me había dado su primer beso, a mí. No al tipo que estaba en camino para venir a recogerla. A nadie de la escuela, sino a mí.

«Era mía».

—Lo hice. Y ahora, ya me han besado.

Su única reacción fue encogerse de hombros.

—No, no te han besado.

Bien, me iría al infierno porque esto ya no podría parar. Ese besito rápido fue el primer copo de nieve que inició la avalancha. Lo único que podía hacer era aferrarme y esperar que ambos sobreviviéramos. Bajé la cabeza hacia la de ella, dándole toda la eternidad para alejarse.

—Aún no —agregué.

Harper contuvo el aliento, parpadeó y cerró los ojos un segundo antes de que la besara. Rocé sus labios con los míos como si tuviéramos todo el tiempo del mundo. Eran mucho más suaves de lo que había imaginado.

Suspiró y la besé de nuevo; succioné con delicadeza su labio inferior y dejé que mi lengua se deslizara sobre su piel carnosa. Nunca había tenido tanto cuidado con una chica, calculaba y saboreaba cada uno de mis movimientos y reacciones, pero, claro, nunca antes había besado a Harper.

—Knox —murmuró adelantándose por más.

Se lo di. La besé con un poco más de pasión. Pasé la lengua sobre el contorno de sus labios. Un calor intenso recorrió todo mi cuerpo, me quemó los nervios, abrasó el sonido de mi nombre en sus labios para grabarlo en mi memoria. Contuvo el aliento y me hundí en su boca con un gemido. Deslicé los dedos entre su cabello.

Mi lengua acarició la suya y saboreé algo dulce que no pude definir. Aprendía rápido, se movía y me acariciaba como si se derritiera contra mi cuerpo. Carajo, era perfecto, cercano a lo divino. La hice girar conmigo hasta que quedó contra el mueble del lavabo y me pegué a su cuerpo.

Ella gimió, entrelazó sus brazos alrededor de mi cuello y me jaló hacia ella.

Dios mío, era muy bueno. Muy, muy bueno. Demasiado. Tenía que detenerme.

Su lengua encontró el camino hacia mi boca y toda resolución de alejarme cayó por la borda. Me exploró, me acarició, y yo la besé con más fuerza; anhelaba que me marcara, que dejara evidencia de cuánto la deseaba.

De cierta forma, me pareció que este también era mi primer beso.

Hundió las uñas en mi nuca y casi pierdo el poco autocontrol que me quedaba. Quería que esas uñas rasgaran mi espalda y dejaran delgadas líneas rojas en mi piel. Deseaba a Harper. Solo a Harper. La quería tener debajo de mí, que sus muslos abrazaran mis caderas, que su espalda se arqueara cuando le provocara un orgasmo. Mi pene palpitaba con el pensamiento de lo caliente que estaría cuando la penetrara, al imaginar cómo le enseñaría a moverse y cómo me enseñaría ella a amar.

Tomé el control del beso y me incliné sobre ella para hacerle sentir exactamente lo mucho que la deseaba. Movió las caderas contra mi cuerpo y un ruido sordo surgió de su pecho.

Mi control se quebró y tomé su boca como hubiera querido tomar su cuerpo, con caricias largas y seguras. Nuestras lenguas se retorcieron y enredaron hasta que el beso pasó de una lenta exploración sensual a un incendio, una necesidad abrasadora. Tomé su cabeza entre mis manos y la incliné para besarla con mayor profundidad; sabía que, si las movía lo más mínimo, se perderían bajo su vestido para descubrir si estaba por completo derretida.

Me mordió un labio y lo succionó, lo que hizo que se me escapara un gemido. Ella era más suave que la seda, todo lo que yo quería y no podía tener.

Nunca.

Esto era una locura y tenía que pararlo.

Hice que el beso fuera más lento para sacar cada gramo de placer del simple roce de nuestras bocas. Luego, con una última caricia prolongada de mis labios, alcé la cabeza.

—Harper —murmuré con reverencia mientras tocaba su frente con la mía.

—Knoxville —respondió en un suspiro.

Sus manos recorrieron mis mejillas y rozó con las yemas de sus dedos mi barba incipiente.

—Ahora, ya te han besado.

Me tomó todo el autocontrol del que disponía para no besarla de nuevo.

Ella asintió despacio y rozó con los dedos sus labios hinchados.

—¿Siempre es así?

—¿Así, cómo?

Apenas podía pensar, ¿cómo es que ella lograba formular una frase completa?

—Tan necesario como el aire. Como si fueras a morir si te detuvieras, como si el dolor te quemara viva.

Extendió el brazo para tocarme.

Di dos pasos hacia atrás hasta que mi espalda tocó la pared. Tenía que salir de ese baño antes de perder lo poco que me quedaba de cordura.

—¿Así es? —volvió a preguntar con los ojos brillantes.

Debí mentir, debí haberle dicho que un beso es solo un beso, pero no podía. No, porque los últimos minutos habían sacado mi maldito mundo de su propio eje, porque mi gravedad había cambiado del centro de la tierra... a ella.

—No.

Fue la palabra más honesta y condenatoria que jamás había pronunciado.

Encima de nosotros sonaron unos pasos fuertes, alguien bajaba la escalera. «Ryker». Mi estómago dio un vuelco. Me daría una paliza si nos encontraba aquí así, y la merecía.

—Esto no puede volver a pasar —agregué—. No entre nosotros.

Aunque él me rompiera la cara por lo que acababa de pasar, valió la pena.

Su rostro se ensombreció.

—¿Qué? ¿Por qué?

«Porque eres peligrosa. Porque tienes el poder de despedazarme. Porque eres todo lo que siempre he querido y nada de lo que merezco. Porque hay algo roto en mí que ni tú puedes arreglar. Porque eres la hermanita de Ryker. Tú elige».

—Porque no se puede —respondí, luego salí volando de la pequeña habitación.

Avancé rápido por el pasillo y me encontré a Ryker en la cocina.

—¿Dónde estabas? —preguntó.

—En el baño —respondí.

—¿Qué tienes en la cara?

Me pasé la mano por la boca. Eran motitas de brillantina: el brillo labial de Harper.

—Nada.

Ryker me miró de manera extraña, pero yo volteé a ver de inmediato al joven que llegaba de la sala; caminaba con esa falsa arrogancia que, en otro momento, me habría hecho reír, pero no ahora. ¿Vic Donaldson? ¿Hablaba en serio? Desde el primer año ya era un perfecto imbécil y sospechaba que eso no había cambiado desde que me gradué. Maldito idiota. Un idiota en esmoq... porque iba a llevar a Harper a la fiesta.

A mi Harper.

«No es tuya». Bueno, tampoco de él.

En dos segundos, me paré frente al chico, aprovechando cada centímetro de mi estatura para intimidarlo.

—¿Sabes quién soy?

Me miró con ira, pero asintió. Era bueno saber que mi reputación seguía intacta.

—¿Ves mi cara? —La señalé para asegurarme de que entendía.

—Sí, pues, la veo —espetó, pero se puso lívido.

—Bien, porque, si la tocas sin su consentimiento expreso, absoluto y sobrio, o si siquiera piensas en lastimarla, esta cara será lo último que veas cuando te haga pedazos. ¿Entendiste?

—¡Guau! —exclamó Ryker acercándose con expresión adusta.

—¿Me en-ten-dis-te, con un carajo?

Por mis venas corrían unos celos ardientes.

—Entiendo —confirmó el chico.

—Knox —dijo Harper a mi espalda.

Lo miré fijamente unos segundos más hasta que se convenció de que llevaría a cabo mi amenaza. Luego, di media vuelta para enfrentar a Harper. La confusión le hizo fruncir las cejas y sus labios seguían hinchados por nuestro beso.

Los mismos labios que Vic intentaría besar esta noche. Las náuseas me revolvieron el estómago.

—¿Por qué? —preguntó Harper.

Ambos sabíamos que no preguntaba por qué acababa de amenazar de muerte a su compañero de baile.

—Porque eres la hermana pequeña de Ryker.

Era la única respuesta que le dejaría el corazón intacto, que la mantendría a salvo de mí.

La devastación se apoderó de sus rasgos con tal rapidez que pensé que lo había imaginado, pero se irguió y forzó una sonrisa.

—Bien. Vic, ¿nos vamos?

—Estás muy sexi —comentó el tipo, con el carisma de un borracho de fraternidad universitaria.

—Niños, ¿están listos? ¡Encontré la cámara! —exclamó la señora Anders al bajar la escalera.

Mientras la señora Anders tomaba fotos, me paré firme junto a Ryker en la cocina, deseando que mi refresco fuera tequila. Tensé la mandíbula cuando Vic puso la mano sobre la cintura de Harper y la acercó a él. Prensé en mi mano la lata vacía. Esto no estaba bien.

Con cada segundo que pasaba, algo salvaje en mi interior se hacía más estridente, más infame, más furioso, hasta que gritaba y me arañaba las entrañas para salir, para ser escuchado. Me pedía que sacara a Vic de la casa a patadas y que sea yo mismo quien llevara a Harper.

«Hazlo».

Quizá Ryker entendería. Quizá nos desearía buena suerte. Quizá la única razón por la que nunca me interesó nadie en la escuela fue porque estaba esperando a... Harper. Ryker era mi mejor amigo, mi familia. Sabía que jamás la lastimaría intencionalmente.

«Intencionalmente».

Veinte años de amistad estaban en juego, pero se trataba de Harper. De mi Harper. Incluso si no era mía, yo era suyo. Tal vez yo no era digno de ella y, al final, acabaría por arruinar todo para ambos, pero quizá no. Era posible que valiera la pena.

—¿Knox? —preguntó Ryker en voz baja sin dejar de mirar a Harper y a Vic.

—¿Sí?

Puse la lata aplastada en la barra y me preparé para actuar.

—Eres mi mejor amigo y te considero como un hermano, por lo que solo te voy a decir esto una vez.

—¿Qué?

Entrecerré los ojos cuando Vic abrazó a Harper contra su pecho.

—Esa lista que tenemos, en la que ponemos el nombre de una chica que nadie puede tocar…

—Sí, ¿qué con eso?

La lista había sido idea de Bash y puso en ella a Emerson como su chica hacía muchos años. ¿El castigo por tocar a una de las chicas de la lista? Ruptura inmediata de nuestra amistad, sin embargo, ni Ryker ni yo habíamos estado lo suficientemente interesados como para reclamar nuestro derecho sobre alguien.

—Estoy listo para nombrar a la mía. —La voz de mi amigo, que por lo general era relajada, me pareció monótona.

Miré a mi mejor amigo a los ojos y su expresión era glacial.

—Mi chica es Harper.

Pronunció las palabras con tranquilidad, con una calma escalofriante que me advertía que no tendría piedad.

El salvaje que vivía en mí, el que se guiaba por el instinto y que ansiaba a Harper más que al aire, se sublevó cuando las palabras de Ryker golpearon mi yugular emocional. Un dolor que me era por completo desconocido me despedazó las entrañas, rasgó cada una de mis células hasta dejarme en un charco de sangre y arrepentimiento.

—¿Entiendes? —preguntó frunciendo el ceño.

Nunca me había pedido nada en todos los años que habíamos sido amigos, pero esta no era una solicitud. Era una orden, un decreto, un ultimátum.

Mi mirada se encontró brevemente con la de Harper, luego ella se volteó para que le tomaran otra foto. Nunca la merecería. Diablos, Ryker me conocía muy bien. Si de alguna manera se dio cuenta de lo que había en mi mirada y ni así creía que fuera lo suficientemente bueno para su hermana, entonces no lo era.

—¿Knox? —insistió.

Me quedé quieto, gritando en silencio cuando Harper me lanzó una última mirada mientras Vic la llevaba a la salida. La puerta de cristal se azotó con tal brutalidad que mi corazón trastabilló, luego se tranquilizó al pensar en lo que pudo haber pasado justo ahí en la cocina.

Nunca sería mía.

—Entiendo.

CAPÍTULO 2

Harper
Siete años después

En nuestro pequeño pueblo de Legacy, Colorado, todos estábamos un poco dañados. En general, nos escondíamos bajo la pintura nueva, las construcciones nuevas, todo lo nuevo; sin embargo, el más mínimo rasguño revelaba los restos calcinados que yacían debajo. La gente, los edificios, el pueblo, todos éramos iguales en uno u otro sentido: reconstruídos, rehechos.

Aunque, no siempre más fuertes por ello.

—Hola, Lisa —saludé por el teléfono para dejar un tercer mensaje de voz al tiempo que miraba el reloj: seis de la tarde—. Soy Harper... otra vez. Llamé a la cafetería, pero Agnes dijo que te fuiste cuando terminó tu turno, como a las tres. Espero que no te importe que Cherry me trajera a James. Tengo aquí a los dos niños y me gustaría saber cuándo podrías venir por ellos. Llámame en cuanto escuches este mensaje, ¿okey?

Colgué y mis hombros se desplomaron. Cerré con llave la puerta trasera del kínder. Era uno de los pocos edificios ilesos en la avenida Oak, porque lo mandé construir el año pasado después de acabar la maestría.

Lisa era una de las personas más dañadas, demasiado lastimada como para recomponerse tras el incendio. La pérdida de su primer marido en esa montaña, junto con mi padre y el resto de la brigada de élite de Legacy, la había destrozado. Después de eso, su segundo esposo la abandonó cuando el hermano pequeño de Liam estaba en camino, lo que la hundió en un abismo.

—Señorita Anders —llamó Liam desde la mesa en la que coloreaba.

James, su hermano de ocho meses de edad, estaba sentado a sus pies.

—Tengo hambre —agregó.

Sus enormes ojos castaños se clavaron en los míos, luego en los de James antes de regresar de inmediato a su dibujo de Spider-Man.

—¿Sabes qué, amiguito? Yo también. ¿Qué tal si voy por algo de comer en lo que llega la pizza y luego hago un par de llamadas? ¿Te parece? —pregunté, despeinando su cabello castaño oscuro.

Él asintió.

Saqué del cajón de mi escritorio unas bolsas de galletas Goldfish, mi reserva de emergencia, luego vacilé y tomé una más. Liam siempre tenía hambre, pero no como cualquier niño de kínder, sino de una forma en la que a nadie le gustaba pensar; aunque yo no podía dejar de notarlo.

El condado me había asegurado que estaría pendiente de Lisa y de sus hijos.

Abrí tres bolsas y me senté a su lado, metiendo mi trasero a presión en el pequeño asiento de los niños. Liam esperó a que le diera una galleta a James y que este se la metiera a la boca antes de tomar una para él.

—¿Spider-Man? —pregunté como si nada.

Eché un vistazo a James y él me miró con sus grandes ojos castaños; sus puños regordetes apretaban uno de los juguetes para la dentición que había encontrado en la pañalera. Para ser un bebé, era superadorable.

Liam asintió, saboreando una de sus galletas mientras coloreaba de rojo el traje de Spider-Man. Cuando no había otros niños alrededor, daba cada mordisco como si fuera el mejor postre; muy lejos de la manera en la que devoraba tanto sus bocadillos como el almuerzo en la guardería.

Fue una de las razones por las que le dije a Lisa que me encargaría de él todo el día, de manera gratuita. Como maestra de preescolar, no podía tener favoritos; sin embargo, el mío era Liam. Era inteligente, observador, dulce con los otros niños de su clase y tenía una sonrisa que me hacía sentir orgullosa cuando me la ganaba.

Liam bajó de su silla y le dio otra galleta a James, quien lo recompensó de inmediato con un balbuceo incomprensible y una sonrisa de dos dientes.

—Toma, amiguito. —Su voz era mucho más vieja que la de un niño de cinco años—. Se ha vuelto muy bueno para masticar —me aseguró asintiendo.

No puedo negar que su comportamiento me derritió el corazón.

—Pues tú estás haciendo un muy buen trabajo cuidándolo.

—¿Dónde está mi mamá? —preguntó, rompiendo el encanto.

«Nunca se le miente a los niños. Nunca se le miente a los niños». Repetía mi mantra.

—No estoy segura, pero ya le llamé —le respondí, tratando de no darle importancia.

Parecía escéptico, pero se acercó a James y le dio el resto de las galletas Goldfish, una por una.

¿Dónde estaba Lisa? Era cierto que había llegado tarde una o dos veces a recogerlos, pero nunca sin llamar.

—Sabes que deberías cerrar esa puerta con llave cuando no es horario de oficina —indicó Emerson al cruzar la puerta principal. Llevaba los brazos cargados de cajas de pizza y dos bolsas de supermercado.

—¡Mi salvadora! —exclamé levantándome de un salto para ayudarla.

Tomé las cajas de pizza de los brazos de mi mejor amiga y ella puso las bolsas en la mesa de los niños.

—Hola, Harper —me saludó y me abrazó con fuerza; su abrigo de invierno seguía helado por el aire de principios de abril—. ¿Qué está pasando?

—Nada importante, pero gracias por tu ayuda.

Además de mi hermano, Ryker, quien, la verdad, no era de gran ayuda si lo requerían para apagar un incendio, Emerson era la persona en la que más podía confiar en mi vida.

—Puedo ver que se trata de algo pequeño —respondió con una sonrisa, señalando a los niños que tenía a mi cargo—. ¿Los hijos de Lisa? —adivinó y se quitó el abrigo, colocándolo con cuidado sobre una de las sillitas para no jalarse el largo cabello castaño.

Pueblo pequeño. Todos conocían a todos.

—Sí. Él es Liam y él es James. Le decimos Jamie.

El bebé le ofreció una sonrisa.

—¡Hola! Yo soy Emerson —saludó sonriéndoles, luego me alejó un poco—. ¿Qué está pasando? No es que no me guste traerte pizza.

—No sé dónde está Lisa y no quiero llamar a Elliot.

Esa idea me comprimía el pecho.

Ella asintió despacio, aunque su rostro se ensombreció al mirar a los niños.

—Entiendo, pero, si se hace más tarde, quizá tengas que hacerlo.

—Lo sé.

El problema era que, de verdad, de verdad, no quería hacerlo. Adoraba a Elliot de toda la vida. Era solo un año mayor que yo y siempre había sido muy amable conmigo, pero era una de las dos trabajadoras sociales de Legacy, por lo que no quería que estos dos pequeños acabaran en un hogar de acogida esta noche.

—¿Tienes hambre, hombrecito? —le preguntó Emerson a Liam cuando regresamos a la mesa.

Liam miró la caja de pizza y las bolsas, pero permaneció callado.

—Disculpa, Liam no es muy sociable.

—No hay problema —respondió Emerson, sacando los platos de una bolsa—. Francamente, me alegra que me llamaras. Bash salió esta noche y siento que hace siglos que tú y yo no nos vemos.

Me dio un empujoncito con la cadera; tomé los platos y abrí la envoltura de plástico.

—Cierto, pero no todo el mundo quiere verte con tu amorcito las veinticuatro horas del día, los siete días de la semana —bromeé mientras ella abría las dos cajas de pizza sobre la mesa.

—Sí, sí. —Puso los ojos en blanco.

No envidiaba su felicidad. Ella y Bash vivían un «felices para siempre» que habían ganado con esfuerzo. Me alegraba por mi mejor amiga, pero, en cuanto la brigada de élite regresaba a casa para prepararse para la primera temporada, se fusionaban el uno con el otro.

—Sabes que podrías volver a salir con alguien, ¿verdad? Sé que estás muy ocupada haciendo funcionar tu nuevo negocio, pero afuera hay una vida.

Yo no era muy buena para las citas. No extrañaba a Richard y no lo había extrañado en el año que había pasado desde que terminamos. Para ser honesta, él solo había sido algo provisional, un intento por olvidar... olvidarlo a él.

«Knox». Sujeté el plato con un poco más de fuerza al pensar en él.

—¿Pepperoni o queso, Liam? —le pregunté.

Miró a Emerson y luego la pizza, pero no se movió del piso.

—Okey, ¿qué te parece una de cada una?

Puse una rebanada de cada una en el plato de cartón y lo coloqué frente a su silla, después de hacer a Spider-Man a un lado para evitar que se llenara de queso.

Liam no se acercó a su comida, aunque no dejaba de verla.

Emerson se dio cuenta, me miró y suspiró. Luego, sacó algunos recipientes de la bolsa.

—Oye, Liam, le traje a tu hermano un poco de comida. ¿Me puedes decir qué crees que le gustaría?

Los ojos de Liam se iluminaron y todo cambió. Eligió con cuidado la comida para James y se aseguró de que alimentara a su hermanito antes de que él le diera una mordida a su pizza. Luego, la devoró.

—Eso es amor —afirmó Emerson; su voz era suave mientras miraba a Liam engullir su rebanada de pizza de pepperoni.

—Sí —admití, limpiando la boquita de James mientras me sentaba en el piso frente a él—. Es un excelente hermano mayor.

—Hablando de Ryker, ¿alguna noticia de cuándo vuelve a casa? —preguntó mientras tomaba un pedazo de queso.

—Todavía nada. Sigue en Wyoming.

Tenía que quedarse con su equipo anterior un mes más antes de trasladarse a Legacy y los incendios de principios de la temporada habían pospuesto sus planes de viaje. Se me hizo un nudo en la garganta. No era que temiera los incendios, nos criamos con ellos, sino que me aterraba perderlo al igual que a nuestro padre.

Y ahora la siguiente generación resucitaba a la misma brigada de élite que se lo había llevado a él, a todos.

—Regresará antes de que te des cuenta. ¿Te quedarás en su casa hasta entonces?

Me extendió una rebanada de pepperoni, así que me incliné hacia adelante y le di una mordida antes de alimentar a James.

—Gracias. —Asentí—. Juran que en dos semanas finalizarán las reparaciones de mi departamento por el daño de la inundación.

Jamie me jaló un mechón de cabello y se lo llevó a la boca

—No, no —le dije con voz suave, sonriendo al cambiarle mi cabello por el biberón que Cherry había puesto en su pañalera. Lo tomó con ambas manos y bebió—. ¿Cómo va la casa club?

—Por fin la terminaron —respondió Emerson. Había renunciado a su trabajo en el ayuntamiento para coordinar a la brigada de élite—. Otra buena noticia, ya que todo está previsto para que regresen el próximo mes. Solo tenemos este año para reunir al equipo y certificarlo, y será rápido.

—Bash y Ryker los pondrán en forma.

Miré mi teléfono y eran casi las siete. «No llames. Todavía no». Quizá Lisa tuvo un problema con el coche o su teléfono se quedó sin batería. Había un millón de respuestas posibles, pero ninguna de ellas podía ser buena.

—Knox también. Vas a tener que llamarla pronto —murmuró Emerson.

—Lo sé. —Ignoré lo que dijo de Knox y tomé a James sobre mi regazo para que estuviera más cómodo.

Unos destellos azules brillaron en las ventanas de la escuela, generando sombras que bailaban por las paredes, y todos volteamos hacia la puerta. Mi estómago se fue al suelo.

—Oh, no.

Sonaron tres golpes en la puerta.

—Ve. Yo me quedo con ellos —dijo Emerson sonriéndole a Liam para tranquilizarlo, al tiempo que tomaba a Jamie en sus brazos.

—No, yo lo cargo —propuso Liam y se sentó en el suelo, extendiendo los brazos para que le pasara a su hermano.

Le lancé a Emerson una mirada cómplice, puse a Jamie en los brazos de Liam y me dirigí a la puerta. Mi pecho se comprimía con cada paso. Si los policías estaban aquí, no podía ser bueno. Las manos me temblaban cuando abrí la puerta y encontré a Elliot acompañada por dos oficiales de policía, Bobby y Kaden. Tenían unos cuantos años más que Ryker.

La boca de Elliot era una línea tensa y la piel entre sus cejas oscuras estaba fruncida.

—Dios mío —pronuncié en un murmullo para que los niños no escucharan—. ¿Es Lisa? ¿Está bien?

Elliot tomó una bocanada de aire, temblorosa.

—Hubo un accidente, Harper. Los oficiales encontraron el coche de Lisa a un costado de la ruta 192. Al parecer, estaba bajo la influencia de...

—No podemos decirte más —la interrumpió Bobby.

—¿Ella está bien?

Un nudo amenazaba con cerrarme la garganta.

—No sobrevivió —respondió Elliot negando con la cabeza.

Reprimí un grito y me llevé la mano a la boca.

Se había ido.

Lisa estaba muerta.

Liam y James estaban adentro.

—Están aquí por los niños.

Mi corazón se estrujó en latidos entrecortados.

Elliot asintió.

—No tienen a nadie —murmuré—. Los padres de Lisa están muertos y nadie sabe dónde está el padre. La abandonó mucho antes de que James naciera. ¿Adónde van a ir?

—Lo sé —confirmó Elliot en voz baja—. ¿Podemos entrar?

Asentí apartándome de la puerta para abrirles el paso. Los oficiales hacían que el mobiliario pareciera de enanos.

—Hola, Elliot —saludó Emerson.

Ambas cruzamos una mirada solemne.

—Emerson. —La sonrisa de Elliot era forzada, débil.

De pronto, tuve catorce años otra vez y reviví la noticia de que papá no bajaría de esa montaña. Que Emerson, mi mejor amiga, había perdido a su padre también. El papá de Knox. La mamá de Lawson. El padre de Bash. El de Bishop y River... toda la brigada de élite de Legacy había sido devorada por el monstruo contra el cual pasaron sus vidas peleando.

Miré en silencio a Elliot que, con cautela, le daba la noticia a Liam; observé cómo su carita se entristecía, confundida y devastada.

Me senté en el piso junto a los niños y abracé a Liam con fuerza para mecernos suavemente. Él se recargó en mí.

Dios, recordaba esa sensación y yo era mucho más grande que Liam. ¿Cómo podía un niño de cinco años procesar algo así? Todo su mundo acababa de volcarse, de romperse en mil pedazos como un rompecabezas que cae al suelo.

—Lo que quiere decir que encontraré un lugar en donde puedan dormir esta noche, ¿está bien, amiguito? —dijo Elliot.

El niño abrió los ojos, sorprendido.

¿Adónde irían? Liam odiaba a los desconocidos. Las lágrimas me quemaban los ojos al ver a Liam abrazar a James; el bebé se acababa su biberón como si nada estuviera pasando.

—¿Jamie también? —preguntó Liam con un hilito de voz que tenía cierta fuerza. Mucha.

A Elliot le costó trabajo encontrar las palabras.

El entendimiento me golpeó como una avalancha y mi corazón empezó a latir con fuerza.

—Se quedarán juntos, ¿cierto? —cuestioné arqueando las cejas.

Su mirada me suplicaba que comprendiera algo que, por supuesto, no entendía.

—Es más complicado de lo que parece —respondió y luego se dirigió a los oficiales—. El Departamento de Servicios Sociales tiene ahora bajo su custodia a los dos niños Clark. Señores, pueden regresar a la estación.

¿Más complicado de lo que parecía? ¿Qué demonios quería decir?

Bobby y Kaden asintieron en mi dirección y se marcharon, ambos estaban visiblemente consternados.

—¿Complicado cómo? —pregunté.

Elliot miró a Liam y después me hizo una seña para que la siguiera al otro extremo de la habitación.

—Yo me encargo de ellos —dijo Emerson sentándose al otro lado de Liam.

—Regreso en un momento —le prometí a Liam, al ponerme de pie cuando vi que se alejaba de Emerson.

Seguí a Elliot, quien se había detenido cerca de los palomares y desde donde podíamos ver a los niños sin que nos oyeran.

—Sí van a quedarse juntos, ¿verdad? —pregunté cruzando los brazos sobre el pecho.

Hizo una mueca.

—Los Pendridge están en Milwaukee esta semana, están visitando a su nuevo bisnieto.

—¿Me estás diciendo que ellos son la única familia de acogida en Legacy? Sin considerar que tienen como cien años de edad. ¿Cuánto tiempo esperas que se hagan cargo de dos niños pequeños?

—Tienen setenta y todavía se las arreglan —me corrigió Elliot—. Hace años que no colocamos a un niño con alguien que no sea de su familia, y no tenemos a nadie más. La gente no hace fila para acoger niños, Harper. —Suspiró y se frotó el puente de la nariz—. Tendremos que enviar a los niños a Gunnison hasta que los Pendridge regresen y Servicios Sociales ahí ya me dijo que tendrán que separarlos, por lo menos una semana. No tienen a ningún pariente que pueda acogerlos a los dos.

El retortijón que sentí fue muy doloroso.

—¡No! —exclamé y volteé de inmediato a ver a los niños.

Liam no nos estaba viendo. En realidad, no miraba hacia ningún lado. Solo mecía a James mientras Emerson le hablaba al oído.

—No puedes separarlos —insistí.

Al menos, yo tenía a mamá cuando mi padre murió. Tenía a Ryker. Los ojos me ardían y veía nublado.

—Harper...

—No tienen a nadie —murmuré con la voz quebrada al tiempo que una lágrima surcaba mi mejilla.

La enjugué.

—Sé que no es justo.

—Nada de esto es justo.

—Es solo por una semana o hasta que podamos encontrar a Nolan.

El padre.

Liam quedaría destrozado si se llevaban a James. No podían estar separados. Ni siquiera sabía si les iría bien con los Pendridge, aunque solo estaban a una semana de distancia. Solo tenían que resistir siete días.

Pero una semana podría destruirlos. Cada célula de mi cuerpo me gritaba que hiciera algo, cualquier cosa, para evitar que eso sucediera.

—¡Yo me quedaré con ellos! —Las palabras escaparon de mi boca.

Emerson levantó la cabeza con brusquedad y sus ojos castaños se abrieron.

—¿Qué? —Elliot me miró como si me hubiera vuelto loca.

Quizá sí había enloquecido, pero podía ayudarlos, así que tenía que hacerlo.

—Ya tengo mis antecedentes comprobados y he leído que algunos maestros se hacen cargo de los niños en casos como este. Déjame llevármelos esta semana. Ya veremos qué hacer cuando los Pendridge regresen.

Elliot miró a los niños.

—¿Dónde vas a poner a dos niños pequeños? Necesitan su propia recámara y tendríamos que hacer una verificación de la casa —arqueó las cejas— mañana.

«Demonios». Cierto. Esto requería logística, no solo emoción.

El departamento de soltero de Ryker no era lo suficientemente grande ni tenía una atmósfera apropiada para niños. Emerson había entregado su departamento cuando se mudó con Bash el mes pasado.

—Yo no...

Sacudí la cabeza, buscando con desesperación una respuesta mientras miraba a Emerson como si ella la tuviera.

Emerson miró a los niños y fijó de pronto su mirada en la mía.

—Harper tiene un lugar —le dijo a Elliot—. Tiene cuatro recámaras, más de trescientos cincuenta metros cuadrados y es perfecto.

Parpadeé, preguntándome de qué demonios hab...

—No —respondí enseguida con la garganta casi cerrada—. Esa no es una opción.

Solo podía estar hablando de una casa.

Emerson ladeó la cabeza.

—Lo es si quieres quedarte con ellos. Es solo una semana, ¿o no? Esa casa está terminada y amueblada; además, él no volverá hasta dentro de un mes. Úsala. Llévatelos. —Se acercó a los niños—. Tú sabes que él estaría de acuerdo.

La casa de Knox. La que había empezado a construir hacía siete meses cuando el ayuntamiento accedió a resucitar la brigada de élite de Legacy. La que significaba que él volvería a casa.

—¿Cuál es la dirección? —preguntó Elliot.

—Phoenix Point, n.º 328 —respondió Emerson.

—¿El barrio elegante? —Elliot alzó las cejas hasta el cielo mientras escribía la dirección.

—Sí —respondí sin dejar de mirar a Liam y James.

Podía hacerlo. Todo mi sistema nervioso se volvió loco ante la perspectiva de llamar a Knox para preguntarle, pero Emerson tenía razón. Si quería que Liam y James permanecieran juntos, esta era la única opción.

—Mira, Harper, te voy a apoyar —comentó Elliot mientras yo sacaba mi teléfono—. Estoy dispuesta a hacer cualquier cosa con tal de que los niños estén juntos, pero, ¿estás segura de que puedes llevártelos esta noche? —preguntó con un tono más tranquilo.

—Un segundo —le pedí mientras abría los mensajes de texto.

Emerson llegó a mi lado antes de que yo pudiera abrir un nuevo mensaje.

—Yo puedo hablarle. No tienes que hacerlo tú.

—No, soy yo quien quiere pedirle prestada su casa, así que yo debería escribirle.

Mi pulgar vaciló en la pantalla sobre su información de contacto, como sucedía cada vez que pensaba en enviarle un mensaje sin hacerlo, es decir, muchas veces.

—Te dirá que sí —aseguró.

—Lo sé. Por eso es tan difícil.

Al menos podía enviarle un mensaje y eso evitaría que, una vez más, mi corazón se detuviera al escuchar su voz.

HARPER: Hola, necesito un favor.

Tres puntos suspensivos aparecieron al instante en mi pantalla. Me estaba respondiendo.

KNOX: Lo que quieras.

Dios mío, era tan típico de él. Perfecto en todo menos en lo que en verdad importaba. Mi estómago dio un vuelco y se desplomó mientras escribía mi solicitud.

HARPER: Necesito pedirte tu casa prestada.

Tres puntos suspensivos volvieron a aparecer.

KNOX: El código es 1208.

Arqueé las cejas hasta el cielo al tiempo que mi corazón se derretía de esa manera tan desagradable siempre que se trataba de Knox.

Harper: ¿En serio? ¿Ni siquiera quieres saber por qué?

Knox: No me importa.

Harper: ¿Y si es para organizar una fiesta?

Knox: En el sótano hay un bar. No tengo tiempo para platicar, solo usa el código.

Harper: Gracias.

Knox: Ni lo digas.

Hablaba en serio: «ni lo digas». Había muchas cosas que no nos decíamos. Nunca. Como si jamás hubieran pasado.

—Listo. Estaremos en Phoenix Point, n.º 328 —le informé a Elliot y guardé el teléfono en el bolsillo trasero de mi pantalón.

—¿Es...?

Levantó la vista de su cuaderno con una mirada cómplice.

—Sí —confirmé.

Malditos pueblos, demonios.

Ella lanzó un silbido.

—¿Estás segura?

—Sí.

Al parecer, esa era la única palabra que era capaz de formular.

—Lo acepto —manifestó Elliot—. Habitualmente, no lo haría, dado que no es tu propiedad ni tienes un contrato de arrendamiento, pero nada de lo que está pasando ahora es normal. En el coche hay unas maletas con pertenencias de los niños que tomé de casa de Lisa y tienes que firmar algunos papeles; pero lo acepto, por lo menos hasta que pueda ir a verificar la casa. Luego, veremos qué hacer hasta que regresen los Pendridge.

Asentí, confundida, aunque algo en mi interior se intensificó en mi pecho, haciéndome sentir más fuerte, más capaz. Decidida. No separarían a estos niños ni los enviarían a una casa con desconocidos. Mucho menos la misma noche en la que les habían arrebatado a su madre. No si yo podía impedirlo.

—De acuerdo. Firmemos.

CAPÍTULO 3

Harper

Un grito estridente me despertó. Apagué la alarma con un golpe. ¿Por qué demonios la programé para que sonara a las 5:45 a. m.?

Ah, claro. No era la alarma... Era James

Cierto. Anoche me traje a los niños.

¡Dios mío!

Salí de la cama *queen-size* de la recámara de huéspedes y me froté los ojos somnolientos mientras cruzaba el pasillo.

—Perdón —se disculpó Liam con una vocecita y los ojos muy abiertos en mi dirección.

Estaba inclinado sobre el corralito del bebé. Emerson me había salvado; lo tomó de la escuela junto con otras provisiones mientras yo firmaba los papeles de acogida temporal.

—No es tu culpa, cariño —le aseguré y acaricié su cabello oscuro.

Inclinó la cabeza cuando lo acaricié, igual que lo hacía cuando estábamos en la escuela; quizá había esperanzas de que no se encerrara en sí mismo y me dejara fuera.

Rápidamente, le cambié el pañal a James, quien berreaba, y luego bajé con ambos a la estancia principal.

—Este lugar es grande —comentó Liam, recorriéndolo todo con la mirada.

—Así es —respondí mientras me dirigía a la cocina.

Era enorme para alguien que juraba todo el tiempo que nunca tendría una familia propia.

—Yo puedo preparar su biberón —propuso Liam, tomando la

lata amarilla de fórmula, medio galón de agua y el biberón antes de que yo pudiera oponerme—. Lo hago todo el tiempo, soy muy bueno para esto.

—Okey —dije intentando mantener estable mi tono de voz.

Con cuidado, Liam medía las cucharadas. Mi primer instinto fue decirle que no se preocupara, que yo me encargaría de eso, de ellos; sin embargo, él había perdido toda certeza en su pequeño mundo de cinco años, así que entendí su necesidad básica de cuidar a James, de conservar algo que fuera normal.

—¿Te gustaría que te preparara un poco de cereal mientras haces eso? —le ofrecí—. Em compró Lucky Charms.

—Sí, por favor.

Fruncía el ceño por la intensa concentración al verter el agua, hacía un gran esfuerzo por no derramarla.

James masticaba un mechón de mi cabello mientras yo servía el cereal y agradecía a Dios que Emerson me hubiera ayudado con todo esto anoche. Una vez que James empezó a desayunar, feliz, me dirigí a Liam.

—Sabes que sigo siendo solo la señorita Anders —dije, levantándolo para sentarlo en el banco de la barra de la cocina—. Si quieres, puedes llamarme Harper.

Él asintió sin apartar la vista de los malvaviscos que estaba cazando.

Metí un cartucho de café en la Keurig nueva y apreté los botones para ponerla en marcha. Mientras se preparaba, recorrí con la palma de la mano las encimeras grises de granito. La construcción había terminado hacía un mes y el contratista se había superado a sí mismo. La casa tenía un estilo tradicional, sin ser acartonado, y contemporáneo, sin ser frío.

El mobiliario era robusto y masculino, pero cómodo, con sillones de cuero suave y una pantalla de televisión digna de una sala de cine. Las paredes estaban casi desnudas, no había decoraciones. Ningún toque personal, nada que pudiera dar alguna idea de cómo era Knox bajo la superficie, porque no vivía aquí, todavía no; pero estaría de regreso en Legacy en un mes.

«Ni lo pienses. Estarás aquí sola por una semana, máximo, y luego adiós».

Hablando de la enorme televisión, agradecí en silencio que alguien la hubiera instalado y la encendí en un canal de caricaturas. Puse a James en el brincolín que Emerson y yo ensamblamos anoche, acompañadas de una copa de vino mientras los niños dormían.

—¿Les gusta *Paw patrol*? —le pregunté a Liam.

Él asintió con entusiasmo y se hundió en uno de los gruesos cojines del sofá, lo más cerca que pudo de James.

«Un momento». ¿Se suponía que debía dejarles ver la televisión tan temprano en la mañana? ¿No era yo quien les decía siempre a los padres que redujeran el tiempo de pantallas? Dios mío, revisé mi teléfono y apenas eran las seis de la mañana y ni siquiera había tomado un café. Sin duda, se hacían excepciones cuando se trataba de tecnología y los padres solo habían dormido cuatro horas.

Le eché crema y azúcar al café y bajé de puntitas por la escalera como si me fuera a meter en problemas si me atrapaban. Anoche había sido un poco difícil acostar a los niños, por lo que no había podido explorar. ¿Por qué hasta las líneas del piso me lo recordaban? Los espacios abiertos daban la bienvenida a los amigos y los pasillos cerrados acababan en habitaciones más personales, como el despacho.

El techo de la estancia principal estaba abovedado y se elevaba hasta el segundo piso, con ventanales que iban de piso a techo. La vista era espectacular sobre el valle y las cimas altas. La cicatriz del incendio trazaba una línea curva, malvada, hasta las faldas de la montaña más cercana. Había pinos nuevos y algunos que habían sobrevivido aquí y allá, pero los superaban en número los cadáveres de los árboles que ardieron ese día.

El paisaje era como Knox: tan hermoso que cortaba la respiración, aunque con daños evidentes y a flor de piel cual advertencia de que nunca sería seguro por completo. Siempre existiría cierta parte de él lista para arder en las circunstancias adecuadas.

¿Quién estaría aquí con él para observar cómo desaparecería la cicatriz conforme crecía nueva vida con el paso de los años? Sabía dos cosas sobre su futura esposa hipotética: sería increíblemente afortunada y ya lo odiaba. La madurez nunca había sido mi fuerte cuando se trataba de él.

Me aventuré a entrar en su despacho. Admiré las líneas depuradas de los muebles y un estante en el que había obras clásicas encuadernadas en piel; me pregunté a quién había contratado para la decoración. Él seguía viviendo en California, pero este lugar estaba listo para ocuparse, desde la ropa de cama hasta los platos en las alacenas.

Era como si no fuera a traer nada de California con él.

Mis dedos delinearon el escritorio mientras tomaba el café; alcé las cejas al ver las fotografías que estaban colgadas en la pared opuesta.

Como un maldito imán, me vi atraída por la única fotografía de él. Se me cortó el aliento frente a la imagen bidimensional, a tal punto me afectaba. Desde luego, traía puesto el equipo completo y tenía una sonrisa insolente en su hermoso rostro. El sol se reflejaba en su cabello castaño claro, húmedo por el sudor que le había provocado el incendio en el que habían estado trabajando; llevaba el casco bajo el brazo. ¿Por qué su atractivo era tan irritante? Dios, esperaba no quedarme boquiabierta como ahora cuando regresara el mes próximo.

¿Cómo sería cuando regresara a casa? ¿Seguiría tratándome como a la molesta hermana menor cada vez que Ryker estuviera cerca? Estar en el mismo equipo solo los había unido más y ninguno de los dos podía renunciar, eso era imposible si querían que Legacy figurara en la brigada de élite.

El sesenta por ciento de los miembros de Legacy debían ser hijos de la brigada original; esa había sido la condición que puso el ayuntamiento cuando Bash, Ryker y Knox presentaron la propuesta para restituir el equipo. El consejo afirmó que esa regla se había estipulado para garantizar el apoyo de los miembros de las familias de los sobrevivientes, pero nuestro pueblo no era tonto. En parte, era disuasorio, y además, una jugada de relaciones públicas, pero exigieron el sesenta por ciento y ahora todos regresaban a casa para llenar el hueco en el que nuestros padres murieron.

Nada como tentar al destino en nombre de la tradición familiar.

Qué horror, mi estúpido corazón padecía al mirar esta fotografía, como si fuera una preparatoriana enamorada con un cuaderno lleno de garabatos en el que su apellido estaba unido al mío. Odiaba lo mucho que lo extrañaba, saber el número exacto de días desde su última visita. Odiaba cómo me sentía cuando se trataba de él, detestaba lo que sentía por él, los sueños que tenía en los que hacía mucho más que solo besarme. Despreciaba los celos que amenazaban con ponerme verde cuando veía a otra mujer en su cuenta de Instagram.

Pero ninguna de esas palabras podría describir ni de cerca lo que en verdad sentía.

No, estaba locamente enamorada de ese imbécil arrogante y lo había estado desde que fui lo suficientemente madura como para nombrar esa emoción.

Sin embargo, para él... bueno, yo no era nada, ni siquiera una ínfima señal luminosa en su radar sexual. Solo era la hermanita de su mejor amigo y eso era lo que más odiaba.

Dejé mis sentimientos en el despacho y cerré la puerta. Recorrí de regreso el corto pasillo hasta la sala, donde encontré a los niños viendo la tele. Liam movía su cabecita de lado a lado como si observara un partido de tenis y Jamie saltaba feliz a poca distancia de él.

Si me apresuraba, tal vez podría husmear arriba y, por lo menos, ponerme el brasier antes de que ellos empezaran a ponerse inquietos, porque la talla pequeña de la camiseta de esta pijama no le hacía ningún favor a mi copa D.

En ese momento, James empezó a llorar; sus gritos agudos hicieron eco en las paredes de la estancia principal. Lo tomé en brazos y lo arrullé contra mi pecho, sobándole la espalda, pero no paró de llorar, sino que continuó con mayor intensidad.

—Estás limpio, seco y ya comiste —murmuré, repasando en mi mente las razones lógicas por las que un bebé puede agitarse y retorcerse; el siguiente lamento fue tan agudo que el rechinido de mis uñas en el pizarrón parecía una sinfonía—. ¿Y si damos un paseo?

Liam observaba, seguía mis pasos mientras yo recorría los pasillos con James, dándole palmaditas en la espalda, tarareando y prometiéndole que le compraría todo lo que quisiera, salvo un poni, si se callaba un momento. Su tono llegó a ser tan agudo que me taladró el tímpano y, de forma inexplicable, así lo mantuvo.

Una hora después, le prometí el maldito poni.

Traté de darle el biberón, hacerlo eructar, cambiarle el pañal... cualquier cosa, todo lo que se me ocurrió, incluso cantar, lo que solo provocó que llorara más fuerte. La ansiedad me invadió. ¿Y si no podía hacer que se calmara? ¿Y si él sabía que yo no tenía la más mínima experiencia con bebés, por lo que no quería tener nada que ver conmigo? Si esto continuaba, empezaría a llorar con él.

Liam me miraba con ojos nerviosos.

—Perdón, así pone a veces. Puede ser muy ruidoso. Normalmente, mi mamá solo lo deja llorar hasta que se le pasa.

Parpadeó rápido y apartó la mirada mientras nos encaminábamos a la cocina.

Era la primera vez que mencionaba a su madre desde que Elliot nos visitó anoche.

—Está bien, Liam. Es solo un bebé y no sabe cómo decirme cuál es el problema. No te preocupes, lo averiguaremos. Y está bien hablar de tu mamá...

—Quizá tiene hambre —me interrumpió.

Se inclinó lo más que pudo sobre la encimera para alcanzar el biberón y, antes de que pudiera ayudarlo, tiró la caja abierta de Lucky Charms. La bolsa salió volando y todo el cereal se esparció en un arcoíris sobre el piso oscuro.

Maldije en mi cabeza a la compañía de cereales por permitir que esto sucediera. ¿Cómo demonios diseñaban las cajas? ¿Qué no se daban cuenta de que las usaban niños? ¿Acaso no podían inventar algo mejor que una bolsa de plástico abierta asegurada por una lengüeta pequeñita de cartón?

—¡Perdón! —exclamó Liam con lágrimas en los ojos.

Mi corazón se estrujó.

—Está bien —le respondí forzando una sonrisa para tranquilizarlo al tiempo que pasaba a James a mi otra cadera.

Los alaridos alcanzaron un nuevo nivel de tristeza y mi cabeza explotó de dolor cuando llegaron al tono perfecto para provocarme una jaqueca.

Tal vez tenía que llamar a Cherry, la niñera habitual de Jamie. Ella sabría cómo calmarlo, ¿no? O tal vez solo perdería la cabeza. Una cosa era convencer a Elliot de que no tendría ningún problema en traerme a los niños a casa y otra por completo distinta la realidad. Esto era como beber agua de una manguera de incendios.

Escuché el pitido de la alarma a mi espalda y vi cómo se abría la puerta principal; casi grito de alivio cuando ingresaron el código de seguridad, lo que silenció los fuertes tonos de advertencia. Emerson había llegado. Nunca había estado tan agradecida en mi vida.

—¡Estamos aquí! —grité sobre mi hombro cuando escuché dos pares de pisadas que avanzaban por el pasillo de la entrada.

¿Bash habría vuelto antes a casa?

La barriguita de James se agitó y, antes de que mi cerebro pudiera procesar el acto, vomitó. Una cantidad imposible de líquido caliente y pegajoso cayó sobre mi espalda. Cuando volvió a hacerlo, me paralicé sin atreverme a respirar. ¿Cómo era posible que un bebé tan pequeño tuviera tanto en el estómago?

«Qué asco».

Cuando terminó su rutina digna de *El exorcista*, evalué rápidamente el daño. Mi cabello, espalda, el piso detrás de mí, todo estaba cubierto de vómito de bebé.

Liam hizo una mueca.

—¡Puaj!

—¡Puaj! En efecto.

Aparté al bebé regordete de mi pecho, ahora sonriente. Como por milagro, estaba limpio y lo sostuve a cierta distancia para examinarlo. Por supuesto, ni él ni su mameluco estaban manchados en lo más mínimo y, por fortuna, había dejado de llorar.

—Seguramente no se sentía bien —le dije a Liam, pensando en cómo regresar a Jamie a la sala sin dejar un rastro de vómito hasta ahí—. Me da mucho gusto que hayas llegado porque necesito con urgencia bañarme —grité hacia Emerson.

Se reiría de mí a carcajadas.

—Dios mío —exclamó una voz femenina que, en definitiva, no era la de Em.

Di media vuelta y James volvió a vomitar. Esta vez cayó sobre mi pecho. Una cálida oleada de vómito bajó por mi camisa, escurriéndose dentro del corpiño de soporte de mi camiseta sin mangas, empapando la tela.

Sin duda este era el momento más más desagradable de mi vida, y eso que era maestra de kínder.

—¡No puedo creer que estás... casado! —gritó una mujer en el umbral de la cocina al tiempo que le propinaba un golpe, con su bolsa de grandes dimensiones, al joven detrás de ella.

Mi estómago se cayó al piso.

No era Bash.

Oh, no, no, no.

Me quiero morir.

Esta era una pesadilla, tenía que serlo, como aquella en la que llegaba desnuda a la escuela y sin haber hecho la tarea, salvo que peor. Mucho peor.

Pasé a James a la cadera que no estaba cubierta de vómito y vi a una supermodelo morena, vestida con unos jeans deslavados con estoperoles; su bolsa Louis Vuitton golpeó mi taza de café que estaba sobre la barra y la tiró al suelo.

La taza se hizo añicos en el piso de madera. El café se sumó al cereal y al vómito. «Maravilloso».

—¡Cómo te atreves! —gritó.

Dando pequeños pisotones enfurecidos y señalándolo, furiosa, se abalanzó sobre él.

—Acordamos que lo nuestro sería casual, ¡pero no estoy de acuerdo con esta mierda!

Señaló hacia mí. Me hice a un lado y jalé a Liam detrás de mi espalda; estaba boquiabierto.

Se hizo un silencio y, cuando alcé la vista, unos ojos castaños profundos estaban fijos en mí, enormes por el asombro, pero con una pizca de diversión. De todas las maneras en las que había imaginado su regreso a casa, en ninguna de esas fantasías había estado empapada en vómito de bebé.

—Hola, Harper. —Su voz era suave y profunda como las comisuras de sus labios, los cuales esbozaron una leve sonrisa.

—Knox —respondí apenas en un murmullo, rezando por que mi mirada expresara la disculpa que se merecía. Había llevado a una mujer a su casa y yo era la tercera en discordia.

La modelo empezó a gritar otra vez.

—¡Meses! —Me miró con pánico en los ojos y sujeté a James con un poco más de fuerza—. ¡Llevo meses durmiendo con tu esposo! Y ni una sola vez te ha mencionado. —Miró a Knox—. ¿Cómo es posible que nunca me hayas hablado de tu esposa? ¿O de los niños?

Antes de que le pudiera explicar que Knox y yo no estábamos casados, comenzó con otra diatriba; esta vez dirigida a Knox, a quien señalaba con el dedo.

El vómito en mis pechos empezó a enfriarse y eso solo lo hacía más asqueroso.

—Si piensas que voy a ser tu amante en este *desastre*, ¡estás muy equivocado!

Volvió a dirigirse a mí y me sonrojé de vergüenza.

—Ya basta, Melinda —le advirtió Knox, interponiéndose entre nosotras.

No podía ni imaginar mi aspecto, los pantalones de la pijama arrugados y empapados en vómito, el maquillaje de anoche seguramente corrido bajo los ojos y el cabello enredado como un nido de ratas. No se equivocaba mucho al hablar de un «desastre».

Sin embargo, a James toda esta situación le parecía graciosa y lanzaba risitas, mientras que Liam se asomaba por encima de mi cadera, tratando de callar a su hermanito.

—¡¿Cómo pudiste hacer esto?! —gritó.

—Con un ca... —Knox advirtió la mirada de Liam y se interrumpió para no maldecir—. Por Dios, Melinda, ¿me das un segundo para explicarte?

Si hubiera habido un agujero en la tierra por el cual desaparecer, lo hubiera utilizado.

—Carajo, ya regresaste —dijo Avery, la novia de River, desde el vestíbulo. Gracias a Dios, traía en las manos café recién hecho—. Perdón, la puerta estaba abierta y Emerson me pidió que trajera café y viera cómo estaba Harper. Sus ojos, de un azul brillante, nos veían de forma alternada. Forcé una sonrisa incómoda, pues sabía que ella no ignoraba lo que sentía por Knox, gracias a unas cuantas copas de vino cuando se mudó aquí desde Alaska con River—. Te esperábamos hasta dentro de un mes.

—Eso me queda claro —respondió Knox ladeando la cabeza para mirarme—. ¿Pedí una cuna junto con todos los muebles nuevos?

—Lo siento, Knox —me disculpé, rodeando el charco de vómito para que Liam no se manchara—. Pensé que ya nos habríamos ido para cuando regresaras.

—Un momento, ¿ustedes dos están separados? —preguntó Melinda.

—Qué incómodo —murmuró Avery.

Levantó un dedo en dirección de Melinda y volteó hacia mí, molesto.

—Harper, deja de pedir disculpas. Mi casa es tuya, sin cuestionarlo. No puedo contar las veces que has llegado a tu casa y me has encontrado en tu cocina. No te disculpes. Tú me la pediste y yo accedí. Es solo que estoy un poco... sorprendido por los pequeños, eso es todo.

Bajó el dedo y volteó a ver a Avery.

—Avery, ella es Melinda. Es una amiga de California y necesita un aventón a Crested Butte para visitar a su familia. ¿Te importaría llevarla?

Crested Butte estaba a veinte minutos de la cañada... Un momento, dijo ¿«amiga»? Porque la manera en la que ella lo miraba reflejaba mucho más que solo amistad.

—Sin problema —respondió Avery y dejó uno de los vasos desechables de café en la barra. Al voltearse, me lanzó una mirada, como si dijera: «¿qué carajos?».

—Gracias. —Knox desvió su atención a Melinda. Un músculo tembló en su mandíbula—. Mel, Avery es la novia de mi amigo River y te llevará a casa de tu hermana y, para que quede claro, Harper no es mi esposa ni mi novia ni nada. Y no es ningún desastre, es la hermana pequeña de mi mejor amigo.

«¡Bam!, eso era todo». Cualquier chispa de esperanza que había mantenido viva estos diez años se desinfló como un globo al que le deshacen el nudo. Siempre acababa en lo mismo. En primer lugar, ante todo y siempre, en la cabeza de Knox, yo era la hermanita de Ryker. Era curioso que eso me doliera más que cuando su amiga me llamó «desastre».

—Está bien. Soy un... —el vómito goteó hasta mi ombligo— desastre.

Ella se rio y dudé que esta mujer hubiera sido un desastre un solo día de su vida. «No seas celosa».

—Debí suponerlo. Como si este hombre fuera a sentar cabeza algún día. —Se echó el bolso al hombro—. Estaré en el pueblo más o menos una semana más, así que háblame si te aburres. —Le lanzó una sonrisa—. Gracias por el aventón.

—Sí —repuso Knox. Su voz adoptó el tono seco, directo y despectivo al que siempre recurría cuando quería deshacerse de alguien.

«Guau». Para él, Melinda ya no existía, aunque ella no lo supiera. Lo había visto hacer a un lado a muchas personas cuando cruzaban la raya imaginaria que él había establecido; no pude evitar sentir lástima por ella. La desconocida había pasado a la lista de mujeres que no tenían la menor idea de por qué habían sido relegadas.

—Te acompaño a la puerta.

Ambos desaparecieron en el pasillo y Avery me miró con los ojos muy abiertos.

—Diablos, eso fue intenso. ¿Dónde está tu teléfono?

—¿Mi teléfono? —Parpadeé—. Mmm, creo que arriba, en el buró.

—Em ha estado llamándote. Bash regresó hace como una hora y le dijo que Knox también estaba en camino. Vine a avisarte. —Hizo una mueca—. Perdón por llegar demasiado tarde.

—No te disculpes. Gracias por el café. —Sacudí la cabeza—. Si hubiera sabido que venía en camino, me hubiera desaparecido.

—Lo sé. ¿Estás bien? —Me miró preocupada—. Te iba a ofrecer mi ayuda, pero si quiere que la lleve... —Volteó sobre su hombro hacia la puerta.

—Estaré bien —le aseguré.

Una parte de mí quería pedirle a gritos que se quedara para que mediara entre Knox y yo.

—Okey. Luego me cuentas o envíame un mensaje si necesitas ayuda.

Se despidió de los niños agitando la mano y salió detrás de Knox y Melinda.

—¿Todo bien? —preguntó Liam.

—Sí, todo bien, amiguito —le aseguré, revolviéndole el pelo—. Creo que solo sorprendimos a Knox.

—Y a la señorita —agregó, arrugando la nariz.

—Sobre todo a la señorita —confirmé—. Pero me da mucho gusto que estés aquí.

Tragó saliva y miró la suciedad en el suelo.

—Puedo ayudarte a limpiar.

Antes de que pudiera responderle, Knox regresó, remangándose el suéter gris hasta los codos para dejar al descubierto sus antebrazos bronceados y musculosos.

«¿Sus antebrazos? Contrólate».

De acuerdo, pero ¿y esas caderas? Lo bien que le quedaban los jeans… «Piedad».

Liam volvió a ponerse detrás de mí cuando Knox, suspirando y negando con la cabeza, empezó a recoger el cereal derramado, los pedazos de la taza, el café salpicado y el vómito del bebé que estaba por todo el piso.

—Solo por scuriosidad, ¿acaso me perdí esa parte de mi vida en la que estamos casados y tenemos dos hijos? Me siento como en *La dimensión desconocida*.

—Como si tú vieras *La dimensión desconocida* —dije riendo y pasando el peso de mi cuerpo de un pie a otro mientras sentía que el vómito se estaba secando en ciertas partes y enfriándose en otras.

—¿Tú qué sabes? Quizá mis gustos han cambiado.

—Después de lo que acabo de ver, te aseguro que no. —Hice una mueca cuando noté que él arqueaba una ceja—. Perdón, ha sido una mañana muy larga. Una noche muy larga. Todo. Y ahora soy culpable de que te hayas peleado con tu novia y de que tu cocina sea un desastre.

—No es mi novia. Estoy seguro de que escuchaste esa parte. Era más una amiga con derechos, pero terminó hace semanas. Aunque, cuando escuchó que vendría a casa, me pidió que la trajera para ver a su hermana. Ya venía de camino cuando me escribiste anoche. ¿Por qué no me pasas al Señor Vomitón y te vas a bañar?

Se acercó, extendió los brazos y movió los dedos para indicarme que se lo pasara.

Me quedé boquiabierta.

—¿Vas a cuidar a los niños, al bebé, mientras yo me baño?

Nunca antes había visto que Knox se interesara o siquiera mirara en dirección de un bebé.

—Tranquila. Dudo mucho que pueda hacerles daño por accidente en el tiempo que te tome quitarte el vómito de encima.

Me miró. Estaba a treinta centímetros de mí con los brazos extendidos.

—¿No te molestaría? ¿No te gustaría saber primero qué está pasando?

—Por supuesto que sí, pero apestas, así que dámelo. Resolveremos todo esto cuando no lleves puesto el desayuno. Creo que el baño de visitas no está acondicionado todavía, usa mi baño. Primera puerta a la derecha —indicó haciendo una seña con la cabeza.

Quizá sí estábamos en *La dimensión desconocida.*

—Puede que arruine tu camiseta. Solo mírame.

Volvió a arquear una ceja, luego pasó la mano sobre su cabeza y se quitó el suéter y la camiseta en un solo movimiento que me hizo agua la boca. El hombre era todo líneas definidas y superficies duras, rematado con una sonrisa engreída, que fue precisamente donde posé la mirada. Si la bajaba un poco, perdería la cordura.

—Listo, no hay camiseta que arruinar. Dámelo.

Cuando se acercó a James, se lo di sin decir nada más. Sobre todo, porque estaba perpleja. ¿Knox sin camiseta? Me convertí en un pozo de deseos acumulados durante una década y anhelos tontos.

¿Knox sin camiseta y con un bebé en los brazos? Bum. Seguramente quedaría embarazada al instante.

—¿Cómo estás, hombrecito? —le preguntó a James, tomándolo con ambas manos como a un florero frágil.

James le sonrió enseñando sus dientitos; luego, Knox le sonrió a Liam, a quien no se ganaría tan fácil.

—¿Beisbol? *¿Star Wars? ¿Evil Dead?* ¿Qué te gusta?

—A James le gusta *Paw patrol* —respondió Liam y se separó de mis piernas, observando a Knox con mirada crítica.

—Ve —me exhortó Knox—. Yo me encargo.

La promesa de un baño era demasiado buena como para dejarla pasar.

—Solo me tardaré unos minutos, lo prometo. Liam, él es Knox y es el mejor amigo de mi hermano. Lo conozco desde que era una bebé. Confío en él, así que tú también puedes hacerlo. ¿Estás bien si me voy a limpiar?

Miró otra vez a Knox y asintió con solemnidad.

Lo despeiné de nuevo y sonreí.

—Ahora regreso.

Corrí al baño. Quizá ya tenía bastante con dos niños, por lo que añadir a Knox a la ecuación hacía que me sintiera seriamente rebasada.

CAPÍTULO 4

Knox

No pude evitar reírme. ¿Qué carajos se suponía que debía hacer al ver a Harper Anders salir corriendo de mi cocina, cubierta de vómito por lidiar con dos niños que, definitivamente, no eran míos?

«Es el mejor amigo de mi hermano». Así me presentó Harper.

Diablos, odiaba que sintiera la necesidad de recordarme que era la hermana de Ryker. Estaba bastante consciente de quién era y por qué nunca podría volver a tocarla.

El bebé, que de milagro estaba limpio, me sonrió babeante. Un niño adorable: «James», así lo llamó el otro niño.

El mayor me miró entrecerrando sus enormes ojos castaños.

—Liam, ¿verdad?

Era hora de romper el hielo. Nunca había cuidado niños, pero no debía ser muy diferente de los adultos, ¿o sí? Son humanos pequeños, solo hay que hablar con ellos.

—Él es mi hermano, James. Es mío. También un poco de la señorita Anders, pero todo mío.

Liam me miró fijamente con una buena dosis de escepticismo, como si fuera a tirar al bebé que se retorcía.

Territorial. Okey, podía lidiar con un cachorro minialfa.

—Genial, me cae bien. ¿Por qué no me enseñas lo que le gusta hacer, en lo que Harper se baña y se quita un poco de la pestilencia?

Liam ladeó la cabeza; era evidente que me juzgaba.

—¿Le puedes preparar un biberón?

No tenía ni idea de como cuidar a un bebé y este chico lo sabía, como si estuviera equipado con algún tipo de radar que le indicara que era un completo novato.

—¿Me enseñas? —pregunté—. Aunque, ¿no crees que quizá deberíamos darle un minuto antes de que también vomite eso?

Liam suspiró y asintió una vez.

—Veremos *Paw patrol*… después de que te pongas la camiseta.

Se levantó y fue de puntitas fue por mi suéter que estaba sobre la barra.

«De acuerdo».

—Está bien, pero me va a llevar un segundo prender la televisión —respondí, dejando mi ropa en el respaldo del sofá—. Es nueva y un modelo más actualizado que el que tenía en California.

—Ya está lista. La señorita Anders nos cuidó —repuso Liam poniendo los ojos en blanco, pero abriendo el camino. Supongo que, a regañadientes, me había aceptado en su manada.

—Entendido. Ahora necesito ver dónde te pongo —le dije a James mientras le echaba un vistazo a la sala.

Los sofás eran un poco más pequeños de lo que imaginé cuando se los pedí al decorador, pero iban bien. Los libreros empotrados también estaban muy bien. Por lo poco que había visto de la casa, todo era exactamente como me lo mostraron durante la última llamada por FaceTime.

Pero ¿qué tan segura era para el bebé? ¿A qué edad empezaban a meter porquerías en los enchufes? ¿Y qué tan rápido podían gatear?

—No te vas a escapar de mí, ¿verdad? —le pregunté al bebé.

Harper me mataría si algo pasara estando ella en el baño.

—Todavía no puede caminar. Aquí está su brincolín —me explicó Liam, señalando algo que parecía un instrumento de tortura para bebés.

—¿Eso le gusta?

Ahora yo era el escéptico. Liam me miró como si, muy probablemente, yo fuera el adulto más estúpido del planeta. Cuando se trataba de niños, quizá estaba de acuerdo con él.

—Bien —dije.

Pasé las piernas regordetas de James por los orificios y, de inmediato, empezó a balbucear y a saltar, haciendo temblar el marco del que colgaban algunos juguetes.

—No parece muy estable —agregué.

—Está bien —declaró Liam, parándose entre James y yo.

—Pues qué bueno, voy a limpiar nuestro pequeño desastre. ¿Están bien aquí?

Asintió, así que me puse la camiseta mientras me dirigía a la cocina. Dejé el suéter en el sofá. En general, cuando tenía que enfrentar este tipo de catástrofes, había una noche previa de locura para justificarlo. Abrí la alacena debajo del fregadero y lancé una maldición. No había toallas de papel. Ningún producto de limpieza. Nada.

Porque todavía no me mudaba. Claro.

Los compradores de mi casa en California la adquirieron completamente amueblada, así que todos los objetos personales que poseía estaban en la parte trasera de mi camioneta.

Diez minutos y algunos trapos de cocina arruinados después, el piso estaba tan limpio como podía estarlo hasta que comprara un trapeador. O contratara a alguien para la limpieza. Sí, eso era lo más probable.

¿Qué hacía Harper con dos niños? ¿Los estaba cuidando? Cuando me escribió anoche, imaginé que solo necesitaba dónde dormir y pensé que sería divertido sorprenderla esta mañana, puesto que ya venía en camino. Mierda, era posible que, en parte, añorara verla.

Y sí, quizá fue por eso que insistí en que Melinda y yo saliéramos supertemprano esta mañana… de nuestras habitaciones separadas en el hotel. Al segundo en que Melinda empezó a insinuar el mes pasado que quería algo más serio, hice a un lado la parte de los beneficios de nuestra amistad para que no pareciera que estábamos juntos o que alguna vez lo estuvimos. Sabía perfectamente que la había traído aquí, en lugar de llevarla directamente a Crested Butte, para que me ayudara a levantar un muro necesario entre Harper y yo; pero perdió la cabeza y se la endilgué a Avery para quedarme a solas con Harper.

Saqué a James del brincolín y olí rápidamente su trasero para asegurarme de que no había explotado por el otro lado también. Por fortuna, seguía limpio. La realidad era que no sabía cambiar pañales ni dónde los había puesto Harper. Liam estaba en el sofá de dos plazas; cuando me senté y puse al bebé a mi lado, abrazándolo, Liam cambió de lugar y se sentó al otro lado de su hermano, como si no pudiera confiarme al Señor Vomitón. Luego, le dio a James una especie de mordedera y se recargó en los cojines, mirándome de reojo mientras me ponía el suéter. Era como si el chico supiera que me lo había quitado con la única intención de molestar a Harper, y no lo aprobaba.

Supongo que no era posesivo solo con su hermano.

«Ponte en la fila, niño».

—Entonces, ¿se están quedando con Harper? —lo cuestioné.

Me preguntaba si sabía qué demonios estaba pasando aquí, porque yo no.

—Ella es mi maestra, pero nos trajo aquí anoche.

Bueno, eso parecía de mal agüero.

—Okey —respondí al ver que se tensaba—. ¿Ayer tuvieron un mal día?

Su respiración se entrecortó y sus labios temblaron una fracción de segundo. Deseé no haber preguntado. Sin importar lo que estuviera ocurriendo, este niño no estaba bien.

—Mi mamá tuvo un accidente. Se murió.

«Carajo».

Me paralicé un instante, mi mente se quedó en blanco, sin saber que podía decirle a este niño que no fuera demasiado o insuficiente. Mi madre se fue de la casa cuando yo tenía unos pocos años más que él, lo que me lastimó hasta la médula, pese a que ella no había muerto. Cuando mi papá murió, volví a sentir ese dolor tan intenso y, en ese entonces, no hubo palabras que me hubieran podido ayudar.

—Lo siento. Debe dolerte mucho.

No supe cómo logré que mis palabras rodearan mis recuerdos y el nudo en mi garganta para salir por mi boca.

Me había sentido por completo abandonado. Ni siquiera la abuela fue capaz de llenar ese hueco, y eso que yo tenía dieciséis. Este niño tenía... ¿cuántos? ¿Cuatro, quizá cinco?

Me miró con los ojos anegados de lágrimas, apretó los labios y asintió. Luego, levantó el brazo para abrazar a James, separándolo de mí para acercarlo a él mientras se enjugaba las lágrimas con el dorso de la otra mano, como si fueran una molestia.

Carajo, mi corazón sangraba por este niño, por los dos.

—No sé bien por lo que estás pasando. Nadie lo sabe, pero mi papá también falleció —le dije en voz baja—. Era más grande que tú cuando ocurrió, pero recuerdo cuánto me dolió. Es como sentirse perdido.

Liam volvió a asentir, su labio inferior estaba hinchado y le temblaba, pues intentaba no llorar. Demonios, mis ojos empezaban a llenarse de lágrimas. Me tragué toda esa mierda y aclaré mi garganta.

—Es bueno que James te tenga a ti, así él no se sentirá tan perdido.

Liam descansó su mejilla sobre la cabeza casi calva de James y se concentró en la caricatura. Fin de la conversación.

¿Dónde diablos estaba su padre? ¿Quién era el padre? ¿Cómo acabó Harper con ellos? ¿A dónde irían? Por lo menos, yo tenía a mi abuela cuando mi padre murió, pero, al parecer, estos dos estaban solos.

Sonaron tres golpes en la puerta principal que interrumpieron el aluvión de preguntas que tenía en la cabeza.

—¡Adelante! —grité.

Sabía que era Bash. Le había enviado un mensaje de texto cuando venía de camino sin saber en qué me metería.

Escuché que la puerta se abrió y cerró.

—No me refería a esto cuando te dije que deberíamos tener una sesión de planeación. Jamás pensé que vendrías en coche o algo por el estilo —expuso Bash al entrar a la sala. Una arruga dividió sus ojos oscuros y ladeó la cabeza al verme en el sofá con los niños—. ¿Dónde demonios está Harper? ¿Ya la hiciste huir?

Emerson venía tras él, le dio un golpe en el pecho con el dorso de la mano y se detuvo.

—Sebastian Vargas, no maldigas frente a los niños.

—Como si no hubieran oído ya cosas peores ahí sentados al lado de Knox —masculló Bash.

Hubiera estallado en carcajadas de no ser porque Emerson lo fulminó con la mirada. Habían vuelto a estar juntos hacía ocho meses y se habían comprometido seis semanas antes, así que era solo cuestión de tiempo para que pequeños bebés Vargas empezaran a correr por todas partes. Supuse que tendrían el cabello castaño oscuro y el carácter obstinado tan característicos de sus dos padres.

—No han oído nada peor. Mi comportamiento ha sido impecable y Harper se está bañando para quitarse el vómito de encima.

—Hola, Liam —saludó Emerson, con una sonrisa, sentándose junto a él— ¿Te acuerdas de mí, de anoche?

Él asintió.

—¿Quieres actualizarme? —le pedí a Emerson—. Porque Harper no me dio detalles antes de que la mandara a bañarse.

No estaba pensando en eso, para nada. Ni en lo más mínimo.

—Quizá ya terminó. Dame al bebé y ve a averiguarlo —respondió Emerson, moviendo los dedos con un brillo emocionado en los ojos. Bash estaba en problemas.

Le pasé al Señor Vomitón, advirtiéndole de sus actividades de esta mañana; él balbuceó y le sonrió a Emerson. Diablos, cuando ese niño no vomitaba su desayuno sobre los pechos de Harper, era encantador.

«Ni se te ocurra pensar en esa palabra en relación con Harper».

Sí, como si eso fuera a pasar. Gracias a Dios, Harper no podía leer los pensamientos, de lo contrario hace una década que estaría muerto.

Le dije a Liam que podía confiar en Bash y en Emerson antes de salir disparado escaleras arriba y tocar la puerta de la recámara. Como no respondió, entré despacio, entreabrí la puerta y la llamé por su nombre. Ninguna respuesta. Me asomé para asegurarme de que la puerta del baño estaba cerrada antes de entrar. La regadera seguía corriendo, así que me tumbé en la cama *king-size*; el cansancio del viaje en auto me había agotado.

El decorador había hecho un buen trabajo aquí. Todos los muebles eran de madera oscura, casi negra. El contraste con el gris claro de las paredes era muy agradable. La habitación era cómoda y tenía una atmósfera masculina.

Era divertido que Harper fuera la primera persona en pasar la noche aquí.

También era la primera persona en mi regadera.

Desnuda.

A nueve metros de mí.

Mierda. Ahora mi pene me recordaba esos mismos hechos. Como si necesitara su maldita opinión.

Parecía que me había escuchado, porque la regadera se apagó.

—Hola, estoy aquí —le advertí en voz alta—. Es solo que no quiero que salgas... desnuda o algo así.

«Mentiroso».

—Gracias, preferiría que nos ahorráramos la vergüenza —respondió a través de la puerta.

¿Vergüenza? No tenía nada de qué avergonzarse.

Me froté los ojos. Había estado en la misma casa con ella... ¿cuánto? ¿Veinte minutos? Estaba cubierta de vómito, con un bebé sobre la cadera y yo seguía considerándola la mujer más hermosa que jamás había visto.

«Siempre deseas lo que no puedes tener».

Abrió la puerta del baño y salió unos con jeans y una camiseta azul de cuello en V; se secaba el largo cabello rubio con una toalla.

—Hola.

Como respuesta, le di una palmadita a la cama a mi lado, pero ella negó con la cabeza y se recargó en el marco de la puerta. En los últimos años, no le había dado muchas razones para que quisiera estar cerca de mí, así que no podía culparla.

—En una escala del uno al diez, ¿qué tan enojado estás? —preguntó, sosteniendo la toalla en las manos.

—Enojado, no, confundido. ¿Por qué no me das una idea de lo que está pasando? —sugerí mientras me incorporaba.

La altitud me estaba afectando. Necesitaba tomar agua.

Ella suspiró y recargó la cabeza contra el marco de la puerta.

—No sé por dónde empezar.

—Eres la maestra de Liam —le recordé para animarla a empezar.

—Sí —respondió con una ligera sonrisa—. Es tan buen niño y la ha pasado muy mal.

—Eso entendí. ¿Su mamá murió ayer? —pregunté y sentí una opresión en el pecho al pensar en las lágrimas del niño.

Ella asintió.

—Son los hijos de Lisa Clark.

—Carajo. Nunca se recuperó de haber perdido a Clint. ¿Drogas? —supuse.

Lisa había sido la viuda más joven tras el incendio y su caída fue precipitada, difícil e irrecuperable.

—Un accidente de coche, pero parece que estaba bajo la influencia de algo. Los Pendridge son la única familia de acogida en Legacy...

Palidecí.

—Deben tener como cien años. ¿Cómo se van a encargar del Señor Vomitón?

—James —corrigió con otra sonrisa que, esta vez, me golpeó como un batazo directo al estómago—. Su nombre es James o Jamie y, sí, eso fue lo mismo que le dije ayer a Elliot. Además, están de vacaciones esta semana, así que era enviar a los niños a Gunnison y ponerlos en casas separadas o quedarme yo con ellos esta semana.

—¿Solo una semana? —Casi me desmayo de alivio. Una cosa era pasar unos días de locura debido a los niños y otra muy distinta que Harper se echara encima una responsabilidad tan grande de forma permanente, sobre todo, en mi casa, pero... —¿Luego qué? ¿Dónde está su familia?

—Elliot espera que Nolan, su padre biológico, asista al funeral o que algún otro miembro de la familia se presente.

Se abrazó a sí misma y luché contra el impulso de sumar mis brazos a los suyos.

—¿Y dónde demonios ha estado todo este tiempo? —espeté.

Por experiencia, sabía que los padres no eran de los que abandonaban, las mujeres quizá, pero nunca un padre. No cuando sus hijos necesitaban su protección.

—Abandonó a Lisa cuando estaba embarazada de James. Él no quería otro hijo. Para ser franca, tampoco estuvo muy presente cuando solo era Liam. —Negó con la cabeza—. Ha estado conmigo en preescolar desde hace dos años y solo he visto a Nolan una o dos veces.

—Carajo. —Lancé un largo suspiro y pasé las manos por mi cabello hasta entrelazar los dedos en la nuca—. Yo nunca quise tener hijos, pero no puedo imaginarme abandonándolos.

No era lo suficientemente responsable para tener un perro, mucho menos niños.

—Porque jamás lo harías —opinó con voz suave y ojos vidriosos.

Mi pecho se tensó. Quizá eso era lo más hermoso que alguien me había dicho en mi vida.

Ella se aclaró la garganta.

—En fin, discúlpame por la casa. Llevo algunas semanas en casa de Ryker mientras restauran mi departamento. Una inundación grave.

—Sí, lo escuché. Ryker me contó. Entonces, ¿decidiste enviarme un mensaje?

Debió estar desesperada. Los últimos siete años nuestra comunicación se había limitado a intercambios amables y simples cada vez que venía al pueblo. Si quería verla, me aseguraba de que fuera un encuentro «accidental». Si tenía ganas de invitarla a comer, se lo sugería a Ryker para que pensara que había sido su idea.

Harper hizo una mueca.

—En serio lo siento mucho. No se me ocurrió otro lugar y Emerson sugirió tu casa porque se supone que tardarías un mes en regresar. Lamento lo que pasó con Melinda. Parece... agradable y veo por qué te gusta. Y perdón, perdón por el vómito y el desastre...

—Basta —interrumpí su balbuceo.

Me puse de pie y avancé hacia ella. Hice un esfuerzo enorme por mantener, todo el tiempo, una distancia de cinco pasos entre nosotros. Eso ayudaba a evitar los besos accidentales, o los intencionales.

—Harper —agregué—, es solo una casa. Cuatro paredes y un techo. Tú eres familia. En cuanto a Melinda, la verdad solo somos amigos. Vivíamos en la misma calle en Los Ángeles y, como te dije antes, me pidió un aventón para visitar a su hermana. Lo voy a repetir: tú eres familia. La familia es lo más importante.

Su sonrisa vaciló un instante.

—Gracias. Voy a limpiar todo y luego ya no te molestaremos más.

—Ya limpié —dije cruzando los brazos sobre el pecho—. ¿Y dónde carajos los vas a llevar?

—¿Limpiaste? Ah, gracias. —Retorcía la toalla con todas sus fuerzas—. No... no sé a dónde iremos. Se supone que Elliot vendrá esta tarde para hacer una inspección rápida y asegurarse de que la casa cumple las normas. No tenemos comida ni nada; ni siquiera es mi casa. —Se frotó la cara con la palma de la mano y respiró hondo—. ¿Qué hice? No debí traérmelos, no así. Pero no quería que los separaran o que los llevaran con desconocidos, no después de todo lo que ha pasado. Sigo sin quererlo. Sé que no son mi familia, pero Lisa era una de las nuestras y cuidamos de los nuestros. Eso incluye a Liam y a James. Nosotros sabemos lo qué se siente perder a un padre.

Dijo «nosotros». Mi corazón vaciló.

Carajo. No iba a sacarla de aquí con dos niños pequeños y sin un lugar adonde ir. Sobre todo a esos niños. Su madre fue la viuda de un bombero de Legacy y su situación siempre me resultó demasiado familiar como para desentenderme.

Era solo una semana. Podía controlar mis manos durante ese tiempo; además, según me informó Ryker, él no regresaría a casa en una o dos semanas, lo que aminoraba el problema.

—¿Qué pensabas hacer antes de que yo regresara? —pregunté.

Me miró a los ojos un segundo y luego apartó la mirada.

—Esta mañana ir al supermercado y pedirles a las chicas que me ayudaran a preparar todo para aprobar la verificación domiciliaria y que Elliot autorizara la casa.

—Bien, pues eso haremos. Nos aseguraremos de que aprueben la casa.

Olvidando mi propia regla de los cinco pasos, me acerqué a ella y aparté la mano que le cubría la cara. La toalla cayó al piso.

—No solo es la casa, Knox; debe ser un hogar.

El pulso en su muñeca latía con fuerza bajo mi pulgar.

—Vamos, no está tan mal. No traje el barril de cerveza ni a las prostitutas de Las Vegas...

—Todavía —mascculló.

Contuve la risa y la miré con seriedad.

—No estoy bromeando. Es una semana, ¿no?

—Más o menos —respondió en voz baja—. El funeral es el martes, así que esperan que los niños estén con su familia o sean acogidos para el viernes.

La palabra «acogidos» no me sentó bien. Eran niños, unos chiquillos pequeñitos e indefensos, y lo último que necesitaban era que los trataran como equipaje.

—Ustedes se quedan aquí. Todos. Hay suficientes recámaras y a los chicos les caería bien un poco de estabilidad después de ayer. No tienen por qué ir de un lugar a otro.

—Knox, eres muy amable, pero tú usas sábanas de seda. Sí, me fijé. Y ellos son desordenados, vomitan, son inquietos.

—En primer lugar, las sábanas de seda no son difíciles de lavar; solo hay que hacerlo a la temperatura indicada. —Con el pulgar acaricié la piel suave al interior de su muñeca—. En segundo, nada de «peros». —La vi sopesar las ventajas y desventajas en su mente. Sus expresiones siempre fueron muy fáciles de leer—. Mira, Harper, la última vez que vi a mi mamá yo tenía qué... ¿diez años?

—Sí.

Ella lo sabía, estuvo conmigo para rodearme con sus bracitos y un corazón más grande que todo su cuerpo.

—Eso. Cuando papá murió, mi abuela se encargó de criarme. Por horrible que haya sido esa época para todos nosotros, yo la tenía a ella. De no haber sido así, no tengo idea de lo qué hubiera sido de mí. Hubiera estado tan perdido como esos dos niños.

—Hubieras vivido con nosotros —dijo mirándome.

Respiré hondo cuando sus ojos turquesa me golpearon con la fuerza suficiente para dejarme sin aliento.

Asentí, incapaz de hablar hasta que logré tragar saliva y con ella la pelota inmensa de sentimientos cálidos e indeseados que su comentario dejaba a flor de piel.

—Cierto. En fin, te estoy diciendo que, por ahora, este es su hogar. Nosotros seremos su familia durante esta semana.

Antes de que pudiera prepararme, se lanzó a mis brazos, me abrazó por el cuello y presionó su cara contra mí.

—Gracias, Knox.

La rodeé poco a poco con los brazos e, incapaz de detenerme, la abracé con fuerza mientras sus pies colgaban en el aire. Olía a un tipo de champú afrutado, a días de verano y a hogar. La sentía como todos mis sueños tácitos y fantasías ignoradas. Demonios, lo perfecta que se sentía en mis brazos; tenerla así me hacía sentir poderoso y, al mismo tiempo, terriblemente vulnerable.

—¿Estás seguro? —preguntó con el rostro contra mi cuello.

Froté mi barbilla sobre su cabello mojado, algunos mechones se atoraron en mi barba incipiente.

—Nunca he estado tan seguro de algo en mi vida.

No separarían a esos niños.

Así permanecimos un momento, asimilando lo que acabábamos de decidir.

—¿Knox? —preguntó en voz baja.

—¿Harper?

Necesitaba soltarla. Necesitaba alejarme.

—No siempre eres un idiota, ¿lo sabías?

Reí.

—Sí, bueno, no se lo digas a nadie.

—Me gusta esta versión de ti.

Apretó los brazos alrededor de mi cuello y me estremecí.

«Me gusta». Esto era peligroso. Era todo lo que estado evitando durante los últimos siete años cuando se trataba de Harper. Distancia, insolencia y engreimiento. Esas habían sido mis armas. Quién iba a imaginar que me desarmaría en la primera media hora que llevábamos viviendo bajo el mismo techo.

Mierda. Vivía con Harper Anders.

Habitaciones separadas. Camas separadas. Vidas separadas.

Una semana.

Sí... podía hacerlo. «Ajá».

CAPÍTULO 5

Harper

—¿Cuál es la diferencia? —preguntó Knox alzando dos latas diferentes de fórmula en el pasillo de bebés del súper McGinty.

¿En serio estaba haciendo compras con Knox Daniels? «Sí y, al parecer, viviría con él durante una semana».

Las once de la mañana del sábado significaba que la tienda estaba bastante concurrida; es decir, que era muy probable que estuviéramos dentro del radar de chismes irracionales de Legacy durante la siguiente hora. En especial, porque nos topamos con la señora Greevy en el pasillo de frutas y verduras. Era el equivalente a contratar a un piloto de aviones acrobáticos para que escribiera en el cielo que estábamos jugando a la casita.

—No tengo idea, pero este es el que toma —respondí mientras tomaba el que sostenía en la mano izquierda para dárselo a Liam—. ¿Verdad?

James me jaló la trenza y lo cambié a la otra cadera, apartando mi cabello de la sorprendente fuerza de su puño.

Liam estudió la lata como si fuera el sumiller más pequeño del mundo y asintió.

—También le gustan esos —agregó señalando unas bolitas de queso.

—Okey —respondió Knox y colocó una bolsa de cada sabor en el carrito, que se llenaba con bastante rapidez.

—No se va a comer todo eso en una semana —le aseguré conteniendo la risa.

Knox se encogió de hombros y aventó una más.

Luego seguían los pañales y las toallitas húmedas. Recorrimos todos los pasillos, teníamos que surtir la casa. Dejamos que Liam eligiera lo que quisiera, pero no tomaba nada sin antes preguntar. El pobre estaba abrumado.

—¡Ah, mira lo que tienen! —exclamé tomando del estante una caja de Bottlecaps, dulces en forma de tapa de botella.

—¿Sigues comiendo esas cosas? —preguntó Knox.

—¿Azúcar procesada con sabor a refresco? ¿Qué más se puede pedir? —repliqué lanzando la caja al carrito. Después, me dirigí a Liam—. ¿Qué quieres que preparemos para la cena?

Se encogió de hombros. Era evidente que la comida era un tema sensible para él.

Knox se acuclilló para quedar a su nivel.

—A mí me gustan las hamburguesas. —Su forma de hablarle no era precisamente infantil. Le hablaba como si fuera un adulto, solo que pequeño—. Soy adepto de las grandes y gruesas con tocino y queso. ¿Qué piensas si hacemos unas de esas? Son hamburguesas para hombres. Solo para los más grandes.

Liam entrecerró un poco los ojos y asintió.

—Y kétchup.

—Por supuesto. ¿Por qué no eliges una o dos cajas de cereal? —dijo Knox haciendo un gesto con la cabeza hacia las cajas de colores brillantes antes de ponerse de pie—. ¿Qué más necesita el Señor Vomitón aparte de servilletas de papel para limpiar? —me preguntó.

Puse los ojos en blanco al escuchar el apodo y repasé mi lista mental.

—Creo que ya tenemos todo.

Sentí que mi estómago se desplomaba al ver un rostro familiar que apareció en el pasillo.

A veces, odiaba los pueblos pequeños.

—¿Qué pasa? —preguntó Knox acercándose a mí, lo que me ocultaba un poco de la vista.

—Mi ex —respondí en voz baja, echando un vistazo por encima de su hombro—. No terminamos de forma muy amistosa.

Knox volteó con discreción y resopló.

—Ah, sí. Richard «el Imbécil» Stone. ¿Qué ca... —se interrumpió y miró de inmediato a Liam— demonios estabas pensando? Es once años mayor que tú.

—Con quién salgo no es asunto tuyo. —Pensé que, como era lo opuesto a Knox, valía la pena intentarlo, pero no le iba a dar esa información—. No era un imbécil —murmuré—. Bueno, por lo menos, no hasta el final. Luego, la cosa se puso un poco fea y... en fin, fue solo otro episodio de la serie «Harper siempre elige al equivocado».

Me encogí de hombros sin molestarme en repetir las horribles palabras que Richard me había lanzado cuando terminamos.

—¿Qué pasó? —La mirada helada de Knox me estremeció.

Ah, ahí estaba el chico que se había asegurado de que nadie de la preparatoria Legacy se me acercara a menos de tres metros. Supongo que mi vida amorosa iba a sufrir otro golpe ahora que había vuelto. El problema de ser la hermana menor de Ryker era que me vinculaba con Bash y Knox; los tres listos para volverse locos con cualquiera que me hiciera daño. Crecer fue como tener los códigos de lanzamiento de una bomba nuclear: el poder conlleva la responsabilidad de no usarlos.

Arqueé una ceja en dirección de Knox.

—Nada de lo que tengas que preocuparte. Él quería casarse y yo no.

Besé a James en la cabeza y aspiré ese aroma que, al parecer, solo poseen los bebés. Había leído en alguna parte que el olor de los bebés era parecido a una droga para las mujeres. «Es cierto».

—¿Y terminó así sin más? —preguntó ladeando la cabeza.

Tragué saliva y me aseguré de que Liam aún estaba eligiendo cereales. Richard se acercaba.

—Terminé con él porque ya llevábamos más de un año juntos y sabía que no era para mí. Mi papá siempre dijo que uno no se casa con la persona con la que puede vivir, sino con la persona sin la cual no puede vivir. Y yo no tenía ninguna duda de que podía vivir sin él.

«Porque siempre has sido tú y, para mí, los demás jamás estarán a tu nivel». Casi me abofeteo por tener ese pensamiento.

—Traté de ser amable, pero él no lo fue —continué—. Mostró su rencor y, prácticamente, hizo todo lo posible por detener la construcción del nuevo edificio de preescolar hasta que Greg, del departamento de urbanismo, intervino y logró que se aprobara por zonificación.

Knox tensó la mandíbula. Conocía esa cara. Era la misma que hizo que Vic mantuviera las manos alejadas de mí en la fiesta de graduación.

—Lo que sea que estés pensando, no lo hagas —le advertí en un murmullo cuando Richard nos vio—. Ya pasó un año y mi escuela está abierta. No pasó nada y no hubo problemas. Déjalo ir. Dios sabe que yo ya lo hice.

—Harper, qué milagro verte aquí —saludó Richard.

Llevaba una canasta en la mano, el cabello castaño peinado a la perfección hacia un lado, sus dientes eran anormalmente blancos e iba vestido de pies a cabeza con ropa de la marca Patagonia, lo que casi me hace reír porque sabía que hacer senderismo para él significaba caminar de los juzgados a su coche.

Knox se tensó y apretó los puños.

Ignoré el hueco en el estómago y fingí una sonrisa.

—Bueno, solo hay un supermercado en el pueblo, así que era probable que sucediera alguna vez, ¿no?

Miró a James y parpadeó confundido.

—Sí —dijo en voz baja, dirigiendo su mirada hacia Knox—. Ah, señor Daniels. Veo que ha regresado a formar parte de nuestra brigada de élite.

Hizo una pausa, esperando que Knox llenara los enormes huecos del rompecabezas que tenía enfrente.

«¿Nuestra?». Difícilmente. Richard se había obstinado en oponerse a que se restableciera la brigada. Argumentó durante horas que el pueblo no podría soportar la mala prensa si volvía a pasar algo.

—Sí, estoy de vuelta —respondió Knox y me abrazó. Como siempre, encajaba a la perfección bajo su brazo y quizá solo lo hiciera por aparentar, pero eso no impidió que todas mis terminaciones nerviosas cobraran vida, ni que Richard me fulminara con la mirada—. Me enteré de que ahora eres juez.

—Lo soy. Recién me eligieron en noviembre pasado. —Richard infló el pecho como si fuera un maldito pájaro.

—Bastante joven para ese puesto —agregó Knox—. Me alegro por ti.

—El mes que entra cumplo treinta y siete. Me siento halagado de que los ciudadanos de Legacy confíen en mi criterio.

Su sonrisa era practicada, impecable.

—¿Y pronto te postularás para alcalde? —preguntó Knox con un sarcasmo tan velado que él sabía que yo era la única capaz de percibirlo.

Acariciaba mi brazo en círculos distraídos que me hicieron casi ronronear y recargarme en él. ¿Sentiría él lo mismo? ¿Esa electricidad que parecía recorrer sus dedos y pasar a mi piel hasta llegar hasta mis venas? No podía sentirlo, de lo contrario, estaba segura de que se hubiera detenido.

Knox nunca me tocaba si podía evitarlo. No desde... desde la graduación, pero nunca hablábamos de eso. Para ser franca, ni siquiera estaba segura de que lo recordara. Él y Ryker estaban borrachísimos cuando regresé a casa esa noche.

—No lo he pensado mucho —contestó Richard con su sonrisa de político—, pero me gusta dejar abiertas mis opciones.

Llevaba años salivando por el puesto de alcalde de Davis.

—Bueno, supongo que los dejo a los tres —dijo mirando otra vez a James— para que sigan con sus compras.

—¡Los tengo! —exclamó Liam y echó dos cajas de cereal en el carrito.

Richard me miró de inmediato.

—¿Son los niños Clark?

—Los estamos cuidando esta semana hasta que localicen a sus familiares —expliqué, sujetando a James con un poco más de fuerza y no me molesté cuando me jaló la trenza.

—Ah —dijo Richard alzando un poco las cejas—. Pensé que no te interesaba tener una familia, Harper. Jamás te hubiera considerado una madre de acogida.

Liam tomó mi mano libre y le sonreí para tranquilizarlo.

—Yo tampoco —respondí—, pero lo estamos averiguando. ¿Verdad, Liam?

—Sí —murmuró.

—Harper siempre está a la altura de los retos —intervino Knox de una forma protectora.

«No provoques a la fiera», le rogué en mi mente. Richard podía ser un gran dolor de cabeza para ambos si se lo proponía.

—Ah. —Richard volvió a enarcar una ceja.

Sentí unas ganas descontroladas de borrarle esa sonrisa petulante de la cara con una bofetada.

—Lamento decir que, mientras estuvimos juntos, no fue lo que experimenté —agregó.

—Quizá porque no había mucho por lo que luchar entonces —espetó Knox encogiéndose de hombros y con una sonrisa amenazadora, aunque tan sexi como el pecado. Extendió los brazos hacia James y el bebé lo aceptó de buena gana, pasando sus manitas sobre la barba incipiente de Knox—. Nos vemos más tarde, Richard, tenemos una casa nueva que atender. Verificación domiciliaria y todo eso.

Conforme se alejaba, me recordé que ese espectáculo había sido exclusivamente para Richard, que Knox no estaba interesado en mí, pero mi corazón igual se derritió.

Uf. Me iba a doler muchísimo cuando Knox, inevitablemente, llevara a la siguiente Melinda a casa.

—¡La cuna está armada! —gritó River desde la recámara de los niños.

Liam hizo un berrinche cuando le sugerimos que cada uno tuviera su cuarto, así que, al final, dormirán juntos.

—¡La cama está lista! —agregó Avery.

—Todos los clósets tienen cerrojo para niños —dijo Bash blandiendo un destornillador que volvió a meter en la bolsa que estaba sobre la barra.

—Todos los alimentos están en las alacenas y organizados según la hora de comida. —Emerson cerró la puerta de una alacena.

—¿Qué se nos está olvidando? —pregunté metiendo los trastes del almuerzo en el lavaplatos.

—Hay detectores de humo en todas las habitaciones, alarmas para el monóxido de carbono en cada piso y el *jacuzzi* tiene candado —comentó Knox al entrar a la cocina—. Creo que ya está todo, Harper. Elliot notará que este sitio es seguro. Incluso escondí los juguetes sexuales bajo la cama.

—¿Podrías no bromear por una vez en tu vida?

Mi corazón latió con fuerza por los nervios al imaginar... en fin, eso no ayudaba.

—Tomo mis juguetes muy en serio —respondió con una media sonrisa—. Tranquila. Tenemos todo bajo control.

Asentí.

—Okey, nos quedan diez minutos —un golpe en la puerta me sorprendió y casi se me cae el plato de las manos— libres.

—Nosotros abrimos —ofreció Bash, llevándose a Emerson hacia la puerta de entrada para dejarnos solos a Knox y a mí.

—Estamos listos, Harper —me aseguró Knox—. Los niños están jugando en la sala y el Señor Vomitón está recién cambiado y limpio después de su último vómito; además, creo que le gusta mucho esa enorme jaula que Bash le construyó.

Metí el último traste en la el lavaplatos y lo cerré.

—Es un corral de juegos, Knox, no una jaula. Dios mío, Elliot ya está aquí. Dilo de nuevo.

—Octágono, corral de juegos, lo que sea. No es una jaula —repitió con una sonrisa que casi hace que mi corazón se detenga. Demonios, Tiene que dejar de hacer eso.

—No, no esa parte.

Durante un segundo frunció el ceño confundido y luego se relajó, tomando mi rostro entre sus manos. Casi olvido las náuseas, la preocupación, el miedo desgarrador a que Elliot dijera que esto no funcionaba... todo porque Knox tenía los ojos más hermosos que haya visto. Eran dos pozas enormes de chocolate caliente con destellos dorados color caramelo.

—Estamos listos —repitió.

—Okey —murmuré, porque le creía.

Saboreé el pequeño suspiro de alivio que sentí al no tener que cargar sola con esto.

—Es Elliot —anunció Bash—. Emerson la llevó a la sala.

Knox apartó las manos como si lo hubiera quemado y la floreciente esperanza se marchitó un poco. Bueno, mucho. Parpadeé. ¿En verdad retrocedió cinco pasos?

—Harper, ¿necesitas algo? —preguntó River desde el pie de la escalera. Avery estaba detrás de ella.

Miré hacia la sala. Elliot hablaba con Liam y la señora Dean, la otra trabajadora social que había en el pueblo.

—No. Creo que el resto depende de nosotros.

Emerson se acercó y me abrazó.

—Todo va a salir de maravilla. No te estreses. Y me debes los detalles de cómo es vivir con Knox —susurró esta última parte.

Le devolví el abrazó y luego me aparté.

—Lo haré.

Bash nos deseó suerte, tomó la mano de Emerson y se marcharon; River y Avery los siguieron.

—Elliot, sí sabes que estos dos son maravillosos, ¿verdad? —dijo River antes de llegar a la puerta de entrada.

Sonreí. River y su hermano, Bishop, también eran encantadores. Bishop se graduó un año antes que Bash, Ryker y Knox; River y yo teníamos la misma edad y éramos amigos desde el jardín de niños. Estaba feliz de tenerlo en casa.

—Date prisa, River. -Lo apremió Avery, sonando mucho mayor que sus veintisiete años. Ambos salieron.

—Aquí vamos —murmuró Knox cuando llegamos a la sala.

Elliot se sentó frente a nosotros, junto con la señora Dean, en el sofá de dos plazas. Nosotros tomamos asiento en el sofá junto al que James jugaba en el piso. Liam estaba arrodillado a su lado, fingiendo no prestar atención a lo que ocurría.

—¡Increíble! Siempre escuché que los de la brigada de élite eran una familia, pero no esperaba que los dos estuvieran aquí. Francamente, no pensé verte aquí, Knox, pero me alegro de que así sea.

—Yo también —respondió y se inclinó hacia adelante para adoptar una postura seria—. Sabemos que esto es poco convencional, pero esperamos que no tomes en cuenta esta locura para que podamos reunir a estos chicos con su familia. Lo último que queremos es que los separen o los pongan con padres que no puedan cuidarlos ni limpiar galones y galones de vómito.

—¿Qué? —Su pluma se detuvo de inmediato sobre su portapapeles y frunció el ceño.

—Baba. Quiere decir baba. James babea mucho —corregí.

—Ah, okey. Esto va a ser un poco invasivo. Harper, todo está bien con tus antecedentes, al menos eso fue fácil; sin embargo, Knox...

—El mío también —le aseguró Knox—. Todo está en los expedientes de la casa club.

—Ah. —Sonrió sorprendida—. Excelente noticia. Eso facilita mucho las cosas. Como dije, no esperaba que ya estuvieras de regreso y tendré que hacerles bastantes preguntas.

—¿Están de acuerdo? —preguntó la señora Dean, como si nos ofreciera un té. Su cabello castaño tenía mechones plateados, aparte de eso, estaba igual a como la recordaba.

—No creo que haya nada de mi pasado que Harper no conozca y me parece que esta mañana me puse al día con el suyo. —Me miró de reojo.

—Estoy de acuerdo con las preguntas. Yo primero si quieren —respondí, preparándome mentalmente para que todos y cada uno de los detalles de mi vida se expusieran frente a Knox.

«Era una idea excelente. Magnífico».

Elliot asintió, se puso los lentes, acomodó el portapapeles y empezó a lanzar preguntas, tomando nota de mis respuestas a medida que avanzábamos.

¡Piedad! No bromeaba cuando dijo que las preguntas serían invasivas.

Me cuestionó acerca de mi infancia, sobre cómo me afectó perder a mi padre en el incendio y la forma en que me disciplinaban. También, qué pensaba sobre la adopción, cómo me sentía dando acogida a un alumno y qué pasaría si durara más de una semana.

—En ese caso, lidiaremos con ello como lo hacemos con todo en este pueblo: paso a paso.

Ambas asintieron.

Knox se recargó en los cojines y cruzó las piernas, con un tobillo sobre la rodilla, en una posición aparentemente relajada. Lo que las trabajadoras sociales no vieron fue la manera en que sus dedos tamborileaban con rapidez sobre sus jeans.

Esto debía ser una tortura para él. Difícilmente, les permitía a Ryker y Bash entrar en su intimidad, mucho menos a mí o a algún desconocido. Le preguntaron sobre los arrestos que figuraban en sus antecedentes penales. Todo el pueblo había sido testigo de la adolescencia de Knox; sin embargo, lo sucedido durante esos años, desde las carreras de autos en la calle principal hasta meter la patrulla del alguacil Peterson al gimnasio de la escuela, había sido eliminado de su expediente hacía tiempo.

Quizá Knox seguía siendo un idiota cuando se trataba de las mujeres que entraban y salían de su dormitorio, pero, desde que cumplió dieciocho años, había evitado que le pusieran las esposas.

—¿El dinero es un problema para ustedes dos? —preguntó la señora Dean al tiempo que tomaba notas.

Knox resopló.

—Hice mas que dinero suficiente invirtiendo en la empresa de tecnología de Sebastian Vargas y solo soy bombero porque me gusta. No tengo deudas. La casa está pagada. La camioneta está pagada. Además, soy miembro activo de Legacy, LLC, lo que significa que también soy financieramente responsable del éxito o fracaso de la nueva brigada de élite.

Se me salieron los ojos de las órbitas. Sabía que Bash había hecho una fortuna para los tres cuando invirtieron en sus aplicaciones, pero ¡guau!

—Está bien. Sabemos que tu padre murió en el incendio de Legacy y que te crió Agnes, tu abuela —intervino Elliot—. ¿Tienes otros familiares vivos? ¿Tu madre?

Knox se tensó y clavó los dedos en el sofá.

Extendí el brazo sobre el pequeño espacio que nos separaba y puse mi mano sobre la suya, apretándola un poco.

Me ofreció una sonrisa forzada y frunció los labios; sabía que me estaba dando las gracias y se relajó un poco. Después, volvió a dirigir su atención a nuestras inquisidoras.

—Solo somos mi abuela y yo. La última vez que vi a mi madre fue cuando se fue, yo tenía diez años. Desde entonces, no está presente y no lo estará nunca.

La señora Dean asintió, era probable que recordara lo que había sucedido.

—¿Y cómo crees que eso te afectó como adulto?

—Pensé que no lo había hecho, pero supe que eso era mentira en el momento en que encontré a Harper en mi casa con los niños.

Contuve el aliento.

—¿De qué manera? —preguntó.

Observé las líneas esculpidas de su rostro, la manera en que su mandíbula se tensaba una, dos veces; su concentración se desvió hacia los niños que jugaban.

—Su partida me dio la determinación para probar lo que valía y, a partir de hoy, para mantener a Liam y a James juntos.

Agradezco todos los días haber tenido a mi abuela para que me criara después del incendio. No voy a permitir que le pase nada estos dos niños mientras estén aquí. Son... —Respiró profundo y exhaló despacio—. Bueno, en cierto sentido, Harper y yo hemos estado donde ellos están ahora. Son como nosotros.

Mi corazón se encogió, pues la sensación me era familiar. Los años no importaban. Seguía estúpidamente enamorada de este hombre.

Pasaron a otro tema. La señora Dean nos lanzó a ambos una mirada que nos advertía de que no toleraría mentiras.

—¿Y cuál es exactamente la relación entre ustedes dos?

Me paralicé.

—¿Cómo quiere que sea? —preguntó Knox.

La señora Dean apretó los labios.

—Es obvio que no viven juntos —intervino Elliot—. Todos sabemos que Harper está viviendo en casa de Ryker que su departamento se inundó por el deshielo de primavera.

Malditos pueblos pequeños.

—No podemos aceptar que sean *roomies* —agregó la señorita Dean con la vista fija en Knox—. Es demasiado inestable. Si bien nos podemos hacer de la vista gorda con ciertas cosas por ser una acogida de emergencia, que Harper no cuente con una residencia oficial no es una de ellas, puesto que ella es quien será la madre de acogida.

—Entonces, ¿para el papeleo es mejor que estemos juntos y que ella viva aquí?

Volteé a verlo de inmediato y apreté su mano, pero él mantuvo su atención en Elliot.

Ella miró a la señora Dean, luego a mí y después a Knox.

—Permitimos que los padres de acogida vivan en la casa de su pareja siempre y cuando se compruebe su historial y pasen la verificación domiciliaria; pero, por supuesto, preferimos que la relación sea estable —explicó pronunciando despacio las últimas palabras.

—Perfecto, pues ponga eso. —Entrelazó sus dedos con los míos—. ¿Por ti está bien, Harper?

Me quedé boquiabierta.

—¿En verdad nos vas a decir que has tenido una relación a larga distancia con Harper? —preguntó la señora Dean, mirándolo por encima del armazón de sus lentes.

—¿En verdad me van a decir que no es el caso? —la desafió Knox—. Vamos, pregúntenme cualquier cosa sobre Harper y les aseguro que puedo responderles.

—¿Cuánto tiem...? —comenzó a decir la señora Dean.

—Creo que es suficiente —la interrumpió Elliot poniéndose de pie—. Solo es una semana, Maggie.

La señora Dean nos miró a Knox y a mí, su mirada cayó sobre nuestras manos y se suavizó al ver a los niños. —Solo una semana.

Ambos respiramos mejor cuando nos dijeron que estaban listas para dar un recorrido por la casa. Knox las guió, mientras que yo le preparaba un bocadillo a los niños. Las manos me temblaban ante la posibilidad de que nos rechazaran, pero me las arreglé para cortar un plátano sin cortarme.

—Okey —dijo Elliot cuando terminaron y se recargó en la isla de la cocina. La señora Dean se dirigía a la recámara principal con Knox—. Esperamos tener noticias de su padre o de algún familiar la próxima semana. Hasta entonces, tú eres la madre oficial de acogida.

—¿Y Knox? —pregunté, luchando contra el impulso de contener la respiración.

—Es tu pareja... que te apoya —respondió Elliot—. No están casados, lo que por supuesto es el ideal de Maggie, aunque no está muy actualizada con la época; por otro lado, sus condiciones de vida son aceptables para nosotros. Es muy poco el tiempo que estarán aquí.

Mi cuerpo se relajó de alivio. Los chicos podrían quedarse. No los separarían.

—Gracias, Elliot.

—No, gracias a ti. Hiciste algo maravilloso al defenderlos.

Ambas volteamos cuando James lanzó una risita y vimos que Knox le hacía trompetillas en el cuello.

—Vaya, eso es un golpe a los ovarios —murmuró Elliot boquiabierta—. Nunca pensé que vería a Knox Daniels con un bebé.

No podía quitar la mirada de la manera tan cuidadosa con la que Knox sostenía a James o la forma en la que levantaba fácilmente a Liam con el otro brazo, quien, para mi sorpresa, se lo permitió. Se veían diminutos a lado de su enorme constitución, tan delicados comparados con la fuerza del cuerpo de Knox. Si era tan bueno con ellos después de unas cuantas horas, ¿cómo sería en una semana?

¿Cómo sería con sus propios bebés?

—Algún día será un padre maravilloso —repliqué, un poco sin aliento.

Quizá jurara a los cuatro vientos que nunca tendría hijos, pero, ahora que lo veía, sabía que tenía un talento natural.

—Te diré algo como tu amiga y no como la trabajadora social. Yo que tú ya me estaría formando para ayudarlo con eso. —Me lanzó una mirada cómplice—. Has esperado mucho tiempo a que volviera a casa.

¿Formarse? Carajo, me hubiera parado de cabeza si eso me ayudara a conseguir a Knox, pero él no era exactamente del tipo que «se consigue». Aunque había montado un espectáculo increíble, sabía que, cuando acabara la semana, volveríamos a los monosílabos en cuanto apareciera Ryker.

—Pero hazme un favor —me pidió Elliot.

—¿Qué?

—Esta semana monten un buen espectáculo para Maggie o nunca me dejará en paz.

CAPÍTULO 6

Knox

Subí la pesa y respiré, lo que hizo que me ardiera el pecho al bajarla de nuevo, solo para repetir el movimiento otras doce veces. La altitud me estaba dando una paliza. Quizá pasaría un mes completo antes de que recuperara mi condición física.

Ya había dejado de prestarle atención a Bash, quien me observaba. Si tenía que escuchar una vez más los detalles especiales que había instalado en la casa para Emerson, tendría que usar mi toalla sudorosa como mordaza. Me alegraba que estuvieran de nuevo juntos y comprometidos. Lo único peor que escucharlos hablar entusiasmados de su relación, ahora que vivían juntos, era ver cómo se marchitaban el uno sin el otro. Gracias a Dios, había aceptado volver.

Estaba en verdad feliz por ellos. Todos habíamos experimentado una parte del infierno en los últimos diez años, pero ellos se llevaron la peor parte.

—¿Ya te contó de la tina? —preguntó River sarcásticamente al alcanzarnos en el gimnasio de la estación de bomberos—. Ya sabes, a Emmy le gustan las que son de hidromasaje.

—Cállate —espetó Bash—. No soy tan odioso.

—Sí lo eres —me quejé, alzando la pesa—, pero somos tus amigos, así que no te romperemos las bolas.

—Habla por ti —dijo River cruzando los brazos sobre el pecho.

—Es solo porque no podemos. Las tiene Emerson en su bolsa —comenté.

Bash me fulminó con la mirada y soltó la pesa cuando yo la bajaba. De inmediato, la barra cayó sobre mi pecho.

—Carajo —gruñí.

—Eres cruel, Bash —dijo River riendo y ayudándome a levantarla—. ¿Problemas con ciento treinta y cinco kilos, Knox? ¿Estás fuera de forma?

—Apenas —respondí sentándome en la banca—. Creo que me tengo que adaptar a la altitud o estoy cansado por la falta de sueño. James se despertó tres veces anoche.

Por segunda noche consecutiva.

—Diablos —exclamó Bash lanzando un silbido.

—Sí —dije frotándome los ojos irritados—. Harper se ocupó dos veces y a la tercera tuve que convencerla de que me lo diera para que regresara a la cama.

Bash entrecerró los ojos en mi dirección.

—Su propia cama, imbécil —aclaré.

—Solo quería asegurarme. No es que esté en contra de ustedes —expuso alzando las manos—. Solo estoy en contra de que pasen cosas a espaldas de Ryker. Sabes que enloquecerá cuando se entere.

—Nunca se va a enterar —repliqué—. Esto terminará en unos días. Me dijo que llegaría hasta la próxima semana, o incluso más tarde. Juro que ese tipo es el peor adicto a los incendios que haya conocido.

—Cierto. —Bash tensó la mandíbula—. Pero el rumor que corre por el pueblo es que ustedes dos viven juntos y sabes que llegará a sus oídos.

—Déjame adivinar. —Me pasé la mano por el cabello y mi estómago se hizo un nudo—. ¿Maggie Dean?

—Se lo contó a tu abuela esta mañana en la cafetería. —River levantó un par de mancuernas—. Avery la escuchó, así que, si fuera yo, esperaría esa llamada en cualquier momento.

—Carajo.

Salirme con la mía por una pequeña mentira dicha a la señora Dean era una cosa, pero mentirle con descaro a mi abuela era otra muy distinta.

—Sí, buena suerte con esa llamada —repuso Bash con una mueca—. Nosotros tres conocemos la verdad...

—Seis, si contamos a Avery, Emerson y Harper —agregó River.

—Siete —añadí encogiéndome de hombros—. Elliot lo sabe, es solo que se está haciendo de la vista gorda.

—Perfecto —exclamó Bash caminando hacia la prensa de piernas—. Todos nosotros sabemos la verdad. Buena suerte engañando al resto del pueblo y, al mismo tiempo, ocultándoselo.

—Sí, no gracias. Quiero mantener mi pene unido a mi cuerpo; ambos sabemos que llegaría volando solo para cortármelo. Le explicaré todo cuando ya haya pasado. Entenderá.

Tendría que hacerlo. «Entonces, ¿por qué no lo llamas?». Porque, si no lo tomaba bien, y no lo haría, me vería obligado a elegir entre mi amigo más antiguo y que esos niños estuvieran juntos hasta que los Pendridge regresaran a casa. Era mejor pedir perdón que pedir permiso, ¿cierto?

Además, no está pasando nada con Harper. Solo somos... compañeros de casa.

«Ajá, y el infierno es solo un sauna».

—Me voy a bañar para no apestar la sala de juntas —les dije y me salí.

Elegí una regadera privada y dejé correr el agua tan caliente que casi me escaldo la piel estando de espalda bajo el chorro. El extremo del cubículo era de cristal esmerilado hasta la altura del pecho. Muy bello, porque la vista era maravillosa, pero quizá muy ofensivo para algún excursionista que paseara cerca con unos binoculares.

El agua golpeaba mis músculos adoloridos mientras mis ojos recorrían el borde del piso de la regadera. Al principio, pensé que Bash se había vuelto loco cuando decidió retomar la brigada de élite de nuestros padres, que era un masoquista por querer desgarrar una cicatriz de hacía diez años. Sin embargo, entre más le daba vueltas a la idea, más me daba cuenta de que era imposible reabrir una herida que aún no había sanado; seguía abierta, supurando.

Quizá, solo quizá, ponerle un parche y retomar la brigada nos ayudaría a sanar, aunque fuera un poco.

Nos quedaban solo unos meses para certificarnos, eso era parte de las condiciones que el ayuntamiento nos había impuesto, y sentía cada vez más que nos habían tendido una trampa para que fracasáramos. Certificar a toda una nueva brigada en ese lapso era algo inédito; esa también fue la razón por la que regresé a casa un mes antes de la fecha en que el resto del equipo debía reportarse. Con suerte, podríamos empezar con el pie derecho el 1° de mayo.

Diez minutos después, subí corriendo las escaleras de las instalaciones de la Brigada de Legacy. En la planta baja estaban los dormitorios, baños y el gimnasio. Todo estaba listo para la llegada del equipo en las próximas dos semanas. En el nivel superior, había una cocina muy grande, el comedor, la sala de reuniones y las oficinas del equipo. Bash no había escatimado en gastos al construir el enorme complejo. Si bien él asumió la mayor parte del costo, Ryker y yo también contribuimos. En parte, las instalaciones eran nuestras, lo que significaba una ventaja.

—Gracias a Dios —exclamó River cuando entré a la sala de conferencias—. Me estaba contando de la barra de granito que Emerson mandó poner en la cocina. Los dejo a los tres con sus asuntos. Voy a correr con Bishop. —Se despidió con una seña de la mano y se marchó.

¿Tres?

—Ry, Knox acaba de llegar —dijo Bash.

—Me da gusto saber que estás vivo. —La voz de Ryker sonó en el teléfono de Bash, que estaba sobre la superficie de vidrio de la mesa.

«Carajo».

Bash enarcó las cejas en mi dirección. Yo negué con la cabeza.

—Es bueno oírte, hermano. ¿Ya vas a regresar a casa?

La culpa me carcomía y me revolvía el estómago.

—Lo tenemos casi controlado, así que, probablemente, a principios de la próxima semana.

Sonaba cansado.

—Nos dará gusto tenerte de vuelta —respondió Bash sin dejar de mirarme.

Carajo, odiaba que la presión en mi pecho se aliviara un poco. Harper ya se habría ido para cuando él regresara.

«Y, en parte, también odiaba eso».

—Actualízanos —pedí, recargándome en el respaldo de mi silla.

Bash señaló el pizarrón blanco en el que habían escrito, de manera estratégica y con diferentes colores, los nombres de todos los miembros de la brigada de élite.

—Solo tenemos hasta el 15 de junio para que cada uno de ellos esté aquí y ya certificados. No me preocupan los veteranos, pero, para cumplir con el requerimiento del sesenta por ciento que dispuso el ayuntamiento, tenemos demasiados novatos. Nuestro primer obstáculo es capacitarlos.

—Tenemos a los Maldonado, que ya están calificados —afirmé. Bishop era un poco mayor que nosotros y tenía bastante experiencia. Le importaba una sola persona en el mundo, su hermano pequeño, River.

—Sí, son buenos —aceptó Ryker.

—¿En qué está Indie? —pregunté al ver su nombre escrito en azul.

—Llegará en un par de semanas. Le prometió a su equipo de Montana que se quedaría tanto como fuera posible. Lo mismo Lawson. Los miembros que no son de Legacy llegarán la próxima semana, así que prepárate para que se presenten en manada —explicó Bash señalando la lista de nombres a la derecha.

—¿Qué hay de Braxton Rose?

Su nombre también estaba en azul.

—Sigue en Chicago, pero prometió estar aquí a tiempo, aunque no está certificado en incendios forestales, solo en estructuras. Y está muy enojado de que su hermana se presentó como voluntaria.

—Ella solo tiene dieciocho años; claro que está enojado —dijo Ryker—. No lo culpen. A mí no me gusta que Harper esté cerca de bomberos, mucho menos querría que se volviera una. Tiene todo el derecho de estar enojado.

Bash me lanzó una mirada y luego alzó las cejas hacia el altavoz del teléfono.

—Sabes que Harpy tiene veintiséis años, Ry. Tendrás que darle un poco de libertad con su vida amorosa cuando regreses a vivir aquí.

La mayoría de nosotros nos habíamos ido para formar parte de otras brigadas, pero Ryker solo trabajaba fuera de manera temporal y pasaba el resto del año en Legacy.

—Puede tener tanta libertad como quiera. Carajo, tuve que aguantar a Richard «el Imbécil» Stone durante un año. Era un estúpido pretensioso, pero al menos me sentía seguro de que no lo iban a llamar a medianoche para apagar un incendio del que nunca iba a regresar. Mi hermana no va a vivir como lo hizo mi mamá.

Ahí estaba. La razón número mil uno por la que nunca sería suficiente para Harper. Me froté el puente de la nariz.

—¿Y Cohen? —preguntó Ryker.

Spencer Cohen era el único sobreviviente de la brigada de élite original de Legacy y nunca se lo perdonó. En lugar de morir quemado o en un refugio de despliegue, había bajado en auto de la montaña para sacar a Bash de ahí.

También tuvo reticencias antes de aceptar ser el superintendente de la brigada, puesto que ninguno de nosotros tenía la experiencia ni las ganas; su ingreso nos ayudó a cumplir con el porcentaje que el consejo exigía. Asimismo, Emerson tuvo que sumarse, aunque solo fuera como directora, ella no vería jamás una llama.

—Llega la próxima semana —respondió Bash.

—Será una semana larga —apuntó Ryker.

—Un año largo. Tenemos solo una temporada para sacar adelante a este equipo y certificarlo o todo lo que hemos hecho será en vano. He movido todos los hilos en mi arsenal de favores y parece que nos evaluarán en agosto para la certificación. Si cometemos un error, estamos acabados.

Habíamos apostado todo por esta nueva brigada. Nuestro dinero, nuestros antiguos empleos, nuestra casa y el legado de nuestros padres. Si fallábamos, todo habría sido en vano.

—Entonces no podemos equivocarnos —confirmé al tiempo que mi teléfono empezó a sonar.

Deslicé el pulgar sobre la pantalla para responder.

—Hola, abuela.

—Knox Daniels, tienes mucho que explicar.

Al día siguiente, Liam estaba callado cuando entramos a la casa, con las mejillas surcadas de lágrimas. Ese rostro sombrío era una transgresión en alguien tan pequeño. Ningún niño debería vivir lo que él acababa de pasar.

Sostuve la puerta del vestíbulo para que Harper entrara con James sobre la cadera; ella me agradeció en voz baja.

—¿Me puedo quitar esto? —preguntó Liam desde la cocina.

Entré y vi que se jalaba la corbata. Era negra, igual que su traje, y hacía juego con el resto de nuestros atuendos.

Harper se mordió el labio inferior y supe que estaba a punto de echarse a llorar otra vez. Se había contenido durante la mayor parte de la ceremonia, pero en el momento en que Liam empezó a hacerlo, fue comprensible que se uniera a él. Jamie balbuceaba y se frotaba los ojos con ambos puños. Era tanto una bendición como una maldición saber que nunca recordaría nada de esto.

—Claro que sí. —Me arrodillé para quedar a su nivel—. Hagamos un trato —le propuse a Harper—. Tú llévate al Señor Vomitón y yo me encargo de este joven.

No era que Jamie no me agradara. Era adorable, pero después del tercer pañal que le puse ayer al revés, no me avergonzaba encargarme del niño con quien sí podía hablar.

Me lanzó una sonrisa triste.

—Trato hecho.

—¿Puedo ayudarte? —le pregunté a Liam.

Él asintió.

Mientras Harper se llevaba a James a la sala, deshice el nudo de la corbata de Liam y desabroché su abrigo.

—¿Mejor?

Volvió a asentir y desvié la mirada. No había llorado desde que salimos del cementerio; sin embargo, no sabía mucho sobre niños como para saber si eso era bueno o malo. Que no hablara del tema debía ser malo; incluso yo podía darme cuenta.

—¿Tienes hambre?

Eran las tres de la tarde. Aunque había vivido con ellos durante cuatro días, aún no había averiguado si su hambre tenía un ritmo. Al parecer, cuando les ofrecíamos comida, no tenían hambre y, cuando no lo hacíamos, estaban famélicos.

Liam negó con la cabeza y jugueteó con su cinturón.

Si yo hubiera enterrado al único miembro conocido de mi familia y no supiera lo que me depara el futuro, tampoco estaría muy interesado en hablar. Diablos, no tenía idea de qué decirle al niño, así que recurrí a lo que yo habría deseado que alguien me hubiera dicho aquel día.

—Está bien, ¿sabes? —dije mientras le ayudaba a desabrocharse el cinturón—. Si quieres hablar o no, está bien.

Sus tristes ojos castaños se encontraron con los míos y el nudo en mi garganta se hizo más grande.

—Si quieres llorar o gritar o chillar, también está bien. Puedes sentir lo que quieras.

—¿Tú lloraste cuando se murió tu papá? —preguntó en un murmullo.

—Por supuesto. —Podía hablar, pero el nudo seguía ahí—. Aunque, mi papá se murió junto con muchos de sus amigos y había miles de cámaras y personas. —Tragué saliva con dificultad—. A veces sentía que tenía que fingir que estaba bien, pero no era cierto. Tú no tienes que fingir, ¿okey? Tú puedes sentir lo que quieras.

Asintió.

—¿Por qué no subes a quitarte el traje? —propuse—. Creo que Harper puso tu ropa nueva en la cajonera.

Me puse de pie y él me quitó la corbata de la mano, luego se alejó; sus pesados pasos resonaron en la escalera.

Saqué un té helado del refrigerador y otro para Harper. Los puse sobre la barra. Era casi divertido lo rápido que me había acostumbrado a tomar las cosas en pares, a considerarla siempre en mis acciones. Por como fue este día, me hubiera gustado que este té fuera la versión alcoholizada de un Long Island, pero podía esperar hasta que los niños estuvieran acostados.

—No vino —dijo Harper a mi espalda.

—¿Quién? —pregunté girando hacia ella.

Destapé la botella y se la ofrecí. Los niños apenas llevaban cuatro días aquí y el sonido que hacía James al saltar en su brincolín en la sala ya me parecía habitual.

—Gracias. —Bebió un sorbo y, de un salto, se sentó en la barra. Sus piernas y pies estaban desnudos bajo su vestido negro—. Nolan. Hablé con Elliot después de la ceremonia y me dijo que le había dejado mensajes en el número que encontró en el teléfono de Lisa.

—Tal vez no los recibió.

Jalé el nudo de mi corbata para aflojarla. Esa era la única excusa que me parecía aceptable para someter a tus hijos a esto y no estar ahí con ellos. Pero, claro, el tipo los había abandonado, lo que me daba la impresión de que le importaban un comino.

—Su abuelo sí los recibió. Vive en Reno. Supongo que es donde está Nolan, porque la segunda vez que Elliot llamó, el hombre le informó que ya le había dado el recado a su hijo.

—¿Y? —Apreté con fuerza la botella.

—No se presentó y a su abuelo —miró sobre su hombro, sin duda, para asegurarse de que Liam no escuchaba— no le interesa criar a sus nietos.

Me froté el mentón y reprimí mis horribles pensamientos. Lo último que Liam necesitaba era escuchar cómo perdía los estribos contra su familia.

—No entiendo cómo alguien puede rechazar a sus nietos o a sus hijos —murmuró y luego abrió los ojos al máximo, arrepentida—. Perdón, Knox, no quise decir eso.

Agité la mano para indicarle que no tenía importancia.

—No te preocupes. No has dicho nada sobre mi madre que yo no haya pensado en algún momento. Mierda, he dicho cosas mucho peores; además, yo tenía a mi abuela.

—Tampoco lo entendí en esa época. No podía pensar en una sola persona en el mundo que no te quisiera. —Jugueteó con la botella y se sonrojó—. No sé qué decirle a Liam.

—No hay nada que podamos decirle, nada que solucione su situación. Yo solo le digo lo que a mí me hubiera gustado escuchar en aquella época, quizá eso también es incorrecto.

Los pasitos de Liam se escucharon hasta la cocina. Llegó vestido con unos jeans y la nueva camiseta de *Paw patrol* que le habíamos comprado el día anterior cuando salimos a comprar su traje.

—Tengo una pregunta. —Su mirada iba de Harper a mí.

—¿Cuál es? —Avancé hasta quedar al lado de Harper.

«Adiós a los cinco pasos de distancia».

—¿Qué va a pasar con nosotros? —preguntó.

Su mirada me paralizó; era enorme, inocente y esperaba una respuesta que no tenía. No encontré las palabras.

—Esta noche vamos a cenar, luego tomarás un baño, irás a la cama y mañana iremos a la escuela después de dejar a James en casa de Cherry. ¿Qué te parece?

Harper sujetó con fuerza la tela de la espalda de mi abrigo.

Gracias, Harper.

Liam asintió despacio.

—Todo normal.

—Todo normal, salvo que despertarán aquí —le aseguró.

«No preguntes qué pasará después de eso», supliqué en mi mente. Harper estaba muy tranquila, su voz apacible contrastaba con la fuerza con la que jalaba la tela de mi abrigo. Yo no sabía qué contestar.

Así que no abrí la boca.

—Okey. —Liam nos miró a ambos y volvió a asentir despacio—. ¿Podemos ir mañana a mi casa? Quiero mi cobija especial. Sé que soy grande, pero la extraño.

—¿Qué te parece si llamo a Elliot para averiguar si podemos hacerlo? —propuso Harper.

Asintió de nuevo y se marchó a donde estaba James.

—Odio esto —murmuró Harper soltando mi abrigo y bajando de la barra—. No sé qué les va a pasar. Ni siquiera sé si puedo traerles sus cosas ni decirles dónde despertarán la próxima semana.

Sus hombros se desplomaron.

—No es justo.

Aunque sabía que estaba cruzando la línea otra vez, la acerqué a mi lado. Ella no me rodeó con sus brazos, pero tampoco se apartó. Volteó la cabeza y apoyó su mejilla contra mi pecho.

Traté de ignorar lo fácil que me resultaba abrazarla, la manera en que mi corazón parecía detenerse y luego latir con fuerza. «Está fuera de mi alcance».

—Lamento haberte metido en esto —murmuró.

Descansé la barbilla sobre su cabeza, evitando el lugar donde se había hecho una suerte de chongo.

—Harper, no hay ningún otro lugar donde preferiría estar.

Su respiración se entrecortó y ambos permanecimos en silencio.

Antes de que pudiera preguntarme qué demonios estaba haciendo abrazando a Harper, el momento estalló como la burbuja frágil que era: su teléfono sonó al mismo tiempo en que James estallaba en llanto.

—Bebé —anuncié.

—Teléfono —respondió.

Nos separamos y cada uno se dedicó a su objetivo. James se frotaba los ojos con ambos puños cuando entré a la sala.

—Creo que está cansado —dijo Liam, que estaba sentado en el piso junto a su hermano.

Carajo, él ya había hecho esto antes y yo no me había dado cuenta.

—Creo que tienes razón.

Eché un vistazo a mi reloj, eran las 3:30. Por lo menos, James cumplía con sus horarios, tomando en cuenta los últimos cuatro días. Lo saqué del brincolín; él observó alrededor y luego me miró a mí.

Liam se levantó; la ansiedad tensaba sus facciones.

—Hora de la siesta para este hombrecito —afirmé—. ¿Y tú, Liam? Sé que eres grande y que las siestas no son geniales, pero quizá te gustaría hacerle compañía a James.

—Sí, buena idea.

Su rostro se relajó, el alivio era visible. Si yo hubiera perdido a todos menos a mi hermano, tampoco me hubiera gustado perderlo de vista.

—Pero solo para que no se asuste —agregó.

—Por supuesto —respondí asintiendo con exageración hacia el cachorro alfa.

Me llevó diez minutos y un pañal desperdiciado —seguía teniendo problemas para medir mi fuerza al jalar las cintas adhesivas antes de que se desprendieran y quedaran en mi mano—, pero, al final, pude acostarlos a ambos. Nada mal para un tipo que nunca había cambiado pañales antes de esta semana y que jamás volvería a hacerlo.

—No entiendo cómo los pañales pueden contener tanto cuando parecen desbaratarse con tanta facilidad. Desafía toda lógica —le comenté a Harper cuando la encontré; estaba de pie mirando por la ventana—. ¿Harper?

Giró, apretaba el teléfono en la mano, y sus ojos turquesa estaban destrozados por la tristeza y el pánico.

—Era Elliot. Los Pendridge regresaron antes. Al parecer, quisieron adelantarse a la tormenta de nieve que se avecina. Quieren venir esta noche para conocer a los niños y dicen que mañana estarán listos para recibirlos.

«Un momento. ¿Qué?».

Asombro. Tristeza. Alivio. Inquietud. Terror absoluto. Todas las emociones me golpearon como un tren de carga, tan rápido que no podía asimilar una sola antes de que la siguiente se abatiera sobre mí. «Eso es bueno. Se supone que es bueno».

Excepto que no lo era.

La expresión de Harper decía lo mismo.

Se suponía que los niños debían estar con una familia, mantener su rutina. Se suponía que serían nuestros unos días más. Este no era el plan. Aunque, ahora, nada en su vida iba de acuerdo con el plan.

—Okey —dije despacio, probando la capacidad de mi boca para formular las palabras—. Entonces, supongo que debemos prepararnos.

—En las tardes, se pone un poco irritable y, a veces, después de comer —explicó Harper por encima del llanto mientras caminaba por la habitación con James en los brazos—. Estaba pensando que deberíamos preguntarle al pediatra si tenemos que cambiarle la fórmula. Claro, ustedes pueden hacerlo...

Los Pendridge ocupaban el sofá frente al cual Liam y yo estábamos sentados y miraban a Harper con una leve sonrisa. Eran exactamente como los recordaba: tranquilos, amables, directamente salidos de un programa de televisión de los años cincuenta. También se veían más viejos.

—Claro. Eso no será un problema —respondió la señora Pendridge.

Su comentario pareció calmar a Harper más que a James. Su tono era tranquilo, pero un destello de pánico cruzó su mirada.

Su esposo la tomó de la mano y la acarició con el pulgar.

—Entonces, Knox, ¿ya no tienes nada que hacer en California? —preguntó el señor Pendridge.

—Así es, señor. Bueno, casi. Todavía tengo que finalizar la venta de mi casa allá, pero me enviarán los documentos.

Los ojos de Liam pasaban nerviosos de un adulto a otro en la sala. Elliot se había acomodado en el reposabrazos del sofá y le lanzó una sonrisa para tranquilizarlo.

—No me hables de usted. Soy solo Ben —respondió el señor Pendridge, como si me dejara entrar al club de los mayores.

James siguió expresando su descontento y Harper caminó en círculos cada vez más amplios, arrullándolo contra su pecho.

—Lo conozco de toda la vida, señor Pendridge. No estoy seguro de que algún día pueda llamarlo Ben.

—Entiendo —dijo con una risita.

—Lo siento —se disculpó Harper—. Es solo que las noches le resultan un poco difíciles.

La señora Pendridge se levantó despacio.

—Nada de eso. No tienes que disculparte por un bebé. ¿Por qué no me dejas cargarlo?

Harper apretó un poco más a James contra ella. Si no la conociera tan bien, no me hubiera dado cuenta. Su mirada se encontró al instante con la mía, como si yo tuviera todas las respuestas. Alerta de *spoiler:* no las tenía. Estaba tan fuera de mi elemento que bien podríamos haber estado nadando sobre la fosa de las Marianas. Traté de ofrecerle una sonrisa tranquilizadora, pero tal vez fue más bien una mueca.

Liam se incorporó un poco cuando Harper puso a James en los brazos de la señora Pendridge. Rodeé sus hombros con mi brazo y lo acurruqué a mi lado.

La señora Pendridge hizo los mismos movimientos que Harper, cambiando a James con frecuencia de un brazo a otro. No podía culparla, el chico pesaba.

Harper pareció perdida un segundo, luego cruzó los brazos sobre su pecho en un esfuerzo por contenerse.

—Ustedes tienen caballos, ¿verdad? —preguntó Harper.

—Ya no. De hecho, vendimos el rancho el mes pasado. Esperábamos que uno de nuestros hijos quisiera hacerse cargo, pero todos son felices donde están. Ahora estamos en un lugar más manejable.

—¿Manejable? —pregunté.

—Compramos uno de esos pequeños departamentos que acaban de construir en la parte este del pueblo —respondió la señora Pendridge casi gritando para que pudiera escucharla por encima del chillido más fuerte que James había lanzado hasta ahora—. Hay un parque al final de la cuadra —agregó en dirección de Liam.

Él no respondió.

Departamento. Sin jardín. Sin espacio para que Liam corriera o para que James aprendiera a caminar. La fantasía que me había hecho de los niños felices en el rancho de los Pendridge desapareció como humo, dejando tras de sí algo mucho más difícil de asimilar.

Cuando en su caminata se acercó a mí, James extendió los brazos en mi dirección con un chillido bastante ensordecedor. Tensé cada músculo de mi cuerpo para no tomarlo en mis brazos.

El bebé se retorció en los brazos de la señora Pendridge hacia el suelo.

Me levanté de un salto y lo atrapé por la espalda de su pijama justo antes de que se golpeara con el borde de la mesa.

«Por suerte».

—¡Dios mío! —exclamó la señora Pendridge al tiempo que todos los adultos se apresuraron a nuestro lado.

James abrió los ojos, asombrado; lo abracé contra mi pecho y dio rienda suelta. Carajo, los pulmones de este niño eran únicos.

—¡Lo tiraste! —la acusó Liam con un grito. De inmediato, bajó del sofá y se paró a mi lado.

No podía oponerme a la evaluación de Liam ni a su furia.

—Lo siento, no esperaba... —Se cubrió la boca.

—No pasó nada —dijo su esposo en voz baja y la abrazó.

—Él está bien, en serio —la tranquilizó Harper antes de mirarme para que le garantizara que lo que había dicho era verdad.

James protestó cuando lo sostuve a cierta distancia para asegurarme de que no tenía chichones, moretones o un golpe en algún lugar; luego, lo recargué contra mi pecho y asentí en dirección de Harper.

—No podemos hacerlo. —El llanto de la señora Pendridge se amortiguó en la camisa de su esposo.

—Betty...

—¡No! —exclamó alejándose de él—. Sé que dijimos que podíamos, pero míranos, Ben. Ya no podemos comprometernos con algo así.

Dejé de acariciar a James y mi mano se paralizó en su espalda. ¿Qué demonios significaba eso?

—¿Por qué no salimos un momento? —propuso Elliot, dirigiéndolos hacia la puerta—. Ahora vuelvo —nos dijo por encima del hombro.

—¡¿Cómo pudieron hacerlo?! —gritó Liam con el rostro encarnado.

Me llevó un segundo darme cuenta de que nos gritaba a Harper y a mí.

—¿Qué pasa, amigo? —pregunté, haciendo un enorme esfuerzo por escucharlo mientras el llanto de James aumentaba en decibelios junto a mi oído.

—¡Son viejos! ¡Y ella tiró a Jamie! ¡No pueden dejarnos con ellos!

Todo su cuerpecito temblaba.

Harper se arrodilló frente a él.

—Liam, la decisión no depende de nosotros. Hay reglas que determinan con quién pueden vivir los niños.

Liam la fulminó con la mirada.

—Nos dejaron quedarnos aquí.

—Porque sabían que era temporal. Los Pendridge son los únicos padres de acogida de Legacy. Nosotros —me miró sobre el hombro— no estamos calificados; no nos permiten tenerlos a largo plazo.

—¡No será por mucho tiempo! Mi papá va a venir. ¡Él va a querer estar con nosotros! —gritó con la seguridad de un niño.

Alcé la vista al techo y parpadeé con violencia para reprimir un dolor insoportable, mientras el nudo en mi garganta se hinchaba hasta alcanzar proporciones desgarradoras. James se calló contra mi pecho y descansó su cabeza en mi hombro.

«¡Ella vendrá por mí! Tal vez te abandonó a ti, ¡pero a mí sí me quiere!». ¿Cuántas veces le grité eso a mi padre los primeros meses después de que se había ido? ¿Cuánto tiempo me llevó darme cuenta de que no era cierto?

—Liam, lo único que quiero para ti es que seas feliz y amado. Te lo prometo —suplicó Harper al entender por qué se alejaba de ella.

La puerta se abrió y Elliot entró. Su boca dibujaba una línea tensa.

—Creo que tenemos un problema.

James hizo honor a su apodo y me vomitó encima.

—Ah, bien. Me preguntaba cuándo habría un poco de emoción —mascullé y le di unas palmaditas al bebé en la espalda.

Combatir incendios era un juego de niños comparado con esto.

CAPÍTULO 7

Knox

—Bueno, sin duda, esta vez sí te has metido en un verdadero lío —dijo mi abuela acercándome una taza de café sobre la barra de su cafetería, el Chatterbox.

El Chatterbox era un lugar emblemático en la calle principal del centro de la ciudad, el punto de encuentro para comer, estar con amigos y chismear; justo lo que le gustaba a mi abuela.

Pasó uno de sus mechones teñidos de rosa brillante detrás de su oreja y saludó a una pareja por su nombre cuando cruzaron el umbral.

—Pobre niña —murmuró mientras saludaba con la mano—. Cree que su nombre va a acabar en la pared. Mira, va a sentarse junto a la pared.

Giré un poco sobre mi banco y resoplé cuando hizo precisamente lo que mi abuela predijo.

—¿Cómo supiste?

—Llevan como un año juntos y ella lo trae aquí al menos una vez a la semana. Shea, parece que en la mesa catorce les falta café —le susurró a la mesera que estaba cerca de mí.

Entre más tiempo pasaba lejos de Legacy, más difícil me resultaba reconocer a la gente; sin embargo, la pared no cambiaba. Claro, se agregaban nombres, pero el significado era el mismo. Era algo así como el precursor de Facebook y abarcaba toda la pared trasera de la cafetería. Durante los últimos cuarenta años, las parejas tallaban sus nombres en la madera para declarar su amor. Una parte había sido destruida por el incendio hace casi once años, pero eso no impidió que mi abuela aprovechara lo que había sobrevivido para reconstruirla. Era cursi y bastante anticuado, pero, cuando vi los nombres de Bash y Emerson grabados uno al lado del otro, tuve que admitir que era encantador. En fin, hasta que alguna esposa despechada llegaba con una navaja o, en el caso de Amity Gunderson, con un minisoplete.

Nada como una exnovia furiosa con un pequeño soplete para dejar claro que la relación había cambiado. Todavía podía ver las marcas de las quemaduras desde aquí.

—Deja de evitar mi pregunta, Knox —me advirtió alzando una ceja en mi dirección.

—No hiciste la pregunta.

—¡Sabes de lo que hablo! ¿Qué vas a hacer con esos dos bebés? ¿Con Harper?

Me miró como si tuviera once años otra vez.

—No hay nada que pueda hacer con ninguno. Esos niños están bajo el control del condado. No puedo tomar decisiones por ellos. En cuanto a Harper... —Lancé un suspiro y bebí un sorbo de café, esperando que abandonara el tema.

—¿Y qué? ¿No puedes pelear por ellos?

Por supuesto, no me daría un respiro. Era ya la octava persona que sabía la verdad sobre mi relación con Harper y tenía que darme su opinión al respecto.

—Abuela, hay otros involucrados. —Como el condado... y Ryker—. Y los dos sabemos que solo es cuestión de tiempo antes de que haga algo que enfurezca a Harper.

En eso yo sobresalía. La cuestión es que estábamos en esta pequeña burbuja de tiempo en la que trabajábamos juntos hacia una misma meta. Diablos, habían pasado cinco días desde que tenía una familia prefabricada y todavía no nos habíamos matado, ni siquiera peleado, lo que era un milagro. «Probablemente porque ambos estamos demasiado exhaustos como para pelear».

Mi abuela se inclinó hacia adelante y me dio un golpe suave con la palma en un costado de la cabeza.

—Tal vez esto te haga entrar un poco en razón. Esa chica ha estado enamorada de ti desde que tenía ocho años y déjame decirte que no veo de qué te quejarías con Harper Anders.

Más de una cabeza giró en nuestra dirección. Esta información recorrería todo el pueblo en la siguiente hora.

—¿Crees que no lo sé? —murmuré, esperando que entendiera la insinuación—. Harper es... Harper.

—Ah, ¿quieres decir hermosa, inteligente, amable, buena con los niños y…?

—Y la hermana pequeña de Ryker.

Mi abuela ladeó la cabeza.

—¿Me estás diciendo que eso es lo que te impide...?

La señora Paulson se acercó tanto que hubiera podido oler mi café; la abuela la fulminó con la mirada. ¿Era una maldita broma? Por esto me mudé a California: los entrometidos, la falta de privacidad y la necesidad del pueblo de opinar respecto a todo.

—Además, no soy del tipo de los que se casan —le dije a la abuela.

El matrimonio implica confianza y fe; en cambio, yo era bastante bueno para alejar a la gente que se acercaba demasiado. Jamás me pondría en una posición que permitiera que una mujer me dañara como le había sucedido a mi padre.

La campanilla de la puerta tintineó y la persona en cuestión cruzó el umbral. Llevaba el cabello suelto y sus rizos llegaban debajo de sus pechos en largas ondas rubias. Era la imagen perfecta de la maestra de kínder con su falda azul y suéter blanco.

Quería arrancárselos del cuerpo.

«Increíble». Ahora, todo el maldito día tendría grabado en mi mente que estaba «enamorado de la profesora».

Miró alrededor de la cafetería hasta que sus ojos preocupados me encontraron.

Antes de que pudiera decir una palabra, ya había bajado del banco y me acercaba a ella con grandes zancadas. El pánico que vi en su mirada lo había visto solo una vez antes: el día en que nos evacuaron por el incendio de Legacy Mountain.

—¿Harper?

Mis manos aterrizaron sobre sus hombros. «Cinco malditos pasos. ¿Es mucho pedir?». Mi conciencia puso los ojos en blanco.

—Tenemos que ir al juzgado. Elliot acaba de llamarme. Están a punto de decidir dónde ubicarán a los niños.

Me miró con absoluta confianza, como si yo pudiera resolver todo esto, como si fuera alguien digno de ese tipo de fe.

No lo era, pero quise serlo en ese momento.

—No entiendo. Apenas anoche nos dijo que los Pendridge no podían acogerlos. ¿No se quedaron ya sin opciones?

Bajé las manos antes de hacer algo estúpido, como acercarla a mí.

—No sé...

—¿Están hablando de los niños Clark? —preguntó la señora Paulson.

Miramos alrededor de la cafetería y nos dimos cuenta de que el noventa y cinco por ciento de las miradas estaban sobre nosotros.

—Así es —confirmó mi abuela rodeando la barra.

—Escuché que el juez Sanderbilt dijo que van a separarlos y enviarlos a Gunnison, o algo peor... fuera del condado. —La señora Paulson sacudió la cabeza—. Qué lástima.

Bien, en este momento, vivir en un pueblo pequeño era bastante bueno desde el punto de vista de la información disponible, pero una mierda en cuanto a nuestra falta de capacidad para cuidar a los niños.

Carajo, no podían separarlos.

—¡No pueden separarlos! ¡Liam no podrá soportarlo! —La voz de Harper expresó mis propios pensamientos.

Miró a nuestro alrededor y advirtió que la atención de todos estaba puesta en nosotros, así que tomó mi mano y caminó de espaldas hacia la cocina, llevándome con ella.

—Tuve que esperar veinte años para ver eso —masculló la señora Paulson—. Te toca pagar.

Volteé de inmediato a ver a mi abuela, pero estaba muy ocupada dándole dinero a la señora Paulson.

«¿Es en serio?».

La puerta de la cocina se abrió y seguí a Harper a la oficina trasera. Encendí la luz y la puerta se cerró tras nosotros.

—¿Qué vamos a hacer? —preguntó cruzando los brazos bajo sus pechos y mirándome con las cejas arqueadas.

Esta era una de las razones por las que Harper siempre me había intrigado: nunca se rendía. «Salvo cuando te apartaste de ella aquella noche de graduación».

Me recargué contra el borde del escritorio de madera y lo sujeté.

—¿Qué te gustaría hacer a ti?

Empezó a caminar de un lado a otro, girando de manera abrupta en ese pequeño espacio.

—Lo que quiero... no puedo decirte lo que quiero porque entonces te sentirías obligado a aceptarlo. Me dirás que no estás obligado, pero los dos sabemos que sí, porque siempre eres así conmigo. Haces cosas que no quieres hacer para mostrarme que eres un buen tipo...

—No soy un buen tipo.

Todo menos eso. Afuera había una cafetería atestada de personas que podrían dar fe de ello.

—Algo así como aquel beso del que nunca hablamos, ni siquiera creo que lo recuerdes. Siempre te obligo a hacer cosas que no quieres, pero esta vez no puede ser así porque no solo estamos jugando con nuestras vidas...

—Espera, ¿crees que no recuerdo ese beso?

¿El mismo maldito beso que me ha perseguido en sueños con tanta frecuencia que podría recrearlo en este momento sin perderme ningún detalle? ¿Qué demonios?

—Más tarde esa noche estabas borrachísimo; en fin, no tenemos tiempo de hablar de eso —añadió agitando la mano—. Sé que no te gusto...

—¿Que no me gustas? —pregunté alzando la voz.

¿Vivía en el mismo planeta que yo?

—Y que solo soy la hermanita insoportable de Ryker, o tu hermanita, lo que sea —exclamó alzando las manos.

—Pero... ¡no te considero mi maldita hermana!

—¿Te puedes callar y dejarme terminar? —dio media vuelta y puso los brazos en las caderas con los puños cerrados, como si fuera yo quien acabara de insultarla—. La cuestión es que no puedo decirte lo que quiero. Tú debes decirlo primero. De otro modo, pensaré que me respondes lo que quiero escuchar porque eres el mejor amigo de mi hermano y te sientes obligado a ayudarme por él.

De no ser por el terror en su mirada o por la bomba de tiempo en la que estábamos sentados, le hubiera demostrado exactamente lo que quería, en este maldito escritorio. Pero tenía razón, ahora no se trataba de nosotros, sino de dos pequeños que dormían al final del pasillo en mi casa. Dependían de nosotros para que su mundo siguiera siendo lo más rutinario posible, considerando que, de pronto, estaba patas arriba.

—No pueden separarlos —dije en voz baja.

—Estoy de acuerdo. —Bajó la voz igual que yo.

Liam sufriría un colapso total si lo alejaban de James y nadie más conocía todo lo que había que saber sobre las peculiaridades de Jamie. Si se los llevaban a Gunnison o fuera del condado, crecerían como extraños, separados, a miles de kilómetros de toda la gente a la que conocían. Pero ahora que los Pendridge no los acogerían...

—Quedémonos con ellos —propuse sin pensar en las repercusiones, en el tiempo que exigiría o en nada que pudiera asustarme, como el idiota egoísta que solía ser—. Luchemos para que se queden con nosotros. Podemos hacer que funcione hasta que averigüen qué pasa con su padre o lo que sea. Si Elliot estuvo de acuerdo en que vivieran con nosotros esta semana, no veo por qué no nos dejarían hacerlo un poco más de tiempo. No podría vivir conmigo mismo sabiendo que permitimos que los separaran y los mandaran con desconocidos.

Harper ya estaba en mis brazos antes de que terminara de formular la última palabra. Me permití este momento; pasé una mano por su cabello, la otra por su espalda y la sujeté con fuerza. Puesto que este era mi segundo abrazo de la semana, supuse que todo lo que tenía que hacer para obtener el afecto de Harper era apoyarla con los niños.

—Tenemos que irnos —dijo apartándose de mí y se dirigió hacia la puerta.

Me apresuré a llegar antes que ella para abrirla. Tres mujeres cayeron sobre su trasero cuando la abrí y por lo menos diez clientes de la cafetería estaban en la cocina, apoyados sobre las diversas barras, fingiendo que no habían estado escuchando.

Malditos pueblos pequeños.

—Okey, ¿cuando menos alguien sabe a qué hora presentarán el caso? —pregunté a la concurrencia.

—¡A la una de la tarde! —gritó mi abuela—. Les quedan diez minutos. Vamos. Harper, llamé a la escuela y le dije a Summer Weston que te tomarás el resto de la tarde.

—¡Gracias! —exclamó Harper mientras nos abríamos paso entre la multitud.

Mi abuela nos esperaba en la entrada de la cocina. Se quitó el delantal del Chatterbox para dejar al descubierto sus pantalones flojos y su camiseta con estampado de *Doctor Who*.

—Vámonos.

—¿Tú también vienes?

Me inundó una oleada de alivio. Mi abuela era una fuerza que se tomaba en cuenta en este pueblo. Ella contaba con más información que el alcalde.

—¡Todos vamos! —intervino la señora Paulson a nuestra espalda.

—¿En serio? —le murmuré a Harper al oído.

—Van a necesitar todo el apoyo que puedan obtener —agregó el señor Madera, siguiéndonos por la puerta—. No les toca el juez Sanderbilt.

—Oh, no.

Harper se detuvo tan repentinamente que tuve que sostenerme de sus brazos para no atropellarla.

Mi abuela respiró hondo y jugueteó con el anillo de bodas que colgaba de su collar. Mi abuelo llevaba veinticuatro años muerto, pero nunca se lo quitaba.

—Por favor, dime que no... —Apreté los puños.

—Les tocó el juez Stone.

—¿Están seguros de esto? —nos preguntó Elliot afuera del juzgado.

La pequeña multitud de espectadores estaba atrás, lo que nos daba un poco de privacidad.

—Absolutamente —respondí—. Esos niños ya han vivido un infierno. Si podemos facilitarles aunque sea un poquito la vida, estamos dispuestos.

—Nos lo permitirán, ¿verdad? —preguntó Harper.

—¿Permitirles qué? —preguntó la señora Dean al salir del juzgado con una mujer de nuestra edad, con cabello pelirrojo y un traje sastre negro con falda.

—Ah, bien, las dos están aquí. Maggie, Knox y Harper están dispuestos a acoger a los niños. No tendremos que enviarlos fuera del condado —les informó Elliot.

—¿En serio? —exclamó la señora Dean alzando las cejas—. Digo, los han cuidado muy bien estos últimos días, pero estamos hablando de un compromiso mucho más largo. Además, tendrán que asistir a la capacitación...

—Lo entendemos. Solo queremos saber si nos permitirán hacerlo durante más tiempo que solo la acogida de emergencia —urgió Harper.

—¿Faith? —le preguntó Elliot a la otra mujer.

Faith miró su reloj.

—Tenemos exactamente tres minutos —expuso con un marcado acento sureño—. Soy Faith Simmons, me nombraron la tutora legal de los niños. Eso significa que, mientras el señor Baxter representará los mejores intereses del Departamento de Servicios Sociales, yo representaré los mejores intereses de Liam y James.

La presión que había sentido en el pecho durante los últimos días se alivió solo un poco. Los chicos tenían a alguien que los representaba legalmente.

—Yo soy Knox Daniels y ella es Harper Anders. —Ambos extendimos la mano para estrechársela—. Nos gustaría mucho seguir acogiendo a los niños hasta que puedan encontrar a su padre.

Esto no era para siempre. Éramos solo una venda sobre una hemorragia.

—¿Durante cuánto tiempo? —preguntó.

Su tono dulce contrastaba con la manera tan minuciosa con que nos evaluaba.

—El que sea necesario —respondió Harper—. Sabemos que están buscando a Nolan y que la reunión con la familia biológica siempre es la prioridad. Solo queremos darles un lugar estable y seguro mientras el Departamento de Servicios Sociales lo soluciona. Yo soy maestra de Liam en preescolar, así que lo conozco bastante bien y estos días hemos aprendido a conocer a James. Adoramos a los niños y haremos cualquier cosa que sea necesaria para que permanezcan juntos.

Levantó la barbilla unos buenos tres centímetros para mirar a Faith a los ojos.

El rostro de la abogada esbozó una pequeña sonrisa, como si reconociera a otra mujer que no se amedrentaba.

—Bien, tenemos que entrar. Veamos qué pasa. —La seguimos por las puertas dobles que daban a la sala.

—Por cierto, ustedes dos hacen una pareja encantadora. ¿Hace cuánto tiempo que están juntos?

«Mierda».

—Nos conocemos desde siempre —respondió Harper con soltura—. Francamente, no puedo recordar un solo momento de mi vida en el que no siguiera a Knox por todas partes.

—¡Vaya, qué ternura! Gracias —exlamó mientras sostenía la puerta abierta para que las mujeres pasaran—. Ah, apaguen sus teléfonos. Este juez es muy riguroso con eso.

«El tiempo que sea necesario». Que era, ¿cuánto? ¿Otro mes a lo mucho? ¿Qué tan difícil sería ubicar a Nolan Clark? Un mes era factible. Solo tenía que mantener mi mente y mis manos alejadas de Harper.

Ryker se pondría furioso.

La sala del tribunal me resultaba demasiado familiar. Un solo pasillo la dividía en dos, había largas bancas de madera y ventanas enormes que dejaban entrar la luz natural. Ahora que tenía veintisiete años, me parecía hermosa. Quizá un poco rimbombante, muy a la John Grisham para un pueblo tan pequeño, pero, sin duda, era una obra de arte. A mis dieciséis, me parecía aterradora; por ejemplo; cuando robé las cabras del rancho de McPherson y las dejé pastando en la oficina del director de la preparatoria Montoya. Este era uno de los pocos edificios que no se habían reducido a cenizas.

Harper tomó mi mano y el contacto me hizo sentir una descarga eléctrica que me puso los pies en la tierra. Sus dedos temblaban de forma casi imperceptible, así que los envolví entre los míos mientras avanzábamos por el pasillo alfombrado.

—Ustedes dos, siéntense ahí —nos indicó Faith señalando la primera hilera de los asientos del público.

Ella siguió avanzando y cruzó la puerta baja batiente de madera, tras la cual había cuatro mesas separadas. Elliot se sentó en la mesa del frente, con la señora Dean y Evan Baxter, quien, era evidente, se acercaba a la jubilación.

—Muévete —ordenó mi abuela.

Así lo hice.

Pasó rozándome y se sentó a mi izquierda; Harper tomó el asiento a mi derecha. Apagué mi teléfono y recorrí la sala con la mirada. Vi al menos a treinta personas en las otras bancas. Estuve tentado a revisar Facebook para saber si alguien había creado un evento o algo por el estilo.

—Casa llena —murmuró River mientras se sentaba en la banca detrás de nosotros con Bash y Emerson. Harper apartó su mano de la mía.

—¡Emerson! —exclamó Harper volteándose para abrazarla—. ¿Qué haces aquí?

—Déjame ver si lo puedo explicar—. Miró al techo, pensando—. La señora Paulson le llamó a la señora Greevy, quien llamó a River, quien a su vez le dijo a Bash y este me informó a mí. Avery viene en camino.

—Viaja rápido la información —comentó Harper recargándose en el respaldo—. Me alegra que estén todos aquí.

—Vamos —me dijo Bash ofreciéndome un pedazo de tela. Una corbata.

—Gracias. —Levanté el cuello de mi camisa para hacer el nudo de corbata más rápido de mi vida.

—Todos de pie. El honorable juez Stone preside —anunció el secretario judicial.

Al parecer, Tommy Shreiner aún conservaba el puesto.

Nos levantamos y Richard entró; su toga no ayudaba en absoluto a cubrir su ego. Subió al estrado y nos dio permiso de sentarnos.

Recorrió la sala con la mirada y se inclinó hacia el micrófono.

—¿Me estoy perdiendo de algo? ¿Desde cuándo un asunto del tribunal familiar justifica una asistencia más numerosa que la de las reuniones del ayuntamiento?

El señor Baxter se puso de pie y se empujó los lentes sobre el puente de la nariz.

—Nuestras disculpas. El pueblo escuchó que faltaban padres de acogida para los menores Liam y James Clark, así que vinieron a mostrar su apoyo, incluso a postularse como voluntarios para que no separen a los niños. Son los hijos de la viuda de un bombero de Legacy, su señoría.

Terminó su frase encogiéndose de hombros a modo de disculpa.

Baxter bien hubiera podido invocar al mismísimo Dios al hablar de Lisa como una viuda de Legacy. En este pueblo, siempre se hacían excepciones. Punto.

Richard lanzó un suspiro.

—Pueden permanecer juntos mientras se determina dónde se ubicarán, pero cualquier otro dato no es para difusión pública. —Recorrió la sala con la mirada y fijó la vista en Harper, luego en mí. Después, la apartó rápidamente—. Señor Monroe, ¿está listo? —le preguntó al otro abogado.

—Sí, su señoría. —El hombre cuarentón se puso de pie y se ajustó la corbata—. Represento los intereses de Nolan Clark hasta que él pueda dar a conocer sus deseos.

—Entendido —dijo Richard—. ¿Señor Baxter?

—Señoría, esta mañana cambiaron las circunstancias. Ya no tenemos que enviar a los niños fuera de Legacy, puesto que unos padres de acogida adecuados se han ofrecido voluntarios para asumir la responsabilidad de los niños.

—Ya veo. —Richard hojeó un expediente sobre su escritorio—. ¿Y quiénes son?

—Harper Anders y Knox Daniels —expuso Elliot poniéndose de pie, muy erguida; la señora Dean hizo lo mismo.

—¿Y considera que son padres de acogida adecuados?

Su tono indicaba que a él, definitivamente, no le parecía así.

Mi estómago dio un vuelco. ¿Todos mis errores vendrían a cobrarme cuentas?

Harper encontró mi mano y entrelazó sus dedos con los míos; la sujeté con fuerza para tranquilizarla.

—En efecto. Pasaron la verificación domiciliaria y su casa es más que adecuada. Ambos tienen empleos estables que les permiten atender las necesidades de los niños y están dispuestos a tomar las clases necesarias para certificarse como padres de acogida.

—¿Es eso cierto? —Richard dirigió su mirada fría a Harper; se me puso la carne de gallina y un calor me recorrió las venas.

«Contrólate». Perder los estribos nunca me había llevado a nada bueno en esta sala.

—Lo es, su señoría. Han cuidado a los niños desde la muerte de la madre y pensamos que el mejor interés de los chicos es conservar su rutina y permanecer con su comunidad.

—¿Y usted qué piensa, señorita Simmons?

Faith se levantó.

—Su señoría, no tengo objeciones a que los niños permanezcan bajo el cuidado de la señorita Anders y del señor Daniels. Puesto que recibí este caso apenas esta mañana, no he tenido tiempo de entrevistar a los chicos; sin embargo, por ahora, permanecer en su comunidad, con personas que los cuidan todos los días, como lo hace la señorita Anders que es maestra de Liam, es en su mejor interés.

Se sentó con la espalda recta y nos dirigió una sonrisa.

Exhalé aliviado.

—Bueno, no estoy seguro de que sea en su mejor interés —afirmó Richard.

La sangre se me heló en las venas.

—¿Disculpe? —cuestionó el señor Baxter—. ¿No está de acuerdo?

—No lo estoy. —Richard miró directo a Harper, quien estaba tensa a mi lado—. Conozco muy bien a la posible madre de acogida y puedo decir que nunca ha expresado el menor interés en la maternidad ni en ningún otro tipo de compromiso a largo plazo. Si a eso agregamos que la «pareja» no está de ninguna manera comprometida, quiero decir, el uno con el otro, no estoy seguro de cómo podemos, en buena conciencia, dejar a estos niños, ya traumatizados, a su cuidado voluble.

«No masacres al juez». Repetí la frase en mi cabeza hasta que pude respirar a través de la furia candente que inundaba mis músculos con adrenalina. Nadie tenía derecho a atacar a Harper. Nunca.

Un murmullo recorrió la sala. Emerson extendió la mano para ponerla en el hombro de Harper.

—Con el debido respeto, su señoría —intervino el señor Baxter rompiendo el silencio—, es responsabilidad del Departamento de Servicios Sociales certificar el mérito de los padres de acogida y nuestro equipo los considera más que apropiados.

—¿En serio? —Richard arqueó una ceja con aire altivo—. Una pareja no casada que vive bajo un «acuerdo» que la mitad de nuestro pueblo no aprobaría.

Me incliné hacia adelante, pero sentí que unas manos me detuvieron en mi asiento. Bash y River.

«¿Un acuerdo?». Carajo, hacía que pareciera como si estuviéramos en medio de un tórrido romance. Aunque así fuera, ese no era su maldito asunto.

—A nosotros nos parece aceptable —dijo el señor Baxter despacio, enunciando cada palabra.

—Como juez que preside este caso, no veo de qué manera sería en el mejor interés de los niños permanecer en una situación incierta e inestable. No existe ningún compromiso legal entre las partes en cuestión. Quizá eso no los descalifica como padres de acogida, pero, sin lugar a dudas, no los hace aptos para ser padres en este caso.

Las manos de mi abuela jugueteaban con el colgante de su collar.

—Porque no están casados —aclaró Elliot.

—Porque no están atados de ninguna manera. Podrían separarse mañana, lo cual, dadas las partes en cuestión, es muy probable. No es un entorno estable para estos niños.

Un metal frío aterrizó en la palma de mi mano; bajé la mirada y vi cómo mi abuela cerraba mi puño.

—Haz lo que tengas que hacer, Knox. No dejes que separen a esos niños —me ordenó susurrando para que solo yo pudiera oírla.

No necesitaba ver lo que me había dado. Ya lo sabía.

—¿Knox?

Los ojos de Harper estaban muy abiertos por el miedo y el enojo que, por una vez, no se dirigía a mí.

—¿Hasta dónde estás dispuesta a llegar por ellos? —murmuré.

Frunció el ceño.

—Lo que sea necesario. No va a arruinar a esos chicos solo porque está enojado conmigo.

—Su señoría, entiendo su problema, pero el tipo de relación que tienen es algo privado —insistió Evan.

Exactamente. Pueblo chico o no, estaba fuera de lugar.

Sabía cómo detener esto.

Sabía cómo quedarnos con los niños.

No sabía qué diría Harper.

Mi corazón latía con fuerza y la sangre se agolpaba en mi cabeza cuando abrí la mano de Harper.

—No fui yo quien insistió en que este caso se convirtiera en un espectáculo popular, abogado —agregó el juez Stone.

Deslicé el anillo en el dedo de Harper. Antes de que pudiera verla o cambiar de opinión por su reacción, me puse de pie.

—Su señoría, si me permite unas palabras, ese problema lo podemos resolver ahora mismo.

«Su imbecilísima señoría», pensé.

Él ni siquiera respondió, sencillamente ladeó la cabeza y me miró de arriba abajo, como si yo fuera inferior.

Sonreí. Esta era la única oportunidad que tendría para decir lo que quería decir y, maldita sea, lo iba a disfrutar.

—No queríamos hacer pública la noticia, pero Harper y yo estamos comprometidos.

Toda la sala estalló en murmullos de emoción.

—¿Disculpe? —exclamó Richard, sorprendido, con los ojos totalmente abiertos.

Miré a Harper; ella tenía la vista fija en el anillo de compromiso de mi abuela. Metí su alianza de bodas y la cadena en el bolsillo de mi pantalón y esperé con el estómago hecho nudos.

Despacio, Harper alzó sus ojos hasta los míos. Esa mirada atravesó las miles de capas de estupideces y la coraza que había fabricado desde su noche de graduación. Esos ojos enormes, parpadeantes, y sus labios entreabiertos hacían que este momento fuera tan verdadero como era posible... sin ser real.

—¿Qué dices, Harper Evelyn Anders? ¿Quieres ponerte de pie y proclamar que te vas a casar conmigo? —murmuré.

Mi estómago dio un vuelco cuando me miró un segundo más. ¿Así se sentía cuando le proponías matrimonio a alguien? Un miedo caótico y angustiante de que respondiera que no abrazó mi corazón con sus garras espinosas y lo apretó.

La confusión en sus ojos se suavizó y se levantó. Se recargó en mi costado y alzó la mano para dejar que la luz se reflejara en el antiguo anillo con incrustaciones de diamantes que albergaba un solitario perfecto de un quilate.

—Voy a casarme con Knox Daniels —me dijo antes de ofrecerle una sonrisa radiante a toda la sala.

—Como dije, estamos comprometidos.

Carajo, Ryker me iba a matar.

CAPÍTULO 8

Harper

Mier-da.

Estaba comprometida con Knox Daniels.

«Aparece una escena en la que las fantasías infantiles cobran vida». Salvo que no era real. Todo era para mantener a los niños juntos.

«No es real. Es solo por los chicos». Entonces, ¿por qué sentía que mi corazón estaba listo para desplegar sus alas y lanzarse al crepúsculo?

Todos ovacionaron a nuestro alrededor; Richard golpeó con su martillo como un mocoso petulante. «Esto es lo que sucede cuando los candidatos se presentan sin oposición».

—¡Orden! ¡Este es un asunto serio!

Se hizo el silencio en la sala mientras el juez Sanderbilt avanzaba por el pasillo a un lado de nosotros. Sacudió la cabeza, abrió la puertita de madera y se acercó al estrado. Richard se inclinó, su cabello castaño contrastaba con el plateado tenue que marcaba los años de experiencia de Sanderbilt.

Era posible que todo esto se solucionara. Sanderbilt era un buen juez, amable, razonable y más que justo; sin embargo, Knox había estado en su corte, como acusado, demasiadas veces para que lo hubiera olvidado.

Knox entrelazó sus dedos con los míos, cálidos, firmes. Inalterables. Había huido de todas las mujeres que había conocido, salvo dos excepciones: la mujer de cabello rosa a su izquierda y yo. Para nosotras, era firme como una roca.

Richard suspiró y se puso de pie.

—Todos, excepto el consejo, el Departamento de Servicios Sociales y los potenciales padres de acogida deben salir. Ahora. Esta audiencia queda cerrada al público.

Se escucharon quejas multitudinarias, pero todos se pusieron de pie y se dirigieron a la salida.

—¿Qué demonios? —murmuró Emerson, incrédula, y me dio un abrazo incómodo sobre el respaldo de la banca.

—Es solo para quedarnos con los niños —le aseguré, también en voz baja, y la abracé con más fuerza—. No es real. No es real.

Lo dije una vez para ella y otra para mí misma.

Se apartó y tomó mi rostro entre sus manos; me conocía demasiado bien, como siempre.

—Sonríe. Actúa como si fuera real, aunque solo sea para que esos chicos estén juntos.

—Eso puedo hacerlo —respondí con una sonrisa temblorosa.

—Okey, entonces borra esa expresión de asombro de tu cara. Ya sabes... solo actúa como si estuvieras enamorada del tipo del que has estado enamorada los últimos veinte años, más o menos. Facilísimo.

Eché un vistazo hacia Knox para saber si la había oído, pero estaba enfrascado en una conversación intensa con Bash.

—¿Y después?

Dios mío, ¿cuánto tiempo podríamos continuar con esto? ¿Hasta que mi madre planeara la boda? Le rompería el corazón.

—Ya veremos después. Paso a paso. —Sonrió, levantó mi mano y observó el diamante—. ¡Guau!

—Sí. —Tenía razón—. ¡Guau!

Todo esto era irreal. Antes de que pudiera rogarle que se quedara conmigo por el bien de mi salud mental, salió con Bash y River.

Unos segundos después, la sala se vació, salvo por nosotros, los abogados, el Departamento de Servicios Sociales, el juez Sanderbilt y Richard.

—Jóvenes, ¿por qué no vienen aquí? —propuso Sanderbilt haciéndonos una seña acompañada de una sonrisa—. No hay necesidad de ser tan jodidamente formales.

Dios mío, estaba a punto de mentirle a un juez. Bueno, a dos, aunque Richard no me importaba mucho.

Mano con mano, cruzamos la puerta de madera hasta las dos primeras mesas. Le devolví la sonrisa al juez Sanderbilt, decidida a no mirar a Richard.

—Richard, por el amor de Dios, bájate de tu pedestal y ven aquí.

Sanderbilt se frotó la frente. Con la vista periférica, me di cuenta de que la estenógrafa no estaba registrando nada.

—Soy el juez que preside este tribunal —espetó Richard.

El juez Sanderbilt dejó de fingir cortesía.

—Vas a bajar o abandonarás el caso, como debiste hacerlo en el momento en el que supiste que era tu exnovia quien hacía la solicitud como madre de acogida de los chicos. Esto es Legacy, hijo, no Los Ángeles o donde demonios hayas aprendido Derecho.

—Chicago —masculló Richard bajando del estrado.

—Es lo mismo —espetó Sanderbilt entornando los ojos—. Bien, no hay necesidad de tantas formalidades. Todos estamos aquí para determinar dónde ubicar a los niños y que sea lo mejor para ellos, no para entrar en un concurso de meadas.

Parpadeé. ¿Siempre había sido tan genial?

—No están realmente comprometidos —acusó Richard cruzando los brazos sobre su toga—. Si están dispuestos a mentir para quedarse con los niños, definitivamente, son inadecuados.

Knox se tensó a mi lado; en mi experiencia, nada bueno venía después. Acaricié su pulgar con el mío, esperando que recordara contenerse para que lográramos nuestro objetivo.

—Le pregunté a Harper si quería estar a mi lado, si se casaría conmigo. Dijo que sí. No sé usted, pero de donde yo vengo, eso significa que estamos comprometidos. Como también lo indica la enorme gema en su mano.

—Somos del mismo lugar —increpó Richard.

—Tú te mudaste aquí cuando acabaste la Escuela de Derecho; yo nací y me crie en Legacy, donde no ponemos en riesgo a niños pequeños por venganza.

Knox apretó mi mano con más fuerza.

—No estarán en riesgo —replicó Richard—. Estarán con padres de acogida certificados y capacitados, lo cual ustedes no son. Quizá no me caigas bien, Daniels, pero no reubicaría a esos niños si no tuviera una buena maldita razón. Conozco tu historia, tu manera de actuar, así que no permitiré que afectes su futuro cuando decidas sacarlos a patadas porque ya te hartaste de jugar al papá, y eso es lo que harás.

—Tú no sabes nada de mí —rebatió Knox.

Estaba a punto de contraatacar en defensa de Knox, pero Richard se dirigió a mí. Mi cuerpo se pegó al de Knox desde la cadera hasta el hombro.

—¿En serio estás comprometida con él? —preguntó Richard; su mirada era un total desafío.

—Lo estoy —respondí mostrando el dorso de la mano que tenía el anillo.

Quizá tenía razón y Knox se marcharía, como siempre, pero los niños necesitaban que yo corriera ese riesgo.

—Demuéstralo —me desafió entrecerrando los ojos.

—Ya basta —intervino Sanderbilt frotándose el puente de la nariz—. Stone, quizá fuiste elegido, pero no estás a la altura de una responsabilidad como esta si no puedes siquiera fingir que eres imparcial. Te voy a dar una última oportunidad; si lo arruinas, te obligaré a desistir de tu función. Solo porque la señorita Anders no quiso comprometerse o tener hijos antes no significa que no tenga derecho a cambiar de opinión en el futuro.

«Solo porque no quise tener hijos contigo». Eso era lo que quería decir, pero mantuve los labios cerrados y bien apretados.

Richard enrojeció como una cereza. Sin duda, pensé que iba a explotar, pues contuvo la respiración durante diez segundos, pero era incapaz de contener su propia presión... o su ego.

—Si no estuviéramos comprometidos, ¿por qué aparece su nombre en las escrituras de mi casa? —preguntó Knox.

Giré la cabeza hacia él con tanta fuerza que creí escuchar un chasquido. ¿Mi nombre estaba en qué?

Knox asintió; todos lo miraban boquiabiertos.

—Es cierto. Busquen las escrituras. Están a su nombre desde el momento en el que compré el terreno como parte de mi planificación patrimonial.

«Relaja el rostro». No podía mostrarles mi asombro.

—Si lo hubiera sabido, el papeleo para la acogida hubiera sido más sencillo desde el principio —mascullló Elliot.

—Perdón —le dijo Knox—. Cuando el ayuntamiento aprobó la brigada de élite, me di cuenta de que regresaría a casa, así que hice lo correspondiente: me reuní con un abogado para redactar mi testamento y poner en orden mi propiedad en Legacy. Sí, Richard, soy capaz de ser responsable.

—Juez Stone, mientras estemos en este tribunal —espetó Richard, pasando el peso de un pie a otro, aunque no parecía tranquilo.

¿Qué demonios teníamos que hacer para convencer a este tipo de que no estábamos mintiendo cuando… bueno… mentíamos?

—¿Tu única preocupación es que no son una pareja estable? —preguntó Sanderbilt.

—Así es —respondió Richard echándome un vistazo rápido—. La vida de los niños Clark se ha visto por completo trastornada. Si bien estoy de acuerdo en que dejarlos donde están disminuirá el trauma que los aflige ahora, estoy pensando a largo plazo. Podrían pasar meses antes de que localicemos a su padre o encontremos un hogar de preadopción aceptable. Aunque Harper y Knox llevan cinco días viviendo juntos, no están casados, no se ha comprobado que sean una pareja estable. Prefiero desarraigar a los niños ahora que devastarlos en un mes cuando todo esto se venga abajo.

Avanzó para ponerse entre Knox y yo.

Demonios, lo que decía era razonable, incluso considerado. Apreté la mano de Knox y él apretó la mía aún más.

—¿Qué haría falta para que estuvieras de acuerdo con que los niños se quedaran con ellos en Legacy? —preguntó Sanderbilt; su tono ya no mostraba su molestia anterior.

—Haría falta que fueran una pareja establecida, casada. No quiero decir que las mujeres solteras no puedan ser madres de acogida. Harper, sé que eres físicamente capaz, pero estos niños están en esta situación porque perdieron a su madre, a su única cuidadora. Necesitan la certeza de que no pasará otra vez mientras están en este limbo. Necesitan dos padres de acogida estables.

El juez Sanderbilt miró a Knox y luego a mí.

—Chicos, ¿ustedes no tienen una fecha ni algo planeado, verdad? ¿Les importaría adelantar un poco el papeleo para que los niños puedan quedarse con ustedes?

¿Una fecha? Knox y yo jamás habíamos siquiera salido. Aunque ellos no lo sabían.

—Haremos todo el papeleo que usted quiera —respondió Knox.

El juez Sanderbilt juntó las palmas.

—Excelente. Problema resuelto. ¡Midge! —llamó a la estenógrafa.

—¿Señor?

La mujer pelirroja de mediana edad miró por encima del armazón de sus lentes.

—Ve al final del pasillo, con el secretario y el registrador, y consigue un acta. Podemos encargarnos de esto ahora mismo.

Íbamos a obtener el acta de acogida. El alivio inundó mis venas y mis rodillas casi ceden. Francamente, no me importaba la razón por la que Richard había cambiado de opinión, siempre y cuando hubiera cambiado.

Knox me miró con una gran sonrisa y no pude evitar devolvérsela. Sentía mariposas en el estómago. No podía recordar la última vez que lo había visto tan feliz.

—¡Claro! —exclamó Midge levantándose de un salto con su bloc de notas en nuestra dirección—. ¿Sus nombres legales completos?

—Harper Evelyn Anders —respondí con claridad, asegurándome de que lo anotara correctamente.

—Knoxville Mathew Daniels —agregó Knox.

Luego, Midge salió disparada de la sala como si alguien le hubiera prendido fuego a su falda.

—¿Estás seguro de que con esto estarás satisfecho? —le preguntó Sanderbilt a Richard.

Este asintió con una expresión tensa.

—Entonces, jóvenes, podemos hacerlo aquí. Superfácil. Esta solo es la parte legal y luego podrán hacer una gran celebración con sus familias cuando lo consideren apropiado. ¿Están dispuestos a hacerlo?

—Podemos hacer carne asada con el equipo este fin de semana o algo así —sugirió Knox encogiéndose de hombros.

En verdad, nunca pensé celebrar una acogida familiar, pero los niños se merecían conocer a todos y saber que eran queridos.

—Sí, me parece bien —respondí.

—¿Invitamos también a tu mamá? —sugirió.

—Buena idea.

En algún momento se enteraría de lo que estaba pasando. Crested Butte no estaba tan lejos como para escapar de los chismes de Legacy.

Los abogados se hicieron a un lado para debatir entre ellos mientras Knox y yo hablábamos de detalles importantes de nuestra vida, como dónde cenaríamos esta noche. Puesto que en Legacy solo había cinco opciones, la elección era muy sencilla.

Comida italiana para llevar de Pizzano, eso sería.

Midge regresó; sus tacones repiqueteaban con rapidez en el piso mientras se apresuraba por el pasillo.

—¡Aquí vamos! —exclamó blandiendo un papel blanco sobre la cabeza.

—Excelente. —Sanderbilt lo tomó y lo leyó con atención—. Okey, chicos, ¿por qué no se aseguran de que sus nombres están bien escritos? Richard y yo pensamos que sería mejor para todos los implicados si yo me encargo de esta parte del aspecto legal en lo que él termina con el decreto de colocación.

El juez Sanderbilt me dio la licencia de acogida y dio media vuelta para tomar un juego de togas de manos de Midge.

Sentí el papel grueso en la mano, era buen material, caro, que se sentía como...

«¿Qué carajos?».

Parpadeé y leí de nuevo el encabezado.

Una vez más.

Se leía en grandes letras en negrita: «Acta de matrimonio».

Mi boca se movió como la de un pez fuera del agua; Knox me arrancó el papel y lo leyó. Sus cejas salieron disparadas y sus enormes ojos castaños buscaron los míos, pero esa fue su única reacción visible.

—¿Qué hacemos? —murmuré.

Mi estómago cayó al suelo. Una cosa era fingir un compromiso con Knox, pero casarme con él era algo muy distinto. El tipo ni siquiera me quería de esa manera. Yo solo era la hermanita de su mejor amigo y ahora tenía en sus manos un acta de matrimonio porque lo había puesto en esta posición.

—Lo que sea necesario, ¿cierto? —dijo con un rictus.

—Knoxville, es un acta de matrimonio.

La culpa me sabía a calcetines usados en la boca.

Entreabrió los labios sin desviar los ojos de los míos.

—Dios mío, hace siglos que no me llamas así.

—Perdón, se me salió —dije jugueteando con el diamante en mi mano izquierda.

—No, está bien. Dilo de nuevo.

Formuló despacio la solicitud; sus palabras profundas y roncas se deslizaron por mi dermis, poniéndome la piel de gallina. Knox era un seductor natural, pero su voz era, por mucho, su mejor arma.

O quizá su boca en conjunto; además, ese beso había sido hacía siglos. Tal vez lo había idealizado en algo que no era. Quizá en aquel entonces él había tenido razón y entre nosotros no había química. También era posible que la tensión palpable entre nosotros solo fuera producto de mi imaginación.

—Harper —murmuró acercándose a mí hasta que tuve que alzar la cabeza para verlo.

Parecía injusto que fuera cada vez más sexi conforme pasaban los años.

—Knoxville —respondí—. ¿Qué vamos a hacer?

Apretó la mandíbula.

—¿Me vas a hacer pedírtelo dos veces en un día?

Con su pulgar acarició el anillo en mi mano izquierda.

—¿Lo que sea necesario? —pregunté en voz tan baja que apenas escuché mis propias palabras.

Esa pequeña parte de mí que aún albergaba la esperanza de conseguir el amor de Knox se rebeló, suplicando que no me casara, que lo conquistara de forma honesta. Que buscara una declaración de amor, no una promesa de lealtad.

Quería que esto fuera real, pero no se trataba de mí, sino de Liam y James.

—Lo que sea necesario —confirmó Knox asintiendo una vez.

Él no quería esto, no de verdad. Lo sabía en lo más profundo: era la única solución para mantener a los niños juntos. Además, siempre podríamos anularlo cuando Nolan apareciera. «No podríamos, lo haríamos. Lo anularás». Mi garganta se cerró.

—Chicos, ¿están listos? —preguntó Sanderbilt.

—¿Estamos listos? —me preguntó Knox arqueando una ceja.

—Estamos listos —respondí sin quitarle la vista de encima.

El juez Sanderbilt empezó la ceremonia de inmediato y, antes de que pudiera respirar correctamente, Knox soltó mi mano derecha, sacó un anillo de su bolsillo y se lo dio al juez. Todo sucedía muy rápido. Tan rápido. El mundo cambiaba de manera vertiginosa.

—¿Llevas un anillo en el bolsillo? —preguntó el juez Sanderbilt arqueando una ceja.

—Es una larga historia.

Knox volvió a tomar mi mano y el equilibrio se restauró.

—Yo no tengo uno para ti —me disculpé, como si hubiera sabido que necesitaríamos uno o algo por el estilo.

—Conseguiremos uno después —me aseguró y apretó un poco mi mano—. No te preocupes por eso ahora.

Sí, preocúpate mejor de que estás obligando al hombre que siempre has amado a que se case contigo, aunque él no siente lo mismo. «Maravilloso».

—Repitan después de mí —urgió Sanderbilt.

Con las manos entrelazadas y nuestras miradas fijas el uno en el otro, repetí las palabras para Knox.

—Yo, Harper, te tomo a ti, Knoxville, como mi esposo para amarte, honrarte y respetarte todos los días de mi vida. Prometo serte fiel, amarte y cuidarte en la salud y en la enfermedad, en la riqueza y en la pobreza, honrarte y obede... No voy a decir eso. —Miré a Sanderbilt y luego a Knox.

Knox lanzó una carcajada y mi corazón estalló.

—Creo que encontraremos una solución.

El juez Sanderbilt lanzó una risita y continuó.

Me aclaré la garganta.

—Honrarte y obedecerte, solo cuando me parezca pertinente, hasta que la muerte nos separe.

«O lo anularemos».

Fue el turno de Knox. Su voz bajó de tono y las palabras estaban cargadas de tanto sentimiento que casi le creí.

—Yo, Knoxville, te tomo a ti, Harper, como mi esposa para amarte, honrarte y respetarte todos los días de mi vida. Prometo serte fiel, amarte y cuidarte en la salud y en la enfermedad, en la riqueza y en la pobreza, honrarte y obedecerte, todos y cada uno de tus caprichos, hasta que la muerte nos separe.

Ahora era yo quien reía.

Deslizó la alianza por mi anular hasta que topó con el anillo de compromiso y mi risa se apagó. Knox se estaba casando conmigo. Prometía amarme. Prometía cuidarme y honrarme. Mi corazón se estrujó.

Estaba tan dispuesta a creer la mentira.

Demonios, quería vivir la mentira.

Lo amaba no con el enamoramiento infantil de antes, sino cada parte de Knox, desde su sonrisa hasta su ceño adusto. Amaba su humor y su ira. Amaba su intensidad y su temeridad en general. No me hacía ilusiones en cuanto a quién era; lo amaba con cada uno de sus defectos, no a pesar de ellos.

Knox acarició mis dedos con sus pulgares y sentí ese ligero roce en cada célula de mi cuerpo.

—Ámense con fidelidad —continuó el juez Sanderbilt—. Encomiéndense el uno al otro en las buenas y en las malas, pase lo que pase. Y, en los momentos de flaqueza, recuerden el amor que comparten y lo que los ha traído hoy aquí. Y ahora lo bueno: por el poder que me confiere el estado de Colorado, los declaro marido y mujer. Anda, puedes besar a la novia.

«Dios mí-o».

En ese momento, Knox abrió los ojos con sorpresa, como si al fin comprendiera todas las implicaciones de lo que acabábamos de hacer. Tragó saliva; poco a poco, una sonrisa se dibujó en su rostro conforme me acercó.

El tiempo se detuvo y contuve el aliento.

Knox tomó mi cara entre sus manos y me miró durante un segundo. Una leve sonrisa suavizó sus labios bien delineados y tenía un brillo en su mirada muy parecido al de la adoración.

Entreabrí los labios al tiempo que él inclinaba la cabeza para besarme.

Sus labios eran suaves; el beso, delicado. Casto, sin ser timorato. Sensual, sin ser sexual. Era el beso nupcial más perfecto en la historia de los besos nupciales y terminó antes de que yo pudiera suspirar.

Una corriente eléctrica recorrió todo mi cuerpo al igual que aquella noche. No estaba en mi imaginación, nuestra química en verdad era reactiva.

Se apartó y sus ojos se oscurecieron, bajó la vista hasta mis labios antes de tomar mi mano. No recordaba que hubiéramos caminado, pero llegamos a la mesa donde nos esperaba el acta.

Entre las ovaciones que llenaban mis oídos, escuché algunas felicitaciones que no hicieron más que intensificarse cuando vi la firma de Knox sobre la línea que le correspondía.

—Firma Daniels si vas a tomar su apellido, o Anders si prefieres conservar el tuyo —me explicó Midge en voz baja cuando Knox volteó a hablar con Elliot.

Harper Daniels. ¿Cuántas veces había firmado así en mis cuadernos de preparatoria? Lo garabateaba en páginas que después tiraba a la basura o escondía bajo el colchón. Firmar con su apellido era mi sueño, el final perfecto del cuento de hadas que pensé que tendría.

Pero esto era una mentira.

Una hermosa y heroica mentira.

Su código de honor lo había obligado a casarse conmigo, pero no adoptaría su apellido. Eso me parecía un robo en despoblado.

Firmé con el mío, Anders, y Midge asintió. Luego, se llevó el acta para archivarla. El 13 de abril era la fecha oficial de mi matrimonio.

Richard dio su veredicto: los niños se quedarían en nuestra casa. «Nuestra» casa. Elliot nos aseguró que nos entregarían los documentos de colocación el día siguiente y, así, quedamos libres de volver a nuestra vida.

Nuestra vida.

Como si nada trascendental acabara de pasar. Como si hubiéramos venido a tomar un café y a platicar de los Broncos.

Knox me apretó la mano y me llevó hacia las puertas dobles.

—¿Estás lista para esto, esposa?

—Esposa.

Derrapé hasta detenerme, como un personaje de caricatura en una vorágine desordenada de brazos y piernas.

—Sí, esposa —repitió asintiendo y tensó de nuevo la mandíbula.

—Tenemos que hablar en serio de lo que acaba de suceder —dije sujetando la manga de su camisa con tanta fuerza que, sin duda, la arrugué.

Él asintió y sus músculos se tensaron bajo mi mano.

—Sí, me imaginé que podríamos hacerlo cuando llegáramos a nuestra casa. ¿A menos que quieras que nos sentemos un segundo? —preguntó y señaló las bancas al fondo de la sala.

—No, en la casa está bien. En la casa es perfecto.

Ahí no habría miradas curiosas. Él acababa de hablar de su casa como nuestra, donde yo vivía con él, o algo así.

—Okey, entonces vámonos de aquí.

Sostuvo la puerta para que yo pasara y avanzamos hasta el vestíbulo atiborrado y ruidoso. La mitad de Legacy estaba ahí.

—¡Dios mío!

—¡Ah, ustedes dos!

—¡Enséñame el anillo!

Seguían ahí. Todos seguían ahí.

Emerson me jaló para abrazarme.

—¿Se van a quedar con los niños?

—¡Sí!

—¡Y estás comprometida! —exclamó Avery al tiempo que me tomaba de la mano.

—¡Carajo! ¡¿Que están qué?! —gritó una voz familiar.

Me alejé de las chicas y vi un par de ojos azul claro, del mismo tono que los míos, que me miraban con sorpresa.

—¡Ryker!

El alivio me golpeó como un tren de carga; me abalancé sobre él y lo abracé con fuerza.

—¡No sabía que estabas aquí! ¿Cuándo llegaste a casa? —pregunté.

Me abrazó con fuerza durante un segundo, luego me bajó y me sostuvo por los hombros.

—Hace como diez minutos. Entré al pueblo y me dijeron que fuera a los tribunales porque mi hermana estaba comprometida con mi mejor amigo.

Su mirada se congeló al mirar por encima de mi cabeza y sus manos resbalaron de mis hombros.

—No exactamente —dije haciéndome a un lado para pararme frente a Knox.

Ryker iba a perder los estribos.

—Ah, gracias a Dios —exclamó en un suspiro y dejó caer los hombros.

Knox me tomó por la cintura, me levantó y me apartó para enfrentarse a Ryker.

—Estoy casado con ella.

Ryker lanzó el golpe.

CAPÍTULO 9

Knox

Recorrí con la lengua mi labio inferior partido y retiré el papel aluminio que cubría el tapón de la botella de champaña. Fue lo único que pude encontrar en la tienda de licores de Legacy que costara más de diez dólares la botella. Si hubiera sabido cómo acabaría este día, habría pedido algo mejor para celebrar.

No era que estuviéramos casados, «casados». Todo era una farsa, pero, si lo estuviéramos, Harper merecía mucho más que una ceremonia improvisada con su ex como testigo. Ni siquiera tuvo la oportunidad de hacer toda la faramalla del vestido.

Un ejemplo más de cómo echaba todo a perder cuando se trataba de ella.

Carajo, Harper Anders... Daniels era mi esposa. Tenía una esposa. Una esposa que era Harper. Casado. Unidos legalmente el uno al otro. Esposa. Harper.

Quizá si lo repitiera en otro idioma algunas veces se sentiría real, aunque no lo era. Para volverse loco.

Escuché los pasos de Harper en la escalera mientras buscaba unas copas en un anaquel.

—¿Cómo te fue? —le pregunté mirando en los estantes superiores.

—Ya se durmieron. Liam parece aliviado porque se van a quedar, así que es un avance, ¿no? Mucho más fácil que la conversación telefónica con mi mamá.

Me atenazó la culpa. La farsa en el tribunal era lo opuesto a lo que la señora Anders tenía en mente para su única hija y, seguro, yo no era el yerno que había imaginado esperando a Harper en el altar. Al menos sabía la verdad. Supongo que con ella se sumaban nueve personas.

Mierda, diez con Ryker.

—Me alegra que Liam se sienta tranquilo. Ayer estaba muy enojado con nosotros.

Tendríamos que volver a ganarnos su confianza, pero ¿cómo podía ganarme la confianza de un niño de cinco años cuando ni siquiera yo confiaba en mí mismo? Solo estaba improvisando sobre la marcha.

—Tenía miedo y, en su defensa, la señora Pendridge casi deja caer a Jamie.

—Estuve a punto de volverme loco —admití poniendo las dos copas sobre la barra—. En fin, ¿cómo te fue con tu mamá?

Harper se sonrojó.

—Está... mmm... asombrada, pero extrañamente emocionada por nosotros. Me sigo sintiendo pésimo por haberle mentido. Bueno, le dije lo básico, que lo hicimos por los niños, pero ella sigue pensando...

De alguna manera, consiguió ruborizarse aún más.

—¿Que estamos juntos? —pregunté en voz baja.

Supongo que no sabía la verdad, así que volvíamos a ser nueve.

Ella asintió.

—Odio mentirle, así que le diré la verdad cuando los niños estén bien instalados. Ambos sabemos que si supiera la verdad, le diría a todo el condado que engañamos a Richard. Es horrible. ¿Qué es eso? —preguntó y se recargó contra la barra; sus labios esbozaron una sonrisa burlona.

—¿Qué?

Se encogió de hombros.

—Knox Daniels tiene copas. Hubiera imaginado que aún eras del tipo que usa vasos desechables.

Me llevé la mano al pecho.

—Me lastimas. He madurado.

Apoyó las palmas en la barra y tomó impulso para sentarse en ella; sus pies colgaban por debajo del granito. Su falda le rozaba las rodillas. Era una loca combinación de coquetería y elegancia absolutamente sexi.

—¿Todavía tienes el vaso de Han Solo? —preguntó ladeando un poco la cabeza.

—Okey, he madurado en casi todo. Ese es un objeto de colección.

—Ajá —se burló mientras yo servía las copas de champaña—. ¿Estamos celebrando?

Le ofrecí una copa y levanté la mía.

—No todos los días te casas a punta de fusil mientras tus amigos y familia esperan afuera para darte una paliza.

—Cierto. —Hizo una mueca y miró mi labio partido—. Entonces, ¿por qué brindamos?

Mis pies me acercaron a ella al tiempo que mi cerebro me rogaba que retrocediera; sin embargo, Harper era como la gravedad: no era su intención atraerme, pero lo hacía. Mi cercanía era solo el resultado de su existencia.

—Brindemos por nuestro triunfo de hoy, por esos niños que duermen arriba.

Chocamos las copas, pero Harper no bebió. Se echó la melena rubia a la espalda y pasó la yema del dedo por el borde de la copa.

—Harper.

Despacio, me miró a los ojos, lo que hacía vacilar mi cordura. Podría mirar esos ojos verde-azulados por toda la eternidad, así de cautivantes eran los colores que se entretejían de forma intrincada.

—Nunca fue mi intención que esto pasara —explicó en voz baja mientras su mirada descendía hasta mi labio.

—Lo sé.

Puse la copa en la barra y me paré frente a ella.

—Te puse en una posición imposible. Lo siento, Knox. Esto no era lo que quería para ti a tu regreso. Que no solo tuvieras que preocuparte por reunir a la brigada, sino también por una esposa y dos hijos que no deseas tener en tu casa. Todo esto es como un pésimo programa de telerrealidad.

Puse las manos sobre la barra, una a cada lado de sus rodillas; hubiera deseado tener grilletes que me impidieran tocarla. Estaba a la altura perfecta para que la besara. Demonios, ella siempre era perfecta para besarla... Lo había hecho tan solo seis horas antes y era probable que no pudiera hacerlo otra vez.

—Te dije que usaras la casa.

Ella puso los ojos en blanco.

—No me refiero a eso, lo sabes. Después de esa noche... —Sacudió la cabeza y respiró profundo, como si necesitara fortaleza—. Me has dejado muy claro en estos últimos años que no me quieres cerca de ti y ahora, prácticamente, te engañé para que te casaras conmigo. Eso no quiere decir que no me sienta muy agradecida de que hayas sido un encanto con todo esto; sé que podemos anularlo tan pronto como...

¿Engañado? ¿Anularlo? «Sobre mi cadáver». La idea hizo cortocircuito en mi mente.

—Nunca dije que no te quería cerca de mí.

«Peligro, Will Robinson». No lo dije entonces y no lo diré ahora, porque nunca le mentía a Harper. Jamás. Siempre la he querido cerca. Ese era el problema.

Entreabrió los labios; carajo, mi dolor fue físico. Desearla era una mezcla indescriptible de dolor y placer con la que había vivido tanto tiempo que ya formaba parte de mi médula. Era como si el deseo multiplicara la pena, por lo que estar aquí en Legacy con Harper en mi casa, en mi cocina, en mi vida, solo aumentaba el dolor hasta volverlo físico.

—Nunca dijiste que sí —murmuró.

—Cuando se trata de ti, hay muchas cosas que callo.

¿No lo sabía? ¿No se dio cuenta de cómo la besé esa noche? ¿Pensaba que besaba así a todas?

Sonrió despacio y alzó la mano hasta mi rostro, acariciando con delicadeza mi labio inferior partido, el regalo de bodas de Ryker.

—¿También lo que tiene que ver con esto? —preguntó acariciando mi barbilla.

Su roce era como una llama en las paredes de hielo que había erigido a mi alrededor cuando se trataba de ella; un control necesario para mantenerme firme. Me daba miedo asentir, moverme aunque fuera un poco; temía que alejara la mano. El miedo no era una emoción que sintiera a menudo. Nunca lo experimenté en un incendio cuando sabía que había una probabilidad razonable de no sobrevivir. Jamás lo sentí en lo más mínimo al conducir por los caminos nevados de la montaña, ni cuando escalaba o esquiaba... nada, nunca.

Pero ¿con Harper? Estaba aterrado.

Me daba pavor que, al final, se diera cuenta de lo mucho que ese beso significó para mí, que supiera que ella era el ideal con el que comparaba a todas las demás mujeres. Me aterraba que supiera que era demasiado cobarde como para perder la amistad de su hermano, hacer a un lado una parte de mi pequeña familia. Estaba por completo temeroso de que lo supiera, me rechazara y perdiera así la posibilidad de tenerla a ella también. Porque, si bien la fantasía de tener a Harper era dolorosa, era mucho mejor que una tajante negativa.

—¿Alguna vez me dejarás entrar, Knoxville Daniels? —susurró.

Hizo añicos mis defensas. Tenía la respuesta en la punta de la lengua cuando sonó el timbre de la puerta y el momento se evaporó.

—¿Alguna idea de quién puede ser? —pregunté retrocediendo para darle espacio.

—Cualquiera de las miles de personas en Legacy —respondió bajando de un salto—. Al parecer somos la comidilla del pueblo.

—Ah, con certeza, somos la mitad de los chismes del Chatterbox.

Nos dirigimos a la puerta y yo mantuve los cinco pasos de distancia.

—¿Crees que solo la mitad? Yo apuesto por tres cuartos. Escuché que están haciendo apuestas sobre cuánto tiempo duraremos.

—Deberíamos durar más que todas las apuestas y ver si nos toca el dinero a nosotros —le dije sonriendo.

Abrí la puerta y cada músculo de mi cuerpo se paralizó.

Ryker tuvo el descaro de parecer furibundo cuando pasó la mochila de un hombro a otro.

—Por el amor de Dios —dijo Harper a mi espalda—. ¿Qué haces aquí, Ry?

—A menos que vengas a ofrecer disculpas por esa estupidez que hiciste en el juzgado, puedes dar media vuelta y largarte, porque, como te dije esta tarde, como mi mejor amigo tienes derecho a ese golpe, pero no a otro más.

Teníamos una complexión muy similar. Yo le sacaba unos cinco centímetros, pero él pesaba como nueve kilos más que yo. La última vez que nos peleamos ambos salimos con un ojo morado, la nariz ensangrentada y los labios reventados; Bash tuvo que intervenir. Estábamos en quinto grado, así que era muy probable que nos hiciéramos más daño ahora.

Entrecerró sus ojos azules, muy parecidos a los de Harper.

—¡Ni lo sueñes, no voy a disculparme!

Azoté la puerta en su carita de Ken.

—¡Knox! —exclamó Harper.

Me alejé de la puerta lo más tranquilo que pude. Ryker le había hecho mucho daño a nuestra amistad hoy, no necesitaba destruirla por completo. ¿Me merecía el golpe? Tal vez. Pero lo que es seguro es que no me dio la más mínima oportunidad de explicarle antes de lanzarlo.

Harper me empujó y abrió la puerta.

—¡Di que lo sientes!

—¡No! —replicó.

Me recargué contra la pared, cruzando un tobillo sobre el otro, esperando ver qué resultaría de todo esto. No tenía hermanos; Ryker y Bash eran lo más cercano, pero no era tan idiota como para entrometerme en un pleito entre hermanos de sangre. Ryker jamás le pondría una mano encima a Harper, pero intervendría si la hería con sus palabras. Ahora, también era mía para protegerla.

«No es real».

—Ryker Bradford Anders, si no te disculpas en este instante, voy a poner el cerrojo e irme a dormir. Hoy te portaste como un imbécil. Discúlpate, ahora.

Habló con el tono que usaba cuando no estaba para tonterías y que, probablemente, convencía a los preescolares para que regresaran a sus asientos.

Un silencio tenso se alargó entre ellos durante un minuto o dos.

Con un suspiro, Harper empujó la puerta, pero, justo antes de que se cerrara, Ryker gritó:

—¡Está bien! ¡Lo siento! ¿Contenta?

Ella volvió a abrirla y ladeó la cabeza.

—¿Qué dijiste?

—Carajo, Harpy. Siento haberle pegado a Knox, ¿okey? —repitió como si adivinara la respuesta a una pregunta. En realidad no lo sentía. Lo conocía bastante bien—. Entonces, ¿puedo entrar?

Harper me miró por encima de su hombro, yo asentí; su gesto me hizo respetarla aún más. No lo dejó pasar así nada más, pidió mi opinión.

—Está bien —dijo abriendo la puerta lo suficiente como para que Ryker entrara y luego la cerró a su espalda—. Y nada de gritos. Los niños están dormidos.

—Los niños están dormidos —masculló—. Te dejo sola tres semanas y tú reúnes a todo el elenco de *Tres por tres*. ¿Tienes cerveza? —me preguntó sin la menor vergüenza, tan lívido como lo estaba en el tribunal.

Lancé una risita.

—No, pero tenemos champaña. ¿Te gustaría brindar con nosotros?

Cierto, no había necesidad, pero yo seguía bastante enojado por su gancho derecho.

Entrecerró los ojos en mi dirección.

—No mucho.

—Okey, ¡nada de champaña para ti! —bromeó Harper poniéndose a mi lado—. En serio, ¿qué quieres? No estoy segura de que te hayas dado cuenta, pero es nuestra noche de bodas —agregó moviendo las cejas de arriba abajo.

La mirada helada de Ryker pasó de ella a mí.

Mierda, yo sería el blanco de sus ataques si ella lo seguía provocando.

—¡Ey! Yo no dije eso.

Alcé las manos como si me estuviera arrestando.

—Bien.

Apretó tanto el puño en la correa de su mochila que sus nudillos se pusieron blancos.

—En serio, Ry, ¿qué quieres? —insistió Harper cruzando los brazos y fulminándolo con la mirada—. ¿Y qué llevas ahí?

—Mis cosas; saber qué demonios está pasando —replicó mirándonos a Harper y a mí.

Si las venas en su cuello eran algún indicio, no tardaría en explotar.

—Ya te lo dije, lo hicimos para quedarnos con los niños —respondió Harper encogiéndose de hombros, como si casarse conmigo fuera la cosa más sencilla del mundo—. Y estás loco de remate si piensas que voy a lavar tu ropa.

—No necesito que laves mi ropa. Y, sí, ya me habías dicho eso, pero una explicación de cinco segundos no aclara lo ridículo de esta situación. —Se pasó la mano por el cabello rubio—. Es maravilloso que te hagas cargo de los niños, Harpy, pero te saltaste la parte donde explicas cómo carajos llegaste a esto. —Me miró a mí—. ¿Cómo dejaste que esto pasara?

Entrecerré los ojos.

—Primero, ella ya estaba aquí cuando yo llegué porque me había pedido la casa prestada. Yo venía en camino. Segundo, cuida tu tono.

Él parpadeó.

—¿Que cuide mi tono?

—Ya basta —nos sermoneó Harper interponiéndose entre los dos—. Ry, ya te lo dije. Traje aquí a los niños porque no tenía dónde más llevarlos. Knox llegó y, de pronto, ya estaban haciendo la verificación domiciliaria; a partir de ahí, todo pasó muy rápido.

—Entiendo por qué estás tú aquí, Harper —dijo suavizando el tono—. Lo que no comprendo es por qué tú te quedaste —agregó y me fulminó con la mirada—. ¿Por qué no te fuiste a mi casa?

Ahora fue mi turno de parpadear.

—Supongo que no se me ocurrió.

La verdad es que esa hubiera sido la solución más simple, pero, si era honesto conmigo mismo, no quise dejar a Harper ni a los niños.

—Sinceramente, fue lo mejor —respondió Harper—. Richard quería colocarlos en una familia con dos padres de acogida. Si Knox se hubiera ido a tu casa, que de todos modos es una sugerencia tonta porque esta es su casa, hubieran separado a los niños para enviarlos a otro lugar.

Ryker nos miró a ambos, sopesando sus palabras. Su mano se aferró con más fuerza a la bolsa.

—¿Y por eso terminaron casados?

—Richard se estaba portando como un imbécil, como siempre, y dijo que no éramos confiables y que los niños necesitaban estabilidad. Así que Sanderbilt sugirió que demostráramos que lo éramos —explicó Harper encogiéndose de hombros.

—Casándose —insistió Ryker pronunciando despacio cada palabra, como si pudieran cambiar de significado a media formulación.

—Prácticamente —dije—. Era casarnos o que enviaran a los niños a hogares separados en un pueblo que no conocen con gente que no los conoce.

—¿Y eso es todo lo que está pasando entre ustedes dos?

Me taladró con la mirada como si tratara de ver bajo mi piel.

—Eso es todo —repetí.

Los hombros de Harper cayeron un poco; tuve ganas de golpear a Ryker en la cara por interrumpir antes de que Harper y yo tuviéramos la oportunidad de aclarar este asunto por nosotros mismos. Pero ya había habido demasiados golpes entre nosotros hoy.

—Todo sucedió muy rápido —intervino Harper e hizo girar el diamante del anillo de compromiso hacia abajo—. En serio, pensé que nos darían la licencia de acogida y de pronto, ¡bam!, nos estábamos casando.

Ese anillo le quedaba muy bien y se veía maravilloso en su mano. «Basta». ¿Qué demonios me estaba pasando?

—Entonces, ustedes no se están acostando…

Nos miró alternativamente.

Harper se quedó boquiabierta.

—Carajo, eso no es asunto tuyo —espeté—. Nada de esto, solo te estamos diciendo lo que pasó como cortesía.

Me erguí tan alto como mi estatura me lo permitió.

Podía sermonearme todo el día por mi tendencia a brincar de cama en cama, pero no tenía derecho a preguntar por la vida sexual de Harper. Eso era rebasar por mucho los límites de la hermandad.

«¿La vida sexual de Harper? Eres tú quien está casado con ella, estúpido».

—Magnífico, entonces no les molestará que me mude aquí.

Tiró su mochila al piso.

—¡Ni lo pienses!

—¡Diablos, no!

Harper y yo contestamos al mismo tiempo.

—Vete —dijo Harper dando un paso hacia atrás.

Sus ojos azules destellaban.

Me compadecí de él.

—Y esa es mi señal para acompañarte hasta la puerta antes de que Harper cometa un asesinato que nos haga inelegibles para ser padres de acogida —dije levantando su mochila.

—Harpy... —suplicó Ryker con el rostro marcado por la preocupación, lo que hizo que mi sentimiento de culpa se triplicara.

—No estoy bromeando —respondió—. Sal de esta casa. Soy adulta y, por honorables que puedan parecer tus intenciones, son auténticamente misóginas. No soy de tu propiedad. Tú no me dices qué hacer. No eres mi tutor hasta que elijas a un marido adecuado para mí. No eres tú quien debe defender ni vigilar mi honor. Es mío. No tienes derecho a opinar sobre con quién me acuesto. Ni ahora ni nunca. Así que lárgate de aquí antes de que...

—Dios, Harper, ¿antes de que qué...? ¿Grites más? Solo estoy tratando de cuidarte, porque a él lo conozco... —dijo señalándome con el dedo.

«Magnífico».

—¡Antes de que le llame a nuestra madre!

Ryker la miró como si lo hubiera abofeteado.

—¡Vamos, por favor!

—Sal de aquí o voy por mi teléfono.

Cruzó los brazos sobre el pecho y se mantuvo firme.

Ambos se enfrentaron en una guerra de miradas; yo hubiera apostado por la rubia de ojos azul aguamarina. Si las miradas mataran, Ryker ya sería un charco viscoso con una voz en *off* diciendo «me derrito».

—¿Qué tal si te acompaño a la puerta? —propuse, ofreciéndole una oportunidad de emprender la retirada.

Golpe o no, él era mi mejor amigo.

—Sí, suena bien —respondió en voz baja, tratando de reunir la mayor dignidad posible después de que su hermana pequeña lo había derrotado con una simple amenaza.

Abrí la puerta y cruzó el umbral. El aire de abril tenía ese frescor que significaba solo una cosa.

—¿Nieve? —preguntó Ryker.

Pensé lo mismo mientras observaba el cielo sin estrellas.

—Tiene que ser —respondí mientra lo acompañaba a su camioneta.

Abrió la puerta y aventó su mochila al asiento del copiloto. No podía creer que ese idiota hubiera pensado en serio mudarse aquí.

—¿Seremos civilizados? —pregunté para abordar al elefante de dos toneladas que estaba en la habitación.

Dio media vuelta y metió las manos en los bolsillos. Por lo menos, no pensaba golpearme otra vez.

—Te casaste con mi hermana.

Mantuvo la voz baja y uniforme. Era cierto.

—Lo hice.

No podía negar el hecho, ni los latidos acelerados de mi corazón al pensarlo.

—Pero tú no...

Abrió los ojos.

—No. Yo no.

Sabía muy bien cómo robarle toda la alegría a alguien.

—Y no vas a... —Entrecerró los ojos.

—Con un carajo, Ry. Ella tiene su recámara. Me casé con ella porque me dijo que haría cualquier cosa para impedir que separaran a los niños. Esto era «cualquier cosa» y, a menos que seas tú quien quiera separar a esos chicos, no le contarás a nadie de esto. Para el resto del mundo, este matrimonio es legítimo y así debe permanecer hasta que encuentren a Nolan Clark o un lugar permanente para James y Liam. No importa lo que pienses, no soy un imbécil que se casó con Harper solo para meterme en su cama... aunque, en general, sea la historia de los matrimonios en el mundo. —«Pero no la mía»—. Por lo menos sabes que este tiene un objetivo mucho más importante.

Su rostro reflejó emociones contradictorias.

—Es solo que te conozco, Knox. En el momento en el que se acabe la novedad, te largarás en busca del siguiente desafío. Tú no eres de los que se quedan para ver cómo acaba todo. Eres inquieto y eso te hace un bombero increíble, pero un novio terrible...

—Sí, entiendo —respondí apartándome—. Si no te importa, preferiría no quedarme aquí parado en mi propia entrada para que alguien que se supone que es mi mejor amigo me eche en cara todos y cada uno de mis errores. Solo porque hice la única cosa decente que jamás he hecho en mi vida, ¿okey?

No era lo suficientemente bueno para Harper. Entendido. No era necesario que me lo repitiera. Me lo había dicho hacía siete años y entendí su mensaje con toda claridad. Carajo, tan claro que afectó todo el trato que tuve con Harper a partir de ese día. Podía tenerlo como mejor amigo o probar mi suerte con Harper, pero no podía tener ambas cosas.

—Hombre. —Se frotó la cara con las palmas y lanzó un suspiro fenomenal de exasperación; su aliento era visible en el aire que cada vez era más frío—. No vine aquí para hacer eso. Te lo juro. Eres mi mejor amigo. Tú y Bash son los únicos hermanos que jamás tendré, pero Harper es mi hermana. Aunque sucediera un milagro y te quedaras con ella, o peor —hizo una mueca—, se convirtieran en una pareja, no quiero verla sentada en su casa, como lo hizo mi mamá innumerables noches mientras tu padre y el mío combatían incendios. No quiero que Harper reciba la llamada que la convierta en viuda antes de tener la oportunidad de envejecer. No es justo. Solo prométeme que esto es temporal.

Obviamente, sabía que lo era, que ella se iría en el momento en que los niños lo hicieran, pero no le prometería nada.

—Ya dejaste muy clara tu opinión.

«No quiero que esté contigo». A eso se reducía todo. De alguna manera, el puñetazo me había dolido mucho menos que esta conversación.

—Mira, solo estoy diciendo que más vale que ella pueda obtener la anulación cuando todo esto acabe. ¿Me entiendes?

«Alto y claro, carajo».

—Bienvenido a casa, Ryker.

No pude esperar a que me lanzara la siguiente sarta de insultos bienintencionados, me di media vuelta y regresé a mi casa. A la maldita casa perfecta de trescientos setenta metros cuadrados. La casa que diseñé y para la que elegí todo lo que pensé que le gustaría a Harper, sabiendo que ella viviría ahí tras mi muerte inevitable en algún incendio, como mi padre.

Salvo que estaba viviendo en ella ahora.

—¡Knox! —me gritó Ryker.

—Nos vemos mañana en la casa club —respondí cruzando el umbral.

Luego cerré la puerta un poco más fuerte de lo que debía.

«Más vale que ella pueda obtener la anulación» significaba «no toques a mi hermana». Carajo, quizá debí dejar que se mudara aquí. Al menos habría sido una barrera física entre mí y mi autocontrol cada vez más débil. Los niños nos mantenían ocupados, pero eso no quería decir que no estuviera muy consciente de que todas las noches dormía al otro lado del pasillo.

—¿Cómo te fue? —preguntó Harper en voz baja con las copas de champaña en las manos, estaba justo donde acababa el vestíbulo y empezaba la sala.

—Tan bien como esperaba. —Me acerqué y tomé la copa que me ofrecía—. Está enojado, con razón.

—¿Lo dijiste en serio?

—¿Dije qué? —pregunté, aunque sabía exactamente a qué se refería.

—Cuando hablaste de que solo nos casamos para quedarnos con los niños —dijo bajando la mirada a su copa y pasando un dedo por el borde.

—Eso fue lo que pasó hoy, ¿o no?

Traté de conservar un tono neutro, incluso indiferente.

—Ya. —Desvió la mirada—. Perdón, la champaña y el anillo y... supongo que todo me desconcertó. —Sacudió la cabeza—. Entonces, ¿qué haremos del futuro?

Levantó la mirada hacia mí y supe que estaba jodido. Aquí, con ella... pero sin ella, me estaba matando.

¿Qué futuro? ¿El futuro con Harper? ¿El de los niños? ¿El de mi mejor amigo en nuestra brigada de élite? Era imposible tener los tres y dos de ellos eran una elección.

—Haremos lo que sea mejor para los chicos. Nos aseguraremos de que todos en el pueblo sepan que estamos casados y felices.

En lugar de casados y muriendo de frustración sexual. Tenía que omitir esa parte de cualquier interrogatorio.

—Felices —repitió hacia su copa.

—Si queremos tenerlos aquí hasta que encuentren a su padre, o lo siguiente para ellos, hay que cuidar esa apariencia.

Las palabras me sabían a arena, ásperas, imposible de deshacerme de ellas.

—Fachada —repitió y sus ojos se nublaron—. Fingirlo. —Asintió como si llegara a una suerte de conclusión, luego me miró con una sonrisa forzada—. Okey. Puedo hacerlo por los niños. Pongamos algunas reglas básicas.

Su tono fingidamente alegre me puso los nervios de punta, como un vidrio roto sobre una arteria expuesta.

—No tengo que fingirlo... estar contigo. Eso es lo más fácil de todo esto —Traté de tranquilizarla—. No se trata de ti.

—Lo sé, porque hoy me besaste como si no fuera exactamente una obligación o quizá eres demasiado bueno fingiendo. Pero, claro, en el momento en que Ryker cruzó esa puerta, volviste a portarte frío y distante conmigo en un segundo. Sea lo que sea, se trata de ti. Bien, hablemos de esas reglas básicas.

Hombre, deseé que la champaña en mi copa fuera tequila.

—¿Qué te gustaría hacer? —pregunté, en lugar de beber el alcohol de un trago e ir en busca de más.

—Si vamos a fingir este matrimonio, ¿asumo que no te acostarás con nadie del pueblo? —preguntó con mirada inquisitiva.

—¿Perdón?

Bien pudo echarme el resto de la champaña en la cara.

—Bueno, conozco tu historia y tu —agitó la mano libre en mi dirección— apetito. Como si no hubieras llegado aquí el fin de semana pasado con alguien. Solo quiero asegurarme de no tener que lidiar con chismes, porque eso mermaría nuestro objetivo.

Se dirigió a la cocina y la seguí.

«Gravedad».

—¿Apetito? ¿Acaso soy un peligro para la población femenina de Legacy? —Puse mi copa en la barra y me posicioné de tal forma que la isla quedara entre nosotros.

—Estoy segura de que las chicas de Legacy están en duelo por haberte perdido cuando escucharon la noticia de nuestro matrimonio. Con o sin anillo, algunas estarían más que dispuestas a complacerte; sobre todo, ahora que la brigada estará oficialmente de vuelta en un par de semanas. Todos ustedes serán como estrellas de *rock*. ¿Cuántos medios les han pedido ya entrevistas? ¿Diecisiete? ¿Dieciocho?

Azotó su copa en la barra y un poco de champaña salpicó sobre el borde.

Me gustaba más cuando la furia de Harper se dirigía a un Ryker enojado.

—No tengo idea. Emerson es quien se encarga de todo eso. ¿Y en serio me estás diciendo que lo que más te preocupa es que no pueda controlarme?

Ella cruzó los brazos.

—¿Cuánto tiempo es lo máximo que te has aguantado? Porque no tengo la menor idea de cuánto tiempo nos llevará que Liam y James estén bien establecidos. Quisiera conocer tus límites para saber cuánto tiempo tenemos de vida útil.

Su rostro era amable, todo sonrisas, pero su mirada la delataba. Era tan cálida como la tormenta de nieve que se formaba allá afuera.

—Tres meses —respondí sin pensar.

Los tres meses que pasaron después de que la besé la primera vez. Pasé ese tiempo intentando averiguar qué tan en serio hablaba Ryker cuando puso su nombre en esa lista.

Resultó que iba muy en serio.

Ella parpadeó una vez, dos veces.

—Tres meses. Ese es tu límite. Es bueno saberlo.

Rodeó la isla y me paré frente a ella para bloquearle la salida.

Quería besar esa sonrisa fingida y calmada hasta borrársela, pero no moví un dedo.

—No dije que ese fuera mi límite —expliqué—. Dije que había sido la mayor cantidad de tiempo que me he abstenido. Ya que estamos hablando del tema, ¿cuánto tiempo has aguantado tú? ¿Cuál es tu tiempo de vida útil?

Llevaba aquí el tiempo suficiente para saber que los jóvenes la invitaban a salir como si su rechazo fuera un rito de iniciación.

Todos menos los bomberos; tanto los de estructura como los forestales se mantenían alejados de ella.

Ryker se había asegurado de eso hacía años.

Ella dio un paso a la derecha.

Yo hice el mismo movimiento.

—Eso no importa —canturreó arrugando la nariz—. No es a mí a quien tendrán en la mira, sino a ti. Quizá no hayas vivido aquí desde hace casi una década, pero vienes de visita y la gente recuerda cómo eras. Los pueblos pequeños tienen una memoria más larga que las fotografías de Facebook.

Su sonrisa se esfumó.

—No. No me eches la culpa de todo. Quieres los detalles de mi vida sexual, yo quiero los de la tuya. Me parece justo.

Me encogí de hombros y crucé los brazos sobre mi pecho que, de pronto, se tensó.

—Bien. Como un año —respondió mirándome.

Demonios, era tan sexi. Amaba que siempre se mantuviera firme, que nunca retrocediera. Quizá ese rasgo era un poco molesto ahora, pero era Harper.

—Ah —exclamé frunciendo el ceño.

—¿Qué se supone que significa eso?

Adiós a la indiferencia glacial. Sus ojos arrojaban fuego en mi dirección.

—Nada —respondí.

De verdad no significaba nada. Solo me gustaba sacarla de quicio.

—Ya sabes, no todos vemos el sexo solo como una necesidad física. Algunos necesitamos una conexión para dejar que alguien se acerque tanto, así que perdóname si no voy al bar a ligarme a alguien solo para cumplir la cuota, para una aventura de una noche. —Sus mejillas se sonrojaron.

No fue eso lo que había dicho hacía siete años. Ah, no. En ese entonces, habló de su incapacidad para perder su virginidad, sin mencionar el primer beso. «Sin embargo, Vic, el Imbécil, Donaldson había sido suficiente, ¿o no?».

—¿Hubo una conexión emocional con Vic Donaldson?

—¿Qué? ¿Vic? ¿Estás loco?

Me miró como si en verdad lo estuviera.

—Parecías muy segura de que él sería el primero en tu graduación, ¿recuerdas?

Los ojos se le salieron de las órbitas.

—Entonces, sí recuerdas esa noche.

Despacio, una sonrisa curvó sus labios y maldije mi temperamento. Era mejor no hablar de algunas cosas.

—Y no creas que no me di cuenta de tu provocación, que regresarías a casa con alguien del Departamento de Bomberos. Ese fue un golpe bajo.

La rivalidad entre el Departamento de Bomberos de Legacy y la Brigada de Élite de Legacy no solo era bien conocida, era legendaria. Bueno, por lo menos en este pequeño pueblo.

—Ah, ¿preferirías que eligiera a alguien de la brigada? Porque se donde vive Bishop y no puedo pensar en una buena razón para no montarme en ese hombre como en un árbol —dijo sonriendo.

—¡Pero yo sí puedo, demonios! —espeté alzando la voz.

—¿Y cuál es? —preguntó poniendo los brazos en las calderas con los puños cerrados.

—Que no tienes un lazo emocional con él ¡y que estás casada conmigo!

Mi voz hizo eco en las paredes desnudas. Hice una mueca, esperando no haber despertado a los niños. Por Dios santo, era la primera noche de nuestro «matrimonio» y ya estaba perdiendo los estribos. Ella estaría mucho mejor si hubiera elegido la casa de alguien más, el apellido de alguien más.

«Pero ella tomó el tuyo».

—Es cierto. —Se dio unos golpecitos en la barbilla, pensativa—. Entonces, regla número uno: ninguno de los dos tendrá sexo fuera de nuestro matrimonio, por fingido que sea.

Inesperadamente, esa última parte me dolió.

—En primer lugar, no iba a hacerlo. —Me acerqué a ella, la piel me hormigueaba de calor. Ella tenía la espalda contra la barra y la arrinconé. Adiós a los cinco pasos—. Pero ya que lo sacas a colación, no. No lo haremos. Nunca te haría eso, Harper, ni a mí mismo. ¿Crees que podría acostarme con otra mujer sabiendo que estás aquí en casa? Aunque duermas al otro lado del pasillo y no en mi cama, de ningún modo.

«Porque nadie se compara contigo y ese pensamiento no me deja».

—Aunque solo sea... por ahora. —Tragué el amargo sabor de esa palabra—. Esos votos significan algo para mí. No voy a romperlos.

Era probable que no pudiera quedarme con ella, eso había quedado claro, pero de ninguna manera haría algo para echarlo todo a perder mientras fuera mía, aunque solo fuera un tecnicismo.

Su mirada se detuvo en mi boca y acarició con la lengua su labio inferior, recordándome que hasta hacía unas horas había tenido esos mismos labios contra los míos. Besar a Harper había sido una experiencia religiosa que me había arruinado el sexo casual desde hacía años. Pasé años persiguiendo la sensación que sentí la noche de su graduación, solo para darme cuenta ahora, con el simple roce de un beso, de que solo existía con ella.

—¿Y si tuviéramos sexo dentro de nuestro matrimonio? —preguntó en voz baja.

Me quedé paralizado y el corazón me retumbó en los oídos. Toda esa hermosa esperanza se alojaba en su mirada; el destello del futuro que podría tener si Ryker no fuera mi mejor amigo.

Pero lo era.

Él y Bash eran la única familia que tenía, aparte de la abuela.

Carajo, olía bien y sus labios estaban tan cerca que podría besarlos si solo inclinaba la cabeza...

—Eso tampoco va a pasar —respondí despacio, tratando de usar el mismo tono suave y rezando porque mi arrepentimiento se reflejara en algo más que en mis palabras. Quizá en otra vida, pero no en esta.

Ver la esperanza morir en sus ojos fue tan doloroso como la vez que la dejé marcharse aquella noche de graduación. Carajo, dolía. Hubiera podido lidiar con el enojo, incluso con algún comentario sarcástico, eso hubiera sido fácil, pero su aceptación muda, la tristeza que afloraba en el aire entre nosotros era suficientemente pesada como dejarme sin aire.

—Okey. ¿Otras reglas que tengamos que establecer? —preguntó, como si yo acabara de hacer trizas cualquier oportunidad entre nosotros.

Aunque, en realidad, nunca hubiera habido ninguna.

—Creo que podemos aplazar ese tema por esta noche —respondí retrocediendo; ella se hizo a un lado para escapar de mis brazos.

—Está bien. Retomaremos el tema mañana. O el día siguiente, o en cualquier momento. —Levantó su copa y la vació de un solo trago, bebió la champaña como una estudiante de primer año de universidad—. Buenas noches, Knox.

Salió de la cocina sin esperar mi respuesta y me dejó solo con sus palabras y las de Ryker resonando en mis oídos; además de un dolor sordo y punzante en el pecho, en el lugar donde alguna vez pensé que mi corazón se alojaba.

—Buenas noches, Harper —murmuré para mí mismo.

Vacié mi copa, brindando por la mayor ironía de mi vida. Yo, el soltero empedernido, acababa de casarme con la única mujer en el mundo que siempre quise, con la que soñé, con quien fantaseé descaradamente y a quien nunca había podido tocar.

Esta casa se iba a volver interesante.

CAPÍTULO 10

Harper

—Pura soya para ti, chiquilín —le dije a Jamie, meciéndolo sobre mi cadera mientras salíamos del consultorio del pediatra, con Liam a mi lado.

Había pasado una semana desde nuestra boda en el tribunal y las cosas se estaban organizando en una nueva normalidad caótica.

—¿Y dejará de vomitar? —preguntó Liam.

—Eso esperamos. Su pancita no soporta la leche.

Avancé con los niños hasta el coche, los subí y les puse el cinturón de seguridad.

Mi madre llamó antes de que saliéramos del estacionamiento.

—¡Vaya, la señora Daniels!

Su voz se escuchó en las bocinas, fuerte y clara, porque mi teléfono estaba conectado al coche.

—Sigo siendo Anders, mamá —le aseguré, de la misma manera en la que lo hice cuando casi le da un infarto al saber de nuestra boda.

—Mmm. ¿Cuándo vas a traer a tu nuevo marido a cenar?

Hice una mueca. Eso era lo último que quería hacer, arrastrar a Knox a una habitación en la que estuviera mi madre para que pudiera hacerlo sentir culpable por lo que habíamos hecho. No importaba que ya le hubiera explicado que lo hicimos; lo tomó todo con lágrimas en los ojos y lo llamó nuestra «primera boda».

Parecía no entender que no habría una segunda.

—¿La próxima semana? ¿O la que viene? Los fines de semana es más fácil.

—¿Qué te parece un almuerzo? También invitaré a Ryker. Podremos hablar de los detalles de la boda, ya que supongo que tendrán la ceremonia religiosa este verano, ¿o no? Quizá junio sea muy pronto, pero es posible que podamos preparar algo para julio.

Mi estómago se desplomó y apreté el volante mientras daba la vuelta en la avenida Apple Blossom para salir de Legacy rumbo a las montañas. Ayer habían caído alrededor de quince centímetros de nieve, pero los caminos seguían despejados.

El clima en Colorado podía ser así de loco.

—Mamá, pensé que ya lo habíamos hablado.

Mantuve la voz firme, sabía que, si se lo permitía, embestiría como un tren a toda velocidad con esa planeación de boda hasta que yo llegara al altar.

¿Le estaba mintiendo a mi madre? Sí.

¿Me sentía una auténtica mierda por eso? También.

Sin embargo, ¿se le escaparía por accidente que estábamos fingiendo todo esto? Era probable y no podía correr ese riesgo.

—Sí, lo sé, se apresuraron solo para que esos hermosos niños estuvieran seguros, pero necesitamos empezar a planear la celebración. Eres mi única hija, Harper. ¡Y todavía no olvido que me escondiste tu relación todo este tiempo!

«El tren de la culpa va llegando justo a tiempo, andén número siete».

—Lo sé, solo que no es el momento.

Miré a Liam por el retrovisor, estaba viendo por la ventana.

—Bueno, hablemos en el almuerzo sobre cuándo sería el mejor momento. No voy a permitir que vivas con Knox sin haberte casado como es debido, jovencita.

—Estamos casados como es debido y no tuviste ningún problema cuando viví unos meses con Richard.

Lanzó una risita.

—Quiero decir en una iglesia, lo sabes. Y, en cuanto a Richard, no armé ningún escándalo porque sabía que descubrirías el imbécil que es.

—¡Mamá! ¡Los niños pueden oírte!

Liam se rio y casi le pido a mi madre que lo dijera de nuevo para poder escuchar ese dulce sonido de su boca.

—Uy, ups. Perdón, niños. La abuela no quería decir groserías; se me salió.

«¿Abuela? Demonios». Sí que estaba comprometida.

—Además, todos sabemos que solo estabas esperando que Knox regresara a casa. ¿Sabes? ¿Por qué no vienen a cenar esta noche? Puedo preparar algo rápido.

—Nos encantaría, pero iremos a la casa club a cenar con la brigada.

Nunca en mi vida me había sentido tan agradecida de tener una excusa. Si nos echaba un solo vistazo a mí y a Knox juntos, sabría que todo era una treta. Y entonces, todo el mundo lo sabría.

—Ah, esas cenas me encantaban. Me da gusto saber que los chicos siguen con la tradición.

Por su voz, casi podía ver su sonrisa.

Pasamos Phoenix Point y giramos en un nuevo camino que nos llevaba a lo que antes eran las tierras de Parson, pero que ahora eran propiedad de Legacy, LLC, que gestionaban Bash, Knox y Ryker.

Territorio oficial de la élite una vez que recibieran la certificación.

—A mí también. Todos están regresando al pueblo; es casi irreal que esto esté sucediendo.

Seguimos ascendiendo; el sol de la tarde nos bañaba con destellos discontinuos conforme pasábamos entre los pinos maduros. Esta ladera de la montaña había sobrevivido al incendio.

—Siento como si la reconstrucción al fin hubiera acabado, como si ya nos hubiéramos recuperado.

—Ya podrías empezar a tener citas, ¿sabes? Quizá así te creería.

No la presionaba mucho con este tema, pero lo sacaba de tanto en tanto para que supiera que yo no tenía ningún problema con eso. Mi papá había sido su mundo y se merecía ser feliz.

—Harper, cuando amaste a alguien de esa manera y luego lo pierdes... no tiene caso intentarlo de nuevo porque nadie estará a la altura. Tu padre puso las expectativas tan altas que no sería justo para ningún hombre exigirle alcanzarlas. Aunque fueran perfectos, no serían... él.

—Lo sé. Solo quiero que seas feliz.

Nos acercamos a la reja alta que llevaba a la casa club y se abrió cuando estuvimos enfrente.

—Entonces, déjame planear tu boda —me suplicó con un tono mieloso.

—Mamá —me quejé.

—Siempre supe que ustedes dos acabarían por averiguar por qué siempre peleaban. Todo el mundo lo sabía desde hacía años.

Me estacioné en el lugar libre junto a la camioneta de Knox y recargué la frente en el volante.

—No fue eso lo que pasó.

—Entonces, cuéntamelo durante el almuerzo. ¡Haré las reservaciones! ¡Adiós, cariño!

Colgó y dejé de intentar zafarme. Knox y yo tendríamos que padecerla y decepcionarla poco a poco.

No habría boda en una enorme iglesia. Ningún vestido blanco ni ramo. Ni damas felices ni padrinos en esmoquin. No habría banquete ni pastel. Y, en definitiva, no habría noche de bodas. Para mi vergüenza, Knox lo había dejado muy claro y, desde entonces, yo había puesto distancia entre nosotros.

El teléfono volvió a sonar y apreté el botón en el volante para responder.

—Sí.

—¿Piensas entrar o es tu posición óptima para una siesta?

La voz profunda y rasposa de Knox me hizo suspirar y alcé la cabeza.

Estaba junto a mi ventana con cara de asombro.

Bajé la ventanilla y se inclinó colocando las manos en la parte superior de la puerta.

—Perdón, estaba hablando con mi madre.

—Ah, ¿y cómo está la señora Anders?

Sonrió como si no hubiéramos estado en un silencioso compás de espera esta última semana. Éramos amables entre nosotros, pero había una tensión incómoda que nunca había habido antes.

Bueno, sí existió durante el verano después de que nos besamos por primer vez, pero no desde entonces. Ahora volvía con toda su fuerza.

—Se pregunta por qué no hemos empezado a hacer planes para convertirme en la señora Daniels y le gustaría hablar de esos planes en un almuerzo.

—¿Le dijiste que ya eras la señora Daniels?

«No exactamente».

—Le dije que ya estábamos casados, pero insiste en que no es suficiente porque no nos casamos por la iglesia; así que, aunque estemos casados legalmente, está convencida de que vivimos en pecado. Solo que... ya sabes...

—¿Sin el pecado? —Terminó mi frase alzando las comisuras de los labios, pero la sonrisa no llegó a sus ojos.

—Sí, eso. —Suspiré—. ¿Qué vamos a hacer?

—Bueno, creo que podemos empezar por que salgan del coche y vayamos a cenar para que pueda presentarte a los miembros de la brigada que llegaron esta semana.

Tomó la manija de la puerta.

—Sabes lo que quiero decir.

Suspiró y tensó la mandíbula.

—Supongo que iremos a ese almuerzo, Harper. Es tu mamá. Es lógico que quiera una boda con vestido blanco y todos los adornos para su única hija. ¿Pensaste que no lo haría? Lo que me sorprende es que no tenga objeciones a que te hayas casado conmigo.

—¿De qué hablas? Mi madre piensa que eres fantástico.

Omití el comentario «solo estabas esperando».

—Sí, bueno, siempre ha ignorado mis defectos. Mira, no estoy nervioso, pero, si tú lo estás, recuérdale que Adeline está en proceso para obtener su certificado de niñera y no podremos ir con ella en un par de semanas. No estoy seguro de que los niños puedan quedarse sentados tranquilos mientras nosotros tenemos una sesión para planificar la boda. —Abrió mi puerta y rodeó el coche; le quitó el cinturón de seguridad a la sillita de James que estaba en el asiento trasero—. ¡Hola, Señor Vomitón! ¡Te extrañé todo el día! Bueno, el vómito no, pero esa sonrisa sí. ¿Lo compartiste hoy con Cherry?

Puse los ojos en blanco, pero no pude evitar sonreír. Justo cuando estaba segura de que podía protegerme de Knox, decía algo así y volvía a caer en la tortuosa obsesión que me perseguía desde la infancia. Quizá mantenía su distancia conmigo, pero estaba muy comprometido con los niños.

Tomé el enorme recipiente de ensalada que ocupaba el asiento del copiloto y salí del coche mientras Knox ayudaba a Liam a bajar.

—¿Cómo estuvo tu día? —le preguntó Knox.

—Mi mamá no estaba en casa —respondió Liam encogiéndose un poco de hombros—, pero Elliot me llevó mi cobija.

Mi corazón volvió a estrujarse. Knox clavó su mirada en la mía y yo articulé con los labios «luego». Asintió rápido y volvió a dirigirse a Liam.

—Lo siento, amigo.

Liam volvió a encogerse de hombros.

Knox y yo compartimos la misma mirada: «¿Qué carajos se supone que debemos hacer?». A ambos nos rebasaba esta situación, por lo que Liam empezaría terapia la próxima semana.

—¿Sabes? Uno de los nuevos chicos de la brigada, McCoy, tiene niños como de tu edad. ¿Te gustaría conocerlos? —le preguntó Knox.

—Sí, está bien —respondió en voz baja, como en piloto automático.

—Okey, entonces entremos.

Con la pañalera colgada al hombro, James en uno de sus brazos y la mano de Liam en la otra, Knox nos hizo cruzar la enorme puerta de vidrio de la casa club. Teníamos toda la apariencia de una familia: Knox con los niños y yo con la comida que íbamos a compartir. ¿Fue así como mi madre vivió su vida? ¿Mi padre llevándonos de la mano a una fiesta con nuestra segunda familia, la brigada de élite?

Su vida había sido perfecta hasta el incendio.

La mía era ahora una enorme mentira.

Una oleada de calor nos golpeó cuando entramos a la casa club y no pude evitar mirar alrededor, asombrada, igual que la primera vez que vi este lugar. Los techos altos eran abovedados y, desde las ventanas de piso a techo al fondo del edificio, podía verse el valle; era una obra de arte moderno.

Era el lugar perfecto para un nuevo comienzo; sin embargo, las fotografías de nuestros padres en la pared también me hacían sentir que volvía a casa. Estábamos a muchos kilómetros de la casa club original, pero esta conservaba la misma sensación de comunidad y propósito, además de unas pocas mejoras.

Liam se sacudió la nieve de las botas y las puso sobre el tapete junto a la puerta, donde había ya algunos pares de talla pequeña.

—Ah, qué bueno que ya llegaron —dijo Emerson que salió descalza y dando saltitos de la oficina de Bash—. Hay tanta gente que estoy teniendo muchos problemas para recordar todos los nombres. ¿Quieres llevar eso a la cocina?

—Yo me encargo de los niños, tú ve —propuso Knox, dirigiendo a los chicos hacia las ventanas, donde vi a otros dos niños que jugaban con tabletas en el sofá modular.

Emerson me quitó la ensalada de las manos y se encaminó a la cocina. Desabroché mis botas de nieve, me las quité y la seguí.

Dejó el recipiente en la isla central con el resto de la comida; luego, supervisó algo que se cocinaba en el horno y olía delicioso.

—*¿Brownies?* —pregunté.

—Claro —respondió—. Bien. Casi la mitad de la brigada ya está aquí, por suerte, porque no estoy segura de poder recordar a todos si llegaran al mismo tiempo. El resto llegará la próxima semana. ¿Crees que podríamos hacer tarjetas o algo así?

Por supuesto, la solución de Emerson eran las tarjetas. Cualquier cosa que pudiera estudiar, archivar en su cerebro y dominar rápidamente le caía como anillo al dedo. Había renunciado a su trabajo en la oficina del alcalde para ayudar a gestionar la brigada, así que también era su bebé.

—Deja de estresarte —dije y eché un vistazo a la hilera de recipientes que cubrían las islas de acero inoxidable en el centro de la cocina. Lasaña, pollo frito, puré de papa, pan de ajo, verduras y al menos dos guisados diferentes ocupaban la primera mitad—. Haremos lo mismo que hago cada año con una nueva clase. Conocer a cada familia, sus necesidades y fortalezas, a nivel individual.

Emerson se recargó en la barra y dejó caer los hombros.

—Siento que llevo mucho tiempo organizando esta transición; algunos días llegué a pensar que jamás lo lograría, pero ahora está a punto de suceder. Se construyeron las casas, los miembros que son de Legacy vuelven a su hogar o aquí. También están llegando los que no son del pueblo. —Frunció el ceño—. Solo quiero que todo salga bien.

—Em, lo estás haciendo muy bien y, si algo sale mal, pues sale mal. No todo puede ser perfecto ni planearse, y está bien. Hay dinámicas nuevas, novatos y estos tipos a los que hay que apoyar mientras capacitan al equipo para la certificación. Todo lo que podemos hacer es cuidar a las familias, igual que lo hicieron nuestras madres. —Le di un empujoncito con el hombro—. No seas tan dura contigo misma.

—¿Y si todo esto es para nada? —preguntó en voz baja—. ¿Y si, a pesar de tener todo listo, no logramos que suceda?

Se me hizo un nudo en el estómago. Los chicos se irían a buscar empleo en otros equipos.

—Entonces, por lo menos sabremos que hicimos nuestro mejor esfuerzo. Ya, guarda tu lista de tareas pendientes con código de colores y disfrutemos a nuestra nueva familia, ¿vamos?

—¿Quién habló de la nueva familia? —preguntó Ryker al entrar a la cocina.

Llevaba una camiseta con el fénix del equipo. Aún no éramos una brigada, no hasta que estuviéramos certificados, así que, por ahora, solo éramos un equipo.

—Estamos hablando de los principiantes —respondió Emerson.

—No estaba hablando contigo, idiota —espeté.

—Harpy, ya bájale, ¿sigues enojada? —Ladeó la cabeza, algo que siempre funcionaba con las mujeres con las que se peleaba, pero yo no era una de esas chicas, era su maldita hermana y no me parecía encantador en lo más mínimo.

—¿Por qué lo estaría, Ry? ¿Quizá porque te apareciste en mi noche de bodas para cuestionarme sobre mi vida sexual con mi marido? ¿O porque le partiste el labio justo después de que dijimos nuestros votos, sin darnos siquiera la oportunidad de explicarte? ¿O por actuar como si tuvieras algún tipo de derecho sobre mí que puedes ofrecer a quien se te dé la gana? ¿Quieres que continúe?

Crucé los brazos sobre mi pecho. Levantó las manos con las palmas hacia mí y retrocedió despacio.

—Sigues enojada. Entiendo.

—Y lo seguiré, por mucho, mucho tiempo.

Le clavé la mirada para que supiera que hablaba muy en serio. Ya era bastante malo que hubiera golpeado a Knox, pero presentarse en nuestra casa como si fuera él quien debía poner las reglas fue la gota que derramó el vaso. Y sí, también lo culpaba a él de que Knox erigiera un muro sólido e incómodo entre nosotros.

—¿Cuánto tiempo? —preguntó desde el umbral.

—¡Muchísimo! —exclamé.

—Entiendo —respondió asintiendo despacio, luego dio media vuelta y se fue.

—¿Cuestionar tu vida sexual? —preguntó Emerson al tiempo que sacaba los *brownies* del horno y los ponía a enfriar en un salvamanteles.

—Dijo que iba a mudarse con nosotros para asegurarse de que no durmieramos juntos. Incluso llevaba una mochila y no, no estoy bromeando.

Emerson sacó dos Coca-Colas del refrigerador y las destapó.

—Entonces, ¿no vas a aprovechar la oportunidad de estar casada con el hombre del que has estado enamorada desde niña? —me preguntó con una expresión de incredulidad.

—Knox puso el límite. Te dije que nunca me ha visto así. Solo soy la hermanita de Ryker y ahora lo metí hasta el cuello con esto de los niños. Está acorralado. Soy como un contenedor con diez mil millones de galones de arena movediza y lo tengo atrapado. Algo supersexi —expuse con un tono muy sarcástico.

—He visto cómo te mira —opinó e inclinó la cabeza—. Estoy segura de que todo el pueblo ha visto cómo te mira.

—No me mira.

—Sí, okey. —Puso los ojos en blanco—. Por eso fue tan fácil convencer a dos jueces de que ustedes dos ya estaban comprometidos y contentos de celebrar una boda de diez minutos —agregó alzando los pulgares.

—Hablo en serio. No lo hace. Quizá me engañé al pensar que lo hizo una o dos veces... okey, quizá más de una vez, pero te digo que no siente lo mismo por mí que yo por él. Me ve como la hermana pequeña de su mejor amigo. Y me prometió que no se acostaría con nadie mientras estemos... así, pero lo hizo solo porque es incapaz de lastimarme o hacer enojar a Ryker. Estoy segura de que podría pasearme desnuda y él solo sonreiría y me ofrecería una bata para que no me diera frío.

Emerson tomó mi mano.

—Harper, te mira como si fueras el regalo de Navidad que ansía abrir. Con toda esa esperanza, deseo y curiosidad, mezclados con la ilusión y la certeza de que no podrá desenvolverte. Dudo mucho que te considere una hermana, pero tu hermano es su mejor amigo. Estás en una situación difícil. —Hizo una mueca y arrugó la nariz.

—Vivir con Knox es un tipo especial de tortura. Mirar, pero no tocar. Imaginar, pero no actuar. Ver cómo acurruca al bebé, pero recordar que él nunca tendrá los suyos. Todo esto es una farsa. —Miré los *brownies* y quise meter la cara en la charola para inhalar el chocolate—. Mi frustración sexual está a flor de piel y a punto del colapso total, solo falta que me rinda y empiece a caminar desnuda por la casa para comprobar la teoría de la bata.

—Harper, está contigo —insistió, sacudiendo un poco mis hombros—. Se pudo haber ido con Ryker o regresar a California hasta mayo, pero eligió quedarse. Contigo. Solo dale tiempo. Hay pocas cosas de las que estoy segura cuando se trata de ese grupo, pero ¿tú y Knox? Esto siempre fue inevitable. Carajo, ustedes dos acabaron casados. ¡Casados, Harper!

Volvió a sacudirme, sonriendo con emoción.

—Todo ocurrió al revés.

Miré los anillos en mi mano izquierda. Agnes nos dijo que siguiéramos usándolos, pero sabía que era solo cuestión de tiempo y que, algún día, tendría que regresárselos.

—Tú dices que fue al revés, yo digo que fue el destino. —Se encogió de hombros—. Ahora, vamos a presentarte. Si nos quedamos aquí un minuto más me voy a comer todos los *brownies*.

Tomó mi mano y me sacó de la cocina para dirigirnos al grupo recién reunido.

Ahí estaban River y Avery, que llegaron con charolas de costillas que River afirmaba eran las mejores al sur de Alaska. Los seguía Bishop, mudo y observador como siempre, quien saludó con un movimiento de cabeza mientras Adeline, la hermana adolescente de Avery, le hablaba sin parar.

Además de Bash, Ryker y Knox, estaban los McCoy: Miles y su esposa, Jessica, quienes habían llegado de Oregón y tenían unos gemelos adorables, Noah y Gavin. Estos dos estaban corriendo por todas partes con Liam, quien, milagrosamente, sonreía.

Braxton Rose había vuelto a casa, en especial, para mantener a salvo a su hermanita, Taylor, en la brigada. Acababa de salir de la preparatoria y su hermano estaba muy enojado por el requerimiento del sesenta por ciento que había establecido el ayuntamiento; sin embargo, aquí estaba.

Derek Chandler e Indigo Marshall completaban a los residentes de Legacy que ya habían vuelto. Aún faltaban Lawson Woods y Spencer Cohen, pero llegarían a principios de la próxima semana.

Ninguno de los otros chicos estaba casado, solo McCoy, lo cual no me sorprendía. La mayoría de las esposas se sentían reacias a desarraigar a su familia para que su marido tomara el relevo de una brigada de élite que había sido diezmada en su totalidad.

Llámenlo superstición o sentido común. Como fuera, lo entendía.

Tras asegurarme de que Jessica McCoy se sintiera bienvenida, fui a la ventana para admirar las montañas cubiertas de nieve. El sol se había puesto tras la cima, dejando un pálido reflejo azul que contrastaba con el horizonte negro del terreno.

Mi padre estaba enterrado justo detrás de la cordillera con el resto de su brigada.

Quizá esto es lo que hubiera querido ver, a Ryker tomar su lugar. Aunque, era posible que cambiara de opinión si hubiera visto el resultado de ese incendio.

—Tú eres Harper, ¿cierto? —preguntó una voz ronca que, de inmediato, me sacó de mis pensamientos.

Uno de los nuevos me sonreía. Era un poco más bajo que Knox, pero de la misma complexión. Tenía cabello negro azabache y ojos azules cristalinos. Era casi como un príncipe de Disney, salvo por la protuberancia en su nariz que indicaba que se la había roto y la cicatriz en la barbilla era un defecto que lo hacía humano.

—Así es —respondí devolviéndole la sonrisa—. Debes ser uno de los nuevos.

—Así es —repitió—. Chance Thornton, de Arizona. He leído todo sobre la brigada de tu padre; este es mi sueño hecho realidad.

Es un honor para mí que me hayan seleccionado para formar parte de ella.

—Chance, ¿eh? ¿No significa suerte en inglés? Un nombre perfecto para un bombero.

Ignoré la adoración en su tono al hablar de mi padre como un héroe. La había escuchado demasiadas veces, sobre todo en los años posteriores a su muerte cuando llegaron los equipos de noticieros para hacer documentales, incluso algunas personas que jamás conocieron a nuestros padres escribieron libros sobre ellos.

—Supongo que no me gusta ir a lo seguro —respondió sonriendo, pero su tono se hizo más profundo y me guiñó un ojo.

Parpadeé. «Carajo». ¿Me estaba coqueteando?

—Parece que también te gusta que te pateen el trasero —intervino Knox a mi espalda—. Porque eso es lo que va a pasar si vuelves a hablarle así a mi esposa.

«Mi esposa». Mi corazón dio un vuelco.

—Hombre, lo siento. —Chance alzó las manos y retrocedió unos pasos rápidamente—. No sabía. Diablos, pensé que tú eras uno de los solteros, Daniels.

—No. Conquistado por Harper. —Su voz adquirió un tono suave que de alguna manera lo hacía más amenazador.

—Entiendo. Perdón, señor Daniels. La culpa es mía.

Me guiñó de nuevo y, de inmediato, desapareció entre la gente.

—¿Es en serio? —le pregunté a Knox, y le quité a James de las manos.

James se acurrucó contra mí y descansó la cabeza en mi hombro.

—Está agotado —comentó Knox, acariciando el cabello suave de James.

—Eso parece. —Acaricié su espalda dibujando pequeños círculos—. ¿Tenías que asustar tanto al nuevo? No es su culpa no estar al tanto de los chismes de Legacy.

—Nosotros no somos un chisme. Estamos casados y es mejor que lo sepa ahora en lugar de hacerme enfadar más tarde. Vamos, señora Daniels, es hora de ir a comer con la mitad de nuestro nuevo equipo.

Me abrazó y me guió hasta la mesa donde todos empezaban a tomar asiento para cenar.

Era lo más que me había tocado desde nuestra boda; sentí una ligera culpa por no haberle dicho que había conservado mi apellido.

Sin embargo, puesto que él conservaba su corazón, lo más justo era que yo conservara parte del mío, ya que el resto le pertenecía. La cuestión era que, sin importar cuántas veces Knox me dejara claro que no me quería de esa manera, yo seguía amándolo.

Tenía el presentimiento de que eso nunca cambiaría.

CAPÍTULO 11

Knox

—Biberón, biberón, biberón... ¿Dónde cara... —me interrumpí al ver a Liam— ...dura está el biberón? —Corregí, consciente de que mi intento era patético.

Acabaría por cometer un error y enseñarle a Liam sus primeras groserías. Era inevitable.

Sin decir una palabra, señaló la pañalera que estaba sobre la barra.

—Perfecto.

La abrí y encontré los biberones empacados a la perfección, ya preparados, tres mudas adicionales y una gran cantidad de baberos. Era viernes, mi turno para llevar a los niños a la escuela y a la guardería, pero Harper había preparado la pañalera como la heroína mañanera que era.

—Vaya, es buena. Debería casarme con esa mujer —murmuré.

—¡Ya lo hiciste! —exclamó Liam, quien ya se había ido corriendo a la sala.

Cierto. Lo hice. ¿Ya habían pasado tres semanas? En cierto sentido, me parecía como si solo hubieran sido unas horas; en otro, tres semanas eran una eternidad. Habíamos logrado un buen ritmo para llevar a los niños adonde debían ir y luego irnos a trabajar.

En realidad, éramos muy buenos padres. Corteses, atentos el uno con el otro, ambos dispuestos a ayudar con las tareas de la casa o lo que hubiera que hacer. Era como si lleváramos años compartiendo un hogar; la definición por antonomasia de platónico.

Platónico, maldita sea.

Se había acabado el coqueteo sutil y los momentos de gran tensión, rebosantes de deseo sexual suficiente como para provocar una falla sísmica que desencadenara un terremoto de enorme magnitud. Ahora, sus sonrisas eran… amistosas o solo las reservaba para los niños. Había cambiado de ser coqueta a ser solo mi amiga.

Bueno, fui yo quien forzó ese cambio, pero ese no era el punto. Extrañaba mucho sus sonrisas sinceras, las miradas robadas de reojo cuando creía que no la veía.

Metí en la pañalera unos frascos más de alimento para bebé, sobre todo, para sentir que había hecho algo, y tomé mi taza de café de acero inoxidable.

«Presiona». Había una nota con la caligrafía de Harper pegada en la cafetera Keurig y señalaba el botón «Preparar». Coloqué la taza debajo del dispensador, presioné el botón de preparación y esperé.

El intenso aroma a café llenó la cocina; no era cualquier café. Oh, no. Ese perfume hermoso, profundo y conmovedor solo podía provenir de un lugar.

Abrí la alacena que estaba sobre la cafetera y me quedé boquiabierto: café del Black Velvet.

Harper lo recordaba de mi última visita al pueblo y lo pidió para mí. Se había tomado el tiempo, lo había guardado en su memoria, había archivado la información sin más motivo que hacerme feliz.

Tuve mujeres que me regalaron corbatas, mancuernillas, todo tipo de porquerías que las chicas piensan que los hombres queremos. Demonios, me habían dado sexo oral como regalo de cumpleaños en más de una ocasión.

Sin embargo, el café significaba más que todo esto, porque no había ningún acontecimiento o motivo para hacer algo tan hermoso; este es el tipo de detalles que tenía Harper, así era ella. Quizá nuestra relación era platónica, pero le importaba.

Ajusté la tapa de la taza y la dejé junto a la pañalera, sintiéndome más ligero que nunca desde que le dije que nuestro matrimonio sería solo de nombre.

—Chicos, ¿están listos para salir?

Entré a la sala. James saltaba feliz y Liam se amarraba las agujetas. Cada vez que lo hacía, sacaba la lengua, como si necesitara hacer ese gesto para triunfar en su esfuerzo por atarse los zapatos.

—Ca-si lis-to —dijo Liam deletreando con cuidado cada palabra mientras hacía un moño perfecto.

—¡Lo conseguiste! —Chocamos las palmas y saqué a James del brincolín—. Okey, si nos vamos ahora podemos pasar a...

Mierda. Jamie apestaba.

—Olvídenlo —agregué—. Pantalones limpios para ti y luego nos vamos.

Gracias a Dios, no tenía un horario de oficina de nueve a cinco, de lo contrario, me habría roto la cabeza tratando de averiguar cómo sacar a dos niños de la casa a tiempo. Al parecer, Harper no tenía problema para hacerlo, incluso se las arreglaba para salir temprano. En cambio, no importaba qué tan temprano empezara yo, siempre salíamos cinco minutos tarde.

Cinco minutos después, Jamie estaba limpio y nos enfilábamos a la salida, no sin antes una parada rápida en la alacena para tomar una cajita del estante más alto.

—¡Tengo la pañalera! —exclamó Liam mientras yo aseguraba a James en su sillita para el coche.

—Uno, dos, hebilla del pecho, recórrelo —mascullé recordando con exactitud lo que Harper me enseñó el primer día. Los niños eran mucho más fáciles que los bebés, de eso no había duda. La mitad del tiempo me la pasaba tratando de mantener vivo a James.

—Buen trabajo —dijo Liam inclinándose desde su sillita de seguridad.

—Me da gusto que lo apruebes. Asegura tu cinturón y vámonos.

Rodeé la camioneta, me aseguré de que su cinturón estuviera bien puesto y cerré su puerta.

La independencia era importante para el cachorro alfa; eso lo sabía por experiencia. Si uno podía depender de sí mismo, no era necesario preocuparse por que alguien lo hiciera, o no, por ti. El taburete lo hacía sentir un poco más autosuficiente y a mí no me molestaba en absoluto. Era igual que bajar los bocadillos a los cajones inferiores de la cocina para que supiera que siempre tenía acceso a la comida. La primera vez que Harper lo encontró parado en la barra de la cocina con el brazo extendido para alcanzar las barras de granola, lo regañó.

Siempre y cuando el niño no me pidiera manejar, yo estaba dispuesto a hacer cualquier cosa para que se sintiera un poco más en control de una situación en la que casi no tenía ni voz ni voto. Hacía ya tres semanas que estaban con nosotros y no había noticias de su padre. «Fue más como un donador de esperma».

Salimos del camino de entrada, atravesamos el barrio elegante y tomamos la avenida Apple Blossom hacia Legacy, donde nos desviamos un poco antes de llegar a la escuela Little Legacies.

Ayudé a Liam a bajar, alcé a James y, cargados con nuestras bolsas, entramos al preescolar. Los padres de familia que antes me ignoraban ahora me saludaban al salir y me sonreían, como si me hubieran permitido la entrada a su club porque ahora yo también cuidaba unos humanos miniatura.

Bueno, todos, excepto Ethan Coulter, pero ese tipo siempre sería un imbécil engreído si la historia servía de indicador.

—¿Cuándo vas a dejar de jugar con fuego y buscar un empleo de adulto, Daniels? —me preguntó Ethan cuando su hijo salió corriendo hacia el salón de Liam.

Liam colgó su mochila en su cubículo y se quitó la chamarra de Incendios Forestales de Legacy.

Que me demanden, a mí me gustaba que nuestras chamarras hicieran juego.

—Cuando tú te des cuenta de que la vida es mucho más que dinero, Coulter.

James pasó su manita por mi barba corta e hice algunos sonidos como de monstruo para hacerlo reír.

—Claro. Bienvenido a casa y todo eso. Escuché que te las arreglaste para conquistar a Harper Anders. No entiendo cómo te amañaste para lograrlo en menos de una semana. ¿Qué hiciste? ¿Una boda precipitada? —preguntó arqueando las cejas. Entendí a la perfección lo que quería insinuar—. No te culpo.

Liam puso su mano en la mía y apaciguó mi urgencia por destrozar a Coulter. Tan solo unos años antes lo hubiera hecho, sin importar las consecuencias.

—¿Cómo está Kim? —pregunté sin rodeos.

Coulter se había casado con la reina de la graduación en el ajetreo típico de los pueblos pequeños, pero yo sabía que casi todas las noches iba al Wicked, el bar local, y no iba solo.

—Bien, gracias. —Entrecerró los ojos—. Que tengas buen día, bla, bla, bla.

Asintió en nuestra dirección y se marchó.

Sin duda, él formaba parte de uno de los aspectos de Legacy que, felizmente, dejaría atrás.

—Ese es el papá de Blake —me explicó Liam mientras colgaba su chamarra con cuidado.

Ese era un rasgo de los niños que no habían crecido teniendo todo; diablos, cuidaban mucho sus pertenencias.

—¿Sí? Yo fui a la escuela con él. ¿Blake es amable?

Ni hablar de su nombre que prácticamente se inventó para imprimirlo en una carta de admisión de Harvard.

—No. Es mimado y malo —respondió sin darle importancia.

Quién lo diría.

—Liam, cariño, vamos, ¡vas a llegar tarde! —exclamó Harper cuando entramos al salón.

Le pasó la mano por el cabello y él se inclinó un poco hacia ella. Era posible que ese chico no quisiera depender de nadie; pero vaya que sentía una gran debilidad por Harper.

En eso éramos bastante parecidos.

—¡Adiós, Knox! —gritó Liam y se apresuró a sentarse en su banca.

—¿Cómo te fue en la mañana? —preguntó Harper, saliendo un poco del salón hacia donde yo estaba parado.

No entendía cómo una maestra de preescolar podía verse tan sexi con los botones abrochados hasta el cuello, pero así era. Claro, era posible que Harper me pareciera atractiva aunque llevara un saco de papas encima, sin hablar de los pantalones negros que abrazaban sus curvas y la blusa rosa tejida que parecía cosida a su cuerpo. Tomó a James en brazos y le dio un beso en la frente.

—Mmm, qué bien huele.

—Lo bañé de colonia —bromeé—. Nada elegante, solo un poco de Axe. Todavía no está listo para el Old Spice.

—Ja, ja, muy chistoso; él siempre huele bien.

Volvió a oler la cabeza del hombrecito, cerrando los ojos en éxtasis. Aunque no me imaginaba a mí mismo con hijos, Harper estaba en su elemento y le iban como anillo al dedo.

—La mañana estuvo muy bien y gracias por comprar mi café favorito —agregué bajando un poco la voz.

Su sonrisa fue instantánea y un poco tímida.

—Me alegra mucho que te guste. Pensé que necesitarías un pequeño estímulo.

—Fue una gran sorpresa. Perfecta.

Al igual que ella. Llevaba el cabello suelto y James ya había tomado posesión de él.

—Gracias —añadí.

Se sonrojó y se aclaró la garganta.

—¿Te pusiste al día con Ethan? Te vi hablando con él.

—Ese tipo me odia. Siempre lo ha hecho.

Metí las manos en los bolsillos del pantalón.

—Te acostaste con su novia antes del primer partido de la temporada.

Arqueó las cejas en mi dirección.

—Oye, habían terminado y ella estaba más que dispuesta. Créeme —dije, sin darle importancia.

No era mi culpa que Coulter no pudiera hacer feliz a su mujer.

Lanzó una risita.

—No lo dudo. Solo se amable. Este ya no es tu terreno de juegos; es el de Liam y le ha costado mucho trabajo adaptarse.

Los pelos se me pusieron de punta.

—¿Qué quieres decir?

Miré sobre mi hombro y vi a Liam sentado solo en su mesa, organizando los lápices mientras sus compañeros estaban reunidos alrededor de Blake.

—Quiero decir, los niños son niños. Liam no siempre tuvo mochila nueva ni zapatos nuevos ni todas las cosas que esos niños valoran. No siempre se portan bien con él. —Siguió mi mirada y suspiró—. Los niños pueden ser unos cretinos.

—Sea lo que sea, mi niño es mucho más genial que ese *wannabe* modelo de Gap que está lamiendo el borrador del pizarrón —expuse moviendo la cabeza en dirección de Blake.

Por un momento, Harper abrió los ojos enormes y luego reprimió la risa, dándole otro beso a James.

—Okey, ya vete —dijo pasándome a James—. Gracias por encargarte de todo esta mañana para que yo pudiera salir temprano a la reunión de personal.

—Gracias por casarte conmigo —respondí con una sonrisa descarada.

Carajo, estaba coqueteándole.

Parpadeó.

—Adiós, Knox. Nos vemos en la casa.

Estaba por entrar al salón, así que me moví rápido; saqué la caja que venía apretada en el bolsillo de mi chamarra y se la puse en la mano.

—¡Mis dulces favoritos! —Sonrió y se iluminó el maldito mundo.

Su sonrisa iluminó el maldito mundo.

—Nos vemos en la casa, señora Daniels —me despedí sobre mi hombro. Ese era, oficialmente, mi apodo favorito para ella, sin duda—. Vamos a dejarte con Cherry, hombrecito.

James lanzó unos grititos cuando le hice una trompetilla en el cuello y salimos de la escuela.

Nada mal para empezar el día.

El lunes fue una mierda.

—¿Cómo que no ha llegado?

Lo bueno era que la oficina de Bash estaba insonorizada, porque los otros miembros de la brigada no necesitaban oír esto.

Bash se amarró los tenis.

—Me dijo que le debía un día más a su antigua brigada y quería pagarlo, pero sí va a venir.

—Ya es 2 de mayo. Más le vale que se presente porque accedió a ser nuestro superintendente. Si Spencer Cohen no se presenta, perderemos el convenio con el ayuntamiento y nada habrá valido la pena.

Él era el único sobreviviente de la Brigada de Élite original de Legacy.

—Lo hará. Compró una casa y todo. Vendrá.

Me pasé las manos por la cabeza y las dejé en la coronilla, entrelazando los dedos.

—Tampoco podemos culparlo. Sé que es muy doloroso para él regresar aquí y mostrar su insignia.

—Sí, pero no podemos hacerlo sin él y lo sabe. Ninguno de nosotros tiene experiencia como superintendente. Vendrá.

—¿Por la insignia?

—No. Porque lo último que le dijo a mi padre fue la promesa de que me sacaría de la montaña. Que me mantendría seguro. No hay manera de que no venga ahora que regresamos.

Maldito chantaje emocional. Spencer se había regresado en la camioneta con Bash, quien iba pateando y gritando que no quería dejar a su padre. Ambos sobrevivieron.

A todos los demás miembros de la brigada los habían encontrado en sus refugios de despliegue, dispuestos en su sitio, tal como habían practicado cientos de veces.

—Supongo que es mejor que salgamos —dije.

Unos minutos después, estábamos al fondo de la enorme sala, donde todos los miembros de la nueva brigada de Legacy esperaban, todos menos uno.

La mayoría de ellos eran bomberos experimentados en incendios forestales. Los otros… en fin, tendríamos que ponerlos en forma y capacitarlos para la certificación.

—Me alegra ver que todos hayan podido venir hoy —dijo Bash, cerrando el zíper de su chamarra polar—. La mayoría de ustedes ya me conoce. Para los que no, soy Sebastian Vargas y él es Knox Daniels. Spencer Cohen será nuestro superintendente, pero Knox estará a cargo de mantenerlos a todos ustedes en forma.

Ni loco.

Seguramente, mi rostro decía mucho, porque Bash me dio una palmada en la espalda.

—¿Estás diciendo que no eres el cabrón más en forma aquí? —me preguntó Bash con un tono desafiante.

—Bueno, sí. Claro que lo soy.

Por supuesto que lo era. Corría todos los días, hacía pesas por las noches y comía la mayoría de las veces como un atleta de alto rendimiento. Últimamente hacía sesiones adicionales en el gimnasio de mi casa, pero, para ser francos, lo hacía para mantener las manos ocupadas y alejadas de Harper.

—Entonces todos tuyos —manifestó Bash frente a la multitud.

Todos me miraban con rostros expectantes y me aclaré la garganta.

—Okey. Bien. —¿Qué iba a hacer con ellos? Diecisiete rostros me miraban como si supiera qué demonios estaba haciendo. A diez de ellos los conocía de toda la vida, pero los otros siete eran completos desconocidos. Tuve una idea—. Para quienes son de Legacy, bienvenidos a casa. Para los recién llegados, vamos a hacer un pequeño recorrido, a pie. Espero que estén hidratados.

Corrimos.

Elegí el camino que sube a Legacy Mountain, el de siempre, manteniéndonos por debajo de la línea de los árboles. Los pulmones me ardieron durante el primer kilómetro y medio, pero luego me adapté, como de costumbre. Últimamente, pasaba mucho tiempo en la corredora; sin embargo, no había manera de simular este camino rocoso y los cambios drásticos de altitud.

A los tres kilómetros, Bash llegó corriendo a mi lado y me fulminó con la mirada.

—Estoy lamentando haberte dado este puesto.

—No es mi culpa que no estés en forma para seguir el paso. Emerson te ablandó.

Mi respiración era regular, constante, pero muchos de los chicos detrás de nosotros no la estaban pasando bien. Los novatos llevaban aquí solo una semana, así que no habían tenido mucho tiempo para adaptarse a la altitud, por lo que sabía que tendría que bajar el ritmo antes de que uno o más se desplomaran por el mareo. Se necesitaría un mes completo para que se acostumbraran.

—Y qué, ¿Harper no te ha ablandado? ¿O que no vi un *cupcake* sobre tu escritorio con una notita que decía «Buena suerte hoy»?

—No te metas en mi oficina y más te vale que no hayas tocado mi *cupcake*.

Lo mataría si ese bocado de *red velvet* no estaba ahí cuando regresara.

—¿Escuché algo sobre un *cupcake*? —preguntó Ryker, llegando por la derecha.

—Su esposa le trajo un regalito por ser el primer día en que tenemos al equipo completo —bromeó Bash.

—Odio cuando la llaman así —masculló.

—Bueno, pues eso es lo que es —replicó Bash.

—Espera —Ryker me miró de inmediato—. ¿Harper te trajo un *cupcake* y no me dejó otro a mí? ¿Qué demonios?

El hombre se veía hecho polvo.

Mantuve la boca cerrada. Harper era un tema delicado entre nosotros y no estaba seguro aún de que pudiéramos encontrar un terreno común para declarar una tregua.

—Sigue enojada contigo —le aseguró Bash.

—Ya me di cuenta. Puede estar tan enojada como quiera, yo solo quiero lo mejor para ella —respondió Ryker como el imbécil egoísta que era.

—Qué mentira —dije entre dientes cuando giramos en la siguiente curva.

—¿Perdón? —espetó Ryker.

—Ya empezamos, carajo.

Bash nos lanzó una mirada severa que ambos ignoramos.

Miré sobre mi hombro y vi que Bishop y River Maldonado estaban enfrascados en su propia conversación, como a unos tres metros atrás de nosotros.

—Mira, Ry, entiendo por qué no quieres que esté conmigo, pero tienes que olvidarte de que puedes controlarla. Es una mujer adulta.

—Estoy consciente de eso y por supuesto que no quiero que esté contigo, pero tampoco quiero que me odie. Es mi hermana, algo que ninguno de ustedes dos puede comprender. Es mi responsabilidad.

Resoplé. La idea de que Harper pensara en sí misma como la responsabilidad de alguien más era risible. Era más adulta que nosotros tres juntos.

—Técnicamente, es responsabilidad de Knox. A nivel legal y todo —intervino Bash con una sonrisa irónica y un vistazo rápido en mi dirección.

—No es nada suyo —sostuvo Ryker.

Apreté los puños.

—Yo me voy. Bash, hazme un favor y deténganse en esa pequeña arboleda antes de bajar. Voy a ver a los rezagados.

Mantuve mi atención solo en Bash porque estaba a punto de enfrentarme a Ryker.

En general, Ryker era el más afable en nuestra amistad; entonces, ¿por qué era un idiota intransigente cuando se trataba de Harper?

—Cuenta con ello —respondió Bash.

Di media vuelta y corrí en sentido contrario a la fila. Pasé junto a los hermanos Maldonado con un gesto de asentimiento; mantenían el paso sin problema. Claro, llevaban meses en casa y estaban más adaptados; además, Bishop casi vivía en el gimnasio y arrastraba a su hermano pequeño con él.

Indigo Marshall era la siguiente, corría con pasos seguros y su trenza negro azabache se balanceaba sobre su espalda. Sus característicos ojos azul oscuro estaban ocultos detrás de unos lentes oscuros.

—¿Cómo vas, Indie? —pregunté corriendo a su lado.

—Nos lo estás poniendo fácil —comentó mirándome por encima del armazón de sus lentes—. Sé que ustedes pueden correr el doble de rápido.

Era ella quien podía correr más rápido que todos nosotros.

—¿Y los demás? —pregunté haciendo un gesto hacia el fondo de la fila—. Detrás de ti hay dos novatos, más siete que vienen de bajas altitudes. No todos han corrido a este nivel.

—Su falta de entrenamiento es culpa de ellos. ¿Lograremos que se certifiquen? Sabes que me encanta la idea de usar la insignia de mi papá, pero renuncié a mi puesto en el equipo de Montana por esto y lo aposté todo para que ustedes nos saquen del hoyo.

Sin presiones ni nada.

—Lo haremos si ustedes están dispuestos a ayudar y ponerse a la altura. ¿Cuánto tiempo llevabas en ese equipo? ¿Dos años?

El camino de grava crujía bajo mis pies conforme ascendíamos rítmicamente.

—Tres. No me malinterpretes, prefiero estar aquí. Ayudaré en todo lo que pueda. Sé que no soy la bombera más experimentada y que los hombres no me van a tomar muy en serio.

—¿Porque eres mujer?

Asintió con el mentón tenso.

—Todo eso son tonterías, Indie. Eres joven. ¿Cuántos años tienes? Veintitrés, ¿cierto?

—Sí, acabo de cumplirlos en febrero.

Giramos en la bifurcación del camino, subiendo más por la montaña.

—Tampoco eres la más joven aquí. Ninguno de estos tipos te va a molestar por ser mujer o los mataré. ¿Entiendes? Carajo, corres más rápido que la mayoría de ellos. Hablando de eso, necesito ver cómo están los otros.

Asintió otra vez y seguí avanzando en sentido contrario. Derek Chandler corría seis metros detrás de Indie y le miraba fijamente el trasero. El chico tenía diecinueve años y era idéntico a su padre, quien probablemente le hubiera dado un manotazo en la nuca si hubiera visto la manera lujuriosa en la que miraba a su compañera.

Supongo que ahora ese era mi trabajo.

Lawson Woods también se dio cuenta. Él era otro chico de Legacy, solo un par de años más joven que yo. Si no me equivocaba, se había graduado con Harper y había sido lo suficientemente listo para mantenerse alejado de ella.

—Más te valdría mantener los ojos en el sendero, en tu energía o en el cielo, chico, porque si los pones en el trasero de Indie una vez más te los sacaré de las órbitas. ¿Entendido? —le gruñó Lawson al pasar a su lado por la izquierda.

—Sí, señor —respondió Derek palideciendo.

Le agradecí a Lawson asintiendo ligeramente; él me devolvió el gesto y le lanzó una mirada asesina a Derek.

Los novatos seguían el ritmo y cuando pasé a su lado les recordé que tomaran agua. Chance guiaba al grupo con la misma sonrisa engreída que había usado con Harper.

Idiota.

Un momento. ¿Dónde estaba...?

«Mierda».

Como a cuatrocientos metros atrás, Braxton Rose corría con su hermana, Taylor. O algo así. Aceleré para llegar hasta ellos.

—Puedes hacerlo —le dijo con el mismo tono de hermano mayor que Ryker usaba con Harper.

—No... estoy... segura.

Jadeaba entre cada palabra. La chica batallaba y su rostro estaba marcado por el esfuerzo excesivo.

—Solo inhala por la nariz, exhala por la boca e impúlsate. No dejes de moverte —la exhortó.

—¡Mi nariz no es el maldito problema, Brax! ¡Estoy fuera de forma! ¿No te has dado cuenta?

Se apartó de la fila y empezó a caminar. Su pecho subía y bajaba intentando recuperar el aliento.

—No te detengas, Taylor —le suplicó Braxton. Sus ojos castaños se abrieron gigantescos al verme—. Knox, puedo ponerla al mismo nivel, lo prometo.

Reduje la velocidad y empecé a caminar al lado de Taylor, quien jadeaba, pero seguía subiendo la colina. Tenía dieciocho años, nuestro elemento más joven de Legacy, y, si no se hubiera ofrecido voluntaria, no tendríamos brigada. Necesitábamos a todos y cada uno de los hijos de Legacy que quedaban.

—Brax, ¿por qué no te adelantas? Los nuevos están como a cuatrocientos metros más arriba y Lawson está al frente de ellos. Yo me ocupo de Taylor.

—No la voy a dejar —respondió negando con la cabeza.

Magnífico, Ryker júnior.

—La vas a dejar. Ahora. Sube la montaña y reúnete con el resto del equipo. No voy a sacar a Taylor y lo sabes. Vete —insistí, señalando la montaña.

—Estoy bien —le dijo Taylor inclinándose un poco—. Por favor, vete.

Hizo una mueca, pero salió disparado para alcanzar a los demás.

—Me ofrecí voluntaria... para que él pudiera... regresar —explicó con la respiración irregular—. Sabía que... lo necesitaban... para el porcentaje.

—Así es. También te necesitamos a ti. Pon las manos sobre la cabeza de esta forma. —Puse el ejemplo.

Obedeció y el sonido que emitió fue demasiado desgarrador como para ser una risa.

—Sí, okey. ¿Qué parte de esto necesitas? —Señaló todo su cuerpo conforme recuperaba el aliento—. Me crió un miembro de la brigada de élite y mi hermano es bombero de estructuras. Lo hice sentir culpable para que regresara con ustedes. Sé la condición física que se requiere. Los dos sabemos que yo los voy a frenar. Yo seré la razón por la que fracasaremos. —El viento arreció y le voló un mechón de cabello pelirrojo por el rostro, lo echó hacia atrás con un quejido—. Hasta el cabello me suda.

Se veía muy triste, pero ignoré la punzada de culpa en mi conciencia por haberle hecho esto. Teníamos que lograr que todos los miembros se certificaran, por lo que, si eso significaba correr por la montaña todos los días, lo haríamos.

—¿Ya acabaste? —pregunté encogiéndome de hombros.

—¿Qué? —Parpadeó en mi dirección y sus brazos cayeron a los costados.

—Pregunto si ya acabaste de predisponerte para fracasar.

Tomé la botella de agua de mi cinturón y se la ofrecí; había visto que la suya estaba vacía.

—No puedo tomarla. Se te acabará.

Insistí.

—Si te desmayas por deshidratación nos faltará un miembro. No te equivoques, Taylor Rose, tú perteneces al equipo.

Le dio un trago y me la regresó.

—Gracias.

—¿Quieres hacer esto? No me refiero a si quieres que Braxton lo haga o si te necesitamos para completar el sesenta por ciento. Te pregunto si tú quieres pertenecer a la brigada de élite.

Asintió, mirando el sendero que se elevaba ante nosotros al internarnos en la parte más empinada del camino, paso a paso.

—Vas a tener que aprender a hablar más fuerte, sobre todo, con esos tipos que están allá arriba —dije y señalé más adelante, donde ya no podíamos ver al resto del equipo.

—Sí, quiero. —Volvió a asentir—. En serio. Me gusta la ciencia que hay detrás, la manera en la que el incendio se mueve con el viento y se alimenta. Me encanta la idea de burlarlo, de usar el mismo fuego para ahogarlo y controlarlo. Quiero salvar pueblos y hogares porque los nuestros se quemaron. Supongo que quiero evitar que un niño viva lo que yo viví. —Se encogió de hombros sin quitar la mirada del camino.

—Lo entiendo. Es la misma razón por la que acepté ser el padre de acogida de Liam y James. Tampoco quería que crecieran como yo. No es que no tuviera un padre increíble o una abuela fantástica, pero entiendo lo que significa querer proteger a otros.

Caminamos en silencio los siguientes noventa metros y su respiración se hizo más regular.

—Emerson... tuvo que pedir pantalones XL para mí —explicó jalando la tela color caqui en su cadera—. Es la talla más grande que fabrican.

—Y si no hubiera tu talla, los mandaríamos a hacer. No te vamos a perder por la talla de unos pantalones, Taylor. Además, sabes que esto se trata de fuerza y resistencia. Corriste tres kilómetros cuesta arriba antes de empezar a caminar. Ese es un gran logro. Tienes que concentrarte en eso. ¿Estás en forma para la certificación? Claro que no.

Sus hombros se desplomaron.

—Basta. Algunos de los hombres que están allá arriba tampoco lo están. No estás sola. Tenemos meses, Taylor, meses para ponerte en forma. Y tú sola ya has logrado mucho. La próxima semana serán cinco kilómetros. ¿Y la siguiente? Ocho. No estás sola. Todo el equipo está aquí para ayudarte. La pregunta es: ¿quieres lograrlo?

Asintió y agachó la cabeza cuando tomamos la última curva, donde el sendero se nivelaba como a la mitad del camino hacia la línea de árboles. Estábamos a poco más de tres mil metros de altura.

—Y lo harás —le aseguré—. ¿Sabes por qué estoy seguro? —Sonreí.

—No.

—Mira adelante —dije señalando hacia donde esperaba el resto del equipo; todos descansaban en la arboleda en la que le dije a Bash que se detuviera.

—¿Y? —preguntó siguiendo mi línea de visión.

—Uno, tu equipo te está esperando, no te dejaron atrás. Dos, no dejaste de moverte; quizá no corriste todo el camino, pero sin duda no te detuviste. No te diste por vencida. Avanzaste y cubriste la misma distancia que ellos.

Eso me decía todo lo que necesitaba saber.

Ella tragó saliva.

—Van a pensar que no tengo nada que hacer aquí —murmuró mientras caminábamos hasta donde estaban los nuevos; la mayoría tenía las manos en la cabeza como Taylor había hecho. Uno de los chicos estaba vomitando.

—Perteneces más que ellos, nunca lo olvides. Eres una Rose. Esta brigada está en tu sangre. Ahora, antes de que lleguemos adonde todos puedan escucharnos... puedo ayudarte, pero quizá no soy el mejor para la tarea. ¿Qué te parece si te pongo con Indie?

—¿Indigo Marshall?

Disminuyó el paso y miró con escepticismo.

—Sí. Es la única mujer porque el puesto de Emerson es administrativo. También es una de las mejores de la brigada y te dirá exactamente lo que necesitas hacer.

—Me da miedo —murmuró Taylor abriendo los ojos enormes al ver que Indie hacía estiramientos junto a uno de los árboles.

—Es intensa —admití ladeando la cabeza—. Y sí, un poco aterradora también, pero siento que te sentirías más cómoda si haces dupla con ella en lugar de... Chandler, por ejemplo.

—Es un imbécil —exclamó—. Cualquiera menos él. Desde el kínder es un idiota.

Guardé esa información en mi mente.

—¿Lo ves? Indie es tu mejor apuesta.

Braxton estaba recargado en un árbol y, en cuanto nos vio, se levantó de un salto.

—Además, no tendrás que soportar al hermano mayor controlador —enfaticé.

—Ese podría ser el mejor motivo. —Esbozó una sonrisa.

—Le diré a Indie que quizá necesitas un poco de ayuda —agregué en voz baja cuando Braxton estaba cerca.

Los dejé solos y me dirigí hasta donde esperaban Bash y Ryker junto con el resto de los chicos de Legacy.

Había dos grupos muy definidos aquí: los nuevos y los hijos de Legacy.

«Ese es un problema».

—¿Va a estar bien? —preguntó Ryker señalando hacia Taylor.

—Sí.

Reuní al grupo y tomamos un camino estrecho, aunque muy transitado, que bajaba por la ladera hasta un llano. Los árboles eran o retoños o fustes muertos, salvo por uno o dos pinos afortunados, pero incluso esos tenían cicatrices del incendio.

Llevé al equipo al centro del pequeño claro y me puse frente a ellos.

—Bash, Ryker, Indie, Lawson, River, Bishop, Derek, Braxton y Taylor vengan aquí.

Los nuevos se removieron en su sitio al ver que los hijos de Legacy avanzaban para ponerse a mi lado.

Miré a los nuevos.

—Todos los que están de mi lado pertenecen a esta brigada por derecho de sangre. —Miré a Taylor—. Y sé que han escuchado historias y leído los informes, pero verlo es diferente. Hace casi once años el incendio de Legacy Mountain empezó en la parte posterior de esta cima. La brigada cavó una brecha cortafuego, pero el viento cambió.

Miré a Bash. Él asintió y continuó el discurso.

—Los informes meteorológicos indicaban que el viento arreciaría, pero nadie pudo prever ráfagas de más de cien kilómetros por hora ni el cambio de dirección. Al principio, la brecha aguantó y eso dio tiempo para evacuar el pueblo. Sin embargo, cuando el vendaval golpeó —sacudió la cabeza— el incendio se extendió por las copas de los árboles. Nunca había visto algo tan aterrador y devastador.

Tensó la mandíbula y supe que no diría nada más. Demonios, era más de lo que jamás había dicho sobre ese día. A diferencia del resto de nosotros, él estuvo ahí; había ido a buscar a su padre para ver si podía ayudar en algo.

El silencio imprevisto se vio interrumpido por el sonido de pasos a nuestra espalda, detrás de la arboleda.

Spencer.

No parecía nada contento de vernos.

—Todo estaba seco —dijo pasando la mano por su barba recortada. El hombre tenía apenas treinta y dos años, solo cinco más que yo, pero en él se notaba ya cierto cansancio, como si su alma hubiera envejecido más rápido que su cuerpo—. Era época de sequía y los árboles se encendieron como cerillos. El hijo de Vargas llegó en la camioneta y encontró al equipo. —Se detuvo entre Bash y yo, pero no miró a ninguno—. Padre e hijo se hicieron de gritos y Vargas me ordenó que bajara a Bash de la montaña. Estábamos ahí —señaló el sendero por el que acababa de llegar—, abajo del camino, por la cresta sur donde íbamos a cavar otra brecha con la esperanza de que el fuego se detuviera ahí; sin embargo, las llamas nos ganaron.

Con la mandíbula tensa, curvó la visera de su gorra de béisbol y se aclaró la garganta.

—Aquí —señaló el pequeño claro en el que estábamos— fue donde desplegamos los refugios. Aquí fue donde los encontraron, a los dieciocho.

Luego calló.

Yo había venido a este lugar cientos de veces. Era donde me sentía más en paz los días en que lo extrañaba demasiado y donde podía respirar bien, donde Harper me había encontrado dos días después del funeral, donde se había sentado a mi lado en silencio durante horas, en el tronco de un árbol calcinado, porque no estaba listo para irme, para dejarlo ir.

Este era el lugar al que había venido esa noche, hace siete años, tras darme cuenta de que quizá ella nunca sería mía, no en realidad, aunque yo siempre le pertenecería.

—Todos están enterrados juntos más allá del camino, en Aspen Grove. —Mi voz sonaba mucho más fuerte de lo que yo me sentía—. Pero aquí es donde los siento más. Quería que ustedes lo vieran —agregué dirigiéndome a los nuevos—. Que estuvieran aquí y entendieran lo que perdimos ese día y por qué tenemos que reconstruirlo. Este no es solo un empleo. Es cierto que nosotros somos de Legacy, que este es nuestro hogar, pero ahora también es el suyo. A partir de hoy, somos una sola brigada. Que estén aquí por sangre o por elección, de ahora en adelante, todos somos Legacy.

El silencio se alargó, interrumpido solo por el suave silbido del viento entre los árboles y el piar de los pájaros.

—Buen discurso —murmuró Bash.

—Fue lo mejor que se me ocurrió en tan poco tiempo, después de que me endilgaras todo el entretenimiento —mascullé en respuesta.

—Yo le daría un ocho —intervino Ryker—. Bueno, un diez por la entrada teatral de Spencer.

—Con un demonio —masculló Spencer poniendo los ojos en blanco—. Para todos los que no han sido un dolor en mi trasero desde que nacieron, soy Spencer Cohen. Sí, soy el único sobreviviente de la brigada original de Legacy y su nuevo superintendente. Espero que estén escuchando, porque es la única vez que contaré esa historia. El fuego es lo único que conozco y que un rayo me parta si él no me conoce bien a mí. Escuchen, hagan lo que les digo, siempre cuiden de sus hermanos —miró a Indie y a Taylor— y hermanas, y yo los regresaré vivos a casa. —Luego, observó ambos grupos y entrecerró los ojos—. Bien. Ahora, cada uno de los nuevos escogerá a uno de Legacy, a quien quieran, siempre y cuando no sea yo. Cenarán juntos toda la semana siguiente. Después, rotaremos hasta que todos se conozcan bien.

Crucé los brazos sobre mi pecho y observé cómo cada miembro nuevo elegía a uno local.

«Bien, esto ayudará a la cohesión del equipo y a construir... Diablos, no».

Chance me miró con una gran sonrisa.

—¿Es en serio? —pregunté.

—Entonces, ¿cuáles son las flores favoritas de tu esposa? No me gustaría llegar con las manos vacías.

Ese pequeño destello en sus ojos le valdría una buena patada en el trasero.

Conocía a los de su tipo. No se trataba tanto de Harper como de molestarme, de tratar de establecer un dominio que no tenía.

—Ah, le encantan las no-es-de-tu-incumbencia. La cena es a las siete. Lleva el postre y, si se te ocurre siquiera sonreírle a Harper, te daré una paliza. Te haré correr todas las mañanas hasta que desees nunca haberla visto.

—Sí, eso nunca va a pasar —respondió burlándose mientras se reunía con sus compañeros para subir por el sendero—. Hablo de la parte de desear nunca haberla visto —agregó por encima del hombro con un guiño.

Sí, se moría de ganas de que le diera una paliza.

—¿Problemas con el novato? —preguntó Ryker dándome una palmada en la espalda.

—En la cena de la otra noche le coqueteó a Harper.

—Dile que no tiene ni la más mínima posibilidad.

Ryker miró a Chance de forma intimidante. Era agradable que ese odio se dirigiera a otra parte, aunque solo fuera por un minuto.

—Ya lo hice.

—Por lo menos en eso estamos de acuerdo. —Ahora me miraba a mí. Retrocedió y murmuró—: Tampoco es que tú tengas alguna oportunidad.

«Hasta ahí duró el minuto».

Como mínimo, no gritaba a los cuatro vientos que nuestro matrimonio era una farsa, pero quizá se debía a que sentía afecto por Liam y James.

—¿Qué demonios hiciste para enfurecer a Anders? —me preguntó Spencer mientras ascendíamos lado a lado por la montaña, hacia el sendero.

El terreno era empinado, el granito triturado se resbalaba bajo mis zapatos conforme subíamos por la pendiente.

—Me casé con su hermana.

—¿Harper? No jodas, ¿en serio? —preguntó asombrado.

—¿Por qué te sorprende? Al parecer, todo el mundo pensaba que era inevitable.

Todos menos Ryker.

—Regresaste al pueblo hace como dos segundos, ¿y ahora estás casado? Me parece que la sorpresa es una reacción bastante apropiada.

Llegamos al sendero y volteé hacia el claro mientras el resto del equipo seguía avanzando para bajar la montaña.

—Hablando de regresar al pueblo, ¿por qué saliste de la arboleda de esa manera? Pensé que le habías dicho a Bash que estarías un día más con tu antigua brigada antes de presentarte.

Cruzó los brazos sobre el pecho y sus ojos recorrieron el claro, que ya estaba vacío.

—Sí le debía un día más a mi brigada, solo que no como Bash lo interpretó; aparte, no esperaba que trajeran a todo el mundo hasta aquí. —El sonido que salió de su boca fue demasiado pesado como para llamarlo suspiro—. No había vuelto desde que pasó. Lo último que recuerdo de ellos es que estaban vivos, que respiraban, bromeaban y trabajaban. No quería reemplazar eso por un terreno calcinado y marcas de quemaduras.

—Comprensible.

Cuando vine aquí después del funeral, el terreno estaba ennegrecido; el lugar donde habían desplegado los refugios estaba claramente delimitado. Había pasado horas imaginando dónde había estado mi padre. Cuáles habían sido sus últimos pensamientos conforme las llamas se alimentaban de él para aumentar un incendio contra el que luchó toda su vida. Ahora la hierba cubría los restos mutilados de la arboleda mientras se hacía cargo del proceso de curación.

—Se ve mejor... Once años es un buen tiempo para que el bosque empiece a recuperarse.

—¿Y para un hombre? —preguntó y se quedó mirando cómo la brisa mecía las ramas de los álamos. El silencio de Spencer tras el incendio había sido notorio. No dio entrevistas, no posó para las cámaras ni escribió su biografía. Evitaba los medios de comunicación como a la peste y buscaba incendios con tanto ahínco que casi podría llamarse una tendencia suicida.

—Creo que es buen tiempo para que un hombre también empiece a recuperarse. —Le di una palmada en el hombro y la imagen de Harper cruzó mi mente: reía con Liam mientras cargaba a James sobre su cadera en la cocina. Quizá había una esperanza para que todos encontráramos un poco de felicidad—. Tómate el día, superintendente. Solo no olvides que hay toda una nueva brigada en Legacy que te necesita. Yo incluido.

Lo dejé en el borde del sendero y me reuní con mi equipo. Todos pensábamos en nuestros padres, en nuestros fantasmas personales, pero el caso de Spencer era el peor.

Él era uno de ellos.

CAPÍTULO 12

Harper

—¿Qué quieres decir con que no vinieron? —preguntó mamá con el rostro sombrío—. Les compré juguetes y cuadernos para colorear y quería pasar tiempo con ellos.

Sus hombros se desplomaron, haciendo crujir su blusa de seda color crema. Llevaba el cabello recogido en un chongo sencillo, adornado únicamente con unas cuentas de perlas negras. Perfecto para el club campestre al que pertenecía en Crested Butte, donde vivía ahora.

Había pospuesto el almuerzo durante semanas, pero este sábado en la mañana era el momento de enfrentar las consecuencias.

—Pensamos que era mejor dejarlos con la niñera para el almuerzo —le expliqué en el vestíbulo del club, mientras ella sacudía un poco de polvo de mi manga—. La hermana pequeña de Avery, Adeline, está certificada y Elliot hizo todas las verificaciones, así que se quedó en casa con los niños.

Mi mamá usó la uña para raspar algo sobre mi suéter verde claro, que iba muy bien con la falda recta negra y las botas ecuestres negras que había elegido para esta ocasión. Había pensado en ponerme tacones, pero cambié de idea, en caso de que nos viéramos forzados a huir de mi madre.

—Solo quería conocerlos un poco mejor. Después de todo, van a ser familia.

—Mamá, basta. Eso es... —Bajé la mirada hasta la mancha blancuzca y suspiré. James había dejado su marca—. Es vómito. Tienes que recordar que somos solo los padres de acogida. No son nuestros. Nosotros no podemos decidir qué va a pasar con ellos. Por lo pronto, Elliot está tratando de encontrar a su padre.

—Entonces, ¿no se van a quedar con ellos? —exclamó llevándose la mano al pecho.

—No es nuestra decisión. Nada de lo que pase con su futuro es decisión nuestra. Solo los estamos cuidando por el momento. El objetivo es que se reúnan con su papá.

Dondequiera demonios que estuviera.

—Bueno, me hubiera gustado verlos en el almuerzo. Hubieran podido ir a nadar o algo —agregó, haciendo un gesto hacia la ventana desde donde se veía la alberca.

Afuera apenas hacían veinte grados, sin duda no era un clima para meterse a la alberca, pero sabía que tenía buenas intenciones, así que solo asentí y recé por que Knox estacionara rápido la camioneta.

—Hace mucho frío para nadar, mamá —opinó Ryker sobre mi hombro derecho.

Pasó a mi lado y me apretó el brazo antes de saludar a mi madre.

Si tomaba en cuenta que apenas le había dirigido la palabra en las últimas dos semanas, esto sería interesante.

—Hola, cariño —respondió saludándolo con un beso—. Qué gusto que pudieras venir. ¡Ah, Knox! Maravilloso. ¡Ahora toda la familia está reunida! O así habría sido si hubieran traído a los niños.

Chascó la lengua y se dirigió a la recepcionista del restaurante.

Knox se ajustó la corbata azul brillante y jaló los puños de su camisa con mancuernillas, irguiéndose en su saco. Todo mi cuerpo se tensó. «Uf, era sexi». El hombre estaba hermoso. Se había rasurado su barba permanentemente incipiente y ahora solo quedaba su piel, suave y agradable al tacto. Encogí los dedos en las palmas.

Al demonio la frustración sexual, yo ya estaba en el nivel de la agonía sexual. Esta mañana, cuando escuchó que James estaba llorando, caminó por el pasillo solo con la toalla puesta; desde ese momento he estado babeando, embelesada.

¿La definición de ironía? Estaba casada con ese hombre. Ca-sa-da, pero no podía disfrutar de la luna de miel.

Su manzana de Adán se movió y llamó mi atención. ¿Cómo era posible que un cuello fuera tan sexi? Era perfecto para que yo pasara mi lengua por él. «Apuesto que sabe mejor que el dulce». Pasé el pulgar por mi anillo de bodas y...

—¿Cómo? ¿Qué?

Parpadeé cuando Knox movió la mano frente a mi cara.

—Tierra llamando a Harper. Nuestra mesa está lista. ¿Estás bien? —Tocó mis brazos suavemente y acarició mis bíceps con los pulgares—. ¿Dormiste lo suficiente anoche?

—Sí, solo estaba pensando en el postre —mentí.

Más o menos. Quizá, si me acostara desnuda sobre la isla de la cocina, no aguantaría más y...

—Ustedes dos, vamos —nos llamó Ryker, quien ya seguía a mi mamá y a la recepcionista.

—En serio, pareces distraída —insistió Knox frunciendo el ceño.

«Distraída por unos profundos ojos castaños y la curva de unos labios, definitivamente».

—Vamos —dije con una sonrisa forzada—. Nos están esperando.

—Que esperen. ¿Estás bien?

Ush. ¿Por qué tenía que ser tan endemoniadamente considerado todo el tiempo? ¿Por qué no podía portarse como el imbécil que era con todos los demás? Incluso después de que compartimos ese beso la noche de graduación, nunca fue cruel, solo distante. Era imposible odiarlo.

—Estoy bien —prometí—. Si sobrevives a este almuerzo, te tengo un regalo en el coche.

—¿Me compraste un regalo? —preguntó con un destello en los ojos, como lo hacía Liam cuando recibía un juguete nuevo.

Traté de evitar sonreír.

—No te emociones mucho. Ni siquiera estoy segura de que sea algo que quieras.

Casi se lo doy cuando salimos de casa, pero no quería empezar la mañana con una sensación incómoda.

—Me encantará. Lo prometo. —Sus labios se curvaron en una sonrisa.

Su sonrisa envió una descarga eléctrica por mis muslos, ordenándoles que se separaran y se deshicieran de la ropa interior. No solo se trataba de su belleza, eso no era más que genética. Knox hablaba en serio, le encantaría cualquier cosa que le diera. Bajo toda esa masa musculosa, su mente astuta y ojos hermosos, se encontraba el niñito flacucho de diez años que yo conocía, que solo quería ser amado y que aún no se daba cuenta de que siempre sería amado.

Por mí.

—Los están esperando. ¿Los llevo a su mesa? —preguntó la recepcionista con una voz amable y distante, típica de los pueblos turísticos como este donde era imposible conocer a todo el mundo.

—Sí, gracias —respondí.

Knox puso la mano en la parte baja de mi espalda y avanzamos por el comedor abarrotado; casi salgo corriendo solo para evitar el contacto. Era demasiado. Quería que esa mano tocara mi piel desnuda.

Una mañana sin los niños y volvía a tener dieciocho años, como cuando lo ataqué en el baño de casa de mi mamá. Apenas había pasado un mes desde que Knox y yo vivíamos juntos y ya me estaba volviendo loca. ¿Cómo iba a sobrevivir, cualquiera que fuera el tiempo que esto durara?

—Por supuesto que no —mi madre regañaba a Ryker—. Deja que tu hermana se siente junto a su esposo.

No se me escapó la furia con que Ryker miró a Knox. En parte, me sentía culpable por lo que esto le estaba haciendo a su amistad, pero, por otra, tenía ganas de darle un fuerte manotazo a Ryker en la nuca para recordarle que no tenía derecho a meterse.

Nos sentamos y Knox quedó frente a Ryker en la mesa cuadrada. Habíamos llegado a la mitad del almuerzo cuando mi mamá sacó el tema.

—Estaba pensando que, si julio es muy pronto, quizá podríamos hacerlo en septiembre.

La mimosa se me atoró en la garganta y empecé a toser, tratando con desesperación de mantener la boca cerrada para no escupir el líquido anaranjado sobre el mantel impecable.

—¿Hacer qué? —preguntó Ryker.

—Harper, ¿estás bien? —preguntó Knox al mismo tiempo.

Asentí y logré tragar el alcohol diluido; de pronto, deseé que hubiera sido puro vodka.

—Su boda, por supuesto —dijo mamá con una sonrisa digna de un concurso de belleza—. Estoy muy emocionada de organizarlo todo con ustedes. El pastor Hopkins dijo que oficiaría la ceremonia y que podemos usar la capilla cuando queramos.

—Mmm..., señora Anders —intervino Knox en voz baja.

—Sé que son cuarenta minutos en coche, pero estaba pensando en hacer la recepción aquí si les parece bien. —Lo ignoró por completo—. Hay mucho espacio y estoy segura de que podríamos preguntar si podemos rentar las habitaciones, será temporada baja. Nadie quiere que los invitados beban y conduzcan.

Tomé de un solo trago el resto de la mimosa y busqué con la mirada a la mesera para rogarle que me trajera una o dos más.

—¿Su qué? —espetó Ryker.

Knox negó con la cabeza en su dirección, de manera casi imperceptible.

—¡Su boda! —respondió mamá en el mismo tono—. Francamente, Ryker, ¿crees que está bien que tu hermana, tu hermanita, se case en una ceremonia apresurada en los juzgados, con solo unos cuantos trabajadores sociales y su exnovio como testigos?

Mi mano encontró la de Knox bajo la mesa y envolví sus dedos con los míos. Estaba a punto de salir corriendo, pero su tacto me tranquilizó.

—¡Por supuesto que no! —insistió Ryker.

—Aquí vamos —mascullé y Knox apretó mi mano.

—¡Exacto! Entonces, vamos a asegurarnos de que se casen como debe ser. Todo el pueblo ha estado esperando que estos dos graben su nombre en la pared...

—Mátame —le susurré a Knox al acercarme a él.

Diablos, eso era mucho más permanente que el anillo en mi anular. Cerré los ojos con fuerza.

—Me niego a creer que esa fue su boda real, ¡ni siquiera estuve en la sala! —añadió mamá.

—Está bien. —Knox se inclinó hacia mí y me dio un beso en la frente.

—No fue... Ah, no te atrevas a besarla —gruñó Ryker.

Knox giró abruptamente.

—Ya es suficiente, Ry. Alégrate de que tu madre esté aquí frente a nosotros.

Llamé la atención de nuestra mesera y levanté mi copa vacía.

—Le daré todo lo que quiera si me trae otra de estas.

No había suficiente alcohol en el mundo para esto. Había planeado lidiar con mi mamá con amabilidad pero con firmeza para aclararle que este matrimonio solo era en papel y rogarle que fuera discreta; sin embargo, no me había dado cuenta de que tendría que lidiar también con Ryker.

—Ryker, ¿qué te pasa? —preguntó mamá—. Por supuesto que Knox va a besar a su esposa. Esperaría que estuvieran sucediendo más cosas —agregó guiñándome un ojo.

El calor subió por mis mejillas.

—Ni una jo... —Knox respiró hondo y acaricié su mano con los dedos—. Ni una palabra, Ry. Hablo en serio.

Esto se había salido de control.

—Mamá, ¿sabes que solo nos casamos por los niños, verdad? —dije con una sonrisa temblorosa.

—Claro que sí. Me parece que lo que hicieron fue muy honorable. Renunciar a la boda de tus sueños para asegurarse de que no separaran a esos chicos... —Sacudió la cabeza y evitamos a toda costa sus ojos vidriosos—. Estoy muy orgullosa de ustedes dos.

Quiero decir, siempre supe que acabaría así. No es como que no pudiéramos ver cómo se miran, ¿verdad, Ryker?

Mi hermano quedó boquiabierto, igual que Knox.

—Vamos, no soy tonta —añadió y le dio un sorbo a su mimosa—. Me alegra que al fin ustedes dos hayan dejado de andarse con rodeos y hayan dado el paso. Un paso muy repentino, pero al menos ahora pueden dejar atrás toda esa tensión sexual que los hace girar como tornados. En serio.

—Mi madre acaba de hablar de tensión sexual —murmuré cuando ella pidió otra mimosa.

—¿Me miras a mí? —preguntó Knox viéndome fijamente.

Despacio, volteé para encontrar su mirada. No bromeaba ni se burlaba de mí. En sus ojos había un verdadero desconcierto.

—¿Tú me miras a mí? —repliqué.

—¿En serio, niños? —Mi madre suspiró—. Siempre ha sido así con ustedes dos. No puedo creer que les haya llevado tanto tiempo darse cuenta.

—Esta es mi señal para salir de aquí —dijo Ryker levantándose—. Mamá, muchas gracias por invitarme. Mañana paso a tu casa para arreglar el fregadero, así que haz una lista y haré todo de una vez.

Se inclinó y le dio un beso en la mejilla.

—¿Estás seguro de que tienes que irte? —preguntó frunciendo el ceño.

—Mucho. —Me miró—. Harpy, ten cuidado, ¿okey?

Asentí.

—Te quiero, Ryker.

Sus labios dibujaron una línea recta, pero asintió.

—Yo también te quiero. En este momento, no puedo lidiar contigo —agregó las últimas palabras en dirección de Knox y se marchó, dejándonos a los tres en la mesa.

Knox entornó los ojos y lanzó un suspiro.

—No te preocupes por él. Es difícil perder a tu mejor amigo por culpa de tu hermana. Cuando se de cuenta de que nada cambiará entre ustedes, estará bien —nos aseguró mamá.

El problema era que todo había cambiado y, si empezaban a tomar ese camino, toda la brigada fracasaría con ellos. Si alguno de los dos se marchaba, el equipo ya no tendría el sesenta por ciento de miembros de Legacy para cumplir con lo establecido por el ayuntamiento.

Hablamos de trivialidades el resto del almuerzo, evitando el tema de la boda como la peste. Cuando Knox trató de pagar la cuenta, la mesera nos dijo que Ryker ya lo había hecho.

Amaba a ese idiota. Bueno, a esos dos idiotas.

—Entonces, ¿me mirabas o no? —preguntó Knox cuando ya casi llegábamos a casa, sacándome de mi círculo interminable de pensamientos; la mayoría, eran sobre él.

Puse los ojos en blanco al ver que su sonrisa era enorme. Okey, dejó de ser el tipo distante para iniciar el coqueteo. Con el coqueteo podía trabajar.

—Cállate. Tú también me mirabas.

—Todos los días —dijo en voz baja. Me miró de reojo antes de concentrarse en el camino sinuoso de la montaña—. Vivía por los momentos en que te veía. No podía explicarlo, sobre todo cuando era más joven, pero estar contigo en la misma habitación me revolvía las emociones. Como en un caleidoscopio... siempre diferentes, pero desde entonces lo sentía, y eso que yo no sentía mucho en general. Ryker me mantenía cuerdo, pero tú me hacías... sentir.

El pulso se me aceleró.

—¿Qué sentías? —pregunté con algo de atrevimiento solo porque seguía con la mirada fija en el camino.

Pasó la lengua por el labio inferior.

—Felicidad. Me hacías feliz; después, me sentí tranquilo y al final... vivo. No importaba que todo se había ido al carajo cuando mi madre se fue, tú eras ese punto de color brillante, como un lirio oriental en medio de un campo muerto. Fue lo mismo cuando murió mi papá.

—¿Como amiga? —pregunté en un murmullo.

—No. —Sus manos apretaron el volante y tomó el camino que

nos llevaba a Legacy—. Quiero decir, claro, cuando éramos niños, pero después...

—¿Qué más había? —Mi voz se apagó por miedo a que si hablaba muy alto se diera cuenta de lo que le preguntaba y no respondiera.

—No me preguntes eso —respondió negando con la cabeza.

—¿Por qué?

—Porque hay cosas que no te puedo decir. —Giró en nuestra pequeña privada—. Y continuar como hasta ahora. Mantener mi palabra.

¿Su palabra? ¿A Ryker? ¿Mi hermano era tan grande que incluso cabía entre nosotros cuando no estaba en la camioneta, ni siquiera en el vecindario?

Entramos al estacionamiento y Knox apagó el motor.

—Espera —dije cuando tomó la manija—. Quiero darte tu regalo.

Si no le gustaba, prefería saberlo ahora, pues aquí no tenía que fingir felicidad frente a los niños.

Giró hacia mí y yo saqué la suave cajita de terciopelo azul de mi bolso. Abrí la tapa y saqué el metal duro y liso que apreté en mi puño.

Luego lo miré, agradecida de que nos separara la consola. «Solo hazlo».

—Okey. Sé que tenemos que hacer esto público por el bien de los niños y eso ha sido difícil para ti, en especial, por la tensión entre Ry y tú. —Suspiré y miré mi puño—. Y pensé que esto ayudaría con la parte pública.

Sin mirar su expresión, tomé su mano y le puse el regalo en la palma.

El aro de platino hacía juego en el tono con el mío, pero hasta ahí acababan las similitudes. Su anillo era liso, ancho y biselado en la cresta, que recorría el centro del aro, lo que le daba tanto dimensión como sencillez. Discreto.

Tomó el anillo en su puño.

—¿Me compraste un anillo?

El tono grave de su voz atrajo mi mirada hacia él.

—Estamos casados —dije encogiéndome de hombros.

Apretó más el puño.

—Lo estamos.

—Pensé que si queríamos hacer que esto fuera creíble deberías tener uno.

Mis nervios pudieron más que yo y comencé a juguetear con mi cabello, pasándolo por detrás de las orejas.

—Léelo —lo exhorté.

Abrió la mano al instante, levantó el anillo entre sus dedos y entrecerró los ojos para leer la inscripción al interior: «Tan necesario como el aire».

Eso era para mí, lo que siempre había sido.

Los latidos de mi corazón se aceleraron.

—¿Te gusta?

—¿Me lo pones? —preguntó con voz profunda.

Mis dedos temblaron un poco cuando tomé el anillo de su mano para ponérselo en el anular izquierdo. El metal estaba tibio por su mano y se deslizó con facilidad, solo requirió un pequeño empujón para que pasara el segundo nudillo hasta que quedó en su lugar.

El platino hacía un contraste directo con su piel bronceada. Mi anillo estaba en la mano de Knox, un signo de neón enorme y brillante que anunciaba que era mío.

—Debería quedarte bien. Tu abuela me ayudó con la talla —balbuceé, mientras él miraba el anillo en silencio—. Pero si no te queda, podemos regresarlo o mandarte a hacer uno de esos de silicón, quizá sea más seguro para tu trabajo, ¿no? Tampoco tienes que usarlo si no quieres. Como si todo el pueblo no supiera ya que estamos casados y no se la pasaran opinando del asunto.

Okey, era hora de salir de esta camioneta antes de convertirme en una idiota total.

—Como si el dolor te quemara vivo —dijo en voz baja haciendo girar el anillo en su dedo.

Lo recordaba.

Respiré con dificultad.

—¿Qué? —pregunté al final en un susurro.

—Me preguntaste si así se sentía siempre cuando te besaban. «Tan necesario como el aire». —Nuestras miradas se fijaron—. Luego dijiste: «como si fueras a morir si te detuvieras. Como si el dolor te quemara viva».

Me quedé boquiabierta.

—¿Te... te acuerdas de las palabras exactas?

Sonrió y fue lo más triste y hermoso que jamás haya visto.

—Recuerdo todo, Harper. El color de tu vestido, tu cabello entre mis manos, la suavidad de tus labios. Recuerdo tu cuerpo contra el mío cuando te acorralé contra el lavabo y lo mucho que deseaba tomar más, aunque no fueras mía. Sigo soñando con eso, así de bien lo recuerdo.

Mis terminales nerviosas se encendieron con cada una de sus palabras hasta que tuve la certeza de que explotaría físicamente si no bajaba de inmediato de esta camioneta. Lo deseaba demasiado, lo amaba más que a nada y necesitaba... aire. Ahora. Tomé la manija de la puerta y sentí que Knox tomaba con cuidado mi otra muñeca.

—Solo cuando te beso me siento así.

—Knox —murmuré.

—Al carajo.

Me jaló y me dejé. Nuestras bocas se juntaron. Sus labios recorrieron los míos y, cuando mis dedos se metieron en su cabello, lancé un quejido. «Sí, gracias, Dios. Sí». Me tomó por la cintura y me levantó sobre la consola central entre los asientos sin dejar de besarme. Mi falda se subió hasta los muslos al sentarme a horcajadas sobre él en el asiento del conductor.

El beso fue ávido, desesperado, y me lanzó a una espiral de lujuria tan intensa que estaba lista para tenerlo como fuera. En la camioneta, contra la puerta del garaje, en el porche. Donde él quisiera, cuando él quisiera.

Mierda, sí que sabía besar. Jugueteó con las comisuras de mis labios como si los recorriera por primera vez; después, deslizó su lengua junto a la mía, la succionó y me ofreció la suya para que hiciera lo mismo. Era suficiente para marearme. Luego retrocedía hasta que yo le exigía más.

Su teléfono sonó una, dos veces, pero no respondió. Solo hubo un silencio dulce y el sonido del dispositivo al caer al suelo.

Sabía al jugo de naranja azucarado que tomamos en el almuerzo. Le mordí el labio con delicadeza y gimió, moviendo una mano hasta mi nuca y deslizando la otra hasta mi trasero para apretarlo.

—Dios, Harper —gimió.

El sonido de mi nombre en sus labios era afrodisíaco.

—Dilo otra vez —le rogué sin despegarme de su boca.

—Harper —cedió.

Su beso fue profundo, apasionado. Nuestras lenguas se enredaron hasta que el momento se convirtió en la eternidad en la que yo existía. No había nada fuera de ese beso, nada antes, nada después.

Iba a vivir en él cada segundo que me ofreciera.

Interrumpió el beso y casi grito de frustración, pero luego hizo mi cabello a un lado para dejar mi cuello expuesto a sus labios.

Con cada beso que le daba a mi delicada piel, mis muslos se tensaban y supe que él también lo sentía porque su mano respondía apretando mi trasero. Gemí cuando su boca llegó al escote de mi suéter.

—Ropa estúpida —mascullé.

Se rio y el sonido fue tan sexi que todos los músculos de mi abdomen se contrajeron.

Besé su mandíbula, recorrí su cuello con la lengua y dejó de reír. Su piel era suave y olía deliciosa, a colonia y a Knox. Cada vez que él contenía el aliento, yo me sentía más audaz, hasta que le quité la corbata y desabroché los primeros tres botones de su camisa.

Sus manos subieron sobre mis muslos, debajo de la falda, hasta la piel suave de mis nalgas y sus dedos se deslizaron por el borde de mi tanga. Punto a favor por no haberme decidido esta mañana por los amplios que cubren todo.

—Carajo —gimió cuando me deslicé hacia adelante y lo sentí duro debajo de mí.

—Me deseas.

No era tanto una afirmación como una revelación.

La forma tan tierna con la que puso una mano en mi mejilla contrastó con la fuerza con la que me sujetaba debajo de la falda.

—Siempre te he deseado. Siempre te desearé. Te tengo en los malditos huesos, Harper. Desearte es parte de lo que soy.

Nuestras bocas se fundieron sin darme tiempo a responder con nada más que mi lengua.

Lo besé con todo lo que tenía, esperando que entendiera lo que él significaba para mí. Las lágrimas brotaron de mis ojos, las emociones buscaban una vía de escape, pero parpadeé para evitarlas. Si esta era la única oportunidad que tendría de tocarlo, no me iba a convertir en el cliché de la chica histérica y llorona.

Agradecí que las ventanas estuvieran polarizadas. Tomé su mano y la llevé a mi pecho. Apartó su boca de la mía y se alejó lo suficiente para ver su mano, su anillo de bodas, sobre mi suéter verde.

Acarició mi pezón con el pulgar, causando que se irguiera contra la tela.

—Dios. Quiero...

Pasó la lengua por su labio inferior y miró rápidamente a ambos lados.

Subí la consola para que quedara un solo asiento largo de piel suave.

Sus ojos parecían más oscuros, más profundos. Me acostó con un movimiento tranquilo. Mi espalda descansó sobre el cuero y él se acostó sobre mí.

—Tenemos una casa entera y tú quieres que nos besemos en el coche como adolescentes —murmuró contra mi cuello.

—Debimos hacerlo en el coche cuando éramos adolescentes —contesté.

Sacudió la cabeza despacio.

—Te hubiera presionado demasiado rápido. Era muy joven, estaba desesperado por ponerte las manos encima. —Levantó mi suéter por encima de la seda de mi brasier—. Carajo. Sigo muy desesperado.

Bajó una de las copas y cubrió mi pezón expuesto con su boca.

—¡Knox!

Arqueé la espalda; su lengua me lamía, se movía con rapidez y chupaba mi piel erizada. «Maldita boca mágica».

Mis caderas se mecieron por iniciativa propia y él se posicionó entre mis muslos abiertos. Doblé una rodilla, la recargué en el respaldo del asiento y apoyé el otro pie en el piso de la camioneta para usarlo como base mientras me frotaba contra él, buscando fricción, presión, cualquier cosa que aliviara el dolor que escalaba en la parte baja de mi vientre.

Soltó mi pecho y concentró su atención en el otro, haciendo que me retorciera hasta que su erección se acomodó exactamente donde yo la necesitaba. Gimió cuando me mecí contra su cuerpo en busca de alivio; sin embargo, el fuego solo se intensificó.

—Carajo. Harper. Tú... Dios mío... para.

Cada palabra salía de su boca como si librara su propia batalla. Sus manos bajaron a mis caderas, inmovilizándome contra el asiento.

—No quiero.

No podía hacerlo. En cualquier momento, la estúpida promesa que le había hecho a mi hermano saldría rugiendo entre nosotros y acabaría con esto. No esperaría otros siete años para tocarlo. Mis labios encontraron los suyos; tras un beso largo e intoxicante, succioné su labio inferior y lo liberé con un movimiento rápido de la lengua.

—No me hagas suplicarte.

Porque lo haría sin un atisbo de vergüenza. No había nada que no haría por Knox.

Vi el momento en el que se decidió y sentí que sus músculos se rendían al presionar sus caderas contra las mías en lugar de alejarse.

—Sin súplicas —me dijo al tiempo que se acomodaba para deslizar las manos al interior de mis muslos—. Tan suave. —Su pulgar rozó el punto donde mis muslos se juntan, presionando con suavidad sobre la seda delgada—. Te sientes tan húmeda. Carajo, Harper, tú también me deseas.

—Siempre.

Pasé las manos por su cabello. Necesitaba tocarlo de todas las maneras posibles. Estaba más allá del deseo, como si existiera en un planeta distinto. Era un amasijo de deseo urgente, primitivo.

Su pulgar se deslizó bajo la tela, acarició los bordes alrededor de mi clítoris. Tensé las piernas y grité. La sensación era abrumadora, aunque aún no me bastaba.

Abrí los ojos y vi que me miraba. Esos ojos oscuros medían mis reacciones para saber cómo acariciarme, pero sin tocarme donde más lo necesitaba.

—Tu calor es abrasador, ¿lo sabías? —Se inclinó sobre mí para darme un beso suave en los labios—. ¿Me quemarás vivo si me hundo en ti ahora?

La sola idea de imaginar a Knox penetrándome fue casi suficiente para provocarme un orgasmo. Todo mi cuerpo se sacudió y mis uñas se hundieron en la piel de su cuello.

—Sí, seguro sí. Seguro incendiaríamos el mundo entero, pero me conformo con verte arder a ti.

Al fin, acarició mi clítoris y gemí.

Cubrió con su boca mi quejido. Me besó con una nueva urgencia sin dejar de acariciarme con el pulgar cada vez más, cortándome el aliento; pensé que moriría.

Mis músculos se tensaron y me mecí contra su mano.

—Yo... —jadeé cuando me presionó ligeramente—. Necesito...

Deslizó uno de sus dedos en mi interior y volví a gemir. Supo con exactitud lo que necesitaba sin que se lo dijera. Sus caricias se hicieron más intensas, provocando estallidos de placer en cada nervio de mi cuerpo conforme curvaba esos dedos dentro de mí. Lo sentí en los dedos de los pies, en las manos, incluso en los labios, antes de enroscarse con fuerza en mi vientre.

Había algo salvaje en su mirada, una avidez apenas controlada que yo ansiaba liberar. Quería que perdiera el control tanto como yo. Bajó los ojos para observar cómo sus dedos entraban y salían; yo llegaba al límite. Mi cuerpo se tensaba de placer.

—Estás tan apretada, Harper. Dios mío, siento que estás a punto de venirte. Arde por mí, mi amor.

Cubrió mi boca con la suya cuando me precipité por el borde del acantilado más alto que jamás había alcanzado.

Arqueé mi cuerpo contra el suyo. Mi interior abrazó sus dedos al dejarme llevar por oleadas de placer ardiente, cada una más intensa que la anterior, mientras él hacía aflorar hasta la última gota de felicidad que había en mí. Cuando pensé que había acabado, con su pulgar me provocó una serie de convulsiones que me dejaron exhausta cuando al fin terminaron.

Nos miramos fijamente cuando apoyó su frente sobre la mía. Jadeábamos, su cuerpo estaba duro, rígido, sobre mí. Me sentía como arcilla amasada, suave, lista para que me moldeara como quisiera.

Tomé su rostro entre mis manos cuando se alejó un poco; tenía los músculos de la cara tensos.

—Tan necesario como el aire —le dije entre jadeos—. Así me siento contigo.

Acaricié su pecho y su cintura esbelta. Solo tenía que desabrochar y jalar para que pudiera penetrarme. Podría hacerlo arder al igual que yo lo había hecho.

Detuvo mis manos con las suyas y negó con la cabeza; los músculos de sus mejillas se movieron antes de que pudiera encontrar las palabras.

—No. No te voy a coger en la camioneta.

—No me importa dónde me cojas.

—Esa boquita. —El comentario me valió una sonrisa tensa y temblorosa—. A mí me importa. La primera vez que esté dentro de ti y haga realidad todas las fantasías que siempre he tenido, no será fuera de nuestra casa a plena luz del día. Será en una cama, en una cama muy grande. De preferencia, en la mía. Voy a tener horas para hacerte venir una y otra vez. Y eso no va a suceder hasta que averigüemos lo que somos tú y yo, porque me niego a sentir algo más que no seas tú. Solo tú, Harper. Sin culpa, sin mentiras, solo lo que somos juntos. No ocurrirá en una jodida camioneta.

«Lo que somos juntos». Si mi corazón hubiera podido tener un orgasmo, lo habría tenido. ¿Estaba diciendo que sí teníamos una oportunidad? ¿Que podríamos ser mucho más que un papel?

Un zumbido me tomó desprevenida.

—Carajo, ¿es en serio? —Se agachó para recoger su teléfono del suelo—. River llamó tres veces —me dijo antes de contestar—. ¿Qué quieres? —respondió.

De inmediato, se tensó al mirar sobre mi cabeza, por la ventana, mientras la voz amortiguada de River se escuchaba en el teléfono.

De pronto, me sentí incómoda, me di cuenta de que estaba casi desnuda.

—Bueno, carajo. Sí, okey. Llego en quince minutos.

Se iba. La decepción era más que amarga en mi lengua. No era que esperara que me llevara en brazos a su habitación para que cumpliera la promesa de las horas, pero escapar era exactamente lo contrario de lo que yo hubiera querido.

—Te vas —dije despacio.

Me bajó el suéter para cubrirme el torso y asintió.

—Sí. Spencer activó la alerta de plantilla. Ignoré la primera llamada. Feliz sábado.

Me levantó la cadera y la mantuve en alto mientras él me bajaba la falda sobre los muslos.

—¿Y River?

—Adeline lo llamó cuando vio que llegamos, pensó que necesitaría que la llevaran a su casa.

—Dios mío.

Era la primera vez que me besaba apasionadamente en un coche y ni siquiera quería pensar hasta dónde llegaría esto.

—Sí. Está estacionado en la calle, frente a la entrada del garaje.

—Lo bueno es que hay mucha distancia. —Nos miramos y estallamos en carcajadas. ¿Qué más podíamos hacer?—. ¿Ahora qué?

Su rostro se ensombreció un poco y eso aniquiló gran parte de la esperanza que se había alojado en mi pecho.

—Voy a llevar a Adeline a su casa y luego iré a la casa club. Todo lo demás... ya veremos. —Acarició mi mejilla y miró su mano—. Gracias por mi regalo. Nunca había tenido algo tan perfecto.

Puse a prueba mi nueva libertad y me acerqué para besarlo, dejando que mis labios permanecieran sobre los suyos durante un segundo.

—Recuérdame comprarte cosas más a menudo.

—¿Lista para dar el paseo de la vergüenza conmigo? —preguntó abriendo la puerta.

—Cuando quieras, donde quieras.

CAPÍTULO 13

Knox

Media hora después entré a la casa club, el resto de los miembros de la brigada estaban echados en los sofás de la estancia principal. Por fortuna, mi pene al fin se había dado cuenta de que el escarceo había terminado, pero mi cerebro aún no recibía el mensaje.

Había besado a Harper, la había tocado. Mi lengua había estado en su boca, mis dedos habían penetrado su delicioso cuerpo y ella me había hecho atisbar el paraíso. Llevaba ya siete años convencido de que la química entre nosotros sería así, fulminante. Aunque, no sabía si me sentía reivindicado o aterrado.

Todo lo que le había dicho era verdad. La tenía en los huesos, en el alma y en cada parte de mí. Eso no significaba que fuera digno de ella o siquiera adecuado, era solo un hecho y ahora ella lo sabía.

—Te tardaste —dijo Bash.

Eché un vistazo al reloj.

—Tenemos una hora para acudir al llamado y todavía tengo diez minutos antes de que venza el plazo, así que vete a la mierda. Voy por algo de beber —agregué en dirección de Spencer, quien asintió frente a su portapapeles.

Ryker estaba en la cocina y lo ignoré con descaro. Abrí por completo la puerta del refrigerador para registrar su contenido. Saqué una botella de agua y la cerré. La destapé y le hice frente a mi mejor amigo.

Aún podía saborear a Harper en mi boca, dulce y más embriagador a que cualquier alcohol que jamás haya probado. Mi camisa olía a su perfume; aún sentía los dedos calientes al recordar que habían estado dentro de ella.

Yo era un amigo de mierda.

También tenía puesto el anillo de bodas que Harper me había regalado y, maldición, quería llevarlo.

Bebí la mitad de la botella de un trago y volteé a ver a Ryker, que estaba recargado contra la pared y me miraba con los ojos entrecerrados.

—¿Qué? —pregunté y puse la botella en la barra.

—Más te vale que esas marcas de uñas que tienes en el jodido cuello no sean de mi hermana. —Su tono era ronco, firme e intimidante. Ya me tenía harto.

—¿Preferirías que fueran de alguien más? —pregunté remangándome y deseando haberme cambiado de ropa como él lo había hecho. Este traje de porquería era muy incómodo.

—¿Estás bromeando? ¿Llevas menos de un mes casado con ella y ya la engañas? —gritó avanzando hacia el lado opuesto de la isla de acero inoxidable.

—¡Guau! Chicos —exclamó Bash llenando todo el umbral.

Alcé una mano para evitar que interviniera. Esto era entre Ryker y yo.

—No, no la estoy engañando. Jamás haría eso. ¿Tienes alguna idea de lo que ella significa para mí?

—¿Además de la satisfacción de ganar una cacería en la que has participado durante años?

Apreté los puños sobre el acero frío de la isla.

—No es una cacería.

—Dile eso a las innumerables mujeres con las que te has acostado. ¿O se te olvida que te conozco mejor que nadie en este planeta?

—No, afuera. —Escuché a Spencer; él y Bash nos daban la espalda, protegiéndonos de las miradas indiscretas, pero no de los oídos.

—Eres mi mejor amigo, Ryker. No quiero lastimarte ni romper mi promesa, pero ya no eres lo que más me importa. Harper lo es.

No estaba seguro de en que momento ocurrió el cambio, pero era real.

—¡Ella es lo único que me importa! ¿Crees que no sé lo que siente por ti? ¿El estúpido encaprichamiento que no desaparece y arruina cualquier relación que trata de tener? Te equivocas en todo. Tú no vas a sentar cabeza y ella quiere tener una familia y un maldito columpio en el jardín. Tuvo dos novios serios y tú vas de una mujer a otra como pelota de *pinball*. Arriesgas tu vida cada vez que vas a trabajar y no es justo que ella tenga que recibir una llamada como esa.

—¿Qué es exactamente lo que te molesta de mí? ¿Que sea un mujeriego o que sea un bombero como tú?

Crucé los brazos sobre mi pecho.

—Todo —exclamó azotando la palma de la mano sobre la isla.

Mierda, eso dolió.

—Entonces, sirvo para ser tu mejor amigo, pero no para estar con tu hermana.

Al final, siempre acababa en lo mismo.

—¡Correcto!

Bash dio media vuelta.

—Vete a la mierda, Ryker, eso es demasiado.

—Esto no te concierne, Bash, a menos que quieras que este se coja a tu hermana.

—No tengo hermanas, idiota.

—Exacto. Ninguno de los dos. He sido responsable de Harper desde el día en que nació, desde que mi padre la puso en mis brazos y me dijo que debía protegerla, así que no voy a faltar a mi palabra solo porque seas mi amigo.

—Ah, bueno, entonces está bien porque ya no somos amigos.

No me había dado cuenta de lo verdaderas que eran mis palabras hasta que las formulé.

Ryker parpadeó. Su rostro estaba por completo inexpresivo.

—Knox —advirtió Bash en voz baja.

—Si quieres poner límites como esos, entonces atente a lo que significa. Porque ya estoy harto de dar prioridad a tu felicidad en detrimento de la de Harper y tú también deberías estarlo. Nunca te he mentido, Ryker. Ni una sola vez en toda nuestra vida. Me conoces bien. Sabes todo de mí, incluso lo que siento por Harper, por eso la pusiste en la lista aquella noche. Confías en mí para formar esta brigada contigo, me confías tu vida en la línea de fuego, pero luego me dices que no doy el ancho cuando se trata de Harper. No es justo.

—¿Esas son marcas de uñas? —preguntó de nuevo.

—Déjalo, antes de que lleguemos a un punto en el que no haya vuelta atrás.

—¿Cómo te sentirías si fuera detrás de la chica que tú pusiste en la lista, Knox? Si nuestros papeles se invirtieran, ¿qué harías?

—Si crees que mi abuela va a dejar que te la cojas, puedes intentarlo, pero sus estándares son muy altos.

Spencer volteó igual que Bash. Por el rabillo del ojo, vi que Bash negaba con la cabeza para hacer callar a Spencer.

—¿Esas marcas son de sus uñas? —repitió furioso.

—¡Ya sabes la maldita respuesta! Sí, son de ella.

Voló por encima de la isla, pero esta vez no estábamos en los tribunales; así que esperaba su ataque. Cuando se deslizó para aterrizar del otro lado, esquivé el golpe que lanzó. Ryker era muy bueno, pero yo era más rápido. Lo hice perder el equilibrio con el pie derecho y cayó al piso. Su espalda golpeó las baldosas y se le salió el aire de los pulmones.

Se merecía que lo dejaran sin aliento. Quizá eso le bajara un poco el humo de la cabeza.

Me incliné sobre quien supuestamente era mi mejor amigo y puse una mano sobre su pecho.

—Nunca te mentiré, así que no hagas preguntas cuyas respuestas no quieres oír. ¿Crees que todas sus relaciones se jodieron por mi culpa? ¿Crees que soy un mujeriego? Adivina qué, imbécil, las dos cosas tienen que ver. Tú sellaste nuestros destinos en el momento en que me diste ese ultimátum.

Me fulminó con la mirada sin dejar de jadear.

—Sí, es cierto —continué—. Aquí tú eres el egoísta, Ry. Ella no puede tener una buena relación por el mismo motivo por el que yo no duro más de un par de meses con una chica. Porque sé que Harper es la única con quien podría comprometerme. ¿Por qué demonios torturaría a otra mujer y la arrastraría a algo que no va a durar? Así que rompo la relación y me mantengo alejado de tu hermana, porque eso fue lo que me exigiste. Tú y Bash son los únicos hermanos que tengo y que me parta un rayo si voy a perder a la única familia que me queda. ¿Quieres saber por qué tu hermana se siente tan miserable? Mírate en el jodido espejo.

Sacudió la cabeza y su respiración se hizo más regular.

—Lamento no estar a la altura de Harper. En eso tienes razón. No merezco una sola palabra de sus labios, pero nadie en el mundo es lo suficientemente bueno para ella.

—¡Es mi hermana! —exclamó en un gruido.

—¡Es mi esposa!

Ambos nos quedamos sin palabras. Nunca lo había dicho de esa manera, nunca le había dicho a la cara que había ido en contra del pacto que hicimos años atrás. Nunca me había permitido sentir esa posesividad primitiva que venía con el título de esposo.

—Es mi esposa —repetí en un tono más suave—. Y eso la hace mi familia. Ella y los niños. Es a ellos a quienes les debo lealtad. Tú eres mi mejor amigo y, sí, me gustaría contar con tu bendición para ver a dónde va todo esto con Harper, pero no la necesito. Ella tampoco, créeme. Deja de actuar como si fueras su padre o como si fueras el único que perdió a su papá en esa montaña. Harper ya no es tu responsabilidad, es la mía.

Me levanté despacio, esperando un nuevo ataque, pero sencillamente dejó caer la cabeza sobre las baldosas y cerró los ojos. Sus músculos temblaban por la derrota.

—¿La amas?

—¿Qué?

Sentí una opresión en el pecho.

—¿La amas? —repitió despacio.

¿La amaba? Nunca había amado a nadie, que yo supiera. A mi abuela, claro. A mi padre, sin duda. ¿Pero a nivel romántico? Ni siquiera estaba seguro de cómo se sentía amar. Deseaba a Harper. La necesitaba, pero, ¿la amaba?

—Yo... —Fruncí el ceño—. ¿No sé?

Ryker lanzó un suspiro.

—Bueno, si lo sintieras lo sabrías, así que no la amas, pero yo sí. Quizá estén casados, pero sigues siendo lo peor para ella, Knox. Eso no va a cambiar solo porque no te guste oírlo. Hará hasta lo imposible para hacerte feliz y tú no sabes serlo. La vas a destrozar porque eres incapaz de amar a alguien como ella lo hace. ¿Quién es ahora el egoísta?

Reprimí mi primer impulso, que era decirle que estaba equivocado, pero no era así. No sabía ser feliz, no sabía tener una relación sana y estable, ni darle mi corazón a una mujer y confiar en que ella no me abandonaría como lo había hecho mi madre. Solo sabía que si tenía una oportunidad de vivir algo parecido al amor, Harper era la única razón.

Bash y Spencer se retiraron cuando pasé frente a ellos. Al llegar al salón, todos evitaron mirarme. Lo mismo hicieron con Ryker cuando se reunió con nosotros y eligió el lugar opuesto al que yo me encontraba en la sala.

Spencer se aclaró la garganta.

—Okey, bien. Iba a hacerlos despejar unas áreas durante unas horas, pero no estoy seguro de confiarles las motosierras y las hachas hoy, me da miedo que no toda la brigada regrese con vida. Entonces, ¿qué les parece si hacemos algunos simulacros de refugio. Todos, prepárense y reúnanse conmigo en el gimnasio con su equipo.

Tres horas después, seguía enfurecido, pero la actividad física había agotado mi necesidad de darle una paliza a Ryker. Además, no quería molestar a Harper.

Hicimos simulacros de despliegues de los refugios, les enseñamos a los novatos a refugiarse bajo los protectores en caso de que un incendio nos alcanzara como le había sucedido a nuestros padres. Noté con cierto orgullo que Indie había tomado a Taylor bajo su ala y la ayudaba a adaptarse.

Spencer nos dijo que regresáramos descansados y temprano el lunes en la mañana para pasar el día abriendo líneas de defensa. Después, salimos de la casa club. La temporada de incendios se acercaba rápido y, si bien la mayoría no éramos novatos, necesitábamos trabajar como un equipo unido.

Volví a casa sin poner la música y dejé que mis pensamientos llenaran el silencio.

¿Había arruinado nuestra amistad? ¿Yo sentiría lo mismo si tuviera una hermana? ¿Se estaba portando como el hermano mayor protector o solo como un imbécil? Me dolía el corazón; la furia cedía ante el dolor de pensar en perder a Ryker. Mi vida no sería la misma sin él, pero ya estaba harto de su ultimátum sobre Harper.

Giré en la entrada del garaje y abrí la puerta eléctrica; lancé una carcajada y la volví a cerrar al ver la nueva bicicleta de Liam y otros juguetes en mi espacio de estacionamiento. Cuando me bajé de la camioneta, los faros de un coche iluminaron la entrada; por el tamaño y la forma del vehículo... sí, era Ryker.

«Fantástico».

Harper salió por la puerta principal con James sobre la cadera, era toda sonrisas.

—¡Hola, llegaste a casa!

Su rostro se ensombreció cuando Ryker estacionó su camioneta, pero no apagó el motor.

Bajó y caminó hacia mí, me puse entre él y Harper, como barrera.

—¿Ry? —preguntó Harper.

—Solo necesito un segundo con él —le dijo.

—Está bien.

Le lancé a Harper lo que esperaba fuera una sonrisa tranquilizadora. Ella asintió despacio, pero regresó a la casa muy seria y cerró la puerta a su espalda.

—¿Qué necesitas? —le pregunté—. Porque no sé cuánto más podré aguantar hoy.

Metió los pulgares en los bolsillos de su pantalón y suspiró.

—Pensaré en lo que me dijiste.

—¿Qué?

Me hubiera sorprendido menos si me hubiera anunciado que se mudaba a China.

—Algunos de tus argumentos eran muy válidos —explicó mirándome al fin y encogiéndose de hombros—. No sé qué va a pasar ni qué pensaré después, pero consideraré lo que dijiste.

—¿Y dejarás de agarrarme a golpes?

—Quizá. —Me miró con media sonrisa—. Dile a mi hermana que la quiero. Nos vemos el lunes.

Cuando estuvo a punto de llegar a su camioneta, encontré mi voz.

—Chance va a venir mañana a cenar. No pudo hoy en la noche. ¿Por qué no vienes también? Sé que a Harper le gustaría que vinieras. Además, tu presencia me impedirá asesinarlo.

«Toma la pipa de la paz».

Tardó tanto en responder que casi perdí la esperanza; sin embargo, no me marché.

—Traeré la carne.

El alivio me invadió con tanta fuerza que casi caigo de rodillas.

—Suena bien. Nos vemos a las cinco.

Agitó la mano en despedida y avanzó el resto del camino hasta su camioneta. Vi cómo se alejaba; en mi interior, tanto la tristeza como la esperanza luchaban por imponerse.

Elegí la esperanza y entré a reunirme con mi esposa.

CAPÍTULO 14

Harper

—¡Harper! ¡Ven rápido!

Dejé la charola de *brownies* en la barra, arrojé los guantes del horno sobre la isla y salí corriendo de la cocina a la sala.

—¿Qué pasa? —pregunté, deslizándome para frenar sobre el piso de madera.

—¡Mira! —exclamó Knox alzando su teléfono porque estaba grabando un video.

Seguí la trayectoria de su mirada y reí. James se había levantado solo y sonreía como loco al tiempo que daba palmadas en la mesita de centro.

—¡Vaya! —exclamé y avancé con cuidado sobre la alfombra, no quería asustarlo.

—¡Está de pie! —gritó Liam detrás de mí y corrió hacia su hermano—. ¿Eres un niño grande? ¡Estás parado como uno!

James daba saltitos y su risa era muy contagiosa. Luego cayó sobre las nalgas con un sonido sordo. Aplaudió, se acercó gateando a la mesa y volvió a pararse.

—Increíble, ¿verdad? Esto debe ser algún tipo de récord mundial. Seguramente, llegará a los Juegos Olímpicos —dijo Knox metiendo su teléfono en el bolsillo trasero de sus jeans. Su camisa de manga larga estaba remangada hasta los codos, dejando al descubierto la piel bronceada de los antebrazos. Era injusto que él me hubiera visto prácticamente desnuda ayer y yo siguiera babeando por sus antebrazos pornográficos.

—No estoy segura de que tengan competencia de bebés que se paran solos, pero si la tienen, sin duda James sería un excelente contrincante —respondí.

Se acercó a mí con una mirada que no pude definir con precisión, pero me gustó. Era la misma que tenía desde que llegó anoche a casa. Antes de que tuviéramos oportunidad de hablar, tuvo que salir corriendo otra vez porque una tubería se había roto en el Chatterbox; cuando regresó, yo ya estaba dormida.

—Tienes chocolate en la cara —dijo pasando un dedo por la comisura de mi boca.

—Tengo debilidad por la pasta de los *brownies* —respondí encogiéndome de hombros.

—Yo tengo una debilidad por ti —murmuró e inclinó la cabeza para limpiar la mancha con un beso.

«¡Bum!». Me sentí como drogada; mi corazón latió como solo ocurría en las comedias románticas para adolescentes. Luego, me besó los labios, un roce suave que me hizo inclinarme por más.

—¿Podemos hablar?

Abrí los ojos con sorpresa.

—¿Sobre lo que pasó anoche entre mi hermano y tú?

Asintió.

Vi que Liam y James estaban felices en la sala, así que me fui a la cocina con Knox, quien se colocó donde pudiera observar si los niños se metían en algún problema o si James decidía empezar a correr.

Era una locura lo rápido que crecía y solo lo habíamos tenido poco más de un mes. ¿Qué haría en un mes más? ¿O dos? ¿O tres? ¿Seguirían aquí? El maravilloso sentimiento de felicidad que Knox me brindaba se evaporó al pensar que podían irse.

—Okey, ¿qué pasa? —pregunté sentándome en la barra con la espalda a los niños.

Puso las manos sobre mis rodillas y, al instante, se abrieron un poco, como si mi cuerpo reconociera de lo que era capaz ese hombre; yo estaba más que dispuesta para una segunda ronda.

Definitivamente, lo estaba.

—Okey, ayer...

—¿Qué parte de ayer? ¿La parte donde mi madre no acepta que estamos casados porque no fue en una iglesia? ¿La parte en la que Ryker se marchó furioso? —Bajé la voz para que los niños no pudieran oírme—. ¿La parte en la que me diste el mejor orgasmo de mi vida?

Me apretó con más fuerza y la manera en la que su mirada cayó sobre mis labios hizo que mi vientre empezara a ronronear.

—Todo eso, pero, en particular, la manera en la que Ryker y yo tocamos el tema en el trabajo y dijimos algunas cosas que quizá no debimos haber dicho.

—Okey.

Carajo, Ryker me estaba volviendo loca con sus tonterías protectoras, pero era mi hermano. Eso era sagrado, sin importar cuánto amara a Knox.

—Vio la marca de tus uñas en mi nuca y ató cabos.

Sus ojos no mostraban arrepentimiento, lo cual era un gran alivio.

—Ah, mierda. Lo lamento.

—Yo no. —Sus manos se deslizaron por mis muslos; me jaló y mis rodillas quedaron a ambos lados de sus caderas—. No lamento absolutamente nada de lo que pasó ayer. ¿Tú sí?

Me quedé sin aliento.

—No, claro que no. Desde que tengo dieciséis años, he querido ponerte las manos encima... aunque todavía no logro hacerlo. No me sonrías así, no cuando los niños están en la habitación de al lado y tenemos visitas en una hora.

Lo que incluía a Bash, Emerson, Ryker y al nuevo chico.

Miró sobre mi hombro, sin duda para ver cómo estaban los niños.

—Entonces, después de... esa discusion que tuvimos en el trabajo, no te preocupes, no hubo sangre, vino aquí para decirme que va a pensar en lo que le dije.

—¿Y qué le dijiste?

—Muchas cosas.

—Entiendo.

«Muchas cosas» era un código entre hermanos que significaba «no te voy a decir». No tenía problema con eso. Eran mejores amigos y, si quería tener alguna oportunidad de estar con Knox, tenía que asegurarme de que ese vínculo se mantuviera.

—Por mucho que lo único que desee sea llevarte cargando a mi cama, desnudarte y hacerte venir como doce veces de maneras diferentes para empezar, no puedo.

Aumentó la fuerza de sus manos.

—Okey.

Mil razones distintas pasaron por mi cabeza y ninguna de ellas llegaba a una conclusión que en verdad entendiera.

Quizá él no lamentaba lo que había pasado ayer, pero tampoco quería repetirlo. «Fue la noche de graduación de nuevo». Como siempre, había caído en la trampa que era Knox, atraída por los besos y por la más mínima posibilidad de que fuera mío. Incluso casados, le pertenecía a mi hermano.

«Piensa en los niños». Era por ellos que hacíamos esto. Desear a Knox era desafortunado, pero no era como si jamás lo hubiera deseado; sencillamente, regresábamos al *statu quo*, pero no estaba segura de ser capaz de soportarlo esta vez.

—Harper.

—¿Sí?

Eché el cuerpo hacia atrás y me recargué en las manos para que nuestros cuerpos no estuvieran tan cerca, pero no podía juntar las rodillas porque él estaba en medio.

—No es porque no quiera.

Puso esa mirada tan líquida y suave como para ahogarse en ella.

El problema era que llevaba tanto tiempo ahogándome que temía que la muerte fuera inminente por la falta de oxígeno y demasiados disparos al corazón.

—Sí, okey. Entiendo. Tengo que cambiarme rápido, si me dejas pasar...

—No. No hasta que entiendas.

Miré fijamente sus manos, que seguían sobre mis muslos, y luego lo miré a él arqueando una ceja.

Las levantó y retrocedió para dejarme espacio suficiente para que bajara. Eso hice.

—¡Harper!

Caminé frente a él, parpadeando para evitar las lágrimas por mi estupidez.

—No hemos terminado —agregó siguiéndome.

Subí los primeros tres escalones y giré, quedando a su mismo nivel.

—Déjame ver si lo entiendo bien. Tú me deseas. Siempre me has deseado. No tuviste problema en besarme ayer, u hoy, pero, por la conversación que tuviste con mi hermano, no volverá a suceder, pero no es porque no me desees.

—Sí. No. Más o menos —dijo sacudiendo la cabeza.

—Entonces, creo que nuestra conversación ya acabó. Me voy a poner algo limpio, si estás de acuerdo, o podrías hablarle a Ryker y preguntarle si me da permiso.

Sin esperar su respuesta, subí la escalera hasta la recámara de invitados que estaba al otro lado del pasillo de la habitación de Knox.

Malditos hombres imbéciles.

Cerré la puerta con un poco más de fuerza de la necesaria y me quité la camisa de un tirón. La aventé al cesto de ropa sucia, luego siguieron los pantalones de yoga. Nunca fui una cocinera muy limpia.

—Harper. —Knox tocó la puerta—. Voy a entrar.

—Como quieras —respondí rebuscando entre mi ropa que estaba en el vestidor.

Oí que abrió y luego cerró la puerta.

Azul... verde... ¿siquiera importaba el color de la blusa? Quizá dejaría que Ryker y Knox decidieran, puesto que eran ellos quienes tomaban las decisiones por mí.

La blusa morada con encaje estaría bien.

—Te hubiera seguido antes, pero tuve que meter a James en su prisión.

Me negué a reír, pero un resoplido escapó de mi boca.

—Es un corral.

—Tú dices corral, yo digo prisión. ¿Puedes salir y hablar conmigo?

—Claro. —Salí del vestidor y aventé la blusa sobre la cama a lado de donde Knox se había sentado.

Se quedó boquiabierto cuando salí en ropa interior.

—Maldita sea, Harper.

Mi nombre salió en un quejido.

—¿Qué? Como si no lo hubieras visto ayer; eres tú quien insiste en hablar. Además, como nunca volverás a tocarme, ¿a quién le importa? —Me encogí de hombros y abrí el cajón de la cómoda donde estaban mis jeans.

Elegí los más suaves y cerré el cajón.

—No dije que nunca volveré a tocarte —debatió con voz estrangulada.

Volteé a verlo; tenía apretado en un puño el edredón verde menta de mi cama *queen-size*.

—¿Sabes qué? No me importa. Estoy cansada de sentir que tengo que perseguirte. La verdad es agotador.

—Porque quieres que te toque. —Sonrió de forma irónica.

—¡Sabes que sí! —grité.

Se levantó de un salto antes de que pudiera parpadear y me encontré con la espalda contra la pared y Knox presionándose contra mi cuerpo. Mis jeans cayeron al piso y mi cuerpo se derritió, como siempre ocurría cuando él estaba cerca.

—¿Qué?

Lo miré a los ojos, tratando de ignorar cómo mis terminales nerviosas hacían chispas y mis pezones traidores se endurecían.

—No tienes que perseguirme. Me atrapaste hace siete años, solo que no lo sabías. Diablos, me atrapaste cuando tenía diez años. Siempre has sido la única persona con quien me he imaginado teniendo una vida.

—No tiene sentido nada de lo que dices, Knoxville. Si deseas a alguien, si amas a alguien, no dejas que se marche. Luchas por ella. Luchas por ambos.

—En tu mundo, quizá. En el mío, la gente se va y nunca regresa, ni siquiera cuando muere tu padre.

—No soy tu mamá.

Sentía pena por él, por su incapacidad para confiar en mí a pesar de todo el tiempo que llevaba conociéndome y todas las veces que me mantuve a su lado.

—Lo sé. No eres nada como ella. Tú eres honesta y amable, eres fuerte. Dios mío, eres la mujer más fuerte que conozco. Hay poca gente en este mundo a la que yo...

«Amo. Dilo». Sabía que podía hacerlo. Se lo demostraba de todas las formas posibles a la gente que le importaba, aunque él no lo definiera así.

—...considero mía. No puedo permitirme perder a nadie. No solo a ti, sino también... también... —Suspiró.

—A Ryker —murmuré.

Asintió.

—Además de mi abuela, él y Bash fueron todo lo que tuve. Y tú, por supuesto.

—Y yo —repetí.

—Siempre tú. Pero no puedo darle la espalda a él cuando piensa que rompí nuestra promesa más sagrada. Él puso tu nombre en la lista.

—¿Qué lista? —pregunté entrecerrando los ojos.

—En la que elegíamos a una chica con la que ninguno de los otros dos podía acostarse. —Frunció el ceño—. Ahora que lo digo en voz alta, suena bastante estúpido.

—¿Qué tal prehistórico? —manifesté.

—Sí, bueno, éramos adolescentes y creo que Bash solo quería asegurarse de que no me acercara a Emerson.

—Así que la lamió, como hacen los niños de kínder con un sándwich que no quieren compartir.

Sus ojos pasaron de los míos a mis labios, al nacimiento de mis senos.

—Algo así.

—Y estás diciendo que Ryker... ¿qué? ¿Me lamió a mí? Porque eso es asqueroso. Asqueroso y exasperante.

—No exactamente. En la noche de graduación, después de que nos besamos, Ryker vio cómo te miraba y lo difícil que era para mí verte con otro tipo. Justo antes de que te fueras, Ry puso tu nombre en la lista. Sabía que era la única manera de asegurarse de que yo no iría tras de ti.

Mi estómago dio un vuelco.

—¿Por qué haría eso? —murmuré.

¿Cómo podía ser tan cruel con Knox? ¿Conmigo?

—Porque sabía que no era lo suficientemente bueno para ti. Carajo, sigo sin serlo.

—Knox...

—Solo escúchame. Fuiste tú la que me pidió que te dejara entrar. —Hizo un gesto—. Hay algo roto en mí, algo que no me permite...

—Comprometerte —interrumpí.

Asintió.

—Algo así. Él sabía: que acabaría por destruirte, como lo hago con todo el mundo, incluso si me las arreglara para no hacerlo, sabía que yo quería pertenecer a la brigada de élite. No lo hizo para lastimarte, lo hizo para protegerte de mí. Porque esto —puso las manos en mi espalda baja y me acercó a él—, esta atracción, nuestra química, es más que obvia. Solo que yo no sabía que todos estaban al tanto hasta que regresé. Aquel verano estuve a punto de golpear a Vic en la cara cada vez que lo veía, me era insoportable pensar que te había tocado. Ry lo sabía sin siquiera decirme una palabra.

Lo abracé por el cuello y pasé los dedos por su nuca, donde mis uñas habían lastimado su piel perfecta.

—Nunca dejé que Vic me tocara.

Abrió los ojos muy grandes.

—¿Qué?

—¿Cómo hubiera podido cuando solo podía pensar en ti? Dios, arruinaste bastante mi vida sexual durante años. Todos los años, si soy honesta. No entendía por qué no sentía la misma urgencia cuando alguien me besaba. Era bueno, pero no era... —me erguí contra su cuerpo y froté mis senos cubiertos de encaje contra su pecho, acariciando su creciente erección con mi vientre— esto. Pensé que lo había imaginado, que lo había exaltado en mi recuerdo.

—Pero no lo hiciste. —Bajó la mano para acariciar mi trasero por encima de mis calzones de encaje—. Así de buenos somos juntos.

Asentí.

—Con ese beso, echaste a perder lo que hubiera podido tener con cualquier otro.

Rozó mis labios con los suyos.

—Entonces, ¿qué hacemos? ¿Dejamos que Ryker nos separe otros siete años? Eso suponiendo que tú no quieras que estemos separados.

«Con calma, Harper. Con mucha calma».

Esbozó una pequeña sonrisa.

—Estamos casados, ¿sabes?

—Sí, eso oí. Al parecer, es el último chisme del pueblo.

—No estoy diciendo siete años, ni siquiera hablo de siete meses. Solo te pido que le demos tiempo para que cambie de opinión. Si no lo hace, será problema de él. Yo no me voy a separar de ti. —Me besó con ternura—. No estoy diciendo que no te besaré. —Tomó mi trasero entre sus manos y me levantó en una demostración de fuerza increíblemente sexi. Rodeé su cintura con mis piernas cuando me recargó contra la pared—. No estoy diciendo que no te voy a tocar—. Deslizó una mano hasta el interior de mis muslos, aumentando la urgencia de mi deseo—. Te haré venir todas las veces que quieras, Harper. Dios, no puedo pensar en nada mejor.

—Yo sí.

Me removí para hacer que él moviera la mano y mecí las caderas contra su erección.

—Sí, eso. —Se inclinó sobre mí—. Solo dame un poco de tiempo para no perder a mi mejor amigo por lo que siento por su hermana.

Esa confesión me dejaba impotente. Hubiera podido pedirme que esperara diez años y lo hubiera hecho; ese era el poder que Knox tenía sobre mí.

—¿Y si nunca cambia de opinión?

—Entonces, no es quien yo creía y eso no me detendrá, nos detendrá, para averiguar adónde lleva lo nuestro.

Hablaba en serio. Lo vi en sus ojos, lo sentí por la manera en la que me tenía entre sus brazos, pero eso no significaba que no cambiaría de opinión si Ryker lo forzaba.

—Me das miedo —admití—. Esto es todo lo que siempre quise, pero, si me dices que estás dispuesto a intentarlo y después cambias de opinión, no estoy segura de poder soportarlo.

Me besó con suavidad.

—En ese caso, tendré que seguir dándote motivos para que creas en mí. Eso puedo hacerlo. No te daré la oportunidad para que dudes de mí, nunca. —Me bajó al piso y retrocedió—. Ahora, por favor, vístete antes de que pierda el control.

—Una última pregunta. ¿A quién pusiste tú en la lista? —pregunté haciendo un esfuerzo por no sonar celosa, pero fue un fracaso épico.

Sonrió despacio.

—Es hermosa por dentro y por fuera. Leal, trabajadora, dura como una roca y una de las mujeres más extraordinarias que jamás he conocido. —Hizo una pausa; yo incliné la cabeza, indignada—. Y es la única otra mujer que ha usado ese anillo —agregó señalando mi mano izquierda.

Luego se marchó y me quedé mirando la puerta cerrada.

Su abuela.

Eché la cabeza hacia atrás y suspiré. Uf, en lugar de cuidar mi corazón, ahora lo amaba aún más.

Me vestí rápido y, cuando bajé la escalera para preparar la cena, me topé en el pasillo con Liam, quien pasó corriendo a mi lado, vestido con una suerte de chaleco.

—¡Me va a atrapar! —gritó.

—¡Vas a ver que sí! —respondió Knox y salió del despacho a toda velocidad, vestido con una prenda similar pero de su talla y un rifle de plástico en la mano. Se detuvo para darme un beso y siguió persiguiendo a Liam. Escuché que Knox lloriqueaba, diciendo que Liam lo había matado de un disparo en el pecho. Fui a ver a James y me alegró ver que no llevaba un chaleco de *laser tag*.

Dos horas después, los niños ya estaban en la cama y los adultos habíamos terminado de cenar. Todo había salido bien, considerando que Ryker apenas habló y pasó la mayor parte del tiempo viendo cómo nos mirábamos Knox y yo.

Ni hablar de situaciones incómodas.

—Me podría acostumbrar a esto —comentó Emerson dando un sorbo a su vino mientras miraba desde la sala cómo los hombres, incluido Chance, llenaban la lavadora de platos.

—En definitiva, esto se puede considerar porno.

Sobre todo cuando Knox tenía la camisa remangada de esa manera.

—¿Cómo va ese tema? —preguntó Em alzando las cejas.

Miré a Knox y lo deseé, así sin más. Era desesperante estar tan cerca de lo que deseas, pero tan lejos de tenerlo. Nunca me había sentido así por nadie más.

—Es como estar en la pastelería que tiene tu postre favorito, pero está en un aparador bajo llave. Puedes verlo, pero nada más. Y estás ahí atrapada, para siempre. Y el postre está desnudo y es Knox.

—¡Uy!

—Aunque, puedes lamer el postre, solo para tener una probadita y está bueno, increíblemente bueno. Y lo único que quieres es comerte ese maldito postre, pero no puedes, porque tu hermano le puso llave a la vitrina y tú no entiendes por qué no te la da.

Emerson volteó a verme con los ojos llenos de sorpresa.

—Entonces, todo va bien, ¿no?

—¿Alguna vez tuviste ganas de echártele encima a Bash? Quiero decir, ¿aventarlo sobre la cama, rasgarle la ropa y tomarlo a horcajadas? Porque, en serio, me siento así de caliente y desesperada; estoy a punto de perder la cabeza por sexo. Sexo, Emerson. Quiero sexo.

—Sí, bueno, especialmente cuando atravesamos esa época en la que dudamos entre hacerlo o no hacerlo. Fue difícil.

Le lanzó a su prometido una mirada soñadora que me provocó mucha envidia. Aunque, ellos siempre habían sido así.

—¿Y qué hiciste?

—Lo encerré en su oficina e hice precisamente eso, pero, por complicada que fuera la situación entre Bash y yo, tú y Knox se llevan las palmas.

—Quiero ese postre.

Knox me guiñó un ojo y volvió a su plática con Ryker. Por lo menos, se estaban hablando.

—Puedo verlo —dijo Emerson tratando de no sonreír, sin lograrlo.

—No te rías de mí.

—No lo hago, te lo prometo. Estaba pensando en el momento en el que Bash regresó a casa y tú me dijiste que no podía conformarme con menos que la química... ¿cuáles fueron tus palabras? Algo así como «arañar, rasgar, morder, tener la necesidad de arrancarle la ropa». Ahora ya lo tienes.

—¿Y si él no quiere el pastel? —pregunté en un murmullo.

—Confía en mí, lo quiere. Desea ese pastel desde que alcanzaste la edad legal. Ese nunca ha sido el problema.

—¿Escuché que quieres pastel, Harper? —preguntó Chance cuando entró a la sala—. Puedo traerte un poco.

—Solo si quieres que Knox te mandé a volar desde aquí hasta la frontera con Utah —respondió Emerson soltando una carcajada.

—¿De qué hablan? —preguntó Knox acercándose a nosotros. Le lanzó a Chance una mirada que lo hizo alejarse al otro extremo de la sala.

—Decían que querían pastel y me ofrecí a traerlo —explicó Chance encogiéndose de hombros.

Emerson rio con más ganas.

—¡Basta! —le dije, pero casi se le salían las lágrimas.

—Vamos, Chance te está ofreciendo pastel. ¿No quieres un poco? Apuesto que está muy bueno —respondió, tratando de ponerse seria.

—No quiero ese pastel —respondí entre dientes.

Knox me miró con sospecha.

—Quiero *su* pastel —agregué en voz muy baja, señalando a Knox con un gesto de la cabeza, pero él me escuchó.

Debió entender algo, porque de inmediato se dirigió a Chance.

—Nunca más vuelvas a ofrecerle pastel a mi esposa. Jamás. O no tendrás pastel con nadie más en tu vida.

—Ustedes son muy raros. Nos vemos mañana en el trabajo. Harper, muchas gracias por la cena. Tus *brownies* son verdaderamente maravillosos.

—También hace un pastel fantástico —agregó Emerson riendo.

—¡Nada de pastel! —exclamó Knox dirigiéndose a Chance, quien levantó las manos, retrocedió y casi sale corriendo—. Bash, ven aquí y llévate a tu prometida a casa. Creo que tomó demasiado vino.

—Vamos, Knox. No seas aburrido. Antes eras divertido. Solo estoy tratando de conseguirle a tu esposa un poco de postre. ¡Dioses! —Em me miró—. ¿Cuánto vino bebí?

—Creo que te acabaste una botella.

—¿En serio? Guau. Sí, no más. —Dejó la copa en la mesita de centro—. ¡Sebastian Vargas!

—¿Emerson? —respondió Bash entrando a la sala.

—Llévame a casa. Quiero pastel. —Miró a Knox de reojo—. Una de nosotras debería comerse ese pastel, ¿no crees?

—¡Por el amor de Dios! —exclamó Knox mirando al techo.

—Em, no tenemos pastel en casa. ¿Quieres que pasemos a la tienda? —ofreció Bash mientras la ayudaba a levantarse—. Creo que lo más parecido que tenemos son las Pop-Tarts que compraste la semana pasada.

—Tú tienes el pastel que ella quiere, créeme —dije—. Solo llévatela a casa.

—Sí, okey. —La cargó y la puso sobre su hombro—. Vámonos a casa.

—¡Buenas noches! —Me despedí de mi amiga con un movimiento de la mano mientras ella trataba de enderezarse.

—¡Cómete el pastel! —exclamó con una risita.

No podía esperar a contarle esto mañana por la mañana.

Knox se inclinó hacia mí, recargándose en el reposabrazos del sofá donde yo estaba sentada.

—Entonces, ¿tienes ganas de postre?

Su voz me rozó como papel de lija suave cuya aspereza me puso los nervios de punta.

—Sí, por favor.

—No tendrás el de Chance, eso es seguro.

Mis dedos juguetearon en la apertura de su camisa.

—No quiero el de Chance.

—Me estás matando, ¿lo sabes? —se quejó.

—Qué bueno.

Sonrió y ese gesto acarició cada célula de mi cuerpo.

Alguien se aclaró la garganta y Knox se paralizó.

—Se me olvidó por completo que seguía aquí.

—A mí no —respondió Ryker—. Harpy, ¿me acompañas al coche?

Knox me ayudó a ponerme de pie y fui con Ryker, quien miraba hacia todas partes menos a nosotros.

—Vamos, hermano mayor. —Entrelacé mi brazo con el suyo y salimos hacia su camioneta—. Okey, dímelo.

—¿Decirte qué? —preguntó cuando cruzamos el umbral.

—El sermón que preparaste sobre lo malo que Knox es para mí, que no quieres que esté con un bombero y que solo va a lastimarme —respondí cruzando los brazos para protegerme del frío de principios de mayo.

Se frotó la cara con las manos.

—Todo eso ya lo sabes, así que no necesitas que te lo repita.

—Entonces, ¿qué más tienes en tu arsenal anti-Knox?

—Nada. Es mi mejor amigo. Es un tipo genial. Inteligente, valiente, leal hasta el tuétano, todo lo que quieras.

—Okey.

—También es imprudente como el carajo en los incendios, intrépido, desapegado y emocionalmente indisponible para todas las mujeres con las que ha tratado de tener una relación. Su mamá le hizo mucho daño, Harpy. Ese es un problema que tú no puedes remediar.

—Quizá quiero intentarlo. Tal vez necesita a alguien que lo intente, que le demuestre que es posible quedarse, incluso cuando es fácil marcharse.

—¿En serio quieres pasarte la vida pagando por los pecados de otra mujer? Aunque pudieras convencerlo, está en la brigada de élite. Siempre me dijiste que no querías eso, que querías a un tipo que trabajara en una oficina, ¿te acuerdas? Por eso acabaste con Dick, el Imbécil.

—Richard —lo corregí—. Y sí, eso dije, pero tenía dieciséis años. ¿Me estás diciendo que traes eso en la cabeza desde entonces? ¿Que nos estás haciendo la vida miserable por algo que dije cuando ni siquiera sabía estacionarme de reversa?

—Sigues sin saber estacionarte de reversa.

—Deja de bromear, Ry. Lo amo. Siempre lo he amado.

Me tomó por los hombros como si fuéramos niños otra vez.

—¿Qué pasará cuando él no pueda devolverte ese amor? —No había malicia en su mirada, solo una profunda tristeza—. Lo conozco de toda la vida. No te lo advierto porque quiera ser un desgraciado o para controlar tu vida. Solo quiero que seas feliz, que te amen, que te adoren. Es probable que Knox te dé casi todo eso durante un tiempo, pero ¿a largo plazo? ¿Qué vas a hacer cuando sea incapaz de regresarte todo ese amor que llevas en el corazón?

Mi respiración se entrecortó. No estaba siendo cruel ni sarcástico. Su preocupación era genuina y, dado que era la persona que mejor conocía a Knox, tenía que concederle a mi hermano una respuesta bien reflexionada.

Tuve esta misma plática conmigo misma cuando hoy me llamó el administrador de mi edificio para decirme que, al fin, habían terminado la reconstrucción de mi departamento por los daños que había provocado la inundación. Podía irme, era lo suficientemente grande como para llevarme a los niños, pero no quería hacerlo. Quería quedarme aquí y pelear por lo que tenía con Knox.

—Entonces, supongo que tendré que amar lo suficiente por los dos hasta que ya no quiera dejarme. Y sí, tal vez salga lastimada, pero lo voy a hacer con plena conciencia. Lo conozco. Sé cómo es, lo que hace. Incluso sé que él cree que no puede amar, pero yo sé que sí puede. Ya lo hace. Ama a su abuela. Te ama a ti y a Bash. Si no me ama a mí, tendré que aceptarlo, porque lo único peor que perderlo sería no haberlo tenido nunca.

Ryker me miró un momento y luego me jaló para abrazarme.

—Te quiero mucho, Harpy. Solo quiero que sepas que te mereces estar con alguien que te ame tanto y tan fuerte como tú lo haces.

Asentí.

—Lo sé.

«Y es Knox».

—La temporada de incendios comienza oficialmente la próxima semana. Seguimos en el nivel B hasta que nos certifiquemos, pero no deja de ser peligroso.

—Lo sé —respondí apretándolo contra mí—, pero también sé que eres bueno en tu trabajo, igual que Knox.

—También papá lo era y ya ves cómo está mamá ahora.

—Lo sé. —Esta vez mi respuesta fue un murmullo—. Te prometo tener cuidado con Knox siempre y cuando tú también lo cuides, ¿okey? Tráemelo a casa.

Ryker me dio un beso en la cabeza.

—Todavía no estoy seguro de esto.

—Yo sí.

Me soltó. Cuando los faros traseros de su camioneta se alejaron, regresé a la casa.

—Fue divertido.

—Mira quién se despertó con antojo de un *brownie* —dijo Knox.

Estaba con Liam en la isla de la cocina, comiendo un *brownie* con cuchara.

Negué con la cabeza y despeiné a Liam. Luego, tomé un *brownie* para mí y me senté con mis chicos; Liam reía. Bien podía disfrutar el único postre que tendría esta noche.

—¿Todo bien? —preguntó Knox.

—Presiento que lo estará.

Por primera vez, lo creí.

CAPÍTULO 15

Knox

Era 8 de junio. Habían pasado tres semanas desde el inicio oficial de la temporada de incendios y seguíamos esperando nuestra clasificación preliminar. No era que los incendios se rigieran por algún calendario o se aseguraran de que su llegada fuera conveniente. Los incendios comenzaban cuando se les daba la gana y devoraban todo a su paso hasta que se quedaban sin combustible o nos abrasaban a nosotros.

Y estábamos muy lejos de estar listos.

Habíamos logrado que los novatos pasaran casi todos los cursos y nos aseguramos de que los bomberos experimentados estuvieran al día. Habíamos hecho la lista de verificación de movilizaciones e incluso otro equipo de Colorado había realizado la revisión de preparación. Había sido un torbellino de capacitación y papeleo.

—Bash, quítate de mi asiento —ordenó Emerson al entrar a la sala de conferencias, armada con una taza de café, un montón de archivos y una evidente expresión de que hablaba en serio.

—Esperaba que te sentaras en mis piernas —respondió él con una sonrisa.

Emerson arqueó una ceja y Bash se movió al extremo de la mesa. Quizá, en su casa, ella lo dejaba salirse con la suya, pero, como administradora de nuestro equipo, no le pasaba sus tonterías en la oficina. Bueno, a menos que la puerta de la oficina de Bash estuviera cerrada, en ese caso nadie molestaba a menos que el edificio estuviera en llamas.

Spencer se sentó en la cabecera; Ryker, Bash y yo a un costado, Miles McCoy y Bishop Maldonado en el otro.

—¿Quieres empezar, Spence? —Emerson nos pasó unos documentos y puso el resto en su asiento que ahora estaba vacío.

—Por supuesto —respondió abriendo su archivo.

Todos hicimos lo mismo.

—Okey.

Emerson se acercó al pizarrón blanco. Llevaba falda y tacones. Bash no soportaba ponerla en peligro, al igual que Ryker y yo le habíamos dicho a Harper que de ninguna manera sería voluntaria. Carajo, solo pensar en ella frente a un incendio forestal era suficiente como para enfermarme.

—Esta mañana recibimos la clasificación. Después de la revisión de la semana pasada, nos dieron una tipo dos.

Una serie de gruñidos de descontento estalló alrededor de la mesa.

—Chicos, enójense todo lo que quieran, pero hasta que puedan cavar una línea de sesenta metros en una hora no se acercarán siquiera al tipo uno —explicó Emerson encogiéndose de hombros—. De todos modos, sabíamos que no nos clasificarían como tipo uno hasta el final de la temporada. Y no podemos ofrecerles estadísticas de incidentes porque todavía no ha habido incendios. Son solo los preliminares. Relájense.

No pude evitar lanzar una risita. Hombre, la adoraba. Era una mujer sensata, muy inteligente y había permanecido al lado de Bash a costa de todo.

—¿Comentarios? —preguntó Spencer recargándose en el respaldo para mirarnos a todos.

Era una prueba y todos lo sabíamos.

—No estamos divididos en escuadrones eficientes —dije mirando los nombres en el pizarrón—. El problema es que seguimos evaluándonos entre nosotros y tenemos a dos verdaderos novatos; tres si contamos a Rose, que era de incendios estructurales. Nunca antes había cavado una línea.

Esta vez, los gruñidos fueron de afirmación.

—Estoy de acuerdo —intervino Bishop serenamente, como siempre. El hombre no hablaba mucho; sin embargo, era el segundo bombero más experimentado que teníamos después de Spencer y sabía lo que hacía—. Tenemos que dividirnos en tres escuadrones. Hubiera sido preferible que fueran dos, pero tenemos que poner a un novato en cada escuadrón, no solo para cubrir sus segmentos, sino también para capacitarlos. Sé que Braxton quiere estar cerca de su hermana, pero eso no lo ayuda a él ni a ella ni a nosotros.

—Se va a defender con uñas y dientes —dijo Ryker—. Si Harper estuviera en nuestro equipo, sobre todo en primer año, de ninguna manera me gustaría que estuviera en otro escuadrón. Querría tenerla a mi lado para poder cuidarla.

Su mirada se encontró con la mía y, de inmediato, la apartó.

—Lo que significa que no cavarías las brechas de manera tan eficiente —replicó Bishop.

Todos asentimos.

Spencer suspiró y se frotó la barba bien recortada.

—Okey, estoy de acuerdo con Bishop. Formaremos tres escuadrones, por lo menos hasta que capacitemos a los novatos. Knox, ¿cómo vamos con los requisitos de condición física?

Abrí mi cuaderno y lo puse encima del archivo de Emerson.

—Todos los de Legacy están a la altura...

—¿Había alguna duda? —interrumpió Bash con una sonrisa.

—Y también los que vienen de fuera.

—Claro que sí —dijo Miles asintiendo.

Era el bombero de mayor rango en el grupo y desempeñaba un papel que todos apreciábamos en nuestro esfuerzo por integrarnos.

—Entonces, nuestro problema tiene que ver con los novatos. Derek Chandler corre rápido...

—Todo un atleta —comentó Ryker.

—Pero sus lagartijas están muy por debajo del mínimo.

—¿Y Taylor? —preguntó Spencer.

Todos guardamos silencio. Señalé su nombre con el dedo en mi cuaderno.

—Está progresando. Corre kilómetro y medio en doce minutos. Hace un mes no podía hacerlo. Y mantiene el paso en los senderos con el resto del equipo, ya no se queda rezagada.

—¿Cómo vamos a manejar eso? —me preguntó Spencer.

—La puse a ejercitarse con Indie y ha progresado mucho. Ya hace la mitad de las abdominales y sus lagartijas están llegando a buen nivel, mejor que las de Derek.

Todos se carcajearon.

—Tenemos hasta el 8 de septiembre —dijo Emerson mirando su cronograma—. Es la fecha en la que llegará el equipo de certificación de Brigadas Interinstitucionales. Me asombra que hayan estado de acuerdo en venir, ya que ni siquiera tenemos la experiencia de una temporada completa.

—Somos Legacy —respondió Spencer con voz ronca—. Nadie le va a negar a Legacy la oportunidad de destacar. Sus padres pagaron por esta oportunidad, pero eso no significa que no podamos echarlo a perder. No lo echen a perder.

Sin presiones.

—Okey. —Tamborileé con los dedos sobre la página de Taylor en mi carpeta de registro de condición física—. Entonces la capacitaremos para que esté a la altura para ese momento. No tenemos opción. Si perdemos a Taylor, caeremos por debajo del sesenta por ciento mínimo y el ayuntamiento revocará nuestra carta estatutaria. Eso no significa que no podamos certificarnos en otra cosa, pero, si queremos recuperar las insignias de nuestros padres, la preparación será un esfuerzo de equipo. Si escucho a cualquiera que la moleste o que hable a sus espaldas, yo mismo lo bajaré a patadas de la montaña.

—De acuerdo. —Spencer se inclinó sobre la mesa y revisó los informes en el archivo—. Todo se ve bien: los planes, vehículos, instalaciones... Bash, tú, Ryker y Knox construyeron unas instalaciones increíbles.

Los tres asentimos entre nosotros y luego en dirección de Spencer; una pequeña sonrisa se dibujó en mi rostro. La sonrisa de Bash era enorme. Reconstituir Legacy, LLC había sido una labor de amor y mucho, mucho esfuerzo. Pasaron como dieciocho meses de diseño, construcción y compras antes de siquiera acercarnos al ayuntamiento para pedir que nos dieran el nombre Legacy.

—Okey, llamen a Taylor y a Braxton —le dijo Spencer a Bishop.

Bishop se levantó, era un maldito gigante, y salió en silencio.

Unos minutos después, Taylor y Braxton Rose entraron y se quedaron de pie junto a la cabecera de la mesa. Ambos sudaban.

—Perdón que haya tardado tanto. Estaba en la corredora —se disculpó Taylor sin quitar la mirada de la mesa.

—Taylor. —Spencer llamó su atención y ella lo miró—. No te disculpes por trabajar duro por este equipo. Nunca. Me gustaría que la mitad de los chicos tuvieran tu ética laboral.

Asintió rápidamente, pero volvió a fijar su atención en la mesa. Teníamos que encontrar la manera de sacar a esta chica de su cascarón.

—¿Qué podemos hacer por ustedes? —preguntó Braxton.

—Vamos a dividir al equipo en tres escuadrones —anunció Spencer—. Necesitamos trabajar mejor en grupos pequeños y reducir el tiempo en el que cavamos las líneas de defensa. No estamos creando las suficientes brechas cortafuegos en una hora.

—Okey —dijo Braxton—. ¿Cuántos metros más necesitamos?

—Líneas, chico de estructuras —lo corrigió Bash con una sonrisa—. Aprende la jerga. Veinte metros para una línea, treinta líneas en una hora en pasto, seis líneas en una hora en maleza.

Braxton puso los ojos en blanco.

—Malditos los de incendios forestales.

—¡Bienvenido al verdadero combate de incendios, hijo! —rio Miles.

Todos los demás reímos con él.

—La cuestión es que vamos a separarlos a ti y a Taylor en diferentes escuadrones —les informó Spencer con absoluta calma.

—¿Qué? No. Absolutamente no —afirmó Braxton palideciendo.

—¿En serio? —respondió Taylor al mismo tiempo.

Nunca le había visto ese brillo en los ojos.

Brax giró bruscamente hacia su hermana pequeña.

—¿Quieres que estemos separados? Tú me hiciste venir aquí ¿y ahora quieres estar en otro escuadrón? No. Mamá daría vueltas en su...

—¿Tumba? —interrumpió Taylor cruzando los brazos.

«Vaya, esto se está poniendo interesante».

—Taylor —le advirtió Braxton.

—Adivina qué, Brax. Mamá pertenecía a la brigada de élite, no papá. Lo hizo sola, sin un marido ni hermano vigilándola en cada entrenamiento, en cada prueba de calificación, cada vez que necesitaba correr. ¿Qué me daba de desayunar?

—Un licuado de proteína de plátano —respondió—. Lo sé porque yo te lo preparaba.

—Exacto. Tú estás encima de mí todo el tiempo. Eres un bombero experimentado, Brax. Quizá no en incendios forestales, pero sabes lo que estás haciendo. Ellos necesitan que sigas trabajando, no que me vigiles para ver si sujeto bien mi hacha Pulaski.

Él retrocedió un paso.

—¿En serio quieres estar en otro escuadrón? Porque yo... ¿qué, te asfixio? —preguntó con los ojos muy abiertos.

—No me asfixias, solo que haces que sea muy difícil que yo sea algo más que tu hermanita regordeta.

Diablos. Si se hubiera caído una aguja en la sala de conferencias, la habríamos oído. Miré a Spencer y me pregunté si debíamos darle a los hermanos algo de privacidad, pero negó sutilmente con la cabeza. Supongo que quería ver cómo reaccionaban bajo fuego. Literalmente.

—No eres... regordeta —replicó Braxton.

«De acuerdo».

—¡Entonces deja de tratarme como si lo fuera! Como si no pudiera subir la montaña sin que me obligues a ir más rápido. Como si no pudiera cavar una línea sin que me preguntes si necesito un descanso. Sin que me observes para asegurarte de que estoy bajo mi refugio antes de que tú despliegues el tuyo cuando hacemos simulacros. Tienes que dejarme hacer esto sola, Brax, o no estaré segura de si puedo hacerlo.

Él tensó la mandíbula.

Ryker se inclinó hacia adelante.

—Eres mi hermanita. No podría sobrevivir si algo te pasara y yo no hubiera hecho todo lo que estaba en mis manos para salvarte. Para ayudarte.

Ryker asintió.

—Y lo entiendo. Yo me siento igual contigo, pero tienes que dejarme cometer algunos errores y crecer o nunca podré hacerlo sola. ¿Eso es lo que quieres? ¿Que dependa por completo de ti?

Ryker frunció el ceño.

«Interesante».

—No, no es eso...

Miró alrededor de la mesa y sacudió la cabeza.

—Algún día te vas a casar y tener hijos, tu propia familia. No tendrás tiempo para supervisar mi desayuno. ¿Y sabes qué? Vas a agradecer que no sea una inútil. Que pueda triunfar para que tú también puedas hacerlo, pero tienes que dejarme, Brax.

Tragó saliva y escrutó el rostro de su hermana durante un buen minuto. Para nosotros, fue como un once en la escala de lo incómodo.

Brax acabó por asentir.

—Okey. Misma brigada, escuadrones diferentes. Puedo vivir con eso. —Volteó hacia Spencer—. Hazlo.

Salió de la sala de conferencias y cerró la puerta despacio detrás de él.

—Lamento que hayan tenido que presenciar eso —dijo Taylor en voz baja. Nos miró a todos antes de detenerse en Spencer—. Gracias.

—Estamos orgullosos de tenerte, Taylor.

Asintió con una sonrisa forzada y salió a su vez de la sala.

Ryker se removió en su sitio y compartimos una mirada.

Había pasado un mes desde que me dijo que pensaría lo que le había dicho acerca de mi relación con Harper.

Un maldito mes.

Yo hacía un esfuerzo, vaya que sí lo hacía, pero mi paciencia se acababa y mi pene estaba siempre erecto; en todo lo demás, mi vida era perfecta. No me había dado cuenta de que lo único que me había hecho falta era vivir con Harper. Le daba tanta calidez a mi casa que, en las noches, solo deseaba llegar. Los niños estaban muy bien y, por primera vez en mi vida, vi el futuro que deseaba. Un futuro por el que pelearía.

Pero ese futuro también tenía que incluir a Ryker, no solo como mi mejor amigo, sino también como el hermano de Harper. Él prácticamente estaba esperando que yo echara a perder todo. Claro que lo había hecho en el pasado. Él tuvo un asiento en primera fila con cada una de las chicas a las que abandoné, cada relación que terminé al momento en que ella me miraba con grandes ojos expresivos. Lo que no entendía era que ninguna de esas mujeres era Harper.

Era imposible huir de ella.

—Bien, está decidido —dijo Spencer—. Todos menos Bishop, afuera. Voy a formar los tres escuadrones.

Salimos y una sonrisa se dibujó en mi rostro. Bishop sería un superintendente adjunto maravilloso. Fuimos a la cocina.

—Spencer hubiera sido un tonto si no hubiera escogido a Bishop —comentó Bash hurgando en el refrigerador.

—De acuerdo. Es el mejor de nosotros. El más sensato también —Ryker rodeó la isla para acercarse a mí—. ¿Vas a compartir?

—¿Y tú me vas a dejar ser novio de Harper? —pregunté ofreciéndole el segundo *muffin* de café que Harper me envió esta mañana.

—No.

Lancé una risita y le di una mordida enorme a su *muffin*, luego lo puse junto al que ya había mordido. Resopló y tragué el bocado.

—Entonces, supongo que es bueno que ya esté casado con ella, ¿no?

Sacudió la cabeza, pero su leve sonrisa era un indicio de que quizá ya estaba recapacitando. También era bueno porque estaba a punto de decirle que se fuera al demonio y asumiera lo que iba a pasar. Si tuviera más familia aparte de Bash y Ry, quizá ya lo hubiera hecho.

Como una hora después, Spencer nos llamó a la sala y nos reunimos en los grandes sofás de piel.

—Escuchen. Vamos a trabajar con tres escuadrones. Antes de decirles cómo están divididos, me gustaría presentarles a su nuevo superintendente adjunto: Bishop Maldonado. Este hombre tiene una década de experiencia combatiendo incendios forestales, ocho de los cuales ha sido miembro de la brigada de élite. También, es un cabrón al que hay que temerle, así que imaginé que a él sí lo escucharían.

Una salva de aplausos estalló y Bishop solo asintió y nos indicó con una seña que nos calláramos.

—Sí, sí. Es un honor. No los defraudaré, bla, bla, bla.

Después, empezó a explicarnos los escuadrones. Miles McCoy y Ward Hammond, ambos de California, serían nuestros bomberos en jefe; por el tiempo que había pasado con ellos, ambos eran buenos tipos. Una ronda de aplausos.

Luego, anunció a los líderes de los tres escuadrones.

—Sebastian Vargas, Ryker Anders y Knox Daniels.

Un zumbido lejano me llenó la cabeza. Era bombero desde que me gradué de la universidad cinco años atrás. Conocía los incendios. Sabía cómo y cuándo iniciar los pequeños para apagar los grandes, pero nunca había sido líder.

Conforme se mencionaron los nombres de cada escuadrón, el zumbido se hizo más fuerte. Yo sería responsable de la vida de cinco personas.

Ocho si contaba a Harper, Liam y James; la pequeña familia que habíamos formado mediante papeleos y buenas intenciones.

Carajo, llevaba dos meses de ser padre y los dos niños seguían vivos.

Podía hacerlo.

Lo haría.

Cinco días después, respondí el teléfono con voz ronca y adormecida.

—Daniels.

—Soy Spencer. Hay un incendio cerca de Pagosa. Tienes una hora. En marcha.

Escuché los detalles con atención.

—Sí, ahí estaré —respondí cuando terminó.

En general, este era el momento en el que sentía la adrenalina, la urgencia de llegar y empezar a trabajar. En su lugar, un sentimiento profundo y pesado se asentó en mi estómago. Colgué, encendí la luz y bajé los pies por el borde de la cama. El reloj marcaba las 4:25 a. m. Giré el cuello y busqué en los contactos de mi teléfono para llamar a todos los miembros de mi escuadrón y darles el informe.

Seis minutos después todos estaban al tanto. Al menos todos respondieron, así que no tendría que buscarlos.

Me bañé rápido, me lavé los dientes y me vestí en quince minutos. Luego toqué con cuidado la puerta de Harper. Sabía que estaba profundamente dormida, así que abrí la puerta. La luz entró en un haz hasta donde dormía, hecha un ovillo sobre su costado.

Odiaba que pasara las noches aquí y no poder envolverla en mis brazos mientras se quedaba dormida, no poder despertar con su piel tibia bajo mis manos, que era exactamente la razón por la que no compartíamos recámara.

Mi autocontrol era excelente, pero no era ningún santo.

—¿Harper? —dije en voz baja, acercándome a la cama.

Me acuclillé para quedar a su nivel y acaricié su mejilla suave con los dedos. Se había sujetado el cabello en un chongo flojo que dejaba a la vista la línea de su cuello. Mi pecho se tensó. Dios, era hermosa.

—Harper, mi amor, despierta.

—¿Mmm? —Arrugó el entrecejo y parpadeó hasta abrir los ojos y despertar—. ¿Knox?

Se inclinó hacia mi caricia.

—Oye, hay un incendio al sur de Pagosa. Tenemos llamado.

Se enderezó de un salto y las cobijas se cayeron hasta su cintura. Gracias a Dios misericordioso, dormía con una camiseta de tirantes.

—¿Ahora?

—Tengo que estar ahí en una hora. Solo voy a revisar mi equipo y luego me voy. Duerme. —Le di un beso en la frente—. Te avisaré cuando venga de regreso.

—Ni hablar —dijo apartando las cobijas por completo—. Tú ve por tu equipo y yo voy a preparar café. No voy a volver a dormir, tonto. No si vas a combatir un incendio.

Sonreí como un idiota enamorado, porque lo era. Sobre todo, si pensaba en la palabra «enamorado».

—Deja de sonreír y ve por tu equipo —agregó dándome un golpecito en el estómago—. Ve.

Bajé las escaleras hasta el almacén que había construido solo para este propósito. Abrí la mochila donde estaba mi equipo de protección personal y me aseguré de que tenía todo lo que necesitaba. Si viviera solo, habría confiado en que estaba completo cuando lo guardé, pero vivir con los niños me había enseñado que se metían y hurgaban en todos lados.

Como en tu equipo de protección personal.

Volví a empacarlo, metí una batería adicional para mi teléfono y cerré la habitación con llave al salir. Harper no tendría que preocuparse de que los niños jugaran con todo esto mientras yo no estaba.

Un dolor punzante se abrió paso hasta mi pecho cuando llegué a la cocina. Los extrañaría, no solo a Harper, sino también a los niños. El olor a café me dio la bienvenida. Dejé mi mochila sobre la barra. Harper estaba parada en la barra, con la camisa de tirantes y bóxers, intentando bajar uno de los termos que yo había puesto en los estantes superiores.

—Ten cuidado —dije poniéndome detrás de ella por si acaso.

—Dame un segundo —se paró de puntitas—. Lo tengo.

Alzó el termo negro como si fuera un trofeo y dio media vuelta sobre la superficie.

Recorrí con la mirada la longitud suave y bien moldeada de sus piernas, pero mis manos saltaron a sus caderas y sujetaron sus curvas para flexionarse un poco en ellas.

Bajó la mirada y me sonrió. Traté de memorizar este momento y la bajé de la barra.

—¿Qué estás pensando? —preguntó cuando sus pies tocaron el piso de madera.

—Este es el momento en el que voy a pensar mientras esté en el frente.

Subí las manos hasta su cintura, trazando con suavidad sus curvas.

—¿No cuando me besaste en la camioneta? —preguntó ensanchando la sonrisa.

—Eso también —admití—. Pero esto es mejor. Sigues amodorrada de la cama, con pijama y todo, y tienes una pequeña arruga aquí —agregué pasando el dedo por la marca que le cruzaba la mejilla—, de la almohada.

—¿Es decir que estoy hecha un desastre?

—Nunca un desastre; además, solo alguien que vive contigo puede verte así.

Sonrió y se alejó de mis brazos para dirigirse a la cafetera Keurig. Un segundo después, un silbido familiar llenó la cocina.

—Solo hay que darle un segundo —dijo; luego, le dio un sorbo a su café y fue a la isla—. Okey, sé que te gusta llevarte una bolsa de hidratación, así que te compré los paquetes de viaje de Gatorade para tu mochila. Hay algunas barras de proteínas de arándano adicionales, bocaditos energéticos y esa cosa gelatinosa que tanto les gusta a Ryker y a ti.

Me dio una bolsa Ziploc y miré su contenido, tratando de encontrar las palabras.

—¿Qué pasa? Sí te gustan las de arándano, ¿o no? No tenían de limón y sé que esas también te gustan, así que hice un pedido. Esperaba que llegaran antes de que recibieras un llamado, pero... ¿Knox? ¿Qué sucede?

—Empacaste para mí —dije señalando la bolsa.

—Bueno, solo algunas cosas que encontré cuando fui de compras. Vi que no tenías nada en el almacén. Tenemos que organizarnos para que sea fácil y solo las tomes en mañanas como esta.

Dijo «tenemos».

—Ey. —Cubrió mis manos con las suyas y al fin la miré. Esos enormes ojos turquesa me observaban, divertidos, pero con un destello de preocupación—. ¿Estás bien?

—Empacaste para mí —repetí—. Nunca nadie había empacado para mí.

—Las ventajas de tener una esposa —respondió encogiéndose de hombros—. No es gran cosa.

Pero lo era. Nadie se había preocupado por mí de esa manera desde que mi mamá me abandonó. La abuela había estado muy ocupada enseñándome a ser autosuficiente y papá solo había estado muy ocupado. Sin embargo, aquí estaba Harper, despierta a las 4:50 de la mañana, preparando café y dándome bocadillos.

Maldición, volvía a tener esa sensación en el pecho, ligera y pesada a la vez, dulce y afilada como un cliché.

—¿Es el mismo paquete que le das a Ryker?

—No. —Frunció el ceño—. De hecho, nunca lo he visto salir para combatir un incendio. No he visto a nadie desde... desde papá.

—Bueno, pues sí es gran cosa. Gracias.

Mi voz sonaba como si hubiera fumado durante los últimos catorce años de mi vida.

—De nada. ¿Qué tan grave es? —preguntó cruzando los brazos sobre sus costillas.

—Tiene una extensión de cinco mil acres. Avanzó mucho esta noche.

Se estremeció y maldije en silencio. Este momento era precisamente la razón por la que Ryker no quería que estuviera con ella.

—Mira, Harper, nunca antes había hecho esto, dejar a alguien en casa. No sé cuánto quieres saber ni qué información te gustaría que omitiera para que puedas dormir mientras no estoy. No conozco las reglas, pero seguiré cualquiera que desees poner.

—Sin reglas —respondió alzando la barbilla—. Lo quiero todo. Quizá sea difícil, pero prefiero saber. Nunca me ocultes nada.

—Eso puedo hacerlo. Nuestra clasificación es de tipo dos, así que, particularmente, nos dedicaremos a limpiar y ese tipo de cosas. No te preocupes mucho.

Cualquier posición cerca de un incendio era peligrosa y ella lo sabía, pero quizá si le quitaba importancia se sentiría mejor.

—Claro que me preocupo —murmuró.

La abracé contra mi cuerpo y descansé la barbilla sobre su cabeza.

—Lo sé. Tendré el teléfono prendido lo más que pueda, así que puedes enviarme mensajes. Y asegúrate de que los niños sepan que solo fui a trabajar unos días. No quiero que piensen que no me importan.

—Nunca pensarían eso. —Sus dedos apretaron el material grueso de lana en mi espalda—. Eres muy bueno con ellos y te adoran. Me aseguraré de que sepan que regresarás.

La abracé unos segundos más y luego la solté, sabía que ya era hora.

—¿Me acompañas a la puerta?

Me colgué la mochila al hombro y tomé mi equipo.

—Claro.

Metió el termo en el bolsillo lateral de la mochila, tomó mi mano libre y caminó conmigo hasta el garaje.

—¿Tienes todo lo que necesitas? —le pregunté, pensando que quizá los niños habían dejado algo que para ellos era vital en mi camioneta.

—Se supone que soy yo la que debe preguntarte eso —bromeó.

La miré y sonreí.

—Sí, creo que sí. —Luego le di un beso suave, largo, deseando poder embotellar lo que me hacía sentir para los siguientes días—. Hasta luego, señora Daniels.

Su sonrisa se esfumó, pero asintió.

—Hasta luego, señor Daniels.

Tuve que hacer un esfuerzo por alejarme y bajar los pocos escalones al garaje. Me detuve para abrir la puerta y eché las bolsas en la parte trasera de la camioneta.

Solo era un incendio, ¿verdad? Igual que otras veces en las que había empacado y salido con un equipo. ¿Papá se habrá sentido diferente en esos dos incendios? ¿Aquel que combatía cuando mamá nos abandonó? ¿Le habría sonreído en la cocina y le habría dado un beso de despedida? Cuando se fue, ¿sabía que ella no estaría ahí a su regreso? ¿Que me dejaría con mi abuela en la cafetería y que nunca volvería a casa?

¿Se sintió diferente el día que murió?

El viento fresco de antes del alba inundó el garaje cuando la puerta se abrió y vi a Harper tiritar en los escalones.

—Vuelve ahí dentro y entra en calor —sugerí, pero sabía que no se movería. Era el tipo de chica que se quedaba para despedirse y te recibía con los brazos abiertos cuando volvías a casa. Ella no se iría como mi mamá—. Trata de no preocuparte, en serio.

Su boca se tensó y antes de que me diera cuenta, ya había cruzado el garaje y estaba en mis brazos. La levanté y mis manos se curvaron bajo su trasero perfecto; alzó sus piernas y entrelazó sus tobillos en mi espalda.

De repente, su boca estaba sobre la mía en un beso fuerte, con los labios cerrados, y yo le devolví el beso entusiasmado.

—Siempre me voy a preocupar —aseguró con otro beso antes de tomar mi rostro entre sus manos y mirarme a los ojos—. Te amo desde que tenía ocho años, Knoxville, y llevo todo este tiempo preocupándome por ti. Eso no va a cambiar.

El mundo dejó de girar. Mi aliento y mi corazón, se paralizaron cuando sentí que encajaba en su sitio una pieza que no sabía que me faltaba.

—¿Qué parte? —pregunté—. ¿La preocupación?

—Ninguna —prometió—. Te amo.

Cuando me faltaron las palabras, la besé, girando para que apoyara la espalda contra la camioneta, con cuidado de que no se encajara la manija de la puerta en la columna. Luego, perdí la razón y le di todo a Harper.

Hundí mi lengua en su boca y gemí. Nunca daría esto por sentado: su sabor, sus curvas en mis manos. Deslizó sus manos a mi nuca a medida que el beso se prolongaba porque ninguno de los dos quería separarse y decir adiós.

Vertí todas mis emociones caóticas e indefinidas en el roce de mis labios, en las caricias de mi lengua, esperando que entendiera lo que yo no sabía expresar. Rezaba por que supiera lo que ella significaba para mí, aquello que no podía formular.

Por fin, nos separamos con un beso más suave y rápido. Pegué mi frente a la suya. Ya debería estar en camino.

—Te prometo —dije haciendo énfasis en la palabra— que haré todo lo que esté en mi poder para volver a casa contigo, Harper. Créeme. —Sentí la veracidad de mis palabras conforme salían de mi boca. No había nada que pudiera impedirme volver a sentirla en mis brazos, así tuviera que desafiar a la muerte—. Lo prometo. ¿Me entiendes?

—Tú nunca prometes —dijo frunciendo el ceño.

Tenía razón. Nunca lo hacía. No desde que nuestros padres murieron y me di cuenta de que no importaba cuáles fueran tus mejores intenciones, el destino era una mierda que hacía lo que se le daba la gana.

—Nunca tuve una razón para hacerlo, nunca fuiste tú quien me esperaba.

«Por favor, espérame. Por favor, no me dejes volver a una casa vacía».

—Te estaré esperando —prometió como si supiera cuánto necesitaba escuchar esas palabras.

La besé una vez más y la cargué de regreso a los escalones para que sus pies desnudos no se congelaran en el concreto.

—Cuida a nuestros chicos.

—Cuídate tú.

De alguna manera, conseguí subirme al coche e irme.

Me amaba. Harper Evelyn Anders, Daniels, me amaba. No podía imaginar por qué. No había hecho nada para merecerlo. Diablos, la había besado y luego la ignoré durante casi siete años. Ella era todo lo que yo no era pero siempre quise ser: abierta, emocionalmente honesta, valiente y muy, muy confiable. Y acababa de confiarme su corazón. Lo hizo porque me iba a combatir un incendio y porque nuestro pasado le había enseñado que era una situación de ahora o nunca, pero yo lo atesoraría. Ella ya no podía echarse para atrás.

Volvió esa sensación en el pecho. Abrumaba mis sentidos, me gritaba con una necesidad violenta de reconocerlo, declararlo.

«Mierda».

Por primera vez, me pregunté si estaba enamorado de Harper.

CAPÍTULO 16

Harper

—Hola amor, ¿cómo están las cosas en casa?

La voz de Knox sonó en el teléfono y me recargué contra la pared, aliviada. Se había ido hacía ya casi una semana y media cuando lo llamaron para otro incendio, esta vez en Utah, tan pronto como el primero había terminado. Normalmente, nueve días no eran nada, pero, por alguna razón, los segundos pasaban más despacio hasta convertirse en fragmentos diminutos de infinidad mientras lo esperaba.

—Qué alegría escuchar tu voz —le dije—. Estamos bien. Los niños duermen. Te extrañan.

—Yo también los extraño, pero a ti te extraño más que a nadie. —Su voz se hizo más suave—. Siento mucho no haber podido hacer más que mandarte mensajes. El servicio es pésimo aquí en medio de la nada.

—Lo sé, no te preocupes. ¿Regresarás pronto?

«Por favor, di que sí».

Suspiró y mi corazón se desplomó.

—Eso quisiera. Este ya está cediendo, pero están pensando en enviarnos al norte. Te lo diré tan pronto sepa algo.

Sonaba tan cansado como yo me sentía.

—Entiendo. —Y era cierto, por lo menos mi cerebro entendía. Mi corazón hacía un berrinche como niño de preescolar enojado—. No quería hablar de esto por teléfono, pero...

—¿Todo está bien? —me interrumpió agudizando la voz.

—Estamos bien. Elliot llamó ayer y aún no hay noticias de Nolan. Hemos tenido a los niños durante dos meses y medio y le preocupa una planeación simultánea. Eso significa que quieren que declaremos si estamos listos para una adopción previa. Si no nos interesa adoptarlos, buscarán a una familia que sí esté interesada para que los niños se preparen para cualquier escenario posible, solo en caso de que nunca encuentren a Nolan.

Mi garganta se cerró y me asaltó un torbellino de emociones, igual que cuando Elliot me habló del tema.

Amaba a los niños. Amaba a Knox. Amaba nuestra vida como estaba en este momento. Bueno, okey, quizá no este preciso momento, pero sí cuando él estaba en casa. ¿Era viable pensar que esto fuera para siempre? Sin duda, pero ¿Knox lo consideraba?

Lógicamente, nada de esto tenía sentido, pero mi corazón me pedía a gritos que me aferrara a esta familia que habíamos logrado construir y que perseverara.

Los segundos pasaban. El sonido de su respiración era el único indicio de que seguía al teléfono.

—¿Knox?

—¿Qué quieres hacer? —preguntó despacio.

—No. Yo no seré la primera. Cambiarías tu respuesta para decir lo que crees que quiero. Mejor vamos a pensarlo y lo hablaremos cuando regreses. Tenemos tiempo.

Era una decisión enorme. Significaba unirnos de manera permanente a un acuerdo que hasta ahora solo había sido temporal. Se trataba de una vida, de amor y crianza, e implicaba cosas sobre nuestro matrimonio de las que no habíamos hablado. Carajo, llevábamos más de dos meses casados y seguíamos sin tener relaciones sexuales.

Era ridículo.

—Okey. Vamos a pensarlo. Cada uno escribirá lo que piensa y lo leeremos frente al otro al mismo tiempo para que nadie vaya primero —sugirió Knox.

—Me gusta la idea.

Así, ambos sabríamos realmente cómo se sentía el otro.

—Bien. —Por el teléfono, escuché que el equipo llamaba a Knox—. Mierda. Amor, tengo que irme. Cuida a nuestros niños.

—Cuídate. ¿Knox?

—¿Sí?

—Ten cuidado. Te amo —dije solo porque podía hacerlo.

Porque me hacía sentir muy bien darme, al fin, el permiso. Porque sabía que no estaba listo para amarme, pero que necesitaba con desesperación que lo amara. Porque decirlo me hacía sentir más fuerte, invencible. Colgué antes de que se sintiera obligado a responder algo.

No necesitaba que él me amara. Por lo menos, no todavía.

No todavía.

Una semana después firmé el último cheque de nómina del periodo y miré el reloj. Megan se había hecho cargo de la clase del martes que compartíamos para que yo pudiera encargarme de los trámites administrativos. Sin embargo, ya había terminado y apenas eran las 9:30 a. m.

También le envié un correo electrónico al administrador de mi edificio para preguntarle si podía subarrendar mi departamento. No éramos un destino turístico muy concurrido, pero los pueblos de esquí a nuestro alrededor lo eran, así que quizá mi casa sería una buena fuente de ingresos en Airbnb o algo así.

—¿Qué hago ahora? —murmuré para mi misma y abrí mi agenda para ver qué más tenía pendiente en mi lista.

—Tómate el día libre —respondió Clara asomándose desde su escritorio en la recepción hacia mi oficina.

—Tu oído me da miedo.

—Lo digo en serio. Tómate el día. Vete a casa y descansa. Disfruta un poco de tiempo sin niños. Haz todas las cosas que las mamás se mueren por hacer pero que no pueden cuando tienen a los pequeños entre las piernas.

—¿Te refieres a lavar la ropa? ¿A limpiar?

Dios, pensar en el piso de la cocina perfectamente trapeado me parecía fantástico. Últimamente, había muchas cosas que no tenía tiempo de hacer y, cuando las hacía, solo podía disfrutarlas durante cinco minutos antes de que los niños destrozaran algo y pasáramos al siguiente caos. Cuando estaban en casa, limpiar era como lavarse los dientes mientras comes galletas Oreo: absolutamente inútil.

—Lo que quieras. Solo recupera la cordura. Yo cerraré esta tarde.

Me lanzó una mirada que, sin duda, intimidaba a sus hijos, los cuales eran mayores que yo.

—Okey —acepté—. Pero si algo ocurre, llámame.

—Adiós.

Desconecté mi celular del cargador y lo metí a mi bolso mientras Clara me apresuraba a salir.

Cuando me estacioné en la entrada del garaje hice una lista mental de todo lo que podía hacer hoy si me apuraba. Lavar ropa, barrer, trapear... la casa estaría limpia en caso de que Knox regresara, en lugar de encontrarse con una sala que parecía campo de guerra. Vaya, quizá hasta me daría tiempo de ir al supermercado sola. Abrí el control remoto de la puerta del garaje.

«Knox».

Su camioneta estaba estacionada en su lado del garaje.

Parpadeé. ¿Estaba en casa?

Metí el coche, apagué el motor y hurgué en mi bolso en busca del teléfono. Había un mensaje de texto.

«Mierda, el teléfono está en silencio».

Knox: De camino a casa. No quise decirte en caso de que los planes cambiaran, pero ya llegamos. Voy a bañarme y llevarte el almuerzo. Te extrañé.

Estaba en casa. Mi corazón latió con fuerza y salí del coche de un salto; casi olvido cerrar la puerta del garaje antes de entrar corriendo a la casa, mientras leía el segundo mensaje que había mandado unos minutos después del primero.

Knox: Y no creas nada de lo que te diga Ryker. Siempre estuve seguro y solo fue un rasguño.

Un momento. «¿Qué?».

—¡Knox! —lo llamé en el vestidor del vestíbulo, en la cocina y en la sala.

Ninguna respuesta.

¿Estaba herido? El pánico corrió por mis venas. Necesitaba verlo, ahora. La urgencia me atenazó, horadando surcos gigantes en la fachada de calma que había mantenido durante los últimos diez días. Necesitaba sentir los latidos de su corazón, saber que había salido ileso; necesitaba ver ese «rasguño». Después de las pesadillas que había tenido cada noche desde su partida, lo necesitaba con el alma.

Me quité los zapatos de tacón, subí corriendo la escalera y volví a llamarlo.

La puerta de su recámara estaba abierta y toqué en el marco al tiempo que la abría un poco más.

—¿Knox?

Ninguna respuesta. Asomé la cabeza.

—Soy yo. Recibí tu...

«Oh, Dios. Sí».

Abrí la boca de golpe al verlo por la puerta abierta del baño, bajo la regadera. El cancel de vidrio me ofrecía la mejor vista de su espalda musculosa cuando se inclinó hacia adelante y se recargó en la pared de piedra, sosteniéndose con las manos mientras el agua de la regadera corría por su cabeza, cuello, espalda, y por su trasero esculpido.

Era hermoso. Tallado a la perfección.

El deseo se apoderó del pánico y calentó cada centímetro de mi piel.

Tuve la intención de marcharme, de darle tiempo a que terminara de bañarse, pero, en lugar de retroceder, mis pies me hicieron avanzar.

Crucé el umbral del baño enorme al mismo tiempo que él giró, pasándose las manos por el cabello.

—Hola, estoy en casa —dije con voz estrangulada, de inmediato, lancé los ojos al techo—. Te llamé, pero no contestaste y solo quería verte. Ya sabes. Asegurarme de que no estabas muerto ni nada.

Conté hasta cinco y como seguía sin responder lo miré rápidamente a la cara, solo a la cara. Me miraba fijamente.

Perdí el aliento al ver el deseo en sus ojos, la necesidad y la pasión que hacían eco en los míos. Me pareció que hacía años que no lo veía en lugar de dieciséis días. Nos quedamos así durante unos segundos cargados de tensión, respirando el vapor en el aire, la impaciencia en aumento, hasta que supe que algo se rompería si se liberaba.

Solo esperaba que no fuera mi corazón. Si tenía que serlo, que así fuera. Ya estaba demasiado implicada como para salir de esto ilesa.

—Harper.

Dijo mi nombre como si yo fuera la salvación de cualquiera que hubiera estado en el infierno. Mi pulso se aceleró hasta convertirse en el rápido aleteo de un colibrí.

Sus ojos se oscurecieron y no se quitaron de los míos cuando caminé hacia él, abrí la puerta de la regadera, entré y la cerré a mi espalda.

—¿Estás bien?

Pasé las manos por la barba incipiente que le cubría las mejillas. No me importaba que el chorro de agua tibia empapara de inmediato mi vestido azul favorito.

Suspiró y se inclinó a mi caricia.

—Lo estoy ahora.

—Te extrañé.

Mi confesión fue un murmullo que apenas pude escuchar por encima del sonido del agua corriente.

Sus ojos destellaron con un brillo primigenio, casi depredador, cuando miró mis labios. En un momento, tuve la espalda contra la pared de piedra y la boca de Knox sobre la mía. Sabía a pasta de dientes de menta. El sabor fresco contrastaba con el calor pecaminoso de su lengua contra la mía.

Mis manos se abrieron paso hasta sus brazos, rozando sus músculos hasta llegar a los hombros. El agua me calentaba las manos y las entrelacé sobre su nuca.

Inclinó la cabeza un poco más para besarme más apasionadamente y todos mis pensamientos se rindieron: su boca, sus manos, la superficie dura de su vientre donde se encontraron nuestros cuerpos, todo él ocupaba mi mente.

Dejé que mis dedos deambularan por sus costillas y lanzó un quejido.

Aparté mi boca de la suya y advertí la franja que la herida reciente y furiosa había dejado, se extendía desde debajo de la axila hasta unos centímetros por encima de la cintura. Unos moretones violetas y azules manchaban los bordes de la lesión y tenía casi toda la piel arañada, pero no quemada.

—Knox, qué...

Mis dedos rozaron sus costillas maltratadas.

—No es nada —me interrumpió rozando sus labios con los míos.

—¡Sí es algo!

—Estoy bien, Harper. Es solo un rasguño —dijo esbozando una sonrisa.

—¿Te duele?

Qué pregunta tan estúpida. Claro que le dolía.

—Solo cuando dejas de tocarme.

Tomó mis manos y las puso de nuevo sobre su cuerpo, justo debajo de la herida.

—Knox —murmuré—, estás lastimado.

—No hay de qué preocuparse.

Me besó y yo me deshice. Sus dedos cubrieron los míos para recorrer las gruesas capas de músculo que marcaban sus abdominales. Todo él era duro, curtido por las horas que pasaba en el gimnasio, su piel era tersa y suave al tacto.

—¿Ves? Estoy perfectamente bien.

Estaba en casa. Era mío. Mis manos abandonaron las suyas y acaricié la piel intacta de sus caderas, los contornos de su espalda baja, mientras él me besaba hasta hacerme perder el sentido.

—Te extrañé todos los días.

Knox me mordió con suavidad el labio inferior. Palpé sus nalgas y contuvo el aliento. Tomó mis manos entre las suyas y las sujetó por encima de mi cabeza.

—Compórtate —me suplicó contra mi mejilla—. Pendo de un hilo, Harper.

—Entonces hagámoslo.

Atacó mi cuello a besos con la boca abierta, succionando con cuidado las zonas que sabía que eran más sensibles. Una de sus manos bajó por mi brazo hasta mis costillas, rozando el borde de mi pecho para apretarme la cintura.

—Knox —gemí cuando su mano subió por debajo de la tela empapada de mi vestido hasta mi muslo.

Su boca encontró de nuevo la mía y liberó mis muñecas; luego, desabrochó el cinturón del vestido. Su beso era diferente, mejor de lo que nunca había sentido; no solo ávido, sino voraz.

Hambriento de mí.

Presioné mi vientre contra su cuerpo y sentí su erección, dura y fuerte. Lo besé con más pasión, enredando mis dedos en su cabello mientras esa tensión familiar se encendía en mi interior.

Fue impresionante la rapidez con la que movió los dedos para desabrochar los botones resbalosos de mi vestido, abriendo uno por uno hasta que la tela se abrió y quedó expuesta la ropa interior coordinada de encaje que, por fortuna, elegí esta mañana.

La mirada hambrienta con la que recorrió mi cuerpo valió cada centavo que me había costado la lencería. Mi respiración se aceleró. Sacudí los hombros para que la pesada tela del vestido cayera por mis brazos. Cayó al piso de piedra junto con cada una de mis inhibiciones.

Retrocedió un paso y echó la cabeza hacia atrás; el agua se deslizó por su cabello y su pecho se estremeció al inspirar. Luego, abrió los ojos. La determinación tranquila, e increíblemente sexi, que utilizaba en casi todas las facetas de su vida reemplazó el conflicto que casi siempre lo arrasaba cuando me miraba.

Sus brazos musculosos me envolvieron y me sujetó por el trasero para levantarme hasta su altura.

—Di que sí —exclamó con voz ronca, encontrando mi mirada.

Era una pregunta formulada como una orden y supe que, si me negaba, me bajaría y se marcharía sin una sola queja. También sabía que no había manera de que dijera que no. Había dicho sí desde que tenía dieciocho años, solo que él había sido demasiado obstinado como para escucharlo.

Segura entre sus manos, eché los brazos hacia atrás, me desabroché el brasier y me lo quité bajo su mirada ardiente y su mandíbula tensa.

—Harper —me advirtió al tiempo que se inclinaba sobre mí, lanzando un quejido de alivio cuando mis pezones erguidos se encontraron con la piel suave de su pecho.

Besé su cuello y seguí subiendo hasta rozar con los labios su punto sensible justo detrás del músculo de la mandíbula, luego pasé mi lengua por la concha de su oreja.

—Sí, Knoxville. Te digo que sí.

Sujetó mis nalgas con más fuerza y entrelacé mis tobillos alrededor de su cintura, cuidando no tocar su lesión y demasiado consciente de su erección que empujaba el encaje entre mis muslos. Dios, no podía esperar a mirarlo, a acariciarlo con las manos, la boca, a sentirlo en mi interior.

Mis músculos internos se contrajeron de deseo.

Bajó la manija de la regadera para apagar el flujo de agua, luego me tomó por la nuca y me besó. Ya no eran solo las caricias salvajes que habíamos compartido antes, ahora había una seducción pura, lenta, patente.

El agua escurría por mi cabello y me bajaba por la espalda en arroyuelos frescos. Sin dejar de cargarme, salimos del baño y él me extasiaba con besos expertos a cada paso.

Llegamos a su cama y contuve el aliento cuando la seda de las sábanas rozó mi piel en una fricción sensual.

—Podrías arruinar tus sábanas —le advertí cuando se levantó sobre mí—. Agua fría, ¿recuerdas?

—No me importa, siempre y cuando te lleve a la perdición —respondió, bajando mis calzones de encaje por mis piernas hasta aventarlos por encima de su hombro.

Sabía que me volvería loca, siempre lo supe. Después de esa noche en la que me besó, todos los otros besos los comparé con el suyo. Cada boca, cada lengua, cada sonrisa.

—Carajo, Harper —gruñó al mirarme hasta saciarse.

Dejé las manos a mis costados, ignorando el instinto de cubrir mis imperfecciones frente a este hombre exquisito.

Era Knox y no necesitaba esconderme.

Sus dedos acariciaron mi cuello, bajaron entre mis senos, sobre la depresión de mi cavidad torácica, extendiéndose hasta casi abarcar mi cintura. No soy alta, siempre fui la más baja de mi salón y, entre sus manos, Knox me hacía sentir no solo diminuta, sino delicada.

—Si supieras cuántas veces imaginé esto —admitió mientras acariciaba mis muslos—. Aunque no tuviera derecho a hacerlo. Dios, tenías apenas dieciséis años la primera vez que quise besarte. Y, cuando al fin lo hice, me quedé en la cama imaginándote así, pura piel suave y curvas.

—¿Y la realidad está a la altura?

Enarcó las cejas ante la pregunta y, despacio, esbozó una sonrisa en su hermoso rostro.

—Superas cada sueño. Carajo, Harper, eres maravillosa.

Mi corazón dio un vuelco. Abrí los muslos lo más que pude cuando los apartó para hincarse entre mis piernas. Mi piel ardía tanto que me pregunté cuánto tiempo pasaría antes de que esas gotas de agua empezaran a hervir y evaporarse en mi cuerpo.

Una gota escurrió por el pecho de Knox y la seguí con la mirada, conteniendo el aliento al verlo por completo desnudo y arrodillado ante mí. Los músculos de su abdomen se flexionaban y ondeaban al moverse y su erección se erguía hacia esos abdominales, lo que provocaba que mis músculos se volvieran a tensar.

—¿La realidad está a la altura? —preguntó con una sonrisa burlona cuando vio que me lo comía con los ojos.

—Eres perfecto —dije incorporándome para acariciar las líneas de su estómago.

—Solo a tus ojos.

Toqué la punta de su erección y suspiró entre dientes.

—Después —prometió, luego sujetó mi trasero y me recostó en la cama otra vez—. Llevo siete malditos años imaginando tu sabor.

Bajó de la cama y, al mismo tiempo, levantó mis caderas.

Gemí cuando trazó con su lengua una larga línea en mi vulva.

Mis puños se enredaron en su cabello cuando llegó a mi clítoris; la tensión en mi vientre aumentó. Conforme recorría con su lengua cada curva, cada pliegue, perdí todo raciocinio. Qué sensación, el placer me inundaba, me llenaba por completo y aumentaba cada vez más.

—Dulce —murmuró contra mi piel, lanzando vibraciones justo a ese punto que estaba listo para fundirse.

Su lengua me penetró, arqueé la espalda y gemí con fuerza. Sujetó mis caderas para mantenerme en mi sitio y devorarme, para provocarme un segundo y llevarme al borde del siguiente.

—¡Dios, Knox! —le supliqué mientras él me volvía loca, sin piedad.

—¿Qué necesitas, mi amor?

La palabra cariñosa casi me provoca un orgasmo.

—Más.

—¿Así?

Metió un dedo, acariciando las paredes de mi interior hasta encontrar el punto que me hizo arquear la espalda por completo y exclamar:

—¡Sí!

Agregó otro dedo y lamió mi clítoris, deslizando la lengua por los nervios sensibles.

Me sentí como un pedazo de cristal cuyos bordes se quebraban, lista para hacerse añicos.

Luego succionó con los labios y me acarició con los dedos hasta hacerme pedazos y hacerme gritar su nombre.

Me arrasó una oleada tras otra y Knox me acarició durante los espasmos. Presionó con la lengua cada vez más hasta que me provocó otro orgasmo que me dejó suspendida en ese placer prístino y dulce aún más tiempo.

Mis muslos temblaron y él se apartó lamiéndose el labio inferior de una forma que casi me lleva al límite otra vez.

—Dios mío. —dije jadeando—. Tu lengua es mágica.

Sonrió y se incorporó sobre mí para besarme con pasión. Degusté el sabor de su boca y gemí; me pareció muy erótico. Levanté las rodillas para que su erección rozara la entrada de mi cuerpo.

Después fue él quien gimió cuando me penetró, solo unos centímetros.

—¿Estás segura? —preguntó, sosteniéndose en los codos sobre mí.

Se me quedó viendo buscando algún indicio de inseguridad, pero no lo encontraría.

—Estoy segura —confirmé.

Unos centímetros más y cerró los ojos.

—Te siento. Es tan bueno. —De pronto, abrió los ojos—. Condón.

Asentí y él se alejó para inclinarse sobre un costado y abrir el cajón del buró. Yo hubiera accedido a que no se lo pusiera; habría sido mi primera vez, pero no iba a ponerme a horcajadas sobre él con la posibilidad de un embarazo cuando nuestro futuro no estaba exactamente decidido.

Abrió el paquete y lo desenrolló sobre su erección para volver a ocupar su lugar entre mis muslos.

Tomó mi cabeza entre sus manos y me miró. Nuestras lenguas se entrelazaron al tiempo que me penetraba, cubriendo las paredes sensibles de mi interior con cada centímetro que reclamaba.

—Harper —dijo en un suspiro cuando estuvo por completo dentro de mí.

Descansó su frente contra la mía un momento hasta que moví las caderas bajo su peso para hacerle saber que estaba bien.

—Carajo, no te muevas. Dame un segundo.

Volví a mover las caderas y lanzó un gemido largo, ronco. Saber que podía llevarlo al límite era embriagador y yo estaba más que embriagada de él.

—Demonios. Hablo en serio. Hace mucho tiempo que deseo esto como para terminarlo en veinte segundos, pero, si continúas, eso va a suceder.

Apretó mi cadera; sus dedos estrujaron mi piel un segundo antes de liberarla, como si temiera lastimarme.

—Okey —accedí pasando los dedos por su cabello antes de mover mis caderas contra él, haciendo que se saliera unos centímetros para luego sentirlo de nuevo dentro.

—Quiero más.

Los músculos de su rostro se contrajeron como si se esforzara por mantener el control.

—Después —le prometí al entender qué lo retenía—. No es el único momento que tenemos, Knox. Puedes tenerme de cualquier forma que quieras, tantas veces como quieras. Pero, por favor, empieza ahora.

Relajó los músculos de los hombros y, con ello, la tensión de su rostro.

—De cualquier forma que quiera —repitió.

Lo besé en respuesta y, al fin, empezó a moverse dentro de mí. Sus impulsos lentos, seguros, enviaron ondas de placer por todo mi cuerpo, como olas en la playa que se alejaban solo para volver, una y otra vez.

No pasó mucho tiempo para que entrelazara mis tobillos sobre sus caderas al ritmo de sus poderosos embistes. Jadeos entremezclados con besos y quejidos; aceleró el ritmo y movía en círculos sus caderas contra las mías, presionando de tal manera que casi podía sentir el delicioso orgasmo.

Como si hubiera sentido el cambio, la tensión en mis muslos, deslizó una mano por mi vientre para acariciar mi clítoris con su pulgar trazando pequeños círculos.

—Ahí —murmuró contra mi boca—. Quiero sentir cómo te vienes a mi alrededor.

Una presión más de su pulgar y un embiste hasta el fondo bastaron para que lo hiciera. Mi cuerpo se tensó y lo apretó, mi visión se volvió borrosa; el placer me cegó y tuve otro orgasmo.

—Te amo —murmuré en el clímax.

Me miró con los ojos muy abiertos y me abrazó con más fuerza. Luego, con cuidado, me soltó para penetrarme más rápido, más intenso, hasta que gritó mi nombre sobre mi cuello.

Lo abracé acariciando su espalda mientras sentía que pulsaba en mi interior y jadeaba.

Segundos más tarde se inclinó hacia un costado, llevándome con él, con una mano sujetó mi espalda y con la otra, la nuca. Me miró con ojos tan tiernos que me dolió el corazón.

—Me equivoqué —confesó en voz baja.

—¿Sobre qué?

Me tomó una gran concentración no tensar los brazos, no cuestionar lo que habíamos hecho ni compararme con las otras mujeres que había llevado a la cama.

Acarició mi mejilla con el pulgar.

—Fuiste tú quien me llevó a la perdición.

CAPÍTULO 17

Knox

—¿Me vas a contar qué pasó? —preguntó Harper al tiempo que untaba abundantemente el ungüento antibiótico sobre el rozón de mi costado.

Hubiera preferido mantenerla en mi cama el resto del día, pero ya casi era hora de ir a recoger a los niños.

—Un árbol se cayó —expliqué encogiéndome de hombros—. No es nada. Carajo, dolía mucho, pero en estos años había padecido cosas peores.

Hizo una pausa y fue a buscar la gasa que había dejado en la barra del baño.

—Un árbol se cayó —repitió mientras me ponía la venda.

No tenía caso que le explicara lo qué había sucedido en verdad. Solo lograría preocuparla más.

Frunció los labios, pero asintió mientras aseguraba la venda con cinta adhesiva.

—Listo —agregó.

—Gracias. —Pasé un mechón de cabello detrás de su oreja y mi estómago dio un vuelco al ver la ansiedad en su mirada—. No te preocupes. Sanará en una semana aproximadamente.

—Siempre me voy a preocupar.

Y esa fue precisamente la razón por la que Ryker se puso furioso conmigo ayer. Cuando vi la copa del joven pino ardiente que caía en dirección de Chandler, no lo pensé; me apresuré a sacar al chico del camino y, al hacerlo, el árbol me rozó a mí.

Ryker podía irse al carajo. Chandler estaba vivo y yo solo tenía un rasguño. Me parecía un buen resultado, considerando que nuestro desempeño fue sobresaliente entre tanto caos.

Harper y yo terminamos de vestirnos y fuimos al preescolar en mi camioneta. La señorita Greevy me sorprendió al hacerme una seña con la mano mientras esperábamos en el semáforo en la calle principal.

—Esa mujer me odia —murmuré, respondiendo el saludo con una sonrisa incómoda.

—Te odiaba hace años —corrigió Harper—. No se atrevería a odiarte ahora, sobre todo, por lo mucho que trabajas en la brigada. La gente madura.

Harper devolvió el saludo y seguimos nuestro camino cuando el semáforo se puso en verde.

El sol se reflejó en mi anillo de bodas al girar en la esquina hacia la escuela. Todo parecía de una felicidad normal. «Esta podría ser tu vida».

Mi corazón latía con fuerza. Podría regresar a casa con Harper después de cada incendio. Dormirme entre sus brazos. Despertar con su aroma en mis pulmones y sus suaves curvas en mis manos. Con ella a mi lado, pensar en una familia no era opresivo ni aterrador, era... cálido y acogedor. ¿Y los niños? Estaba loco por ellos.

Pero los niños..., hombre, era fácil arruinar a los niños y yo era todo menos una apuesta segura cuando se trataba de estabilidad. «Harper no permitirá que les hagas daño».

¿Estaba preparado para que fuera para siempre? ¿Y si echaba todo a perder? ¿Y si tenía más genes de mi madre, huidizos, y menos de mi padre, leales e inalterables? ¿Y si aceptaba y luego rompía sus pequeños corazones en unos meses cuando hiciera algo que enfureciera a Harper, que era inevitable, y se hartara de mi inconsistencia?

Esta mañana no había mentido: me había vuelto loco. Acostarme con Harper trascendía el sexo y lo elevaba a un nuevo nivel que debía ser... hacer el amor. Quizá yo había penetrado su cuerpo, pero ella había penetrado mi alma; cada emoción superaba el acto físico a un nivel que solo podía describir como asombroso.

Y aterrador.

Nunca habría otra mujer que se comparara con la rubia de hermosas curvas que tenía a mi lado; había levantado la consola entre los asientos para descansar la cabeza en mi hombro mientras buscaba en el teléfono sus listas de reproducción. Ella era la única, aunque yo arruinara todo y ella decidiera marcharse. Solo ella estaba en mi mente, en mi corazón, en mis sueños.

Era una presión tan dulce y cálida en mi pecho que casi me quemaba.

Carajo. Estaba enamorado de Harper.

Lo supe en el momento en el que mi corazón se abrió de par en par cuando volvió a decir que me amaba estando dentro de ella, ya no podía seguir negándolo. Había visto la verdad en sus ojos, en la manera en la que se desnudaba emocionalmente delante de mí sin pensar en protegerse del daño que pudiera causarle.

Estaba enamorado de Harper. El pensamiento se repetía en mi mente como un eco en un desfiladero que iba y venía para golpearme desde distintos ángulos. Harper, a quien había deseado casi toda una década. Harper, quien conocía mis peores momentos. Harper, quien era legalmente mi esposa porque era lo bastante valiente como para jugarse el pellejo por los niños... nuestros niños.

Su valentía me llenaba de humildad.

Ajena a la revelación que bullía en mi interior, Harper cambió la reproducción de la música de su teléfono a las bocinas del coche, lo que me sacó de mis pensamientos.

—Estaba pensando en invitar a Ryker a cenar a la casa.

Ryker. «¡Qué mierda!». Mi estómago dio un vuelco, pero pronto se calmó. Ryker tendría que aceptar todo esto. Solo que no necesitaba que lo hiciera sentado a la mesa de mi comedor.

—Quizá sea mejor esperar un día o dos —respondí apretando el volante con fuerza.

Harper alzó la cabeza en mi dirección y esperó a que le explicara.

—Está un poco enojado conmigo ahora —admití y miré por el rabillo del ojo cómo fruncía el ceño.

—¿Tiene algo que ver con ese enorme golpe que tienes en el costado?

—Rasguño —mascullé—. Y tal vez sí. —Le besé el dorso de la mano—. Cosas de trabajo.

Pero no era así. Ryker no estaba enojado conmigo por proteger a Chandler, sino porque Harper habría sufrido las consecuencias si las cosas hubieran salido mal, lo que era algo personal.

Llegamos al estacionamiento y nos tomamos de la mano para entrar a la escuela con los demás padres de familia que recogían a sus hijos. Cuando me saludaban por mi nombre, asentía en su dirección. Todos parecían felices de que la brigada estuviera de vuelta de nuestra primera prueba verdadera.

Aunque, no fue una prueba real. Realizar trabajos tipo dos después de años de pertenecer a la brigada de élite era un gran paso en retroceso, no tanto en cuestión de carga de trabajo como de estado mental. Pero teníamos que demostrar nuestra valía y eso significaba hacer trabajos tipo dos.

—Ahí está —dijo Harper señalando al pasillo donde Liam guardaba con cuidado sus dibujos en su mochila; nos daba la espalda.

—Vamos a darle una sorpresa.

Nos abrimos paso hasta donde estaba. Mientras cerraba el zíper de la mochila, me deslicé detrás de él con una enorme sonrisa en el rostro. Lo había extrañado durante todas las semanas que estuve fuera y no me había dado cuenta de cuánto hasta ahora.

—¿Qué tienes ahí? —preguntó Harper acuclillándose a su nivel mientras yo esperaba.

—¡Le hice un dibujo a Knox! —exclamó echándose la mochila al hombro; Harper le ayudó a pasar el otro brazo por la correa—. Tiene árboles y fuego, pero no mucho fuego, solo poquito.

—Seguro que le encantará —le dijo mientras subía el zíper del rompevientos de Liam, aunque él podía hacerlo solo.

Siempre hacía eso por las personas a su alrededor, pequeños gestos que hacían que cada uno supiera que era amado.

—¡Ya quiero dárselo! —dijo dando unos saltitos.

—Se lo puedes dar ahora —sugirió Harper, asintiendo hacia donde yo esperaba.

Giró y frunció el ceño hasta que me vio, abriendo los ojos con asombro.

—¡Knox! ¡Volviste!

Saltó hacia mí y lo atrapé; mis manos resbalaron un poco por el plástico del rompevientos mientras lo cargaba para darle un gran abrazo. Me apretó con fuerza; su cuerpecito se adaptaba al mío. Su cabello olía al champú de fresa que Harper tenía en una botella de Iron Man. Aspiré hondo, saboreando la paz absoluta de este momento.

—Sí, volví.

Volteé a ver Harper y ella me lanzó una sonrisa, con los ojos llorosos.

—Te extrañé —admitió, abrazándome con tanta fuerza que casi me estrangula.

—Y yo te extrañé más. Créeme.

Mi corazón volvió a quebrarse e inundó mis sentidos con un sentimiento aún más dulce, así que apreté a Liam en un gran abrazo de oso.

Lo amaba, igual que al Señor Vomitón, quien descansó su besable cabecita en mi hombro cuando lo recogimos, diez minutos después, en casa de Cherry. No hizo ni un solo sonido cuando lo tomé en mis brazos; solo me miró y luego recargó su cabeza, derritiendo mi corazón.

Demonios, amaba a tres personas y no tenía ninguna garantía de poder conservarlas.

Como si hubiera entendido mi pensamiento, James levantó la cabeza, puso las manos en mis mejillas y empezó a balbucear con los ojos brillantes, babeando en su soliloquio.

—¿En serio? ¿Y qué más pasó mientras no estuve? —le pregunté cuando salimos de casa de Cherry con la pañalera al hombro y la mano de Liam en mi mano libre.

Harper se despidió de su amiga y nos siguió. Llegó al coche cuando yo le ponía el cinturón de seguridad a James y Liam me informaba de cada detalle sucedido las últimas dos semanas. Se puso el cinturón de seguridad en su sillita y, esta vez, no criticó la manera en que aseguraba a James. Me enteré de qué niños se quedaban para la sesión de verano y a quiénes no vería hasta el jardín de niños en el otoño.

Mi adorado cachorro alfa se había vuelto un verdadero parlanchín.

Sonreí al pensarlo y le di a Harper un beso rápido mientras se ponía el cinturón a mi lado. Normal: todo era normal, de una manera doméstica y exquisita, era perfecto.

—Necesitas más zanahorias —sermoneó Liam a Ryker dos días después cuando nos sentamos a la mesa del comedor—. Son buenas para los ojos —agregó echando un vistazo al platón.

Ryker puso otra cucharada de zanahorias en su plato.

Esta noche sería un desastre, pero Harper insistió en invitar a Ryker a cenar. Francamente, ¿qué demonios podía decirle a una hermana para que no se reuniera con su hermano? Si seguía enojado conmigo, esperaba que dejara la querella para la casa club.

Yo mantenía los ojos en mi plato, mirando de cuando en cuando el escote de Harper a lo largo de la línea de su cuello y hasta la curva de sus labios. Por supuesto que no estaba pensado en la manera en la que la besé justo antes de que Ryker tocara la puerta, o en el suave gemido de protesta cuando me detuve.

No. Claro que no pensaba en nada de eso.

—Este es mandón —masculló Ryker con una sonrisa mientras le pasaba el platón a Harper.

—Deberías verlo cuando se trata del brócoli —comenté guiñando hacia Liam—. Es otra historia.

—El brócoli sabe a pies calientes —explicó Liam mirándome con las cejas arqueadas, como si fuera un experto en el tema.

Ryker rio y la tensión se evaporó un poco, haciéndome recordar por qué era mi mejor amigo.

—Bueno, traje una tarta de postre, pero solo si te comes todas esas zanahorias y el pollo que Knox torturó hasta matarlo en las brasas. —Volteó de inmediato hacia Harper—. Quiero decir, si Harper está de acuerdo.

—Está bien. Come lo que puedas, Liam. —respondió entornando los ojos hacia su hermano—. Y los asados de Knox son muy buenos.

—Tan protectora —aseguré reprimiendo una risa.

Liam entrecerró los ojos.

—¿Qué tipo de tarta?

—Manzana —respondió Ryker—. La que tiene la capa crujiente.

Liam asintió pensativo. Se comió unos bocados del pollo que Harper había partido para él, mientras James hacía un lío con sus zanahoria sobrecocidas. Tenía toda la cara cubierta de papilla de verdura y sus pequeños puños tenían el mismo color naranja. El baño de esta noche iba a ser divertido.

—Entonces... —dijo Ryker mirándonos a Harper y a mí con el ceño adusto por un momento. Contuve el aliento y recé por que eligiera un tema seguro—. ¿Cómo van las clases para padres de acogida?

Mis hombros se relajaron aliviados.

—Bien —respondió Harper—. La mayoría han sido virtuales y ya casi acabamos, puesto que hicimos todo al revés con la verificación domiciliaria y todo eso. —Miró a los niños—. Aunque, estos temas pueden ser muy pesados... —Hizo una mueca.

—Hay mucha información que procesar —expliqué—. Las clases se centran en distintos grupos de edad, no solo en los pequeños, y en todas las cosas —«cosas horribles»— por las que pasan esos niños.

Ryker miró a los niños y asintió; entendió el mensaje tácito.

—¿Y cuándo vuelven a ver a Elliot? —preguntó.

—Mañana —respondió Harper; su mirada se encontró con la mía durante un segundo y se sonrojó.

Ambos teníamos una cita esta noche que tenía que ver con esa reunión. Ya era hora de decidir exactamente qué estábamos haciendo.

Se hizo un silencio incómodo hasta que los grititos emocionados de James lo interrumpieron al triturar otra zanahoria.

—¿Y cómo va la brigada? —preguntó Harper.

Ryker suspiró.

—En general, creo que lo vamos a lograr, pero aún no se consolida. —Volteó a verme—. ¿Tú qué piensas?

—Creo que algunos de nuestros novatos hacen una mie... —me interrumpí con una mueca—. Tienen problemas con el despliegue de refugios y no estamos abriendo líneas con la eficacia que deberíamos. La separación entre los de Legacy y los de fuera sigue siendo importante.

Ryker asintió en acuerdo.

—Pero tengo el presentimiento de que podremos resolver esos problemas por cómo se ve el clima.

Hacía calor, estaba seco, y casi no había deshielos. Si a eso agregábamos los pronósticos del viento para la próxima semana, había una alta probabilidad de que me ausentara de casa la semana siguiente.

—Es como si este año hubiera un incendio tras otro —murmuró Harper y pinchó un bocado de pollo—. En realidad, no hemos estado fuera de temporada, ni siquiera antes de que ustedes volvieran a Legacy. No tuvieron ningún descanso.

—Porque no lo tuvimos —expliqué, partiendo un pedazo de papa—. Pasamos de un equipo a otro, de un incendio al siguiente. Tú eras temporal, Ryker, y en abril seguías ahí con tu antiguo equipo.

—¿Te acuerdas del incendio de diciembre, el del frente de la cordillera? —preguntó Ryker sacudiendo la cabeza—. Antes, la temporada de incendios duraba cinco meses; ahora parece que debemos combatirlos durante todo el año, lo que es una verdadera jo...

—¡Ryker! —exclamó Harper.

—Joroba —se corrigió—. Es agotador.

En eso podíamos estar de acuerdo.

—Pienso que tú también debes estar cansada —continuó Ryker mirando a Harper con el ceño fruncido—. Ha estado ausente durante semanas —dijo señalándome con el tenedor—. Y lo más probable es que nos vayamos más días, si los pronósticos son verdaderos. Estás haciendo todo esto tú sola.

Y, bum, hasta ahí llegaron los temas seguros.

Harper ignoró su comentario y la leve y dulce sonrisa que le ofreció fue por completo sincera.

—Bueno, sabía en qué me metía, querido hermano.

Arrugó la nariz.

«Cuidado». La mirada que le lancé a Ryker se lo advertía. Harper se lo comería vivo si continuaba por ese camino.

—¿Lo sabías? —la retó Ryker, recargándose en su asiento—. Imagino que es diferente ver a mamá despidiéndose de papá a que seas tú quien se quede esperando con los niños.

Pensé en darle una patada por debajo de la mesa.

—No me desplomo cuando Knox se va —expuso Harper arqueando una ceja en su dirección—. Como puedes ver, los dos niños están vivos y sanos. Mi negocio está en apogeo. La casa sigue en pie.

—¡Acabé! —anunció Liam mostrando su plato como si fuera un trofeo.

—Ojalá yo también —mascullé para mis adentros; luego, me dirigí a Liam—. Lleva tu plato a la barra, hombrecito. Nos falta un poco más.

«Hasta que crucemos esta tormenta».

—No dije que no pudieras manejarlo —agregó Ryker en voz baja, pero con un tono un poco mordaz—. Es solo que no quería que tuvieras que hacerlo nunca.

Rechiné los dientes y mantuve la boca cerrada. El único problema de enamorarme de Harper era entrar en esta dinámica tan delicada. Todos mis instintos me decían que la defendiera, que me inmiscuyera en su narrativa y le dijera a Ryker que no se metiera en lo que no era asunto suyo. Sin embargo, la experiencia me había enseñado que Harper sacaba las garras cuando elegía usarlas y no necesitaba que yo interviniera en su relación con su propio hermano.

—Aunque no estuviera con Knox, es algo que haría sola —dijo al recargarse en el respaldo de su silla, mirando hacia la cocina, sin duda, para asegurarse de que Liam no los escuchara—. Fui yo quien se llevó a los niños, ¿recuerdas? Knox dio la cara para que pudieran permanecer juntos. Si la vida de alguien cambió drásticamente, fue la suya, no la mía.

—No me refería a eso —dijo Ryker.

Las orejas se le pusieron rojas.

—No, lo que querías saber era si me sentía miserable ahora que escogí la vida de nuestra madre, ¿o no?

Ah, iba a acabar con él. Dejé los cubiertos en el plato y renuncié a fingir que comía. James golpeaba las palmas contra la charola de su silla alta, encantado con el sonido.

—Perfecto. —Encogió los hombros de manera exagerada—. Me cachaste. Estoy preocupado. Todos en esta mesa sabemos que en adelante todo será más agitado ahora que ya casi es julio. Y quién sabe cuándo estaremos de regreso. Demándame porque me preocupa que mi hermana esté estresada.

Harper suspiró y sacudió la cabeza.

—Ry, ¿no crees que ya estaba estresada? Siempre estoy con los nervios de punta cuando tú estás en un incendio. Dejo de respirar hasta que me dices que volviste a casa. ¿Has considerado renunciar a los bomberos para que no tenga que estresarme tanto?

Abrió la boca y la cerró

—Quiero decir... —Me miró como pidiendo ayuda y sacudí la cabeza. Esto era entre ellos—. Por supuesto que no, pero soy tu hermano, no tu marido.

—Por lo menos, admites que es mi marido —exclamó con una sonrisa genuina—. En serio, deja de intentar salvarme de algo que es evidente que quiero. —Su mirada encontró la mía y sentí calor en mi corazón—. ¿Es un poco más difícil cuando Knox no está? Claro. ¿Me preocupo por ambos? Absolutamente. Pero siempre lo he hecho, incluso cuando ninguno de ustedes vivía aquí. —Dejó de mirarme—. Y, quieres saber algo, soy más fuerte que nuestra madre, porque crecí sabiendo exactamente lo que podía salir mal. No estoy aquí con los ojos cerrados, Ryker.

Los músculos de su mandíbula se tensaron y el estómago se me desplomó por la mirada arrepentida que me lanzó antes de hablar.

—¿Y sabes lo imprudente que es en cuanto a su propia seguridad?

—Ryker —le advertí.

Harper frunció el ceño.

—Todos ustedes son imprudentes. ¿De qué hablas?

La risa de Ryker fue todo menos cómica.

—¿Viste el recuerdo que trajo a casa del último incendio? —preguntó estremeciéndose—. No me contestes. No quiero saber.

—Si estás hablando de su costado...

—Eres un cabrón —le dije.

Luego le di a James una de mis zanahorias, ya que él había masacrado las que tenía en su charola.

—Soy honesto —replicó.

—¿De qué está hablando? —preguntó Harper.

Ryker me enfrentó con la mirada e ignoró mi advertencia muda.

—Estábamos despejando el área para que llegara la brigada de élite y uno de los chicos no estaba atento a su entorno. Un árbol calcinado casi le cae encima, así que tu esposo se lanzó entre Chandler y el pino de quinientos kilos que casi lo convierte en un cadáver.

Sacudí la cabeza en dirección de Ryker y sentí que la atención de Harper se concentraba en mí.

—¿Eso es cierto? —murmuró.

Cerré los ojos y exhalé hondo; cuando los abrí, miré a mi esposa.

—Eso explica lo qué me pasó —dije en voz baja, como si mi tono pudiera cambiar las palabras—. Chandler tiene diecinueve años y estamos trabajando en la atención que debe tener sobre su entorno. Actué antes de pensarlo, pero todo salió bien. Ambos estamos bien.

Harper respiró hondo y me ofreció una sonrisa temblorosa; se inclinó sobre la mesa y tomó mi cara entre sus manos.

—Lo salvaste.

—Cualquiera hubiera hecho lo mismo.

Ese era el tipo de cosas que pasaban. Ninguno de nosotros buscaba elogios, pero verla sonreírme de esa manera era una sensación maravillosa, como si yo fuera alguien digno de alabanza.

Me besó, suave, rápido, y, cuando se alejó, la tomé por la nuca, la jalé y le di otro beso. Estaba harto de lo que Ryker pensara. Harper era mía y yo era suyo, eso era todo lo que importaba.

Sonrió en el beso y se alejó.

—Voy a bañar a James.

—Nosotros nos encargamos de los platos.

Ryker y yo permanecimos en silencio; llevamos los trastes a la cocina y empezamos a meterlos al lavaplatos. La silla alta de James parecía la escena de un crimen.

—No sabía que podía comer pollo —comentó Ryker mientras limpiaba la charola de la silla y yo llenaba el lavaplatos.

«Acepta la pipa de la paz».

—Solo hay que deshebrarlo bien —respondí acomodando otro plato.

Lanzó un suspiro.

—Eres bueno en esto. Con las cosas de los niños.

—Harper hace imposible que lo haga mal —respondí mirando sobre la barra hacia donde Liam construía una pista de Hot Wheels. «Mantén la paz. Mantén la paz. Mantén...».

«Al demonio».

—Tú hubieras hecho lo mismo —manifesté entre dientes al tiempo que acomodaba los vasos en el estante superior.

—¿Perdón?

Detuvo la mano a medio movimiento.

Giré y enfrenté a mi mejor amigo.

—¿El incendio en Oregón hace dos veranos? Tú hiciste lo mismo. Si recuerdo bien, Bash me dijo que tuviste una conmoción cerebral por protegerlo de una rama que se cayó.

—Eso fue diferente —espetó desviando la mirada.

—¿Y en qué fue diferente? —pregunté lanzando una risita—. ¿Porque eras tú? ¿Porque era Bash? Si otro miembro del equipo hubiera ayudado a Chandler, estarías orgulloso y no hubieras ido de chismoso con asuntos del trabajo con su esposa.

—¡Cualquier otro miembro del equipo no regresa a casa con Harper! —exclamó y regresó su atención a la charola, la cual empezó a limpiar como si se vengara de ella—. Mira, me pediste que me calmara con lo que sea que esté pasando con ustedes dos, y lo estoy intentando.

—Bien, porque en eso no tienes opinión —dije encogiéndome de hombros.

Me ignoró de forma descarada.

—Pero en el momento en el que empezaste una relación con mi hermana renunciaste a ser como cualquier otro miembro del equipo, Knox. Tienes razón. Si yo hubiera estado ahí, hubiera hecho la misma maldita cosa. Hubiera apartado a Chandler y hubiera asumido las consecuencias, pero a mí nadie me espera en casa. A ti sí.

—Dios mío, hombre, ella se hubiera sentido devastada si algo te hubiera pasado —repliqué.

—No es lo mismo y lo sabes. Ambos sabemos que está enamorada de ti. Hice todo lo que pude para mantener su corazón a salvo, pero —hizo un gesto señalando nuestro alrededor— aquí estamos. Siempre ha sido mi trabajo protegerla y ahora eso significa que necesito protegerte a ti.

—Ry, si empiezo actuar diferente, si empiezo a dudar en un incendio, será más peligroso, tanto para mí como para la gente a mi alrededor.

Ahí afuera no podía permitirme pensar en ella cuando algo salía mal, no podía perder segundos por la indecisión.

—Sí —murmuró dejando caer los hombros—. Eso también lo sé. Es una situación frustrante como el demonio.

Terminamos de meter los platos en relativo silencio y la tensión entre nosotros pareció evaporarse, se fue por el caño con los restos de la cena.

Tenía miedo por su hermana. Lo entendía.

Esto era lo más cercano que tendríamos a una tregua.

Después de comer la tarta, Ryker se despidió y regresó a su casa. Harper y yo preparamos a los niños para la cama, algo que se había convertido en nuestra rutina.

Me recargué en el marco de la puerta mientras escuchaba lo que le leía a Liam. Me dejé llevar por el momento, por la posibilidad de que esto pudiera ser para siempre. Elliot necesitaba una respuesta mañana, pero yo estaba tan sumergido en el presente que no podía imaginar ningún mañana, solo el momento que tenía justo frente a mí.

Amaba a Harper, pero eso no garantizaba que lo lograríamos, y por esa razón no lo había dicho. Amaba a los niños, pero eso no significaba que fuera el hombre adecuado para criarlos. Revelarle a Harper estos dos sentimientos ahora solo influiría de manera injusta en lo que eligiera esta noche.

Cuando apagó las luces, Harper y yo bajamos al despacho, ignorando los montones de juguetes desperdigados en la sala y renunciando a la limpieza nocturna que procurábamos realizar.

Se pasó el cabello detrás de las orejas y, nerviosa, se removió sobre sus pies descalzos mientras yo sacaba todo, plumas, hojas de papel y sobres. El corazón se me subió a la garganta cuando le deslicé el material sobre el escritorio.

—No puedo creer que estemos contemplando esto —murmuró tomando papel y lápiz.

—Es un poco...

No había una palabra correcta para definir lo que era esto.

—¿Súbito? ¿Apresurado? ¿Precipitado? ¿Completamente demente?

Me miró con los ojos bien abiertos.

—Iba a decir «intenso», pero supongo que cualquiera de esos también funciona.

La garganta se me cerró. ¿Se echaría para atrás? No podía culparla.

—Quiero decir, solo hemos estado... ¿cuánto tiempo juntos? ¿Un par de meses?

Se mordió el labio inferior y vi el pánico en sus ojos.

—Casi tres. Depende de cómo cuentes. Es decir, ¿empezamos desde que llegué a casa? ¿O cuando nos casamos? ¿O cuando nos besamos en la camioneta? —Me froté la nuca—. Te conozco de toda la vida, no es que seamos unos desconocidos.

—No somos precisamente... estables —dijo mirando la pluma en su mano como si fuera a convertirse en cualquier momento en una serpiente y morderla.

—¿Quién lo es? —repliqué.

Me miró de forma irónica.

—Cualquiera que se haya casado por amor, por ejemplo.

Me encogí de hombros.

—Nunca me ha molestado ir en contra de las normas sociales.

«Y te amo».

—Si hacemos esto, le estamos prometiendo a estos niños que nos quedaremos juntos, pase lo que pase.

—No diré lo contrario —dije negando con la cabeza—. Nada de todo esto es normal. Deberían estar con padres de acogida experimentados. Deberían estar en un hogar donde los padres saben qué carajos están haciendo y no tienen que buscar en Google cada pregunta que tienen sobre bebés. Deberían estar con una pareja perfecta, comprometida, preparada para enfrentar los retos cotidianos de criar niños; seamos honestos, nosotros somos...

—¿Un desastre? —completó.

No había forma de contradecir eso y asentí.

—Somos... las personas con quienes acabaron porque se vieron atrapados en una tormenta perfecta.

Aceptar la adopción era algo ilógico y poco más que egoísta. También sería una apuesta emocional para nosotros, planear nuestro futuro alrededor de algo sobre lo que no teníamos control.

Respiró profundo y asintió.

—Tienes razón. —Su sonrisa vaciló cuando puso el papel sobre el escritorio—. ¿Estás listo?

Demonios, no, no estaba listo, pero sabía lo que iba a escribir.

—Empecemos.

Nos alejamos, cada uno en un extremo del escritorio, y escribimos nuestra respuesta, antes de doblar el papel y ponerlo en el sobre.

Rodeé el escritorio para pararme frente a ella, con el sobre en la mano, y le di un beso suave en la frente. Lo que habíamos escrito en estos papeles podría cambiar todo en un abrir y cerrar de ojos. Se inclinó hacia mí, con la mano libre sujetó mi camisa y nos dimos un momento solo para respirar.

—¿Lista? —pregunté.

Asintió e intercambiamos sobres.

—Hubiéramos podido solo doblar la hoja —murmuró—. Los sobres son un poco dramáticos.

Esbocé una sonrisa, a pesar de la opresión que sentía en el pecho. Abrí la solapa de su sobre y me tomó de la muñeca.

—¿Harper?

Las lágrimas en sus ojos casi me destruyen.

—Lo que hayas escrito aquí no cambiará lo que siento por ti. —Me soltó y acarició el dorso de mi mano con el pulgar—. Sea lo que sea.

—Lo sé. —Traté de tragarme la roca que sentía en la garganta, pero no lo logré—. Por eso escribí lo que escribí.

Sin dejar de mirarnos, abrimos los sobres y solo apartamos la mirada cuando desplegamos las hojas.

Leí lo que había escrito.

Luego, volví a leerlo. Mi pulso se aceleraba con cada palabra hasta que salió a toda carrera.

Despacio, bajé el papel y vi que me observaba con los labios entreabiertos y los ojos llenos de sorpresa.

—¿En serio? —preguntó.

—En serio.

—Entonces, ¿lo hacemos?

Una sonrisa surcó su rostro y mi corazón se paralizó. Nunca me había parecido tan hermosa y jamás había estado tan seguro de algo en mi vida.

—Lo hacemos.

Estuvo en mis brazos en un abrir y cerrar de ojos.

CAPÍTULO 18

Harper

Knox me penetró más profundo y cubrió mi boca con su mano al escaparse un gemido de mis labios. Habían pasado algunas semanas desde que tomamos la decisión: éramos oficialmente un hogar de adopción previa para los niños y yo estaba perdidamente enamorada de Knox.

—Shhh —murmuró con una sonrisa sin perder el ritmo, despacio, fuerte y profundo. El sudor nos cubría la piel y mis jadeos eran accidentados, aunque los suyos eran regulares. El hombre era una máquina absoluta.

—No queremos despertar a nadie.

El metal frío de la secadora de ropa pellizcaba la parte trasera de mis muslos con cada embestida, pero no me importaba. Era una de esas raras ocasiones en las que Liam hacía la siesta con James en un sábado, así que estaba feliz de aprovechar el tiempo con Knox. ¿Qué era lo mejor del cuarto de lavado? La puerta cerraba con llave.

El placer aumentó en espiral hasta tensar mi estómago cuando reemplazó la mano con su boca para besarme con pasión. Jamás me saciaría de él. Ya llevábamos semanas durmiendo en mi cama o en la suya y la necesidad de tenerlo no había disminuido, no se había agotado. Era sencillamente causa y efecto; cruzaba el umbral y yo quería montarlo como si fuera un árbol.

—Estás deliciosa —dijo contra mi boca, jalándome hacia el borde de la secadora.

Me penetró en un ángulo diferente y creo que respondí con un gemido. Las palabras me rebasaban. Cada movimiento de sus caderas era mejor que el anterior. Yo solo quería más.

Mis dedos tomaron su cabello y entrelacé los tobillos alrededor de su cintura. Me había arrebatado el control o yo se lo había cedido. Como fuera, lo único que me quedaba por hacer era aferrarme a él mientras me llevaba cada vez más alto, con más intensidad.

—Knoxville.

Moví las caderas y le mordí el labio inferior.

Sus ojos brillaron y contuvo el aliento.

—Amo la manera en que dices mi nombre.

Dejó una mano sobre mi cadera para jalarme con cada impulso; con la otra, metió sus dedos entre mi cabello en la base de mi cola de caballo.

—Knoxville —repetí, empujándolo hasta el límite de su control.

De su pecho salió un gemido que pasó de sus labios a los míos conforme su ritmo vacilaba y sus caderas se movieron más deprisa.

Amaba la forma en que llegaba al límite, entre el dominio y el caos, el momento en el que sabía que lo volvía tan loco como él a mí. Lo amaba aún más cuando se rompían las riendas de su control.

Como ahora.

Cada caricia reverberaba por todo mi cuerpo, provocando pequeñas descargas eléctricas. Podría jurar que lo sentía hasta en los dedos de los pies.

—Harper. —Mi nombre salió de su boca como una súplica mientras nos tensábamos uno contra el otro—. Te quiero conmigo.

Deslizó sus dedos entre nosotros y acarició mi clítoris. Todo pensamiento consciente se evaporó. Solo eran sus manos, su cuerpo, su boca en la mía y un espiral tenso de felicidad que crecía en mi interior.

Entonces, llegó. Un placer tan dulce que podía saborearlo y me recorría en oleadas hasta llevarme al punto más alto en el que grité. Knox se tragó el sonido con su boca y se estremeció contra mí, en su propio orgasmo.

Así nos quedamos, abrazados, con su frente contra la mía hasta que nos tranquilizamos, nuestra respiración se estabilizó y mis muslos dejaron de temblar.

Me sonrió cuando alzó la cabeza, recorrió mi cuerpo con la mirada y advirtió el encaje rosa bajo mis senos.

—Ni siquiera te quité bien el brasier.

Reí y recargué la cabeza sobre su hombro.

—Tú sigues con los calcetines.

—Culpable. —Se separó de mí, me tomó por las caderas y me bajó de la secadora sobre un montón de ropa que habíamos tirado al suelo momentos antes. Por fortuna, seguía sujetándome de las caderas cuando mis rodillas amenazaron con ceder.

—Tenía mucha prisa de estar dentro de ti —agregó.

Entreabrí los labios y jalé su cabeza en busca de otro beso.

Luego sonó mi teléfono; escuché el sonido amortiguado entre el montón de ropa que había debajo de nosotros.

Los dos nos sentamos en el piso del cuarto de lavado y empezamos a hurgar entre las telas mientras el teléfono volvía a sonar. Knox extendió el brazo debajo de la mesa plegable.

—Lo encontré.

Hice una mueca al ver quién hablaba y, de inmediato, deseé tener más ropa puesta; luego, deslicé el pulgar sobre la pantalla para responder.

—Hola, mamá.

«Carajo, ¿dónde está mi ropa interior?».

—¡Hola, cariño! Estoy en la pastelería y quería saber cuándo tienes tiempo para una prueba de pasteles.

Knox puso la tanga de encaje en mi mano. Me levanté, me contoneé rápido para ponerme la ropa interior como si mi madre de verdad pudiera verme desnuda o algo parecido.

—¿Prueba de pasteles? —repetí mientras Knox se deshacía del condón.

Ese trasero me iba a matar. Se dio cuenta de que lo observaba y se inclinó para darme un beso suave en la sien.

—Después me tomaré el tiempo, lo prometo. Nada de calcetines —murmuró.

Cubrí el micrófono del teléfono con una mano y lo señalé con la otra. Mi madre se hubiera mortificado si supiera lo que estábamos haciendo.

—Sí, Harper. Prueba de pasteles. Lo juro, no has pensado para nada en tu boda, ¿verdad? —preguntó mi madre.

—No vamos a celebrar una boda, mamá. Ya estamos casados, ¿recuerdas?

Sujeté el teléfono entre mi mejilla y el hombro mientras me ponía las medias.

Mi madre suspiró tan fuerte que la hubieran podido escuchar en China.

—En serio, Harper, ¿cuántas veces vamos a hablar de esto? Ya hablé con el club y tienen libre la tercera semana de septiembre.

—Ni siquiera sé si Knox estará aquí —dije alzando las cejas en su dirección en busca de un poco de apoyo. Solo porque estaba casado conmigo no significaba que quisiera una boda, por loco que me pareciera—. Estamos justo a la mitad de la temporada de incendios.

De alguna manera, Knox había logrado vestirse en el tiempo que a mí me tomó ponerme la camisa. No había justicia en la rapidez con la que los chicos podían volver a vestirse. Tomó el teléfono y activó el altavoz.

—¿Qué es eso que escuché de un pastel?

—¡Knox!

Casi pude ver la sonrisa de mi mamá.

—Hola, señora Anders.

Puso el teléfono sobre la misma secadora de ropa en la que acabábamos de coger y me ayudó a ponerme la camisa.

—Le estaba diciendo a mi hija que tienen que venir para hacer una prueba de pasteles. Ah, y ella respondió que no estaba segura de que estuvieras en casa en septiembre. ¿Preferirían que organizáramos algo para octubre? Esperemos que la temporada de incendios haya terminado para esas fechas.

Sacudí la cabeza y le rogué con la mirada que me ayudara un poco.

—Podríamos hacer la boda en octubre —expuso con una sonrisa que iluminó mis ojos.

—¿Qué? —exclamé.

¿En serio estaba animando este comportamiento?

—Octubre me parece perfecto. —Envolvió mi cintura entre sus brazos y me acercó a él—. El pastel suena genial. Cualquier cosa que Harper quiera es excelente.

Me quedé boquiabierta.

—¡Magnífico! ¡Será fabuloso! Haré los arreglos con la pastelería para esta semana. ¿Miércoles en la noche?

—Me parece bien y, si no estoy ahí, confío en que Harper tomará la decisión correcta.

Su sonrisa era por completo abrumadora.

—Mamá, te quiero, pero debo irme —dije tomando el teléfono.

—¡Te quiero! ¡Adiós!

Colgué y miré a Knox, incrédula.

—¡Deja de animarla!

Me plantó un beso en la boca y salió del cuarto de lavado.

—Hagamos una boda. ¿Qué tiene de malo? Hace feliz a tu mamá y habrá pastel. En mi opinión, el beneficio es mutuo.

Salí tras él.

—Porque una boda... una boda a todo lo grande, ostentosa, con crinolinas es...

Negué con la cabeza y me detuve en el umbral de la cocina.

—¿Es qué? —Dio media vuelta y me miró de una manera que no supe interpretar—. ¿Real?

—¡S... sí! —tartamudeé.

El hombre tuvo el descaro de reír.

—Señora Daniels, qué más real crees que pueda ser. Ya estamos casados, ¿recuerdas? —Señaló su anillo—. Tenemos a dos niños allá arriba. ¿Qué más querrías para hacerlo más real?

Quería que me amara. Quería sentir que habíamos elegido pasar nuestra vida juntos en lugar de abrirnos paso a tientas, esquivando bolas curvas. Cerré la boca, porque eso sería lo último que le diría. Aunque, quizá celebrar una boda, una real con todos nuestros amigos y familia, significaría que no todo se trataba de los niños. Querría decir que él me deseaba en verdad, por mí.

Ladeó la cabeza como si escuchara algo, luego levantó el índice.

—Olvida eso. Tenemos a un niño arriba y otro que está bajando. —Se dirigió a la escalera y volteó—. A propósito, me gusta el de chocolate.

—No hemos terminado con esta conversación —le dije mientras se iba.

—Vainilla también está bien —respondió antes de dar vuelta en la esquina.

Puse los ojos en blanco. Nada de esto tenía que ver con el pastel.

—Aquí tienes —le dije a Liam al tiempo que le pasaba otra rebanada de pizza.

—¡Gracias!

Tomó el pepperoni y salió corriendo para reunirse con los otros niños que estaban en el patio. El aspersor estaba encendido al máximo y los niños McCoy, Noah y Gavin ya estaban empapados por haber corrido frente a él miles de veces.

—Muchas gracias por invitarnos —dijo Jessica McCoy mientras observaba a los chicos, luego lanzó un suspiro nostálgico—. Se estaban volviendo locos.

—No hay problema —respondí y me senté en la silla de jardín junto a Emerson y Avery. Había pasado la mañana haciendo pedidos de muebles nuevos y funcionales para mi departamento, ya que la mayoría se había arruinado en la inundación. Hacerlo acogedor para rentarlo como Airbnb me distraía de la ausencia de Knox, aunque no por completo.

—Yo me estoy volviendo loca y soy una adulta con un trabajo de tiempo completo —comentó Avery ajustándose el sombrero—. Y solo ha pasado una semana.

Se escuchó un suspiro colectivo.

Los incendios que provocaba el calor de finales de julio nunca eran sencillos y este no era diferente. Los chicos se habían ido a California a combatir un incendio y no habían tenido servicio de celular el tiempo suficiente como para que hasta el cónyuge más experimentado se sintiera un poco nervioso.

—¿Has tenido noticias? —le preguntó Jessica a Emerson.

—Spencer se comunica todas las noches por el teléfono satelital, pero eso es todo. —Arrugó la nariz—. No les voy a mentir, cada vez que suena el teléfono espero que sea Bash para darme las últimas noticias, pero no gozo de ningún beneficio por ser la administradora. Soy una quejosa, lo sé —agregó encogiéndose de hombros.

Miré el monitor del bebé. James seguía dormido, pero ya tenía apartado un lugar para él a la sombra por si decidía despertar y unirse a nosotros. Seguramente estaba dando un estirón de crecimiento, porque esta era su segunda siesta del día.

—Te entiendo. Me muero por tener noticias de River —aseguró Avery y le lanzó a Em una sonrisa triste.

—¿Contención? —pregunté.

—Quince por ciento —respondió Jessica—. Está devastando acres como si fueran cerillos.

Liam había devorado su pizza; sacudió la mano para saludar y le devolví el gesto para que supiera que lo observaba mientras corría frente al aspersor.

—Nunca lo había visto sonreír tanto. Es un niño por completo diferente —comentó Em al ver a Liam—. Has hecho un trabajo magnífico, Harper.

Esbocé una sonrisa.

—Él es magnífico. Yo solo lo ayudo.

—Está creciendo muy bien —dijo Em—. James también. ¿Todo sigue en pie para el 14?

—Sí —asentí—. Sé que parece un poco tonto hacer una fiesta de cumpleaños de un año. No es que la vaya a recordar, pero la verdad es más por las fotos y el pastel.

«Pastel». Como si Knox hubiera sido clarividente, había faltado a la cita de prueba de pasteles la semana pasada. Emerson me había acompañado y, después de leer con detenimiento la política de reembolso de depósito, elegí el de chocolate.

—¡Será divertido celebrar! —exclamó Avery—. Además, quizá los chicos sí asistan.

Todas reímos.

Miré mi teléfono celular, lo hacía cada tantos minutos esperando ver un mensaje o recibir una llamada de Knox. Sabía que me llamaría cuando pudiera, pero me resultaba muy difícil dejar de mirar. Era una pequeña adicción que no me beneficiaba en nada.

—¡Mamá! ¡Ven rápido! —gritó Gavin desde el aspersor.

Jessica ladeó la cabeza, se puso de pie y se quitó los zapatos.

—¿Saben qué? Creo que lo haré —dijo y salió corriendo completamente vestida.

—Parece una idea excelente —opinó Avery levantándose de un salto para salir corriendo hacia el aspersor.

—Habla —dijo Emerson cuando ellas ya no podían oírnos.

—No tengo idea de lo qué estás hablando —mentí con descaro.

—Entiendo, tenemos mucho de qué quejarnos ahora que los chicos no están, pero tú tienes algo... raro. —Hizo un gesto hacia mi rostro—. ¿Qué te molesta? ¿Algo que tiene que ver con los niños?

—No —respondí negando con la cabeza—. Ellos están bien. Todo está bien.

Entrecerró los ojos.

—¿Te estás arrepintiendo de haber escogido el pastel de chocolate?

—Arrepintiéndome del pastel —mascullé e hice una mueca.

Algún día aprendería a mantener la boca cerrada frente a mi mejor amiga, pero hoy no era ese día.

—Mujer. —Me miró sobre el armazón de sus lentes oscuros—. Te vas a casar con Knox. ¡Knox! ¡El tipo del que has estado enamorada desde que eras niña! ¡Y no solo una vez, sino dos!

—El tipo del que he estado enamorada —repetí—. Pero no puedo evitar sentir que arrastré a Knox a este tren desbocado y que nunca tuvo la oportunidad de poner el freno. O quizá sí tuvo la oportunidad, pero le dio miedo lastimar a los chicos.

Ella lanzó una risita.

—Créeme, ese hombre quiere casarse contigo... otra vez. Nunca he visto que Knox haga algo que no quisiera. Además, está locamente enamorado de ti.

—Eso no es cierto —respondí negando con la cabeza.

El rostro de Emerson se ensombreció y sus ojos se llenaron de compasión.

—No hablas en serio. Sabes que te ama.

—No me lo ha dicho ni una sola vez.

Dios mío, ¿qué tan desesperada estaba? Me había dado su casa, su apellido, que no tomé, y todo lo que le había pedido, pero aquí estaba yo, quejándome por unas cuantas palabras.

—Estoy segura de que no le ha dicho eso a nadie —dijo Emerson en voz baja—. Excepto quizá a su abuela, pero he visto cómo te mira y he escuchado cómo habla de ti en la casa club. Ese hombre te ama.

Me tragué el nudo que tenía en la garganta y asentí a mi pesar, aunque el corazón me dolía. No era que no supiera sobre sus problemas, pero saberlo y vivirlo eran dos cosas muy diferentes.

—Y, aunque todavía no lo haya dicho, tienen todo el tiempo del mundo. Ya lo hará. —Em extendió el brazo, tomo mi mano y la apretó—. Tú le ayudarás a que lo haga, sobre todo con el vestido que te compraste la semana pasada. Me alegra que hayas elegido el *strapless*. ¡Se te ve increíble!

Mi teléfono sonó y ambas dimos un salto.

«Knox».

Lo tomé de la mesita y mis hombros se desplomaron cuando vi el nombre de Elliot en la pantalla. Sacudí la cabeza en dirección de Emerson y respondí.

—Hola, Elliot.

—¡Hola, Harper!

—Vaya, suenas alegre. ¿A qué se debe que llames un domingo en la tarde?

Me removí en mi asiento y miré a Liam que saltaba bajo el chorro de agua.

—No lo vas a creer.

—Inténtalo.

Estos días había muy pocas cosas que me sorprendieran, nuestra vida era ya muy extraña.

—¡Por fin encontramos a Nolan!

Me quedé paralizada y el teléfono se me resbaló de la mano.

CAPÍTULO 19

Knox

—Mi amor, ¿puedes repetirlo? —Me tapé la otra oreja con un dedo y me concentré en el sonido confuso de la voz de Harper en el teléfono—. La señal es muy mala.

Llevábamos más de dos semanas en California, sofocados por el calor de principios de agosto. Este era el primer al que subíamos que tenía una señal de celular, lo que significaba que había otros quince tipos ruidosos a mi alrededor y todos trataban de hacer lo mismo.

Giré hacia el sur, de cara a kilómetros y kilómetros de naturaleza prístina que se había salvado del incendio gracias a que el viento cambió cuatro días antes. Tenía que admitir que a veces era difícil no verla más que como combustible presto a encenderse a la más mínima provocación.

—Dije que encontraron a Nolan —repitió con voz temblorosa.

—Nolan. —Parpadeé y me pasé el dorso de la mano por la frente. Sucia. Mi mano estaba sucia, mi cara estaba sucia, hacía semanas que mi ropa solo olía a humo—. Eso quiere decir...

Mi estómago hambriento sintió náuseas.

—El padre de los niños —dijo con la voz quebrada al final, pero entendí lo que quería decir.

—El padre de... los niños.

«Carajo». Un momento, ¿qué significaba eso para los chicos? ¿Y por qué demonios me costaba tanto trabajo respirar? Bajé la mirada, esperando ver que mi pecho se abriera de par en par o que mis entrañas se derramaran sobre el piso, pero no había nada más que cenizas.

—Viene en camino. Bueno, eso era hasta hace una semana —agregó.

—¿Y ahora?

¿Hace una semana? Di media vuelta para ver la línea de llamas que seguía su marcha hacia la siguiente cumbre, de camino a la brecha cortafuegos que una brigada de élite de Washington había cavado esta mañana, aunque eso no serviría. Había visto los informes climatológicos y no tenía ninguna duda de que el incendio viraría al oeste en las siguientes horas.

Pero yo ya no pertenecía a una brigada de élite, así que mi opinión sobre el asunto valía un carajo.

—No sé si ya llegó. —Su voz se entrecortó y pude escuchar su aliento accidentado, como si intentara controlar sus emociones.

—Harper, mi amor.

Demonios. No estaba ahí. No podía abrazarla. Ni siquiera podía hablarlo con ella dada la falta de cobertura aquí.

Respiró profundo.

—Va a rentar un departamento y una vez que esté instalado, Elliot dijo que tenían que hacer todo de nuevo, empezando por la visita, puesto que ya tienen una fecha en el tribunal la próxima semana. Es tan rápido... tan rápido.

—Pero él no se los llevará de inmediato, ¿o sí?

¿Ya no estarían cuando regresara a casa? El sudor me escoció la frente y me picó los ojos.

—No. Supongo que como los abandonó cuando Lisa estaba embarazada o algo así... Y ahora ya están en el sistema, tienen que hacer investigaciones antes de...

Su voz se apagó.

El silencio era pesado; la carga hundía el futuro perfecto que había imaginado para nuestra familia. «No es tu familia». Me jalé el cuello de la camisa tratando de respirar un poco.

Nolan iba a regresar. Quería a sus hijos de vuelta. Por supuesto que los quería. Cualquier hombre sensato querría a James y a Liam. Entonces, ¿por qué no lo había hecho antes?

—Se supone que debemos estar contentos, ¿verdad? —logré decir.

—Sí —murmuró—. Estamos haciendo exactamente lo que dijimos, mantener a los niños a salvo y juntos hasta que encontraran a su padre.

—Entonces, ¿por qué siento...?

No había palabras para describirlo. Era como si alguien sujetara mi pecho con tenazas y empezara a apretar con fuerza para extraer el oxígeno de mis pulmones.

—¿Que quieres pegarle a algo? —propuso Harper, alzando la voz hasta forzar una risa—. Porque así me siento yo. Quisiera aventar algo solo para escuchar cómo se hace añicos.

—Sí, eso mismo. —Apreté los ojos y traté de pensar en lo positivo. Los niños debían estar con su padre—. ¿Liam está contento?

—Como un niño antes de Navidad —respondió y esta vez su risita era genuina—. Elliot se los dijo cuando nos visitó el miércoles. Cada mañana pregunta si hoy es el día en que vendrá su papá.

—Bien. Eso es bueno. —Forcé una sonrisa para soportar la espantosa y violenta oleada de celos por tener que tomar el asiento trasero por el bien de todos. Yo no era el padre de Liam, en realidad, no—. ¿Elliot dijo qué debemos decirle a Liam si Nolan no aparece?

Harper contuvo el aliento.

—Vamos, tanto tú como yo sabemos que esa es una posibilidad —agregué.

El tipo no tenía exactamente un historial impecable.

—Supongo que cruzaremos ese puente cuando lleguemos a él.

—¿Estás bien? —le pregunté a Harper cuando Ryker entró a mi campo de visión.

—No —admitió en voz baja—. Les dijimos que estamos dispuestos a adoptar a los niños. Los amo, Knox. No quiero perderlos. Y sé que esto es lo mejor, pero siento como si la gravedad se hubiera invertido y estoy tratando de averiguar dónde es arriba. Pero pongo buena cara por ellos.

—Sé que lo haces, mi amor.

Claro que lo hacía. No hubiera esperado menos de ella, pero estaba viviendo todo esto sola, llevaba ya la última semana haciéndolo sin mí.

—¿Es mi hermana? —preguntó Ryker.

—Sí.

—¡No te preocupes, Harper! —gritó hacia el teléfono—. ¡Estoy manteniendo vivo el tonto trasero de tu marido! —agregó regalándome una gran sonrisa.

—Estoy bien, carajo. Tú mantente vivo —mascullé.

Harper se rio y el sonido interrumpió las emociones confusas e intensas que me atenazaban por todas partes, lo que me dio un rayito de luz.

—Dile que lo quiero —me ordenó.

—Que te quiere —le dije a Ryker.

—Es imposible que no me quiera —bromeó y me dio una palmada en el hombro. Se puso serio al ver mi expresión—. ¿Todo bien?

—Sí. Te lo explicaré cuando regresemos al campamento.

La preocupación brilló en sus ojos, pero asintió y bajó por la ladera.

—Odio siquiera pensar en preguntarte esto —dijo Harper.

Miré hacia el bosque en llamas y la enorme columna de humo que llenaba el cielo con ceniza y hollín, temiendo la pregunta.

—No sé. Me gustaría que fuera pronto.

—Ni siquiera te he hecho la pregunta.

—Mi amor, no tienes idea de cuántas veces he preguntado cuándo puedo volver a casa contigo. Bash está al tanto y haciendo apuestas de cuánto tiempo tardará Spencer en matarme.

Ya había amenazado con arrancarme la cabeza algunas veces. Cierto, estaba agotado. Extrañaba a mi esposa.

Lanzó un suspiro largo y fuerte.

—¿Cómo va la contención?

Carajo, me estaba destrozando de nuevo.

—Treinta y cinco por ciento y sabes que aquí solo nos están usando para hacer la limpieza. Es frustrante como el demonio ver que otros equipos hacen el trabajo que se supone que nosotros deberíamos hacer.

Hasta que obtuviéramos el certificado, nuestra gloriosa tarea era limpiar y extinguir pequeños incendios uno por uno.

—Te extraño.

La tristeza en su voz me partió en dos.

—Yo también te extraño.

Miré alrededor hacia nuestro grupo, casi todos estaban ocupados en sus llamadas; tenía sentido, el sol se estaba poniendo.

—Cuídate y regresa vivo a Ryker a casa, si puedes.

Apenas pude entender sus palabras. Salían como si fuera una ametralladora.

—Dale un beso a los niños de mi parte.

—Lo haré —prometió—. Te amo...

La señal se cortó. Mi teléfono lanzó un pitido y en la pantalla apareció el icono de llamada cortada.

«Te amo». Las dos palabras que no le había dicho. Estaban siempre ahí, en la punta de la lengua; sin embargo, el miedo me estrangulaba y paralizaba, manteniendo mi boca cerrada. Esas palabras, más que cualquier otras en todo nuestro idioma, eran poderosas.

Formularlas equivalía a asumir que cada parte de tu vida quiere conservar a alguien... alguien que podía abandonarte cuando le diera la maldita gana. Ahí no había contratos, ninguna promesa de que el receptor de esas palabras no se marcharía. Una vez dichas, esas palabras eran suyas para hacer con ellas lo que quisiera.

«Pero están casados», pensé mientras bajaba la colina, resbalándome en algunos lugares. ¿No se suponía que eso era más sagrado que las dos palabras fatídicas?

«En realidad, no», argumentó otra parte de mí. Habíamos estado en una situación extrema y tomamos el riesgo por el bien de los niños, no por nosotros. Quizá ese era el motivo por el que no estaba en contra de los planes de su mamá para octubre. Tal vez quería que Harper se pusiera un vestido blanco. Quizá quería las flores, el fotógrafo y el pastel. Quizá los necesitaba para asegurarme de que no entraba en una relación como la de mis padres: condenada a fracasar.

Y ahora, la razón por la que Harper y yo nos casábamos era...

Mascullé una blasfemia y pateé una rama quemada al borde del campamento. Ryker y Bash se acercaron.

—¿Qué demonios pasó? —preguntó Ryker con el ceño fruncido— ¿Harper está bien?

—Está bien —le aseguré con la mandíbula tensa—. Todo está bien, carajo.

—Eso parece —masculló Bash quitándose el casco y sacudiéndose el cabello.

—Son... los niños.

—¿Están bien? —Ryker avanzó con una expresión de pánico.

Por mucho que hubiera estado en contra de mi relación con Harper, el hombre estaba loco por los niños.

Les di la noticia y vi cómo sus rostros se ensombrecían.

—¡¿Qué demonios?! —vociferó Ryker.

—Sí —respondí en voz baja tratando de procesarlo todo sin lograrlo.

—Me estás diciendo que el tipo abandonó a su familia —dijo Bash furioso—, ni siquiera se molestó en regresar cuando Lisa murió, pero ¿ahora decide aparecer?

—Así es. —Asentí.

—¿No puedes decirle que se vaya al carajo? —espetó Ryker—. ¿Dónde estuvo los últimos cuatro meses mientras tú y Harper los criaban?

—No creo que sea una opción.

Feliz. Se suponía que debía estar feliz. Nuestro trabajo era reunificar a la familia, ¿o no? Entonces, ¿por qué diablos tenía ganas de destrozar cada árbol en este bosque? ¿Por qué estaba tan enfurecido con un tipo que apenas conocía? Me inundaba la rabia y la pena junto con la única emoción que odiaba: la impotencia. La mierda de todas estas emociones era que no podía hacer nada.

—No tengo derecho a cuestionar dónde ha estado o qué pensaba. No me toca a mí determinar si es honesto o si va a largarse en una semana. Nada de esto está en nuestras manos. Y ni siquiera estoy ahí. —Me encogí de hombros—. Está lidiando con todo esto sola.

Ryker balanceó su peso de un pie a otro y el suelo crujió bajo sus pies, pero se quedó en silencio.

Bash nos miró a ambos y puso la mano sobre mi hombro.

—Harper es fuerte.

—No tendría que serlo. —Sacudí la cabeza y miré a Ryker—. Lo siento.

Él suspiró.

—No es tu culpa, hombre. Harper sabía en qué se estaba metiendo cuando acogió a los niños esa primera noche.

—Vaya, vaya, he aquí a los de Legacy.

Los tres volteamos para ver a Cameron Patel, el superintendente del equipo de Washington, quien se dirigía a nosotros; cuatro amigos suyos iban detrás, cubiertos de hollín, igual que todos.

—Mierda —masculló Ryker colocándose a nuestro lado para formar una línea.

Bash irguió los hombros y sostuvo el casco bajo el brazo.

—El equipo de Pratt River —dije sin molestarme en fingir una sonrisa.

Cameron era un imbécil egoísta y lo había sido desde que trabajamos seis años antes en el mismo equipo.

—¿Es cierto que van a hacerlo? —preguntó Cameron haciendo una seña hacia el campamento a nuestra espalda, donde estaban nuestros vehículos y el resto del equipo de Legacy cenaba.

—Eso parece —respondí alzando la barbilla—. ¿Ustedes siguen haciendo esas estúpidas llamadas y cavando líneas que no servirán de nada en la mañana?

—Por Dios santo —masculló Bash en voz muy baja para que Cameron no lo escuchara—, no empieces una pelea.

Cameron esbozó una sonrisa engreída.

—¿Tienes algo que decir de nuestra línea?

Los miembros de su equipo dieron un paso adelante.

—Se ve bonita —intervino Ryker encogiéndose de hombros—. Pero lo que Knox está diciendo es lo que ambos sabemos: el viento está cambiando hacia el oeste, no hacia el noreste.

Por lo menos, yo no era el único que lo pensaba.

La sonrisa de Cameron se evaporó.

—Bueno, ¿por qué no le dejan esa decisión a los hombres que tienen las insignias de élite y ustedes, chicos, siguen limpiando los escombros como el buen equipo que son?

Los tipos a su alrededor soltaron risitas y asintieron.

—Ya veremos qué pasa en la mañana —manifestó Ryker cruzándose de brazos.

—Me asombra que te pongas de su lado, Anders. —Después Cameron se dirigió hacia mí—. Dado que casi morimos los dos por su culpa en varias ocasiones. ¿Estás seguro de que lo quieres en tu equipo?

Okey, eso era cierto, pero fue hace siglos.

—¿No escuchaste? —preguntó Ryker pasando un brazo sobre mis hombros—. Es mi cuñado. Correré el riesgo con él.

Se escucharon pasos que se acercaban a nuestra espalda, pero yo no le quité la vista de encima a Cameron. Nunca fue de los que se intimidaran.

—Están locos —dijo Cameron sacudiendo la cabeza—. Resucitar a un equipo muerto es una decisión estúpida. Sus padres murieron como héroes. Merecen jubilar esa insignia; tratar de volver a usarla es mala suerte. No les pertenece. Nunca les perteneció.

—Jamás vuelvas a decirme lo que mi padre merecía —exclamé apretando los puños, aunque los mantuve a mis costados.

Sentí una mano en el hombro un segundo antes de que Spencer pasara a mi lado y se detuviera entre nosotros.

Los ojos de Cameron se encendieron.

—Aclaremos algo antes de septiembre: que no se haya intentado antes no significa que atraiga la mala suerte. Esta es mi maldita insignia. —Su voz era baja, poco más que un murmullo; sin embargo, se escuchaba—. Mi maldito equipo. —Avanzó un paso—. Y ellos son mis malditos amigos. Tú no decides cómo los honramos.

Cameron tensó el mentón, pero retrocedió un paso.

—No era mi intención ofenderte, Cohen.

—Sí, bueno, pues lo hiciste. —Dio media vuelta, se detuvo y volvió a girar un poco en dirección de Cameron—. Y la línea que cavaron hoy es una mierda. Te apuesto veinte dólares a que el incendio cambiará esta noche de dirección rumbo al oeste.

Cameron entrecerró los ojos.

—No te preocupes —agregó—, puedes pagarme cuando nos veamos en septiembre.

Spencer asintió una sola vez en su dirección y luego volteó hacia nosotros; me miró fijamente mientras el equipo de Pratt River se alejaba.

—¿Estás empecinado en jodernos, Daniels? —preguntó en voz baja—. Porque hacer enfurecer a Cameron Patel es la mejor manera de hacerlo.

—Es un imbécil.

¿Y por qué diablos iba a verlo en septiembre?

—Lo es —respondió Spencer haciendo una mueca—, pero un imbécil que está en el panel de certificación.

Hice una mueca.

—Sí, así es —agregó.

Spencer me dio un golpe en el hombro y se alejó hacia el campamento.

—Estaremos bien. —Escuchamos la voz atronadora de Bishop a nuestra espalda y todos volteamos; el equipo entero de Legacy estaba de pie detrás de nosotros—. Y esa línea es una mierda.

Por lo menos, todos estábamos de acuerdo con eso.

CAPÍTULO 20

Knox

Desperté de un sobresalto y abrí los ojos con horror; la alarma del reloj de Harper acababa de despertarme, pero mi corazón latía con fuerza por el sueño. El sudor me perlaba la frente. Aún podía sentir el calor abrasador de las llamas, oler mi piel quemada hasta los huesos.

Estaba en casa. Llevaba ya dos días de haber llegado. No había ningún incendio.

«Tierra. Cinco sentidos. Ahora».

«Olfato». Aspiré hondo y el aroma sutil del champú de Harper me llenó los pulmones. «Oído». Su maldición, en un balbuceo, llegó a mis oídos mientras ella se extendía sobre la cama vacía, tanteando en busca de su teléfono. «Vista». La luz constante de la mañana entraba en nuestra habitación; no había llamas parpadeantes ni una nada humeante y anaranjada. «Tacto». Apagó la alarma y se metió en mis brazos, acurrucando sus curvas contra mi cuerpo, justo donde pertenecía: su trasero presionado contra mi pene y la piel suave de su espalda sobre mi pecho desnudo. «Gusto». Besé su hombro. Todo era piel fresca y Harper.

Podía soportar mil sueños como el que había tenido si eso significaba despertar con ella en mis brazos.

—¿Estás bien? —preguntó con voz somnolienta mientras giraba sobre su espalda.

—¿Cómo es posible que seas tan hermosa en la mañana?

Su piel estaba sonrosada por el sueño, una arruga hecha por la almohada le surcaba la mejilla y caí justo en esos ojos color turquesa.

¿Cómo había vivido tanto tiempo sin ella? Había desperdiciado los últimos siete años luchando contra lo que había entre nosotros.

—Mmm. —Sonrió, pero arqueó las cejas—. Me gusta que lo digas. —Pasó los dedos por mi frente—. Estás todo pegajoso. ¿Tuviste otra pesadilla?

—Solo un sueño. Nada de qué preocuparse.

Alcé la cabeza y me recargué sobre el codo.

—A mí me parece que fue una pesadilla.

Puso una mano en mi mejilla y acarició mi pómulo con el pulgar.

Me encogí de hombros.

—Cuando son el *statu quo*, son solo sueños. Nada especial.

Nada que algunos años en terapia no me hubieran enseñado a combatir. Siempre era igual cuando difundían ampliamente un incidente que implicaba a varias víctimas: los terapeutas aparecían de inmediato. A veces me preguntaba qué sucedía con los niños que sufrían solos, cuya tragedia personal no se publicaba en la primera página de los periódicos para el consumo público. ¿Cómo lidiaban con sus sueños?

Harper suspiró y levantó la cabeza para darme un beso suave, cariñoso.

—Si sigues así no vamos a salir de la cama —le advertí poniéndome sobre ella.

Me acomodé por instinto y ella apartó los muslos. Demonios, se había quedado dormida desnuda, después de que yo la mantuve despierta gran parte de la noche. Entre nosotros no había más que piel.

—La idea me parece exquisita. —Su rostro se ensombreció de pronto—. Pero tenemos que levantarnos. Elliot va a llegar en una hora.

Cualquier deseo sexual estalló como si reventaran un globo.

Era día de visita.

—Cierto.

Tensé la mandíbula y Harper pasó los dedos por mi cabello. La manera en la que sus uñas rasguñaron con suavidad mi cabeza casi me hizo ronronear como un gato.

—Todo va a estar bien, Knox —prometió, aunque su sonrisa era de lo más falsa.

—Sí —asentí.

«¿Bien para quién?», me pregunté mientras realizábamos nuestras tareas matutinas de manera automática. En realidad, no importaba sentirme aprensivo. Aquí yo era el adulto y parecía que todo el cuerpo de Liam zumbaba de emoción mientras devoraba el desayuno. Supongo que estaría bien, ¿o no? Por su parte, James destrozaba sus Cheerios a puño limpio, sin preocuparse, porque no entendía lo que estaba pasando. Ni siquiera había conocido a su padre.

Carajo, ¿tendría miedo? ¿Nos buscaría sintiéndose traicionado al ver que no estábamos ahí?

—No has tocado tu café —observó Harper y me acarició la espalda baja al pasar a mi lado.

—Tengo un poco de náuseas.

Miré la taza llena que tenía entre las manos sobre la barra.

—Sí, yo también.

Dejó caer la pañalera sobre la superficie de granito y la llenó de todos los bocadillos favoritos de Liam y tres biberones de repuesto.

—No dejo de repetirme que lo van a supervisar; no puede sencillamente llevárselos.

—¿Cuánto tiempo estarán fuera?

Empacaba provisiones suficientes como para alimentar a seis.

—Cuatro horas. —Sus dedos tamborileaban nerviosos y luego apretó el puño—. Solo quiero asegurarme de que tengan todo lo que necesitan. ¿Crees que debería poner más bocadillos? ¿Y si les da hambre?

Frunció el ceño y su labio inferior temblaba. ¿Y esa mirada? Era pánico puro, absoluto.

—La pañalera se ve muy bien —dije sobándole la espalda.

—Son solo cuatro horas —murmuró.

—Solo cuatro horas.

Sin embargo, ¿después serían más?

Le echó un vistazo al reloj. Eran las 7:25.

—Deben volver a casa antes del almuerzo. ¿Estarás aquí?

Asentí.

—Aquí estaré.

Ella asintió a su vez. Sus labios eran una línea recta; su mirada se dirigió al instante a la esquina de la isla donde los dos niños terminaban de desayunar.

—Luego, dejarás a Liam en la escuela y...

—Y llevaré a James a casa de Cherry —continué su frase—. No te preocupes. Podemos hacerlo. ¿Estás segura de que no tienes que ir a la escuela?

Negó con la cabeza.

—Quiero estar aquí. Yo no enseño la sesión de verano, sino Megan, y Clara abre el edificio todos los días, así que no les haré falta la primera hora.

—¿Creen que podamos ir al parque? —preguntó Liam entre dos cucharadas de cereal—. Cuando él vivía aquí, íbamos al parque. Apuesto que todavía sabe dónde está.

—La verdad no sé qué van a hacer —respondió Harper con tono ligero, pero con la mirada nublada—. ¡Pero apuesto que le emocionará mucho verlos!

Incluso la manera en la que masticaba estaba llena de energía nerviosa.

—Me reconocerá —aseguró Liam con autoridad después de tragar un bocado—. No he crecido mucho. Y le diré quién es James.

Claro, porque el tipo no se molestó en quedarse a ver el nacimiento de su segundo hijo.

El timbre de la puerta me salvó de mis malditos pensamientos.

—Va a amar a James —le prometió Harper; su sonrisa vaciló durante una fracción de segundo.

Desde que volví a casa, era una madeja de nervios, desconcentrada, encima de nosotros todo el tiempo. No la culpaba.

Estaba aterrada.

Yo elegí la rabia. Era la emoción más segura.

—Yo abro —dije dándole un beso en la sien. Me dirigí a la puerta y abrí como si la Parca estuviera del otro lado—. Elliot.

—Hola, Knox —me saludó con una sonrisa profesional—. ¿Los niños están listos?

—Tengo un par de preguntas —manifesté parado en el umbral con una mano en la manija de la puerta.

—Imaginé que las tendrías. —Miró a mi alrededor—. ¿Por qué no salimos?

—Excelente idea.

Salí al porche y cerré la puerta tras de mí. En la mano, Elliot tenía un pequeño cuaderno de espiral.

—¿Qué es eso? —pregunté señalándolo.

—Es para las notas de mis visitas. Nolan o el supervisor anotarán cualquier cosa importante para establecer una línea de comunicación clara. —Me miró de arriba abajo evaluándome—. Te ves muy mal.

—Me veo como alguien que se pregunta por qué diablos le llevó a Nolan cuatro meses para venir a buscar a sus hijos —respondí cruzando los brazos sobre mi pecho.

—Tres meses, tres semanas y... —Lanzó un suspiro—. Bien, cuatro meses.

Arqueé las cejas en su dirección, esperando. Quizá no me merecía una explicación, pero James y Liam sí.

—Knox, no puedo decirte todo sobre la vida privada de los padres —manifestó con voz suave.

—Entonces, ¿qué puedes decirme? —Hice un gesto hacia la puerta—. Sé que no son mis hijos, pero...

—Pero sientes como si lo fueran —agregó, terminando mi frase con tono compasivo—. Y no puedo imaginar cómo debe sentirse todo esto después de que estaban dispuestos a adoptarlos.

—Una mierda —aclaré—, se siente como una mierda. ¿Ver cómo lo padece Harper? Más mierda, pero eso no es lo importante. —Metí las manos en los bolsillos de mi pantalón—. Lo importante es lo que sienten esos niños y Liam está ahí adentro, saltando de emoción. Eso sería maravilloso si pudiéramos garantizar que el tipo no va a presentarse para desaparecer de su vida de nuevo.

—Eso no lo puedo prometer. —Sacudió la cabeza—. Sí te puedo decir que cambió de opinión en algún momento durante este último mes. También podría ser que su padre mintiera y que Nolan sí estaba interesado en...

—¿Criarlos? —pregunté.

—Sí. Dijo que llamó en cuanto supo que Lisa había muerto. Quiere ser su padre.

—Es su padre —espeté—. Fue su padre desde el segundo en el que Lisa los concibió. ¿Ya va a empezar a actuar como tal? ¿Y por qué esta visita tardó dos semanas después de que él te llamó?

Su suspiro indicaba que estaba perdiendo la paciencia, pero no me importaba.

—Además de entrar en la lista de casos del juez Stone, a Nolan le llevó tiempo mudarse, rentar un departamento y hacer la verificación domiciliaria para asegurarnos de que fuera seguro para los niños.

—¿Y lo es?

Mis náuseas se habían convertido en frustración ácida y pura.

—Knox, ¿crees que estaría aquí, lista para llevarlos allá, si no lo fuera? —preguntó Elliot frotándose la frente, entre las cejas.

—No —admití.

—Exacto. Mira, la visita en su casa estará supervisada, no le pasará nada malo a los niños.

—Hoy —aseguré tragando el nudo en mi garganta—. No les pasará nada malo hoy. ¿Y después de hoy?

Cuando le quitaran a los niños la red de seguridad.

—Veamos cómo sale esta visita, finalicemos las verificaciones de ley y luego regresaremos al tribunal. Si todo sale bien, los niños se irán a casa.

Apreté los labios para evitar decir que esta era su casa.

—Estarán en nuestro radar como por seis meses —agregó Elliot—. Si sucede cualquier cosa sospechosa, estaremos pendientes. Knox, él se merece la oportunidad de intentarlo.

—Otra vez —mascullé.

Porque la primera vez jodió todo por completo.

—Otra vez —admitió—. Ahora, vamos por los niños.

Asentí porque era todo lo que podía hacer. Elliot no podía predecir el futuro. No podía decirme si Nolan iba a abandonar otra vez a los niños.

Cuando terminé de sacar mis frustraciones en la pobre Elliot, Harper tenía a los niños casi listos.

—...y tal vez a la heladería —dijo Liam tomando su gorra de Legacy, una versión pequeña de la mía.

—Tal vez —dijo Harper con una sonrisa practicada, aprensión en los ojos y James en la cadera.

Era muy buena en esto, en hacer que todo fuera lo más fácil posible para los niños.

Elliot extendió el brazo y Liam tomó su mano sin dudarlo. Nos dirigimos al coche.

Tomé a James y aseguré su cinturón en la sillita que Elliot tenía en el coche. Asentí al ver que estaba orientada hacia atrás.

Carajo, me había convertido en el tipo que sabía que los bebés debían ir orientados hacia atrás en el coche.

Un par de clics y quedó bien asegurado. Liam estaba a su lado en su silla de seguridad.

—Puse también unas tazas de entrenamiento —explicó Harper al darle la pañalera—. Pero se sigue negando a tomar la fórmula si no es en el biberón, así que esos te los puse en el bolsillo lateral.

—Está bien —contestó Elliot poniendo la pañalera en el asiento del copiloto—. Nos vemos como a las 12:15.

Harper se retorció las manos y me puse a su lado para abrazarla, mientras Elliot salía por la entrada del garaje con los chicos.

El segundo en el que se perdieron de vista, su compostura se derrumbó y su cuerpo tembló a mi lado.

—Todo estará bien —le prometí, dándole un beso en la cabeza.

—Yo solo... —Contuvo el aliento—. Solo espero que cumpla las expectativas de Liam.

—Ya somos dos.

CAPÍTULO 21

Harper

—No es posible que consideren seriamente otorgarle la custodia a este tipo. —Knox echaba humo al leer las notas de las visitas; caminaba de un lado a otro frente a la mesa del comedor, donde yo organizaba una montaña de camisetas por talla—. Llegó media hora tarde de nuevo; el pobre de Liam se moría de pánico pensando que no llegaría. Sigue sin tener una cuna para que James haga la siesta, mucho menos para que duerma y le dio una taza completa de leche. No era de extrañar que la vomitara toda. El niño es intolerante a la lactosa.

Doblé otra camiseta de la Brigada de Élite de Legacy y la puse sobre el montón que le correspondía. El fénix rojo y naranja brillante sobresalía sobre la tela negra y en el hombro tenía una réplica exacta de la insignia.

—¿No te parece que es de mala suerte haberlas mandado a hacer tres semanas antes de la certificación? —pregunté.

Negación. Así me gustaba vivir cuando se trataba de Nolan. Solo hacía dos semanas que había vuelto a la vida de los niños.

Knox dejó de caminar lo suficiente como para mirarme y sacudió la cabeza.

—No, porque no vamos a fallar la certificación.

—Mmm.

Seguí doblando y el empezó a caminar otra vez. No había necesidad de decirle que sabía lo preocupada que estaba Emerson; Knox conocía a Em y yo no guardaba secretos. Taylor Rose se había partido el lomo y había logrado recorrer el kilómetro y medio en el tiempo requerido, pero seguía teniendo problemas con las dominadas. El equipo de certificación llevaría a cabo un informe virtual para intercambiar registros y evaluaciones la semana siguiente.

Dos semanas después de eso, todo el equipo estaría a prueba. Recibirían la certificación como brigada de élite o meterían esas camisetas al almacén.

—Ni siquiera vino a la fiesta de cumpleaños de James el fin de semana pasado y sé que lo invitaste —despotricó Knox.

Sonreí al recordar cuando James aplastó la cara en su pastelito. ¿Cómo podía tener ya un año? Ayer en la mañana había empezado a caminar.

—Hay que admitir que se hubiera sentido muy extraño dado que no conoce a una sola persona aquí.

Alcé las cejas hacia Knox y tomé otra camiseta; ladeé la cabeza al escuchar movimiento en la planta alta. Los chicos llevaban una hora acostados, pero, desde que empezaron las visitas, Liam se despertaba con más frecuencia y su horario de sueño era impredecible. Cuando no escuché más que silencio, seguí doblando y amontonando las camisetas. Yo no había tenido una buena noche de sueño desde que me llamaron para decirme que Nolan había regresado. Pasaban las horas y yo permanecía acostada, despierta, mirando el techo, temiendo que en la siguiente llamada me dijeran que se había llevado a los chicos; odiaba lo egoísta que sonaba en mi cabeza.

Mis emociones estaban al límite.

—Tendrá que aprender a lidiar con lo extraño —espetó Knox lanzando el cuaderno de espiral en la pañalera para no olvidarlo en la próxima visita—. Era la fiesta de cumpleaños de James.

—Le compró un regalo.

Tenía que defender a Nolan. Era la única manera de convencerme de que los niños estarían bien si terminaban con él.

—¿Te refieres a esa figurilla que es un riesgo de asfixia? —preguntó, lanzando una risita, luego caminó hacia mí y tomó una camiseta para doblarla.

—Bueno, fue una elección desafortunada para un regalo, pero lo está intentando.

Casi me ahogo con la última palabra. Tratar de mantener constantemente una actitud positiva sobre el tema me estaba agotando, pero tenía que equilibrar el pesimismo de Knox o ambos armaríamos un lío y eso era lo último que los niños necesitaban.

Me dolía. Todo me dolía. ¿Pensar en el día en que al despertar los niños ya no estuvieran? Dolor. ¿Empacar sus cosas para cada visita mientras contemplaba la posibilidad real de que alguno de esos días sería el último? Dolor. ¿Imaginar el rostro de Liam si Nolan cambiaba de parecer y se iba otra vez? Dolor. ¿Ver la decepción en los enormes ojos castaños de Liam cuando las cosas que imaginaba en su mente de niño de cinco años no fueran tan perfectas como había creído? El dolor era insoportable.

Todo estaba pésimo. Era como vivir con una prensa en el pecho. Cada vez que me adaptaba y me acostumbraba a respirar con un poco menos de aire, me apretaba un poco más para robarme más oxígeno.

—¿Y la leche? —me retó Knox.

Hice una mueca.

—Eso fue...

Sí, cierto, eso había sido atroz y no me había dado mucha fe en que Nolan tomara las riendas y aprendiera a conocer a los niños y sus necesidades.

—¿Una crianza de mierda?

—Desafortunado. —Le di un empujoncito y seguí doblando—. Dijo que no sabía que James era intolerante a la lactosa.

—Créeme, lo escribí en el cuaderno el primer día y supongo que el Señor Vomitón no tuvo problema en recordárselo.

Sonrió sarcástico.

—Deja de anhelar que falle —dije mirándolo.

—Deja de actuar como si él fuera la mejor opción —replicó con un atisbo de dolor en su voz.

Acomodé una camiseta en el montón y puse una mano en su brazo.

—Si fuera una opción, algún tipo de guerra entre nosotros y él, entonces sí estaría de acuerdo, pero no es eso. Y, si él falla, eso lastimará a los niños.

Knox apartó la vista.

—Ni siquiera podemos pelear por ellos. No tenemos la capacidad legal. Ningún derecho. Nada.

—Si pudiéramos pelear, entonces iría a la guerra por ellos —murmuré.

La prensa en mi pecho se apretó un poco más. No había nada que no hiciera por ellos, pero éramos total y absolutamente impotentes y eso era lo peor de todo. Se trataba del futuro de nuestra familia y no éramos más que testigos.

—Pero no podemos. Él es su padre. Y no es perfecto. Sí, los abandonó y no puedo a lidiar con los sentimientos que tengo sobre eso... los sentimientos de Liam al respecto. —La rabia no le hacía justicia a mi emoción, pero esto nunca se trató de justicia—. Sin embargo, no hay antecedentes de abuso y he leído los estudios, Knox. El trauma que atraviesan los niños en este tipo de situaciones es increíble. —Acaricié su brazo, me miró y, en sus ojos, vi que el mismo conflicto hacía estragos—. Si esto fuera una suerte de competencia en la que ganan quienes tienen las mejores capacidades para ser padres, entonces creo que le ganaríamos por mucho.

—Lo haríamos pomada —mascculló Knox.

«Por supuesto, lo haríamos pomada». Una oleada de culpa me invadió un segundo después.

—Pero quienes pierden en ese tipo de situaciones son Liam y James. A largo plazo, lo mejor para ellos es que Nolan asuma su responsabilidad, sin importar cuánto nos duela pensar en su partida.

Ni siquiera podía imaginarlo. Los chicos se habían convertido en algo tan fijo en nuestra vida en los últimos cuatro meses y medio que no podía imaginar un futuro en el que no estuvieran. La garganta se me cerró y me obligué a respirar hondo.

Como si percibiera lo cerca que estaba de venirme abajo, Knox volvió a ocuparse de las camisetas.

—¿Sabes cuáles son las reglas con estas, verdad? —bromeó.

Fruncí el ceño.

—¿Las reglas con las camisetas?

—Sí. —Tomó una extragrande y la sujetó contra su pecho—. Solo puedes usarla si perteneces a la brigada de élite.

—Ah, ¿sí?

Arqueé una ceja y miré las docenas de ellas desperdigadas sobre la mesa. Esta era la última vez que ayudaba a Emerson con algo así. «Mentirosa».

—Hay otra excepción.

Me miró con tal fuego que contuve el aliento y mis rodillas cedieron. Luego, puso la camiseta sobre mi pecho. Me llegaba hasta medio muslo.

—¿Cuál es?

Me tomó por las caderas y me pegó a su cuerpo.

—Que le pertenezcas a un miembro del equipo de élite.

Entrelacé las manos sobre su nuca; la camiseta quedó presionada entre nosotros.

—¿Estás diciendo que te pertenezco?

—Por completo, señora Daniels. —Asintió mordiéndose el labio inferior mientras sus manos bajaban hasta mi trasero—. Y yo también te pertenezco a ti, así que estamos a mano.

Mi corazón dio una voltereta cuando bajó la cabeza y me besó. Su lengua acarició la mía y encendió cada terminal nerviosa de mi cuerpo.

«Señora Daniels». No lo era, no en realidad, pero mamá había seguido con sus planes y todo estaba organizado para la tercera semana de octubre. Solo bastaba un formulario sencillo y quizá sí me convertiría en la señora Daniels en verdad.

—Compré un vestido blanco —dije contra su boca.

Sentí su sonrisa.

—Ah, ¿sí?

—Está en casa de mi mamá.

—Di el depósito para el servicio de banquetes que te gustó —admitió.

Ahora ambos sonreíamos como tontos.

El sonido de pequeñas pisadas nos apartó y Liam apareció en el panorama.

—Tengo sed.

—Yo puedo ayudarte —dije caminando hacia la cocina.

—A veces, me pregunto cómo es que la gente tiene más de un hijo —bromeó Knox y continuó doblando las camisetas.

Di media vuelta y seguí caminando de espaldas un momento.

—Cuarto de lavado.

—¿Tan pronto? —le pregunté a Elliot equilibrando el teléfono entre mi oreja y el hombro.

Mis manos se detuvieron sobre el teclado. Estaba escribiendo el boletín mensual que enviaba a los padres de familia de los niños del kínder.

—El juez Stone tiene un horario libre y lo aprovechamos —respondió.

—Tres días.

Miré, con la vista nublada, el calendario que estaba pegado en la pared de mi oficina. Mi estómago se cayó al piso y los latidos de mi corazón eran inestables conforme la presión en mi pecho implosionó. ¿Tres días? Tuve ganas de meter a los niños en el coche y manejar lo más rápido posible hasta donde pudiéramos llegar. Quería gritarle a Elliot, decirle que no habían investigado a fondo a Nolan como para estar seguros de que no los abandonaría otra vez. Quería gritar que la biología no importaba, que yo los amaba tanto que se habían vuelto parte de mí. Quería quedarme con mis niños.

Pero no eran míos. No lo eran de la manera en que importaba.

Mi visión se nubló.

«Tienes que respirar».

¿Cómo era posible respirar sin aire?

—Tres días —repitió—. El 1º de septiembre. Esa es la audiencia en la que ustedes deben estar presentes. ¿Están libres ese día?

El 1º de septiembre. En esa fecha los niños llevarían con nosotros casi cinco meses. Casi medio año.

—¿Harper? —preguntó Elliot.

Parpadeé rápido y respiré para tratar de controlarme.

—Yo puedo estar ahí, pero Knox no está. El equipo se fue hace dos días por el incendio de la cordillera.

—Ah. —Guardó silencio un momento—. Está bien, solo necesitamos a uno de ustedes y, de cualquier forma, tú eres la madre principal de acogida.

—Por esa primera entrevista —dije despacio.

Dios mío, parecía tanto tiempo atrás.

—Así es. Entonces, 1º de septiembre a las 10:30 a. m. ¿Está bien?

No, no estaba bien. Nada de esto estaba bien.

Tomé el teléfono en la mano y miré la fotografía enmarcada de los niños y Knox que tenía en el escritorio. Se suponía que esa era nuestra familia, pero, en tres días, ¿qué pasaría si ya no lo era? ¿Cómo seguiríamos viviendo?

—Elliot...

—¿Sí? —preguntó casi en un murmullo.

—¿Está listo para esto? ¿Nolan? —Me recargué en el respaldo de la silla—. Porque, en este momento, hay un niño pequeño al otro lado del pasillo, en clase, que realmente necesita que lo esté.

Se hizo un silencio, lo que significaba que estaba pensando en mi pregunta.

—No estoy segura de que ningún padre o madre esté jamás listo —dijo—. Pero compró un corral para James. El departamento es seguro. Tiene un empleo y hay comida en la cocina. No hay razón para mantenerlos separados si no es necesario.

—Claro, por supuesto. —Me aclaré la garganta—. ¿Y la tutora legal de los niños está de acuerdo?

Esto me parecía incorrecto en muchos sentidos, pero quizá era solo porque los amaba tanto.

—Ella piensa que la estabilidad es lo mejor para los chicos y Nolan ha demostrado tener la voluntad para permanecer aquí y darles esa estabilidad. No entraron al sistema de acogida debido a las acciones de Nolan, Harper, sino porque Lisa murió y no podíamos encontrarlo.

—Pero él dijo que no los quería —murmuré, dando al fin voz a mis pensamientos—. ¿Quién, en su sano juicio, dice que no quiere a sus hijos?

¿Y cómo diablos esa persona podía ser digna de recuperarlos? Era muy injusto pedirles a los chicos que arriesgaran su corazón, su confianza, por alguien que ya había demostrado ser indigno.

Pasó un segundo más.

—Eso fue lo que dijo el padre de Nolan —respondió Elliot con voz tranquila—. Legalmente, debo atenerme al discurso de Nolan y, cuando nos contactó a finales de julio, dijo que se había enterado del fallecimiento de Lisa y que vendría por sus hijos.

—Claro —asentí como si pudiera verme—. Es solo que me parece tan... repentino.

—Lo sé. Lo siento, Harper. Sé lo encariñados que están Knox y tú y lo mucho que los niños los quieren, pero hace ya un mes que el juez Stone ordenó las visitas y todo ha salido tan bien como podríamos desear. Ya es hora.

—Tres días.

Apenas reconocía mi propia voz.

—Tres días —repitió.

—No vas a obligar a Liam a escoger, ¿verdad? —Apreté el teléfono con fuerza al sentir que el pánico subía por mi garganta—. No lo vas a poner en esa posición en el tribunal, ¿cierto?

Después de la reunión de anoche con su tutora legal, Liam me preguntó si el regreso de su papá quería decir que tendría que escoger. Me rompió el corazón. Era demasiada presión para un niño.

—Por supuesto que no. Faith obtuvo toda la información que necesitaba sin tener que formularlo de esa manera.

—Bien. No quiero que se sienta entre la espada y la pared.

Colgamos y permanecí sentada frente a mi escritorio, escuchando el tictac del segundero conforme la manecilla rotaba en el reloj.

Marqué el número de Knox con dedos temblorosos. Como siempre, estaban en medio de la nada, en un lugar sin recepción, pero al menos podía dejarle un mensaje de voz y hacérselo llegar con Emerson.

—Habla Knox. Deja un mensaje.

Rápido y al punto, como siempre.

—Hola, soy yo. —La garganta se me cerró y mi voz se quebró—. Sé que no tienes servicio y sé lo difícil que está la situación allá. Elliot acaba de llamarme y adelantaron una semana la fecha del tribunal para los niños. Será el 1º, a las 10:30. Van a hacer la petición para enviar a los chicos con Nolan. —No pude decir «su casa»; no cuando la comparaba con la nuestra—. Sé que el incendio está en contención cero y que la posibilidad de que los regresen a casa es nula, pero quería que lo supieras. Te amo, Knoxville. Cuídate.

Tres días.

CAPÍTULO 22

Harper

—Hola, soy yo otra vez. No sé para qué te dejo mensajes, puesto que no tienes recepción. Supongo que extraño hablar contigo. ¿Te das cuenta de que tuvimos a James el cuarenta por ciento de su vida? Estaba haciendo las cuentas esta mañana porque... Bueno, supongo que no importa el motivo. Hoy tuvieron otra visita y Nolan volvió a llegar tarde. Elliot dijo que era algo relacionado con su empleo.

»Liam regresó a casa llorando. Estaba enojado con su padre porque no logró que James dejara de llorar. Luego se enojó conmigo porque James dejó de llorar cuando llegaron aquí y le tomó como veinte minutos cambiar de humor. Son emociones muy fuertes para cuerpos tan pequeños, ¿sabes? En fin, estaba pensando que si Richard, el juez Stone o como sea, dictamina que tienen que regresar con Nolan, quizá deberíamos enviarle la cuna de James. Solo tiene un corral y, francamente, no estoy segura de poder soportar sin llorar, cuando ya no esté aquí, ver las marcas que le hizo con los dientes. Mejor me voy antes de que la grabadora se corte. Te amo. Cuídate.

CAPÍTULO 23

Harper

—Hola, soy yo. Emerson me contó que había podido enviarle un mensaje a Spencer, pero parte del equipo de certificación está allá contigo, así que no pueden regresarte a casa porque tú eres líder de escuadrón. Entiendo. Solo me gustaría que estuvieras aquí. Mañana es el juicio y no sé cómo sentirme. Jamás vi venir esto la noche en la que decidí llevarme a los niños, Knox. Ni a ti, ni a nosotros. Ni lo que siento ahora por ellos. Es difícil. Te amo tanto y solo me gustaría poder abrazarte. Me enteré de que el incendio está contenido en un dieciocho por ciento, eso es magnífico. Por favor, cuídate, Knoxville. Te amo.

CAPÍTULO 24

Harper

Me paré frente al juzgado, sujeté mi cabello con una mano para que el viento dejara de despeinarlo e intenté llamar a Knox una última vez.

Me mandó a buzón.

—Hola. Voy a entrar a la sala. Cuando salga te llamaré para decirte qué pasó. Te amo.

Colgué y respiré profundo; luego, entré.

Qué diferente me parecía este lugar de la última vez que estuve aquí, o quizá se debía a que me había casado con Knox. Ahora era como... eficiente. Frío.

Elliot me vio y me saludó con un gesto de la mano, luego caminó en mi dirección con una sonrisa amable.

—Buenos días.

—Hola.

Sujetaba mi teléfono con tal fuerza que pensé que lo doblaría.

—Bien, seguimos nosotros. Solo espera aquí —dijo señalando unas bancas de madera—, vendré por ti cuando sea hora.

Asentí y tomé asiento.

Los anchos pasillos estaban casi vacíos, aunque no era sorprendente dado lo pequeño que era nuestro pueblo.

Un destello rosado llamó mi atención. La abuela de Knox entró, vestida con unos pantalones sencillos y un suéter. Me quedé boquiabierta. Nunca la había visto en otra cosa que no fuera la camiseta de su cafetería o con indumentaria por completo estrafalaria.

—No pensaste que te iba a dejar pasar sola por esto, ¿o sí? —preguntó desplomándose en el asiento a mi lado al tiempo que ponía su bolso verde eléctrico sobre su regazo.

—Gracias —dije con voz quebrada.

—Knox ama a esos niños. —Me dio un empujoncito con el hombro que me recordó a su nieto—. A ti también te ama.

No me molesté en corregirla.

—Apuesto a que está trabado de rabia contra Spencer por no haberlo dejado regresar —continuó.

—¿Cómo supiste?

Agitó la mano como si mi pregunta fuera intrascendente.

—Emerson se lo contó a su mamá y Marla fue a la cafetería esta mañana. Así supe que estabas aquí. —Volteó para mirarme a los ojos—. Debiste llamarme, Harper.

—No quería preocuparte. Mi excusa es patética, ya sé.

Además, entre más gente supiera, más real me parecía todo esto.

—Siempre me preocupo. Ese es mi título profesional.

Mi teléfono vibró y la notificación me asombró.

Knox: Hasta ahora tengo servicio.

Knox: Llegaré unas horas tarde, pero voy en camino.

Sentí que me quitaban una tonelada de los hombros. Podía soportar cualquier cosa que pasara en la siguiente hora, siempre y cuando él volviera a casa.

Harper: Gracias a Dios. Muero por verte.

Knox: Tomo el vuelo a Gunnison. Te escribo cuando aterrice.

—¿Harper? —dijo Elliot—. Ya es hora de entrar.

—Claro.

Me puse de pie y alisé mi falda, una costumbre que tengo cuando estoy nerviosa.

—Ah, vas a tener que apagar eso antes de entrar. El juez Stone es insufrible cuando se trata de celulares, recuérdalo —agregó señalando mi teléfono.

—Es insufrible en muchas cosas —intervino la abuela—. Yo voy con ella.

Le escribí a Knox un mensaje rápido.

HARPER: Entro a la sala. Te amo.

Apagué el teléfono y lo metí a mi bolso. Sonreí un poco al ver el Hot Wheel favorito de Liam. Era un coche de bomberos, claro, y tuve que confiscárselo justo antes de que entrara a la escuela esta mañana.

—¿Estás lista? —preguntó la abuela.

—No —respondí con una sonrisa y negando con la cabeza—, pero de cualquier forma hay que hacerlo.

Elliot nos hizo entrar y nos sentó en la banca que estaba detrás del abogado de Servicios Sociales del condado, Evan Baxter. Ella se sentó junto a él y Faith, la tutora legal de los chicos, se acomodó en la mesa que estaba detrás de ellos.

El juicio empezó de manera confusa. Toda mi atención estaba concentrada en Nolan Clark.

Era de complexión mediana. Su cabello negro se rizaba un poco en las puntas, igual que el de Liam. También, tenían la misma nariz y quizá el mismo mentón, pero desde donde estaba solo podía verlo de perfil. Hacía años que nuestros caminos se cruzaron por última vez. El cuerpo larguirucho que yo recordaba había embarnecido un poco. Se veía sano. Esa era buena señal, ¿no?

Richard dijo algo desde su estrado. Nolan se puso de pie, hizo a un lado su silla y caminó hacia el estrado de los testigos. Prestó juramento y se sentó. Dio su nombre cuando se lo pidieron.

—Solo para que quede constancia, ¿puede identificar a los niños menores de edad de los que vamos a hablar? Diga sus nombres y fechas de nacimiento —solicitó Evan.

Nolan se inclinó hacia el micrófono.

—Sí. La fecha de cumpleaños de Liam Nolan Clark es el 16 de enero y la de James... Theo... Clark... —Frunció el ceño—. Creo que el cumpleaños de James es ¿el 1º de agosto?

Mi corazón se desplomó. Debí hacer una mueca porque, de inmediato, la mano de la abuela estaba sobre la mía, dándome un apretón como muestra de apoyo.

Esa no era la fecha de nacimiento de James.

Evan ladeó la cabeza, pero no corrigió a Nolan.

—¿Puede decirnos qué ha hecho para conseguir la custodia total de sus hijos?

¿Cómo demonios no sabía cuándo era el cumpleaños de James? La rabia y la incredulidad se manifestaron para tomar el control de mis emociones.

—Claro. —Se removió en su asiento y jaló el cuello de su camisa a cuadros—. Renté un departamento por tres años; pensé que para los niños era bueno permanecer en el entorno al que están acostumbrados.

Las personas que estaban en las mesas frente a nosotras asintieron.

—Tengo un empleo en uno de los equipos de construcción de Ryan Coulter. Pagan bien y él me dijo que podía trabajar por hora si necesitaba ir a recoger a los niños o cualquier cosa.

Me miró un segundo y apartó la mirada de inmediato.

¿Cómo era posible que dos personas amaran con todo su corazón a los mismos niños y fueran perfectos desconocidos?

—Mi departamento está listo y conozco los horarios de los niños.

Pero no sabes cuándo es el cumpleaños de James. Knox iba a estar furioso.

«¿Por qué te aferras tanto a esto?».

—Entonces, ¿siente que está por completo preparado y comprometido con el cuidado de ambos menores? —preguntó Evan.

—Así es —asintió Nolan con entusiasmo.

—¿Y cuál fue el motivo por el que no regresó de inmediato tras la muerte de la madre biológica de los niños?

«Precisamente lo que me he estado preguntando».

Nolan tragó saliva y miró nervioso a Richard, luego a mí.

—Yo... —Se aclaró la garganta y volvió a intentarlo—. Abandoné a Lisa, a su madre y la dejé en un aprieto. Lo sé. No estoy orgulloso de eso. Y cuando supe que había muerto... —Negó con la cabeza—. Supongo que no sabía si podía ser lo que los niños necesitaban, ¿sabe? En parte, pensaba que quizá estaban mejor donde estaban.

La abuela apretó mi mano y me di cuenta de que mis nudillos estaban blancos de apretar la suya, así que la aflojé un poco.

Me avergonzaba admitirlo, pero, en parte, yo también pensaba que los niños estaban mejor donde estaban. Quizá no al principio, pero ¿después de cinco meses? Se habían adaptado. Eran amados. Tenían estabilidad. Eran felices...

«No son tuyos».

—Pero me di cuenta de que me necesitaban. Yo soy su padre. No quería que pensaran que había algo malo en ellos o que yo no los quería. Eso le hace mucho daño a un niño. No es que no haya cometido muchos errores en mi vida, los he cometido, pero no quiero hacerlo con ellos. Lisa ya no está, así que yo soy lo único que tienen. No soy perfecto, pero no los defraudaré. No otra vez.

Alzó la barbilla y, en ese momento, lo vi: una determinación férrea en su postura, una mirada que me daba un poco de esperanza. Quizá sí haría lo mejor para ellos.

Respondió unas cuantas preguntas más de rutina, tanto de Evan como de su propio abogado; luego, bajó del estrado y volvió a su asiento.

—¿Harper? —dijo Evan con voz amable, señalando el estrado—. ¿Podrías respondernos algunas preguntas?

—Por supuesto.

Las rodillas me temblaron ligeramente cuando me puse de pie. Avancé entre las mesas hacia el estrado. «No te tropieces. No te tropieces. No te tropieces».

Tommy Schreiner me tomó juramento y subí a la pequeña tarima rodeada de un barandal. Me senté y alisé mi falda.

Richard me ofreció una sonrisa amable, aunque tensa. «Piensa en él como juez, no como tu ex».

—¿Puede decir su nombre completo para que quede constancia? —preguntó Evan.

—Harper Evelyn Anders.

El sonido amplificado de mi voz por los altavoces me desconcertó por un momento. Evan puso cara de sorpresa.

—Disculpe, pensé que era Daniels.

Mi estómago se desplomó al esperanza. Quizá sí al centro de la tierra. Volteé a ver a la abuela, tenía los ojos muy abiertos, pero me lanzó una sonrisa de ánimo. Pasé la lengua por mis labios que de pronto se secaron. ¿Tenía algodón de verdad en la boca o estaba a punto de sufrir una crisis nerviosa?

—Estoy casada con Knox Daniels, pero conservé mi apellido —dije al final. Por reflejo miré a Richard, quien, de inmediato, ocultó su sorpresa—. Es un poco anticuado suponer que una mujer debe tomar el apellido de su esposo, ¿no cree?

—Claro, sí, por supuesto. —Evan parpadeó—. Bien, entonces, ¿usted y su esposo están registrados como padres de acogida de James y Liam Clark?

—Sí.

—¿Y usted también es la maestra de preescolar de Liam?

Evan debió ver la confusión en mi rostro. No es como si no lo supiera, puesto que su hija estuvo en mi clase el año pasado, así que se apresuró a aclarar la pregunta.

—Es solo para que quede constancia.

—Sí, soy la maestra de Liam. Y, desde el año pasado también soy la propietaria de Little Legacies, la escuela preescolar. Este ya es el segundo año que tengo a Liam y en otoño pasará a la primaria.

Dios mío, estaba balbuceando. «Cálmate. No es a ti a quien están juzgando».

—¿Su esposo no pudo estar aquí hoy?

Asentí.

—Knox está en un incendio y no pudo regresar a tiempo.

Hubiera dado cualquier cosa por ver su rostro aquí, que sus ojos castaños me sostuvieran en todo esto.

—Y deseamos que regrese con bien. —Evan pasó una página en su portapapeles—. ¿Cómo ha manejado Liam la transición ahora que su padre volvió a casa?

Miré a Nolan y me paralicé un instante. Estaba lívido, incluso un poco verdoso, ¿y esa mirada? ¿La que me dirigía a mí? Era miedo. Estaba tan nervioso como yo. ¿Era este el momento en que yo podía destrozarlo? ¿Decir algo que hiciera que Richard pensara que los niños aún no estaban listos para regresar con él?

¿Quién se beneficiaría? Los niños no, sin duda.

—Ha habido tanto retos como recompensas —respondí con honestidad.

—¿Podría dar más detalles?

—Liam ha tenido algunos problemas para dormir desde que iniciaron las visitas con el señor Clark, pero creo que se debe más a un sentimiento de inestabilidad que al regreso de su padre. —El diamante de mi anillo de compromiso destelló bajo la luz y sentí que el pecho me quemaba. Quería que Knox estuviera aquí conmigo. Necesitaba que estuviera aquí—. Siempre se emociona con las visitas.

—¿Y James?

—James es especial —respondí encogiéndome un poco de hombros—. Se pone un poco inquieto después de las visitas, pero creo que se debe a los horarios de la siesta. De nuevo, la inestabilidad es difícil para los niños. Está aprendiendo a conocer al señor Clark y me parece que el señor Clark está empezando a conocerlo a él.

Nolan asintió.

Evan continuó con otra serie de preguntas sobre la vida cotidiana de los niños y luego el abogado de Nolan se puso de pie, abotonándose el saco.

—Señora Anders, puedo ver cuánto le importan los niños.

Su sonrisa era forzada, amable.

—Gracias. Tanto Knox como yo los queremos profundamente.

Si no fuera así, esto no dolería tanto.

—De hecho, se postularon como padres de adopción previa para ellos, ¿correcto?

—Lo hicimos. —Hice una mueca—. Quiero decir, lo somos, sí. Cuando Elliot nos preguntó si estábamos dispuestos a adoptarlos, dijimos que sí.

«No digas lo que no debes».

—Entonces, ¿es justo decir que quieren lo mejor para ellos?

—Absolutamente.

—Última pregunta: si pudiera darle a Liam y a James una sola cosa, ¿cuál sería? ¿Qué les hace falta en su vida en este momento?

Un millón de respuestas cruzaron por mi mente.

—Justo en este momento —insistió—. No piense en el futuro, solo hoy.

—Estabilidad —respondí—. Les falta estabilidad. Liam quiere saber dónde va a dormir por las noches y lo más importante para él es saber dónde está James. Quiere saber a qué hora es la cena y cuál será el plan para el día siguiente. Solo desea estabilidad.

Justo lo que había tenido hasta que Nolan decidió regresar y que solo volvería a tener si Nolan se quedaba o se iba para siempre.

Me dejaron bajar del estrado y regresé a mi lugar junto a la abuela. Mi corazón latía con fuerza.

Faith dio su opinión como la abogada de los chicos, respaldando la mía en cuanto a la necesidad de estabilidad.

Los ojos de Richard se encontraron con los míos de un lado a otro de la sala y el aire se congeló en mis pulmones. Nunca me había mirado de esta manera, ni siquiera durante todo el tiempo que estuvimos juntos. Me pedía perdón. Supe cuál sería el veredicto.

Cuatro horas. Eso fue todo lo que me dieron para empacar cinco meses de la vida de James y de Liam. «Inmediato» significaba que no habría una última cena ni hora de acostarse. Ni un último cuento o salida al parque.

Los había recogido temprano de la escuela y la guardería para tener al menos estos momentos valiosos con ellos mientras llenaba maletas y mochilas con su ropa y juguetes.

Liam coloreaba en la isla de la cocina y James daba pasitos, feliz, en su corral. Saqué las tazas de entrenamiento y los biberones de la alacena y los puse en cajas.

Anestesiada. Me sentía absoluta y completamente anestesiada. Era como si esto le sucediera a otra persona. Como si me hubiera topado con la historia de alguien y no pudiera relacionarme con ese personaje. Mis manos se movían, pero no recordaba haber dado las órdenes. Funcionaba en piloto automático. Respiraba y mi corazón latía, pero eso solo era porque mi cuerpo elegía sobrevivir.

Estaba en *shock*, ¿cierto? Tuve cuidado de no analizar mi falta de emociones por miedo a que alguna saliera de su jaula y me devorara entera.

Los únicos sonidos provenían de los pocos juguetes que había dejado afuera para que James jugara; por su parte, Liam me contaba cómo le había ido hoy.

Rechacé el ofrecimiento de la abuela de ayudarme. Estas horas eran sagradas. Privadas. Solo quería estar con Knox y, como no me había enviado un mensaje, suponía que seguía en el avión.

—Y dijo que solo tendríamos que compartir la habitación un ratito —comentó Liam desde el banco, con el ceño fruncido, concentrado en su dibujo.

Había recibido la noticia con el mismo estoicismo con que consideraba todo. Era demasiado maduro para su edad.

—Magnífico —respondí automáticamente.

—Y le dije que a mí me gusta compartir con James. Está bien —agregó encogiéndose de hombros sin dejar de colorear.

—James tiene suerte de tenerte.

Tomé el montón de biberones del cajón de la isla y los empaqué.

—Entonces, ¿ahora vamos a vivir allá? —Dejó de colorear y me miró con sus ojos castaños solemnes—. ¿Con mi papá?

Ya se lo había explicado, pero me lo había vuelto a preguntar por lo menos tres veces. No podía culparlo de que sintiera que la respuesta podía cambiar.

—Sí —respondí forzando una sonrisa—. Yo seguiré viéndote en la escuela...

—Pronto empezaré la primaria.

—Va a ser divertido.

No estaba dispuesta a pensar en absoluto que solo lo tendría en mi clase unos cuantos días más. Pasé la mano por su cabello para despeinarlo y miré el reloj.

¿Solo me quedaban cinco minutos más? ¿Cómo demonios cinco meses de nuestras vidas se habían reducido a cinco jodidos minutos? ¿Y dónde diablos estaba Knox?

Un pánico helado me apretó la garganta y tragué saliva para quitármelo, para meterlo a la caja en donde guardaba todas mis otras emociones inconvenientes.

—¿Y ya no regresamos aquí? —preguntó Liam mirando todo el equipaje que estaba al pie de la escalera.

—No. —Hice un enorme esfuerzo por sonar más alegre, pero fallé por completo—. Pero mañana te veré en la escuela tempranito y podrás contarme cómo te fue en tu primera noche, ¿okey?

Durante un momento, pareció ponderar mis palabras y luego asintió despacio.

El timbre de la puerta sonó.

Consideré no abrir, pero al final lo hice.

El rostro de Elliot expresaba alguna emoción, quizá compasión, luego se transformó en una sonrisa cuando caminamos hasta la cocina.

—¿Estás emocionado de irte a casa, Liam?

—Casa.

Se tomó tiempo con la palabra, como si probara su sabor.

—Empezaré a subir sus cosas al coche. ¿Harper? —Elliot me hizo una seña y la seguí hasta donde estaban las pertenencias de los niños—. Te daré un minuto para que te despidas.

—Qué considerada.

Se apartó un poco.

—Harper...

—No —insistí—. No han pasado ni siquiera una noche bajo su techo.

—El juez Stone...

—Sí, yo también estaba ahí —interrumpí—, pero nosotros tomamos las clases. ¿No se supone que tú debes ayudarlos con la transición empezando con algunas noches y fines de semana?

—Entiendo que sea difícil para ti —aseguró con voz suave y los ojos llenos de una emoción que me provocó náuseas.

—No tienes ni idea de lo que es para mí —espeté sin aumentar el volumen. No había palabras para esto. Infierno ni siquiera empezaba a describirlo—. Ni siquiera le das a Knox la oportunidad de despedirse.

Parpadeó.

—No es un adiós, Harper. No cuando el pueblo es tan pequeño. Verás a Liam mañana en la escuela. Me gustaría mucho que te dieras cuenta de lo bien que estás haciendo las cosas, de todo el bien que hiciste por estos dos niños. Sin ti, estos cinco meses hubieran estado separados en dos casas distintas. Tú los mantuviste juntos. Estás ayudando a recomponer una familia.

«Y tú nos estás destrozando». Porque en algún momento había dejado de tratarse de «ellos» y, sencillamente, se había convertido en «nosotros».

—Espero que tú y Knox decidan dar acogida otra vez si se necesita.

La miré asombrada.

—¿Qué?

—No para Liam y James. Francamente, pienso que van a estar bien, de lo contrario, no los enviaría a su casa. Quiero decir, en caso de que otra familia necesite...

—Sube esto al coche —la interrumpí.

Di media vuelta antes de que pudiera terminar y la dejé para que ella sacara todo. No podía ver más allá de los siguientes dos minutos ¿y Elliot ya estaba pensando en otros niños? Yo quería a *mis* niños y ella se los estaba llevando.

Liam se paró junto a James y le dio unas palmaditas en la cabeza.

—Está nervioso.

Sabía que no se trataba de eso, pero le seguí el juego.

—Está bien sentirse nervioso, sobre todo, cuando ocurren grandes cambios.

Las palabras se atoraron en mi garganta.

—Está preocupado de que no te volverá a ver —explicó; su labio inferior temblaba.

—Nos veremos —prometí con los ojos llenos de lágrimas.

Saqué a James del corral y lo abracé contra mi pecho. Seguía oliendo al champú de bebé que había empacado en una bolsa Ziploc para que no se derramara en el trayecto a casa de Nolan.

—Pero también está contento —agregó Liam en un murmullo.

Me acuclillé para quedar a su nivel.

—Espero que sea superfeliz. Es todo lo que quiero para él, para ustedes dos.

No sobreviviría los siguientes minutos. Me era físicamente imposible superar el dolor que amenazaba con invadir cada parte de mi corazón. «Mantente fuerte por ellos».

Liam hizo un puchero y sus ojos se llenaron de lágrimas, haciendo que los míos me picaran.

—Está bien sentir emociones fuertes, Liam. Puedes estar feliz y nervioso al mismo tiempo. Puedes sentir cualquier cosa que quieras. ¿Entiendes?

Con el pulgar, enjugué una lágrima en su mejilla.

—¿Te hicimos enojar? —chilló.

—¿Qué?

El asombro que me provocaron sus palabras abrió una grieta en la cajita de emociones que había hecho a un lado. La tranquila insensibilidad que se había apoderado de mí desde el tribunal esta mañana vaciló y me invadió el caos puro, horrible y a flor de piel.

—¿Por eso ya nunca vamos a regresar aquí?

—No —exclamé jalándolo para abrazarlo, para abrazar a los dos tan fuerte que no sabía cómo podíamos respirar—. No, Liam. No estoy enojada. Siempre estaré para ustedes si me necesitan. Ustedes son los niños más afortunados del mundo porque mucha gente los ama. Yo los amo. Knox los ama. Tu papá los ama y los está esperando en su departamento, en casa, para demostrarles cuánto. Esto no es un castigo, cariño. Todo esto es bueno. Es lo que tú querías, ¿recuerdas? Tú dijiste que tu papá regresaría y lo hizo. Los está esperando.

—Yo no escogí —dijo sorbiéndose los mocos junto a mi oreja—. Te juro que no escogí.

—Oh, mi amor. —Los mecí a ambos, sentí que perdía la compostura y me preparaba para volcarme como una avalancha—. Lo sé y me alegra que no hayas tenido que hacerlo. Lo mejor de ser pequeño es que no tienes que tomar grandes decisiones y lo peor es saber que no puedes. Y sé que no vas a entenderlo hasta que seas mayor. Solo quiero que sepas que todos a tu alrededor han hecho su mejor esfuerzo para tomar la mejor decisión para ustedes dos.

Se apartó y se limpió la nariz en su hombro.

Por primera vez, no lo corregí. Ese ya no era mi trabajo.

—Te quiero —dijo—. Eso está bien, ¿verdad?

—Por supuesto. —Sonreí, aunque mi vista se nubló—. Nunca puedes tener demasiadas personas que te amen.

Asintió. Metí el resto de los juguetes de James en su pañalera, se la di a Elliot y caminé con los niños hasta el porche.

—Hasta aquí llego yo —les dije y le di un beso a James en la frente—. Te amo, hombrecito. Trata de no vomitar sobre todo el mundo, ¿okey?

Cuando lo puse en los brazos extendidos de Elliot, el aire dejó de existir.

—Vamos a ponerte en tu sillita —comentó Elliot al alejarse.

—Cuidaré de James —prometió Liam.

Me acuclillé a su nivel.

—No tendrás que hacerlo —respondí apartando el cabello de sus ojos—. Tu papá va a cuidarlos a los dos.

«Por favor, Nolan, no les falles».

Se lanzó a mis brazos y lo apreté con fuerza.

—Estoy tan feliz por ti, Liam —dije con palabras ahogadas.

—Nos vemos mañana. —Me soltó e hice un esfuerzo por dejar mis brazos a mis costados—. ¡Te dejé un dibujo en la isla!

Salió corriendo por la banqueta hacia donde Elliot lo esperaba, agitando la mano en despedida.

Desde el porche, vi cómo subía a Liam y le ponía el cinturón de seguridad. Luego, regresó a la banqueta.

—Solo quería agradecerte otra vez por todo lo que...

Alcé la mano con la palma hacia ella para detenerla antes de que se acercara más.

—Hoy no.

Di media vuelta, entré a la casa y cerré la puerta a mi espalda. Me quedé escuchando hasta que el coche se alejó.

Luego, silencio. Nada.

Ni juguetes ni risas ni abrazos. Ni siquiera Knox. Estaba absoluta y completamente sola.

Avancé trastabillando hasta la cocina. Necesitaba a Knox, aunque solo fuera escuchar su voz por teléfono. Ya debía haber aterrizado, ¿o no? ¿Por qué no había llamado?

Abrí mi bolso, metí la mano... «No».

Mis dedos envolvieron el camión de bomberos favorito de Liam. Lo saqué del bolso y el dique que contenía mis emociones estalló en pedazos. La agonía clavó sus garras en mi pecho y me abrió de par en par.

Con el carrito en la mano, me deslicé por el borde del armario hasta caer al suelo; luego, escuché el sonido, el lamento de un animal herido llenó la habitación e hizo eco en las paredes.

¿Por qué no sentía la felicidad de que estuvieran juntos? ¿Dónde estaba la satisfacción por haber logrado lo que nos propusimos? ¿Por qué estaba enterrado bajo montañas de dolor inamovibles? Dolía tanto que me era imposible respirar; era incapaz de hacer que mis pulmones jalaran aire por mi garganta adolorida y en carne viva. No podía dejar de llorar. Mis sollozos recorrían mi cuerpo con tanta fuerza que empecé a temblar.

Debí tomar mi teléfono y llamar a Emerson o a Avery, pero ellas no podían ayudarme y no entenderían.

La única persona a la que necesitaba, la única que sentiría en verdad lo mismo que yo, no estaba aquí.

Nunca estaba aquí, carajo.

Por primera vez en mi vida, una parte de mí odió a Knox Daniels.

CAPÍTULO 25

Knox

Llegué a Legacy poco después de las cinco de la tarde; el vehículo que el equipo me había dejado en el pequeño aeropuerto de Gunnison echaba humo. Carajo, iba a tener que detenerme para ponerle gasolina. Aproveché para bañarme en el aeropuerto porque tenía tiempo antes del vuelo; sin embargo, seguía oliendo a ceniza y hollín, estaba pegado permanentemente a mi ropa.

Harper no respondía el teléfono. Me mandó al buzón treinta y siete veces y todo lo que mi abuela pudo decirme fue que necesitaba llegar a casa, por lo que conduje como alma que se lleva el diablo.

Entré a la gasolinera que estaba en el límite del pueblo y azoté la tarjeta de crédito sobre el lector, como si fuera la fuente de toda mi frustración.

Los mensajes de voz de Harper se repitieron durante la hora que me llevó llegar hasta ahí, y por primera vez desde que mi padre murió, carajo, odié los incendios. Debí haber estado ahí, sosteniendo su mano para entrar juntos al tribunal, igual que lo hicimos el día en que salimos de ahí casados, luchando por mantener a los niños juntos.

«Los niños». Con suerte, seguirían despiertos cuando yo llegara.

Estarían en casa. Tenían que estar. Sin duda, Harper no hubiera permitido que el Departamento de Servicios Sociales arrebatara a los niños de nuestro hogar antes de que siquiera pudieran pasar una sola noche en casa de Nolan. Estaba preparado para que se fueran de visita los fines de semana, en verdad. Solo que no sabía cuántos fines de semana necesitaría Nolan para mostrar su verdadera naturaleza y abandonar a los niños cuando se le acabara la novedad de la paternidad.

Metí la bomba de gasolina en el tanque y empecé a llenarlo. ¿Por qué demonios quería regalarle la cuna de James? Si Nolan Clark quería tener una cuna en su casa, bien podía comprarla, igual que lo hicimos nosotros.

—Carajo. Más le vale haber comprado una —mascullé, recargándome contra la camioneta manchada de lodo. No paraba de dar golpecitos con el pie como si llevara el ritmo de una banda de marcha.

—¿Knox?

Di media vuelta y vi a Richard Stone, le ponía gasolina a su Mercedes.

—Pensé que eras tú —agregó frotándose la nuca—. Mira, quiero que sepas que no tuvo nada que ver con tu apellido.

—¿De qué demonios estás hablando? —pregunté entrecerrando los ojos.

—Harper. Los niños Clark. —Arqueó las cejas en mi dirección y lo miré fijamente. Empecé a entender. Sabía lo que había pasado porque él estuvo ahí, en el estrado—. No tuvo que ver con que pensara que ustedes no son una pareja estable ni nada por el estilo.

—Explícate —dije apartándome del vehículo.

Me miró como si yo no tuviera idea de nada y, de hecho, era verdad, no podía contradecirlo.

—Que no fallé a favor de la familia Clark solo porque Harper no tomó tu apellido. Eso no tuvo nada que ver con mis consideraciones y no quería que pensaras que fue así. Ni que fue prejuicio contra Harper...

—¿Qué hiciste qué? —exclamé abalanzándome sobre él, aunque la manguera me lo impidió.

Alzó las manos y retrocedió dos pasos; luego ladeó la cabeza.

—Mierda. No sabes, ¿verdad? ¿No has hablado con Harper?

—¡¿Le regresaste a mis hijos a él?! —grité sin que me importara.

—No eran tus hijos, Knox —dijo negando con la cabeza—. Y no te debo ninguna explicación más allá de la que ya te di, pero no había ningún motivo legal para mantenerlos separados, así que tomé la mejor decisión para la estabilidad a largo plazo de los chicos.

—¿Le diste a mis hijos?

Saqué de un tirón la boquilla del tanque de gasolina y la devolví a la bomba. Mis movimientos eran mucho menos violentos que los pensamientos que se aceleraban en mi cabeza: mi puño en la cara de Richard.

No esperé a que respondiera. En su lugar, subí al coche, encendí el motor y metí la velocidad. Me importaba un carajo que el tanque se hubiera llenado a la mitad. Ni siquiera pasé a la casa club para recoger mi camioneta. Fui directo a casa.

Me estaba jugando una broma, ¿o no? No había manera de que llegara a casa y que James y Liam ya no estuvieran. Richard le hacía honor a su estúpido apodo y se burlaba de mí porque yo había logrado hacer lo único que él no pudo: poner un anillo de bodas en el dedo de Harper.

«Harper no tomó tu apellido».

No sabía de qué demonios estaba hablando.

Excedí varias veces el límite de velocidad. Cuando me estacioné frente a la casa, había ganado cinco minutos.

Dejé mis cosas en el asiento trasero, salí del coche, abrí el garaje con el código en el panel y esperé a que la puerta se elevara. Todo parecía igual. La bicicleta de Liam estaba en un rincón. Me asomé al coche de Harper y vi los dos asientos de los niños aún instalados.

Luego salí volando hacia el vestíbulo.

—¡Harper!

No estaba ni en la sala ni en la cocina.

—¡Harper! —grité de nuevo mientras me dirigía a la escalera dando grandes zancadas.

—Volviste.

Di media vuelta y la vi salir del cuarto de lavado con la cabeza baja y una canasta llena de ropa en las manos. Pasó a mi lado y fue a la cocina. Puso la canasta en la isla, entre nosotros.

—¿Qué carajos pasó? —pregunté siguiéndola—. ¿Y por qué carajos no contestaste tu teléfono en todo el día? —agregué alzando la voz.

—Carajo es una gran palabra para hoy. —Sacó una de mis camisas y la dobló—. Y no contesté porque tú no llamaste.

En su voz no había enojo ni dolor, ninguna emoción.

Saqué el teléfono del bolsillo trasero de mi pantalón y le mostré el registro de llamadas.

—¡Te llamé treinta y siete veces!

—¿Sí? —Me miró y sentí un hueco en el pecho.

Tenía los ojos hinchados y rojos; el rímel le había dejado largas manchas negras en las mejillas. De manera mecánica, fue hasta donde estaba su bolso y sacó el teléfono.

—Ah. Supongo que olvidé volver a encenderlo cuando salí del tribunal —explicó.

Presionó un costado del dispositivo y se encendió.

—Olvidaste volver a encenderlo —repetí la frase, solo para saber si sonaba tan ridículo en mi boca.

En efecto.

Volteó despacio hacia mí; sus ojos estaban encendidos.

—Perdón, Knox. ¡Estuve un poco ocupada empacando todas las pertenencias de James y Liam!

Aparté la vista de inmediato y recorrí el espacio con la mirada.

—¿Dónde está la silla alta? ¿Y el corral?

—Los bajé al sótano porque no podía soportar verlos.

Puso el teléfono sobre la isla.

La gravedad cambió de eje. ¿Richard me había dicho la verdad?

—Harper, ¿dónde están los niños?

—En su casa. Con Nolan.

—¿Dejaste que se llevaran a nuestros hijos? —estallé.

Retrocedió como si la hubiera golpeado.

—¿Dejarlos? ¿Crees que yo «dejé» que se los llevaran?

—Carajo —mascullé—. Eso sonó mal.

Todo esto, cada parte estaba mal.

—¿Eso crees? —espetó.

—¿En serio se fueron?

Miré por la cocina hasta el espacio vacío al extremo de la mesa del comedor, donde se suponía que debía estar la silla alta de James.

—¿Así nada más? —agregué.

—Así nada más.

Dobló otra camiseta.

—¡Ni siquiera pude despedirme! —Me pasé las manos por el cabello—. ¿Cómo carajos es esto justo?

—¡Nada de esto es justo! —gritó Harper arrojando mis shorts sobre la isla—. Cuando estábamos en el tribunal, le rogué a Elliot que nos diera más tiempo, pero la reunificación inmediata es eso: inmediata.

—Tú por lo menos pudiste despedirte de ellos.

El dolor y la rabia me hicieron ver rojo. ¿Cómo era posible que ya no estuvieran?

—Sí, Knox. Fui yo quien tuvo que asegurarle a Liam que no había hecho nada malo, que todos en esta situación lo amábamos. Fui yo quien tuvo que empacar todas y cada una de sus cosas, ¡haciendo un esfuerzo por no desmoronarme! Fui yo quien tuvo que testificar, mirando a Nolan a la cara, y escuchar el veredicto de Richard. Yo. No tú, ¡porque tú no estabas aquí! ¡Nunca estás!

Hizo un gesto con los brazos que abarcó todo el espacio vacío de la casa. Bien hubiera podido saltarme a la yugular.

—¿Me estás diciendo que todo esto sucedió porque yo no estaba aquí? ¿Que de alguna manera yo hubiera podido detenerlo?

Quizá sí hubiera podido. Quizá si hubiéramos presentado un frente unido...

—¡No tuvo nada que ver con nosotros! ¡Nunca tuvo nada que ver! —Pasó la palma por sus mejillas para enjugar sus lágrimas; su gesto me lastimó en lo más profundo—. Nunca fuimos sus padres. Nunca fueron nuestros.

Retrocedí.

—¡Nos preguntaron si estábamos dispuestos a adoptarlos y dijimos que sí! Hicimos planes. Reorganizamos nuestras vidas para ser sus padres. Les dimos prioridad. Los amamos. ¡Nos casamos por ellos!

Ella hizo un gesto.

—Sí. —Asintió y su rostro se tensó como nunca había visto—. Fue un sueño hermoso y caótico, ¿verdad? Arriesgamos nuestro corazón porque era lo que ellos merecían y nos permitimos amarlos, pero la realidad es que nunca fueron nuestros para soñar y nunca se trató de nosotros. Seamos francos. Tienes razón, nos casamos por ellos. Sin ellos, nunca hubieras mirado en mi dirección. Mucho menos te hubieras permitido sentir algo por mí. Todo fue por ellos.

Un momento. No todo fue por ellos, no para mí. Quizá los niños fueron el catalizador, pero yo me había enamorado de Harper y en eso ellos no tenían nada que ver.

«Harper no tomó tu apellido». La bilis me subió por la garganta.

—Desde abril te llamo señora Daniels —dije con voz estrangulada.

Harper apartó la mirada.

—Entonces, ¿es cierto? —Lancé una risita—. No tomaste mi apellido, ¿verdad?

Negó con la cabeza.

—Guau.

Qué tan estúpido podía ser como para pensar que Harper Anders, la reina del baile de Legacy, querría mi apellido.

—Knox, fue porque...

—Ahórratelo. No se trata de que no lo hayas hecho, no soy tan narcisista, pero ¿dejar que creyera esa mentira durante todos estos meses? Eso fue un golpe bajo.

Mi corazón se quebró de una forma por completo distinta. Perder a los niños lo había fracturado; sin embargo, ¿saber que jamás tuve a Harper? Las esquirlas se hicieron polvo.

—Lo siento —murmuró dando un paso en mi dirección—. Mira, quizá los dos necesitamos un momento para respirar.

Retrocedí para mantener la distancia entre nosotros. Ella se detuvo.

—Respirar no va a ayudarnos.

Sentía como si alguien hubiera borrado mi plan de vida del pizarrón en un solo movimiento.

—Tienes razón. —Irguió los hombros—. Quizá debería pasar la noche en mi departamento...

Al engranaje de mi cerebro, se le voló un tornillo.

—¿Todavía tienes tu departamento?

Carajo, ¿todo este tiempo tuvo un pie al otro lado del umbral?

—Sí —admitió—. Pensé que...

—No lo digas. —No estaba seguro de que mi corazón pudiera soportar su explicación. Siempre pensó en irse. Supongo que esta noche se acababa más de un sueño—. Quizá es mejor así.

—¿Qué quieres decir? —preguntó con ojos expectantes.

Toda la mesura que me quedaba en el cuerpo me gritaba que parara, que hiciera una pausa, que pensara, pero era como arrojar una botella de agua a un incendio forestal. Si siempre tuvo planeado irse, yo tenía que dejarla.

—Construimos todo esto por Liam y por James y ahora ya no están. No queda nada que nos una a esto... el uno al otro.

Entreabrió los labios.

—Los dos somos libres —agregué.

Sin otra palabra, me marché y la dejé de pie en la cocina.

El motor seguía caliente cuando me eché en reversa en la entrada del garaje; tenía los nervios a flor de piel y sentía una opresión en el pecho. ¿A dónde demonios iba a ir? Todos mis amigos seguían en el incendio y no estaba listo para ver a mi abuela ni escuchar su versión de lo que había sucedido hoy.

Fui al único otro hogar que tenía y me estacioné frente a la casa club. Ahí seguían los coches de todos, en fila, como si los acabaran de estacionar la semana pasada.

La semana pasada todo había sido... perfecto; ahora, la vida era una completa mierda.

Me eché la mochila al hombro y cerré el vehículo con llave; luego me dirigí a mi camioneta. Quizá mañana buscaría un vuelo para regresar con el equipo, pero no esta noche. Apreté el botón y la camioneta se abrió con un bip; arrojé mi mochila al asiento trasero y me paralicé.

Sus sillitas para el coche seguían ahí, como si esperaran que fuera a recoger a los niños. Otra oleada de dolor... de pena, amenazó con ahogarme.

Necesitaba un trago.

Me llevó exactamente diecinueve minutos llegar al Wicked, el único bar de Legacy, y otros noventa segundos posar mi trasero en un banco y alzar la mano.

—Me preguntaba cuándo te veríamos por aquí, Daniels —dijo Bobby Atwell con una sonrisa, recargándose al otro extremo de la barra—. Empezaba a pensar que te habías convertido en el nuevo esposo de los suburbios.

—Ja. —No estaba de humor para estas estupideces, aunque hubiéramos ido juntos a la preparatoria—. Una cerveza Fat Tire, por favor.

—Enseguida.

Dio media vuelta y la sirvió del barril.

Estaban los clientes habituales de un jueves en la noche, por lo menos a quienes recordaba que lo eran. Incluso Ryan Coulter estaba en la esquina, sorbiendo una cerveza, acompañado de una rubia que no era su esposa. Cada vez que estaba en el pueblo acostumbraba venir al Wicked, pero ya llevaba cinco meses aquí y esta era la primera vez que entraba.

Le di vueltas al anillo de platino en mi mano izquierda. Esposo de los suburbios, sí, claro.

Era un marido sin mujer y un padre sin hijos.

Por lo menos, cuando mi mamá se fue, mi papá aún me tenía a mí.

—Gracias —mascullé cuando Bobby puso la cerveza entre mis manos.

Miré fijamente las burbujas que subían a la superficie; las palabras que Harper y yo nos habíamos dicho hacían eco en mi cabeza como una pelota en un *pinball*.

«¿Dejaste que se llevarán a nuestros hijos?».

«Tú no estabas aquí! ¡Nunca estás!».

«No tomaste mi apellido, ¿verdad?».

«Debería pasar la noche en mi departamento».

«No queda nada que nos una a esto... el uno al otro».

La cerveza empezó a calentarse.

Cerré los ojos al sentir que me inundaba una oleada de vergüenza que superó a la rabia. Había dicho cosas horribles. Lo peor de todo era que ni siquiera estaba enojado con ella. Bueno, era cierto que me enfurecía que no me hubiera dicho que había decidido conservar su apellido, pero el resto... no era su culpa. Ella amaba a Liam y a James tanto como yo.

Sin embargo, ¿habían sido ellos la única razón por la que me amó? Todo este tiempo conservó su departamento, como si supiera que lo nuestro no funcionaría. Sabía que necesitaría un plan B porque yo la defraudaría.

—Te ves muy solo —dijo una pelirroja a mi izquierda.

Se sentó en el banco de la barra y me miró.

—Me veo muy casado —respondí alzando la mano izquierda para enseñarle la alianza.

—Si tú no dices nada, yo tampoco.

—¿Es en serio?

Giré de inmediato hacia ella y me quedé asombrado. Ella me lanzó una sonrisa coqueta y se encogió de hombros.

—Nunca está de más preguntar.

El hombre de hace seis meses hubiera aceptado esta oferta tan clara, pero ese tipo no conocía las manos de Harper, su amor.

Consideraba el sexo solo como una gratificación física, como comer o beber. Yo había aprendido a anhelar la conexión emocional, ahora dependía de ella.

Si hubiera estado aquí, Harper hubiera perdido la cabeza con esta mujer.

Pero no estaba.

Estaba en casa, sola otra vez.

¿Qué carajos estaba haciendo aquí? No necesitaba un trago. Necesitaba a Harper.

Saqué un billete de veinte de mi cartera y asentí hacia Bobby.

—Gracias.

Puse el dinero sobre la barra y salí de ahí al instante.

Ese pleito entre Harper y yo fue solo eso, un pleito. Nada que no pudiéramos solucionar o hablar. Solo teníamos que mantener la cabeza fría y hoy nos habíamos dejado llevar por las emociones. Al menos, eso era lo que me decía de camino a casa.

Pensaba en cómo disculparme cuando me estacioné junto al garaje.

Mi estómago se desplomó. Su coche ya no estaba.

—Carajo —mascullé para mis adentros.

Bajé de la camioneta y caminé a la casa. Quizá había ido a casa de Emerson para desahogarse.

Encendí las luces de la cocina, saqué una bebida con electrolitos del refrigerador y me recargué en la isla para abrirla.

Mis manos se paralizaron y mi corazón dejó de latir.

—No, Harper —murmuré al ver al otro lado de la isla.

No necesitaba revisar los cajones de la cómoda ni el clóset para saber que estaban vacíos. No, porque Harper había dejado sus anillos y la llave de la casa sobre la barra.

Me había dejado.

CAPÍTULO 26

Harper

—Entiendo su frustración, señora Daniels —dijo el empleado del servicio de banquetes con voz aguda y molesta.

—Anders —lo corregí.

Era muy temprano en una mañana de martes para este tipo de tonterías, especialmente cuando pasé mi fin de semana del Día del Trabajo llorando sobre un bote de helado.

—Disculpe, señorita Anders, pero como fue el señor Daniels quien dio el depósito, no puedo cancelar la fecha si no lo hace él. Estoy seguro de que entiende.

—Siempre y cuando usted entienda que no habrá boda, porque lo único que está haciendo es negarse la oportunidad de reservar ese día para otro cliente.

Me froté el puente de la nariz y recargué los codos en el escritorio. Esta era la última llamada que tenía que hacer para cancelar la boda que nunca debió ser.

La primera, la que le hice a mi madre, había sido brutal; lo peor fue que se lo tomó todo con mucha calma. Toda mi vida se desintegraba a mi alrededor y ella estaba tan tranquila.

«Piensa que es solo un capricho que pasará».

Quizá cuando terminara con todo esto recuperaría el equilibrio. Después de todo, había vivido sin Knox durante veintiséis años de mi vida, ¿o no? Miré la fotografía enmarcada de nosotros con los niños que estaba en la esquina de mi escritorio. La tomé y la volteé bocabajo.

El problema de haber estado con Knox estos últimos meses maravillosos era que había vislumbrado una vida colorida y radiante, y ahora volvía a ser blanco y negro.

—Es posible, pero es necesario que sea el señor Daniels quien llame.

Después de coincidir en que discrepábamos, colgué el teléfono y dejé caer la cabeza entre mis manos. No había visto a Liam esta mañana y ya eran las 9:15.

—Debiste tomar el día libre —me sermoneó Clara desde el umbral con mirada compasiva.

Llevaba una botella de agua en las manos.

—¿Y hacer qué? ¿Quedarme en casa y sentir lástima por mí misma?

Por lo menos, el departamento estaba totalmente amueblado, pero, aun así, me parecía vacío, incorrecto, como si de alguna manera me hubiera convertido en un anacronismo en mi propio hogar.

«Porque ya no es mi hogar».

Clara chascó la lengua.

—Muy bien. Si insistes en estar aquí, por lo menos hidrátate. Te ves muy mal.

Puso la botella de agua en mi escritorio y se marchó.

—Yo soy la dueña de este lugar, ¿te acuerdas? —manifesté.

—Quizá, pero soy yo quien lo hace funcionar —replicó desde su escritorio.

No podía negarlo, así que abrí la botella y bebí la mitad, lo que alivió mi garganta adolorida de tanto llorar. Saqué mi iPad y abrí el documento del inventario. Empezaba la sesión de otoño y ya nos habían entregado los nuevos materiales que habíamos pedido, así que podía ser útil si inventariaba todo.

Salí al pasillo en el mismo momento en el que Ryker entraba.

—Hola, Harpy.

Me tambaleé al sentir que me invadía el alivio.

Abrió los ojos muy grandes y, con grandes zancadas, cubrió la distancia entre nosotros hasta que estuve contra su pecho, con sus brazos a mi alrededor y su barbilla sobre mi cabeza.

Lancé una risita autocrítica.

—No me veo tan mal, ¿o sí?

—Lo siento. —Nos mecimos, como si fuéramos niños otra vez—. Por los niños, por Knox. Por todo.

Abrí los ojos.

—¿Cómo supiste?

Yo no le había hablado, no quería preocuparlo o distraerlo de todo lo que había en juego con la certificación. Mis pulmones se llenaron del olor a ceniza; debió llegar directamente del incendio. Era casi divertido que alguna vez relacioné este olor acre y ahumado con la tristeza, pero que ahora me pareciera... mi hogar.

—Sabía que Knox se había ido, por eso dividimos su escuadrón entre el mío y el de Bash; así supe que algo pasaba con los niños. Para cuando regresamos a casa, Avery ya le había contado a River y Emerson a Bash, quien...

—Te dijo. —Acabé la frase por él.

Asintió y el movimiento hizo que su barba incipiente se atorara en mi cabello.

—Me gustaría poder hacer algo. Arreglarlo todo de alguna manera. Carajo, podría matarlo por esto.

—Por favor, no te enojes con Knox —murmuré—. En gran parte, es culpa mía y nunca me perdonaré ser la razón por la que pierdas a tu mejor amigo.

Suspiró.

—Mierda, es complicado, Harpy. Él es mi amigo, pero tú eres mi hermana.

Por fortuna, las palabras «te lo dije» nunca salieron de su boca.

Detrás de nosotros se abrió una puerta. Nos separamos y vimos a Nolan, quien apresuraba a Liam. Ambos parecían cansados, pero Nolan estaba francamente agotado.

Miré a Liam y, por primera vez, desde que me despedí de él después de la clase del viernes, pude respirar bien. Su ropa estaba un poco arrugada, pero limpia; apretaba los labios y fruncía el ceño bajo su gorra de Extinción de Incendios Forestales de Legacy, concentrado en su camino.

—¡Hola! —saludé con voz ronca.

Liam me miró de inmediato y sonrió, luego se echó a correr los últimos cinco metros que nos separaban.

Me acuclillé tanto como me lo permitió mi falda y abrí los brazos para recibirlo en un abrazo apretado. Olía al champú que había guardado entre sus cosas.

—¿Cómo va tu mañana? —le pregunté haciendo un esfuerzo por soltarlo.

—Llego tarde.

Cuando me aparté y puse las manos en sus hombros, vi que volvía a fruncir el ceño.

—Sí. —Sonreí encogiéndome de hombros—. Le pasa hasta a los mejores.

Liam alzó la mirada, desviando la atención, y sus ojos destellaron.

—¡Ryker!

—Hola, hombrecito —saludó Ryker dando un golpecito en la visera de la gorra de Liam—. Bonita gorra.

—¡Gracias! ¡Knox me la regaló!

Mi corazón trastabilló.

—Lo imaginé. Te queda bien.

Liam esbozó una enorme sonrisa por el cumplido.

—¿Por qué no cuelgas tus cosas? —sugerí—. ¡Apuesto que la señorita Megan estará feliz de que hayas llegado!

Liam asintió, caminó unos cuantos pasos hasta su cubículo y se quitó la mochila de los hombros y la colgó en la percha.

—Nos vemos después, Harper. ¡Adiós, Ryker! —Luego agitó la mano hacia Nolan—. ¡Adiós, papá!

—¡Adiós!

La sonrisa de Nolan era un poco tensa, pero agitó la mano para despedirse mientras Liam entraba al salón.

Nolan me miró.

Yo lo miré.

—Y esta es mi señal para escapar de un momento incómodo y esperarte en tu oficina —comentó Ryker dándome una palmadita en la espalda, luego me dejó en el pasillo vacío con el papá de Liam.

—Hola.

Nolan se frotó la nuca, aspiró y desvió la mirada. Tenía los ojos un poco rojos y dos enormes medias lunas moradas los enmarcaban. Pasó la mano por su cabello sucio, nervioso. Estaba vestido para el trabajo, pero llevaba la camisa desfajada.

—Hola —respondí.

Ryker tenía razón. Esto era muy incómodo.

—Lamento que haya llegado tarde —Metió las manos en los bolsillos de su pantalón—. James vomitó mientras nos preparábamos para salir y tuve que meterlo a bañar. Luego, me di cuenta de que no tenía suficientes pañales en la pañalera, así que tuve que ir a la tienda. A partir de ahí todo fue un caos.

Volvió a lanzarme una mirada culpable.

Como si yo tuviera algún derecho para juzgarlo.

Yo estuve exactamente donde él estaba ahora el primer mes que tuve a los niños. En lugar de enojarme por el retraso de Liam, sentí... empatía. No estaba siendo negligente con los chicos ni empacando sus cosas para desaparecer durante la noche. El hombre estaba haciendo un esfuerzo.

Abrí la boca para hablar.

—Sé lo que vas a decir —se apresuró a agregar—. Que no estoy haciendo un buen trabajo. Que debería tener todo esto bajo control. Que estarían mejor contigo. Francamente, no es nada que no me haya dicho ya a mí mismo este fin de semana.

—No iba a decir eso.

—Pero James no está durmiendo, lo que significa que Liam tampoco, así que lo dos estuvieron despiertos toda la noche. Todas las noches. Y el superintendente me llamó quejándose del ruido porque Jamie no deja de llorar. Pero ¿qué se supone que debo hacer? ¿Amordazarlo? Y Liam... está tan enojado conmigo. Es como si no confiara en mí, como si él fuera el adulto. Estoy fallando. No alimento bien a Jamie. No corto bien los sándwiches. No puedo encontrar su carro de bomberos. No tengo un videojuego de pistolas láser como el de Knox. No lo peino como tú lo hacías. No sabía que debía ponerle crema después del baño.

Sus ojos brillaron.

—Ni siquiera puedo recordar la última vez que yo me bañé, porque estoy muy ocupado tratando de que Jamie no meta los dedos en los cajones de la cocina o limpiando todo el desastre, en caso de que Elliot haga una visita sorpresa y piense que no puedo hacerlo. Estoy tan cansado que podría quedarme dormido de pie en este pasillo. —Masculló algo y sus hombros se desplomaron—. Y ahora acabo de admitir mi total incompetencia frente al enemigo.

—No soy tu enemiga.

Sacudí la cabeza y avancé hasta que solo quedaron pocos centímetros entre nosotros. Se parecía mucho a Liam y, aunque Jamie era solo un bebé, podía ver en él a Nolan por la forma de los ojos y el mentón obstinado.

—Tú querías adoptar a los niños y eché eso a perder. —Alzó y bajó los hombros—. Yo diría que eso nos pone en polos opuestos.

Pensé en la sonrisa de Liam el día de la primera visita y lo seguro que se sintió cuando todo esto empezó. Aseguraba que su padre vendría por él.

—Estoy del lado de los niños —dije al final—. Y a ti es a quien necesitan.

Parpadeó y se removió en su sitio.

—No soy tu enemiga, Nolan —repetí—. Yo estuve tan apabullada como tú lo estás ahora, pero para mí fue más fácil porque, después de esa primera noche, tuve a Knox. —Claro, estuvo ausente mucho tiempo en el verano, pero también estuvo presente cuando era importante, mientras nos estabilizábamos. —Nolan solo necesitaba equilibrarse, pisar tierra firme—. Dense unas semanas para acostumbrarse a su nueva vida. Son muchos cambios para los tres.

—¿Y hasta entonces? —Algo destelló en su mirada. ¿Era una súplica?

Crucé los brazos sobre mi pecho y pensé.

—Hasta entonces, Liam necesita sentir que James está a salvo. Esa siempre será su prioridad, por pequeño que sea. Si tienes preguntas sobre Jamie, solo pregúntale a Liam. Eso lo hará sentirse útil y empezará a confiar en ti cuando vea que Jamie está bien.

—Okey. —Asintió—. ¿Qué más?

Recordé su lista de preferencias.

—A Liam le gusta que sus sándwiches estén cortados en diagonal. Jamie vomita cada vez que consume lactosa o, a veces, cuando tiene muchos gases. Hay algunos videos buenos en YouTube que te pueden ayudar con eso. —Fruncí el ceño—. El camión de bomberos se quedó en casa de Knox. Veré qué puedo hacer al respecto. —La idea de llamar a Knox, de ser la primera en ponerme en contacto, me provocaba náuseas—. Deja que él te enseñe cómo le gusta que lo peinen. La crema después del baño los ayuda a calmarse, a los dos; además, estamos en Colorado y su piel se seca muy rápido. En cuanto al sueño, es probable que James extrañe su cuna...

—No tengo dinero para comprar una. No hasta la siguiente paga. —Tensó la mandíbula—. Me gasté todo lo que tenía en la mudanza y en preparar el departamento.

—Déjame ver qué puedo hacer. —Forcé una sonrisa—. Dormirán. Y báñate tan pronto como cierren los ojos. No importa qué tan cansado estés, te sentirás mejor si puedes escapar del mundo durante cinco minutos. Vas a estar bien. —Respiré hondo—. Y James... su cumpleaños es el catorce de agosto.

—Lo sé —respondió torciendo el gesto—. Bueno, ahora lo sé. No estuve aquí cuando nació y eso es culpa mía, pero estoy aprendiendo tan rápido como puedo. Gracias, en serio. No sé de qué otra forma decirlo.

Su cuerpo se abatió.

—Si necesitas algo, avísame. Puedo recoger a Liam de la escuela si tú tienes algún problema, o llevarme a Jamie temprano si necesitas ayuda antes de que Cherry abra. Trata de no pensar en mí como tu enemiga. Estoy aquí para ayudarte.

Las palabras eran cortantes y amargas en mi boca, pero ciertas.

Arrugó la frente.

—¿En serio?

—En serio. —Asentí.

—¿Por qué?

Parpadeé para evitar las lágrimas.

—Porque amo a Liam y a James. Siempre los he amado. —Tragué saliva para deshacerme de la emoción que amenzaba con cerrarme la garganta—. Y, más que nada, quiero que sean felices. Quiero que tengas éxito. Es necesario que lo tengas.

Tragó saliva y asintió.

—Es mejor que me vaya. Ya estoy retrasado. Gracias otra vez.

—De nada.

Me quedé en el pasillo para ver cómo se marchaba. Mis hombros se relajaron cuando la puerta se cerró tras él.

Escuché pasos a mi espalda y no tuve que voltear para saber quién era.

—Eres mucho mejor persona que yo —dijo Ryker parándose a mi lado—. Yo sigo furioso de que abandonara a esos niños desde el principio y sé que Knox también.

—Knox está furioso por muchas cosas. —«Sobre todo, por mis actos»—. Sigo enojada —admití—, pero Nolan no puede cambiar el pasado. No puede regresar el tiempo y solucionar todo. Lo único que puede hacer es avanzar y estar ahí para los niños. Si puedo ayudarle a hacerlo, entonces los chicos ganan. Así de fácil.

Y de complicado.

—¿Puedo hacer algo por ti? —preguntó Ryker abrazándome—. Mi casa siempre está abierta para ti.

Me recargué en él.

—No. Regresé a mi departamento.

—¿Ya no lo vas a rentar?

Negué con la cabeza.

—¿Necesitas que le dé una paliza a Knox? Porque esa opción siempre está abierta —me ofreció como si me invitara a comer.

—Ni lo pienses —respondí entrecerrando los ojos en su dirección.

Parpadeó con fingida inocencia.

—¿Qué? No es como si no se lo hubiera advertido. Te lastimó; ahora yo lo lastimo a él.

—La lógica masculina me asombra —mascullé—. Fui yo quien lo abandonó, Ryker. Quizá él me haya motivado a hacerlo, pero tampoco le di la oportunidad de convencerme.

Ryker frunció el ceño.

—Pero lo amas.

Me encogí de hombros.

—Sí, pero no estoy segura de que él me ame. —Mi corazón volvió a estrujarse—. Y, por inmadura que sea, una parte de mí pasó el fin de semana mirando el teléfono, la puerta, esperando que Knox apareciera. Pero ya lo conoces, él no va por nadie.

Ryker gruñó.

Miré por la ventana hacia el salón de Liam y sonreí al ver que platicaba con la niña que se sentaba a su lado. Había avanzado tanto en tan poco tiempo. Estaba dispuesta a hacer cualquier cosa para que siguiera progresando.

Yo también debía avanzar.

—¿Sabes? —le dije a mi hermano—. Hay algo en lo que sí me puedes ayudar.

CAPÍTULO 27

Knox

El olor de café llenó la cocina. Mientras amarraba las agujetas de mis botas, mis dedos se paralizaron. «Harper». Fui yo quien puso en marcha la cafetera unos minutos antes, pero había sido ella quien pidió el café para mí. Por millonésima vez desde el jueves, mi mundo perdió el piso y mi estómago quedó suspendido como si mi cuerpo, y no solo mi corazón, cayera en picada.

Carajo, era difícil respirar sin ella. Todo me recordaba a Harper. El jabón de la regadera me recordaba cuando la besaba ahí. Mis sábanas me recordaban su piel. Las imágenes de ella en mi camioneta me dificultaban conducir. Estaba en todas y cada una de las habitaciones de esta casa. Si lo pensaba bien, era más suya que mía. Hasta este fin de semana, no había pasado una sola noche aquí sin ella. Para ser franco, no quería volver a dormir aquí sin ella.

Odiaba las noches y las horas que pasaba dando vueltas en la cama, buscándola a tientas en los momentos en los que podía dormir.

Había olvidado una botella de perfume en el baño y anoche rocié su almohada con él para torturarme. Pasé de sentirme miserable a ser completamente patético.

«Entonces toma el maldito teléfono».

¿Y decirle qué? ¿Qué lamentaba no haber estado aquí cuando todo se vino abajo? Por supuesto que lo lamentaba, pero ofrecer disculpas significaba cambiar y no podía prometerle que eso no sucedería otra vez porque sí pasaría. La abandonaría una y otra vez cuando me llamaran. Y por mucho que antes de entrar en este juego ambos supiéramos cómo sería, ninguno estaba preparado para pagar el verdadero precio.

Me paré y mi mirada se topó con el pequeño camión de bomberos que estaba en la isla desde el jueves. Una nueva punzada de absoluto dolor sacudió mis nervios. Esto estaba mal. Todo esto. Debería estar ayudando a Harper a preparar a los niños, ayudarla a subirlos al coche. Debería haber cientos de sonidos diferentes en todas las direcciones: juguetes, risas y alarmas que nos recordaran que era hora de marcharnos. En su lugar, solo había silencio.

Tenía que vender esta maldita casa.

Todo estaba mal, yo incluido. Llevaba ya cuatro horas de retraso para el trabajo y sabía que no importaba porque los chicos habían regresado apenas esta mañana. Nadie más estaría ahí, salvo Emerson, y no me interesaba conocer su opinión sobre lo que había pasado entre Harper y yo.

Sonó el timbre de la puerta y, de inmediato, miré hacia la entrada. «Harper». Mis pies se movieron sin que yo lo ordenara y prácticamente salí volando para abrirla.

Mi rostro se ensombreció cuando encontré a Ryker al otro lado.

—Te ves fatal.

Me miró de arriba abajo y entró a la casa, pasando a mi lado.

—Entra —dije con sarcasmo, cerrando la puerta con más fuerza de la necesaria.

—Déjame adivinar —dijo volteando con los brazos cruzados sobre el pecho—. Esperabas a otro Anders.

Hice una mueca.

—Si vienes a darme un puñetazo en la cara, hazlo ya —respondí extendiendo los brazos a ambos lados.

Ryker entrecerró los ojos.

—Por tentador que sea, lo dejaré para otra ocasión. Solo vine por el camión de bomberos.

Ahora fui yo quien lo fulminó con la mirada.

—¿Qué demonios quieres con el camión de bomberos de Liam?

Era lo último que tenía de él, además de la bicicleta en el garaje, y no se lo iba a dar a Ryker.

—Necesito completar mi colección de Matchbox —respondió poniendo los ojos en blanco—. ¿Qué crees? Liam lo quiere. —Torció el gesto—. Al parecer, los chicos están teniendo problemas para adaptarse.

—¿Y tú cómo lo sabes? —pregunté sintiendo una opresión en el pecho.

—Porque Nolan se lo dijo a Harper esta mañana. —Ladeó la cabeza—. Recuerdas a Harper, ¿verdad? ¿Tu esposa? ¿A la que dejaste ir?

—¿Hablas de la que, durante todo este tiempo, conservó su departamento para tener un plan alternativo porque no confiaba en mí para que superáramos esto?

Tan solo decirlo me lastimaba.

Ryker me miró sorprendido.

—¿Crees que se quedó con el departamento como plan B?

Rechiné los dientes y conté hasta cinco para conservar la paciencia.

—¿En serio quieres tener esta conversación ahora?

—No. Temo que no pararé de golpearte si empiezo y mi hermana me pidió que evitara ponerte las manos encima, así que aquí estamos. —Tensó la mandíbula—. Solo vine por el camión de bomberos.

Ryker sabía más que yo sobre los niños y, durante un segundo, el horrible monstruo verde de los celos se encolerizó antes de que la objetividad lo tranquilizara. «Ryker sabe cómo están las cosas».

—Dime qué paso.

Siete horas después toqué la puerta del departamento 112 y contuve el aliento. Esta era una mala idea. Nada garantizaba que pudiera conservar la calma o moderar mis palabras y, seguramente, empeoraría la situación.

La puerta se abrió y Nolan Clark se asombró al verme.

—Sabes quién soy.

Era una afirmación, no una pregunta.

Asintió. El tipo era bastantes centímetros más bajo que yo, con una complexión más delgada y mirada recelosa. Sus ojos eran muy parecidos a los de Liam y James, lo que me impedía odiarlo a primera vista.

—¿Me das un segundo? Voy a poner a Jamie en el corral.

—Claro.

Eso lo respetaba.

Cerró la puerta y me recargué contra la pared opuesta del estrecho pasillo. Este edificio de departamentos no tenía fallas. Casi todas las construcciones en Legacy eran nuevas, por lo que no era viejo ni estaba deteriorado.

Me resultaba difícil saber que James y Liam estaban detrás de esa puerta y que yo no tenía derecho ni de saludarlos. Era insoportable haber sido una parte esencial de su mundo y ahora no ser ni siquiera un espectador.

Nolan abrió la puerta y la cerró rápidamente detrás de él, negándome incluso un vistazo a los niños.

Caminé a la salida y él me siguió; el aire fresco de la tarde no ayudó a calmar la tensión entre nosotros.

—Mira, si viniste a gritarme o a amenazarme, hazlo de una vez —dijo con una buena dosis de inquietud en el rostro cuando llegamos a mi camioneta.

Lancé una risita.

Me miró como si me hubiera vuelto loco.

—Perdón. Es solo que esta mañana le dije algo similar a mi mejor amigo.

Rodeé la camioneta y puse la mano en la caja trasera. ¿En verdad iba a hacerlo? Por supuesto, porque era algo que Harper habría hecho. Cuando Ryker me contó la razón por la que Nolan necesitaba el camión de bomberos, supe que eso no era todo lo que necesitaba.

—Imagino lo que hice para que te enojaras conmigo. ¿Qué le hiciste tú a tu mejor amigo? —preguntó cruzando los brazos sobre el logotipo de su camiseta de Construcciones Coulter.

—Le rompí el corazón a su hermana pequeña.

La verdad de esas palabras me cortó como si fueran miles de navajas.

—Auch —exclamó Nolan haciendo una mueca.

—Sí, pero no vine a que platiquemos de nuestros errores.

—Entonces, ¿por qué viniste?

«Porque estoy tratando de ser la persona que Harper se merece».

—Porque es lo correcto. —Bajé la puerta de la caja trasera, adentro estaba la cuna de Jamie, desensamblada, y la bicicleta de Liam—. Porque odiarte no va a ayudar a Liam o a Jamie y a ellos los quiero más de lo que estoy enojado contigo.

—No entiendo —dijo Nolan y tragó saliva, miraba de la cuna a mí y a la cuna de nuevo.

—No puedes comprar una cuna. Ahora ya tienes una. Adentro de la camioneta están todas las sábanas —Señalé con un movimiento de cabeza hacia la cabina.

—Me odias —dijo despacio.

—Odio lo que hiciste —corregí.

Desvió la mirada, pero, para darle crédito, volvió a mirarme.

—Porque no volví de inmediato.

—Porque, para empezar, los abandonaste. —Apreté los puños—. Ellos no se merecían eso.

—No —admitió en voz baja—. No se lo merecían. Tengo el valor de aceptar que cometí un error.

—¿Y tienes el valor de quedarte esta vez? —espeté—. Sin tonterías. Sin abogados. Sin trabajadores de Servicios Sociales. Sin jueces. Solo tú y yo, aquí en esta banqueta. Dime la verdad, ¿vas a abandonarlos de nuevo?

—Nunca —respondió alzando el rostro.

Lo miré fijamente durante un buen rato, tratando de descifrar su expresión. En general, era bastante bueno para juzgar el carácter y no quería equivocarme con este tipo, por el bien de los niños. No hizo ningún gesto. No se sonrojó. No desvió los ojos. Tras unos momentos de tensión, asentí.

—Muy bien.

Su alivio fue visible.

—Ahí están todos los tornillos y las tuercas; es muy fácil ensamblarla. ¿Tienes herramientas?

Saqué las piezas más grandes. Él negó con la cabeza.

—Todas mis herramientas están en mi trabajo.

—Todos los padres necesitan tener un juego en casa —dije sacudiendo la cabeza al tiempo que le pasaba las piezas—. Un juego de herramientas y muchas pilas AA. Sus juguetes las consumen como si fueran dulces. Tengo una bolsa en la camioneta. Puedes usarlas.

—¿En serio?

Tomó los costados más largos de la cuna y los puso sobre el pasto junto a la banqueta.

—En serio. —Le pasé los extremos más cortos y luego el colchón—. James se merece dormir esta noche y tú también.

Además, esto era todo lo que tenía para darles.

Bajé la bicicleta, el casco de Liam y el juego de sábanas de la cuna. Luego fui al asiento delantero, tomé el pequeño camión de bomberos en mi puño y cerré la puerta.

—Y esto es para Liam —agregué ofreciéndoselo a Nolan.

Frunció el ceño y alzó la vista hasta mi gorra.

—Liam tiene la misma gorra.

Asentí.

—No se la quita ni para dormir.

—Es de nuestra brigada de élite —expliqué, respirando el dolor que parecía vivir ya en mi pecho—. Bueno, no exactamente. Estamos en el proceso para obtener la certificación, pero deberíamos serlo la próxima semana.

—Sí, lo sé. Habla de eso todo el tiempo. —Esbozó una breve sonrisa triste—. Es difícil competir con uno de los miembros de la

Brigada de Élite de Legacy. Ese fue siempre mi problema con su madre. Nunca le llegué a la talla a su primer marido.

—Da la talla ahora —dije extendiendo la mano en la que tenía el camión de bomberos.

Iba a tomarlo, pero apartó la mano.

—¿Por qué no entras y se lo das tú mismo?

Me quedé boquiabierto y mi corazón dio un vuelco.

—¿Lo dices en serio?

Al principio asintió despacio, luego más rápido y sonrió.

—Sí. Les encantará verte. —Miró la cuna—. Francamente, me vendría bien un poco de ayuda para armar esto.

Mi respuesta fue inmediata.

—Sin ningún problema.

Una hora. Eso fue todo el tiempo que tuve con Liam y el Señor Vomitón antes de que me llamaran. Había un incendio tres horas al norte de Legacy y nos necesitaban, pero no como un equipo tipo dos.

Ya era hora.

Al parecer, no era un simulacro. El equipo de certificación estaba en el vehículo frente a nosotros, de camino al pequeño pueblo que me recordaba demasiado a Legacy. El cielo estaba negro como el carbón, salvo por el siniestro brillo naranja que se delineaba sobre la cumbre hacia el oeste. Con este incendio, nos certificaríamos o fracasaríamos.

En nuestro minibús había un zumbido palpable tanto de ansiedad como de emoción. Dividimos al equipo en dos, la mitad iba en nuestra camioneta y la otra mitad en la otra, con Bishop y Spencer a la cabeza, en una *pickup* al frente de nuestra caravana. Por suerte, el equipo de certificación iba en otro vehículo y no podrían usar el nerviosismo en contra nuestra.

El lugar a mi lado estaba vacío y Ryker estaba al otro extremo del pasillo; por casualidad, miraba en mi dirección. Parecía tranquilo y concentrado, pero la manera en que masticaba el chicle me decía que lidiaba con su propio nerviosismo.

Hice girar el anillo de platino en mi anular izquierdo y pensé de nuevo en enviarle un mensaje a Harper. Durante el camino, había reprimido el impulso al menos una vez cada treinta segundos. Supo del incendio por Ryker. Seguramente estaba preocupada.

Lo que necesitábamos decirnos no era el tipo de cosas que se enviaban por mensaje. Había demasiada ambigüedad en el tono, demasiadas maneras de caer en malentendidos. Esta tarde me llamaron del servicio de banquetes para decirme que Harper intentó cancelar la fecha de nuestra boda en octubre. Eso decía mucho.

Nos estacionamos afuera del centro comunitario que servía como centro de mando; todos bajamos de los autobuses para estirar los músculos. El logotipo de Legacy estaba pintado a un costado de cada uno de nuestros nuevos vehículos, pero el equipo de certificación había pegado un imán que decía «EN CAPACITACIÓN» debajo de él, lo que me recordaba todo lo que estaba en juego.

—En capacitación —masculló Bishop al bajar su enorme cuerpo del camión.

Supongo que no era el único que había visto el recordatorio.

—Formen un círculo —ordenó Spencer.

Así lo hicimos, dejando a nuestro superintendente en el centro.

Estaban a solo unos metros, pero sentía que el equipo de certificación nos respiraba en el cuello.

—Entraré con Bishop para leer el último informe de la situación —dijo Spencer—. Por lo que escuchamos hace una hora, sabemos que otros dos equipos tipo uno están en camino y unos cuantos tipo dos. El sobrevuelo que realizaron a las ocho de la noche mostró que se habían quemado mil doscientos acres desde que el incendio empezó esta tarde.

Una ráfaga de viento recorrió el estacionamiento y todos nos llevamos la mano a la gorra.

—Eso es a lo que nos enfrentamos, equipo. El pronóstico meteorológico para mañana no es de mucha ayuda. Líderes de escuadrón, que su gente coma y haga su campamento en ese gimnasio

—agregó señalando al otro lado del camino—. Iré a verlos cuando tengamos los planes para la mañana.

Ubiqué a los cinco de mi escuadrón y les hice un gesto para que me siguieran; Bash y Ryker hicieron lo mismo.

—¿Nervioso? —preguntó Cameron Patel con una sonrisita burlona.

—¿No deberías estar con Cohen? —pregunté mientras cruzábamos el camino hacia el gimnasio.

—No. Algunos de los nuestros están con él. Pedí que me concedieran el honor de quedarme con tu escuadrón para la evaluación.

Sonaba eufórico.

Mascullé una maldición.

—Al final, todo se paga y no puedo esperar a verlo —advirtió Cameron.

—¿Quién demonios habla así? —comentó Ryker cuando apareció a mi izquierda, abriéndose paso entre los dos—. Qué tienes, ¿ochenta años?

—Yo soy el que te evaluará —espetó Cameron—. Bueno, el que evaluará a Daniels.

—Maravilloso —dijo Ryker cuando Bash abrió las puertas del gimnasio frente a nosotros—. Entonces, a menos que quieras evaluar cómo Knox cierra el zíper de su saco de dormir o te interese cerrarlo con él, ¿qué tal si mejor dejas de molestar? La diversión empieza hasta mañana en la mañana y ya dejaste claro lo que querías.

Cameron alzó las manos como si lo hubieran arrestado, pero nos lanzó una sonrisa burlona antes de alejarse hacia los otros evaluadores.

—Lo tenía bajo control —dije al cruzar el umbral del gimnasio.

Ya había unas cincuenta personas ahí dentro; alineaban sus sacos de dormir y se acercaban a las largas mesas en las que se desplegaba la comida.

—Lárgate y ubica a tu escuadrón.

Había desaparecido la fachada tranquila y despreocupada que le había mostrado a Cameron, la que había perfeccionado a lo largo de años de situaciones de mucha presión. No, me fulminó con la mirada mientras se marchaba.

—Supongo que sigue enojado —comentó Bash a mi lado.

—Creo que no te equivocas.

Le di instrucciones a mi escuadrón de dónde dejar sus mochilas y sacudí la cabeza cuando Chance empezó a instalarse junto a Taylor. Eso no sucedería mientras yo estuviera a cargo.

—Pero ya lo hablaron, ¿verdad?

Bash me miró incrédulo.

—Si por hablar te refieres a que él me haya dicho que no estaba seguro de poder dejar de golpearme si empezaba a hacerlo y luego hablar brevemente de lo que está pasando con los niños, claro, ya hablamos.

Extendí mi saco de dormir y acomodé mi mochila con movimientos rápidos y practicados.

—Entonces, no hay ninguna tensión de la que tenga que preocuparme.

Bash puso sus cosas al lado de las mías, mirando de reojo a Ryker, quien estaba unas filas más adelante.

Hice un gesto.

—Maravilloso, carajo —bromeó sarcástico.

Spencer regresó con el informe de la situación, que no había cambiado mucho desde el último.

—Duerman un poco —ordenó—. Vamos a subir la montaña tan pronto salga el sol.

Bash llamó a Emerson.

Ryker llamó a Harper.

Yo no llamé a nadie y me dije que había tomado esa decisión para no gastar la batería del teléfono, puesto que aquí había más bomberos que enchufes.

Me quedé dormido y soñé con Harper durante lo que me parecieron diez minutos antes de que me despertaran a sacudidas.

—¿Ya son las cinco? —pregunté, parpadeando hacia Bash.

Ryker estaba de pie a su lado con la mandíbula tensa.

—Cuatro y media —murmuró Bash—. Vístete en silencio. Nos reuniremos afuera.

Me puse encima la poca ropa que me había quitado, hacía mucho tiempo que había perfeccionado mi manera de dormir completamente equipado; amarré las agujetas de mis botas, me froté los ojos y seguí a Bash y a Ryker entre las hileras de bomberos dormidos hasta salir del gimnasio.

El aire antes del alba era frío y llevaba un fuerte olor a humo. Ese olor fue más eficaz que una taza de café para despertarme. Ese olor significaba la muerte de personas a quienes el fuego había sorprendido en su sueño.

Cruzamos el estacionamiento hasta el patio de juegos, iluminado por los postes de luz.

Miré alrededor y vi que Ryker hacía lo mismo, pero Bash solo volteó a vernos a ambos.

—¿Dónde están todos?

—Estos somos todos —respondió Bash.

—Pensé que habías dicho que teníamos una reunión —intervino Ryker abotonándose la camisa.

—Nosotros somos la reunión —respondió Bash señalándonos a ambos—. Nosotros tres.

—Regreso a la cama —espetó Ryker dando media vuelta hacia el gimnasio.

—Considérenlo una junta de consejo de Legacy, LLC —replicó Bash.

—Hablas en serio —mascullé pasando los dedos por mi cabello despeinado.

—No tenemos un consejo, idiota —expuso Ryker cruzando los brazos—. Somos socios gestores.

—Me vale una mierda lo que somos. Ustedes dos van a hablar —ordenó Bash.

Miré a Ryker y él me fulminó con la mirada.

—Buenos días, Knox —saludó Ryker con una sonrisa sarcástica antes de mirar a Bash—. Ya, estamos hablando. ¿Contento?

—¡Esto no es una broma! —exclamó Bash alzando la voz—. ¡Hoy es nuestra única oportunidad de lograrlo! —Hizo un gesto hacia el brillo naranja en la cordillera, parecía que el sol se levantaba por el oeste—. Todo por lo que hemos estado trabajando, los años y el dinero que hemos invertido; todo se reduce a hoy y ustedes dos van a echarlo a perder si no resuelven su mierda.

—Nadie sabe... —explicó Ryker.

—¡Todo el mundo lo sabe, carajo! —interrumpió Bash— Me sorprende que el ayuntamiento no haya emitido un comunicado de prensa cuando Harper se salió de tu casa, Knox. Todos nos están observando. Desde el consejo, que espera que fracasemos, hasta el pueblo, que espera que los representemos, sin mencionar al equipo de evaluación que vigila cada paso en falso que damos. El equipo que está ahí adentro —hizo un gesto hacia el gimnasio—, por el que peleamos con uñas y dientes para reunir, espera que ustedes dos trabajen juntos y que dirijan a sus escuadrones.

La culpa y la responsabilidad se abatieron sobre mis hombros.

—¿En verdad piensan que a nuestros padres les hubiera gustado verlos así? —preguntó Bash arqueando las cejas como si nos hubiera lanzado el tiro de gracia.

—Creo que mi padre le hubiera dado una patada en el trasero por lo que pasó con Harper —comentó Ryker encogiéndose de hombros.

—Por Dios santo. —Giré para darle la cara a mi más viejo amigo—. Debimos haber lidiado con esto ayer.

Ryker entrecerró los ojos.

—¿Hablas de lidiar con el hecho de que culpaste a mi hermana de que los niños volvieran con Nolan?

Hice una mueca.

—No fue mi mejor momento.

—Eso fue evidente.

—Ella me dejó, Ryker. Empacó sus cosas y se fue antes de darme la oportunidad de procesar lo que había pasado en el tribunal ese día. Cuando me fui a combatir ese incendio, tenía una esposa y dos hijos y regresé a una casa vacía.

—Tú la empujaste a que se fuera —me acusó.

—¡Lo sé! —grité apretando los puños—. ¿Acaso crees que no lo sé? ¿No crees que lamento cada palabra que salió de mi boca esa noche? —Sacudí la cabeza, quería explicarle, poner en palabras la pena de los últimos días—. A la hora de la verdad, ella nunca confió en que me quedaría; carajo, con mi historial tampoco puedo culparla. Nunca renunció a su departamento. ¿Qué quieres que haga, Ry?

—Deja de demostrar que ella tenía razón, idiota. —Se frotó el rostro—. Esto es exactamente lo que no quería que pasara...

—Lo sé, pusiste su nombre en la lista.

—¡Al demonio con la lista! —espetó—. No quería convertirme en una suerte de intermediario entre ustedes dos, pero, al parecer, ambos creen tener una superioridad moral. Ella no dejó esa puerta abierta por que lo fueras a joder todo de manera inevitable. Quería subarrendar el departamento durante las vacaciones para ganar un poco más de dinero.

—¿Qué?

Toda mi indignación se evaporó.

—Si te hubieras tomado la molestia de preguntarle, te lo habría explicado.

Abrí y cerré la boca varias veces, tratando de encontrar algo que decir que no me hiciera parecer un imbécil.

Ryker arqueó una ceja.

—No pregunté porque no quería saber —admití a fin de cuentas—. Ya estaba asustada por lo de la segunda boda y todo parecía demasiado bueno como para ser verdad. No quería arriesgarme a reventar la burbuja.

—Reventó.

—No me digas —exclamé alzando las manos al cielo—. No planeé nada de esto, Ryker. Encontrarla en mi casa, enamorarme de esos niños ni lastimarla.

—Sí, lo sé.

—Si pudiera... —Callé un momento—. ¿Qué?

—Que lo sé. —Se encogió de hombros—. No creo que la hayas lastimado a propósito, Knox. Creo que hablaste de más. Los niños de kínder pueden enseñarte una o dos cosas sobre comunicar tus sentimientos. Jamás pensé que lo hubieras hecho adrede.

—Niños de kínder —repetí, ignorando la risa velada de Bash.

—Sí. —Ryker asintió—. Creo que, cuando las cosas se pusieron feas, se fueron el uno contra el otro, en lugar de enfrentar el problema juntos. Ella no te dio tiempo de procesarlo y se sintió abandonada. Tú la miraste y, de forma inconsciente, viste a tu mamá cuando te abandonó.

Bash y yo lo miramos boquiabiertos.

—Es... un análisis impresionante para alguien que evita las relaciones como a las enfermedades venéreas —comentó Bash, midiendo sus palabras y arqueando las cejas.

Ryker nos miró a ambos y puso los ojos en blanco.

—Ah, déjame en paz. Esto es de introducción a la psicología. Y solo porque prefiera no tener una relación no significa que no pueda hacerlo. Verlos a ustedes haciéndose bolas por una mujer ya es un trabajo de tiempo completo.

La luz en el estacionamiento cambió a un brillo anterior al alba. Ya casi era hora de despertar al resto del equipo.

—No sé qué hacer con Harper, Ry. Ella tomó su decisión y no puedo prometerle que estaré con ella la próxima vez que algo salga mal. Ninguno de los dos puede hacerlo.

Miró un momento mi mano izquierda.

—¿Nunca se te ocurrió pensar que quizá ella quería que fueras a buscarla?

Fruncí el ceño.

—No.

Ahora era Bash quien me miraba boquiabierto.

—¿En serio?

—En serio. —Asentí una vez—. Ella no es de las que juegan con esas cosas. Además, ¿qué podría decir para aclarar esto?

Ryker me miró y parpadeó.

—Ah, no sé, ¿quizá tomar algunos consejos de otros hombres de la historia que han tenido que pelear por su chica?

Miré al único hombre que estaba en una relación: Bash.

Bash me miró un segundo y rio.

—Dios mío, no estás bromeando, ¿verdad? Empieza por disculparte. No lleves flores, de lo contrario pensará que solo le llevas flores cuando la cagas.

—Quizá debas tomar notas —murmuró Ryker.

—Cállate —espeté.

—Dile que metiste la pata. Dile que nunca volverá a pasar... y trata de que así sea —me aconsejó Bash señalándome con el dedo—. Eso les encanta. Que te arrastres. Termina jurándole que la amarás hasta la muerte y, luego, espera el veredicto.

—Decirle que la am...

Apenas pude interrumpir mi frase.

—Tú la a-mas —repitió Bash—. Carajo, quizá si necesitas una pluma.

Ryker entrecerró los ojos.

—Sí la amas, ¿verdad? Porque yo no tengo ninguna maldita duda de que ella te ama a ti.

Por supuesto que la amaba. Solo que nunca se lo había dicho.

—Aunque así fuera, creo que ella se merece escuchar esas palabras antes que tú.

A Ryker se le cayó la mandíbula.

—¿Nunca le has dicho que la amas? —Abrió los ojos de par en par—. ¿Por eso dijiste que te enamoraste de los niños, pero no dijiste que te enamoraste de ella?

La rabia inundó su mirada.

—No me enamoré de ella este verano, imbécil. Eso sucedió hace siete años.

—Mierda, tienes que decírselo. —Ryker me dio una palmada en el hombro—. Tienes que decírselo y luego debes confiar en que ella te ame de vuelta. No siempre tienes que quedarte solo en la cornisa. Esa es la ventaja de estar con alguien.

Asentí y callamos conforme el sol empezaba a elevarse.

—¿Abrazo de grupo? —propuso Bash.

—Por supuesto que no —repliqué.

Cuarenta y cinco minutos después habíamos empacado y nos dirigíamos al punto más alto del camino al que podíamos llegar dentro del bosque nacional.

—Formen un círculo —ordenó Spencer mientras yo apretaba las correas de mi mochila.

Bishop extendió un mapa sobre la superficie rugosa de una roca y nos reunimos a su alrededor; el viento hacía volar los bordes del papel, así que River se adelantó y sostuvo un costado para que el maldito mapa no saliera volando.

—Debido a estos vientos, el incendio arrasó otros mil acres anoche —nos informó Spencer—. Y tenemos como dos horas para hacer nuestro trabajo, porque después el viento volverá a arreciar en la noche. Se prevén ráfagas de más de ciento diez kilómetros por hora.

—Treinta y dos grados centígrados, madera seca, vientos de ciento diez kilómetros por hora —dijo Ryker encogiéndose de hombros—. ¿Qué podría salir mal?

Se escucharon risas secas.

El equipo de evaluación no parecía divertido.

—Vamos a cavar una línea aquí —explicó Spencer señalando una pendiente pronunciada en el mapa—. Escuadrón uno, ustedes subirán por aquí y abrirán una brecha cortafuegos acá. —Spencer miró a Bash, quien asintió—. Escuadrón dos, ustedes se dividirán aquí y bajarán para empezar la línea acá.

Ryker asintió.

—Escuadrón tres —continuó Spencer mirándome—. Ustedes subirán desde el pie y cavarán la línea hasta reunirse con el escuadrón dos.

Me incliné sobre el mapa.

—Superintendente, ¿no tendría más sentido usar ese arroyo de ahí?

Spencer negó con la cabeza.

—Si el viento cambia, no van a poder salir. Quedarán atrapados. No está en el mapa topográfico, pero aquí hay una vieja cantera —agregó señalando un área justo debajo de donde nos indicó que empezáramos la línea—. Si podemos cavar hacia el sur de esa cantera y extinguirlo antes de que llegue a la cresta de esta colina, podemos salvar el pueblo. La cantera nos da la ventaja.

—¿Y si gira hacia el norte, a lo largo de esta cordillera? —pregunté.

En esta zona, era muy difícil predecir los vientos de la tarde. Cavar una línea ahí podría detener el avance del incendio.

—Entonces, se quemará cierta superficie, pero el pueblo seguirá a salvo.

Asentí sin quitar la vista del arroyo. Claro, el terreno era accidentado, pero si éramos lo suficientemente rápidos...

—Mantengan abiertas las radios. Yo estaré con el escuadrón uno y Bishop irá con el dos. —Me miró—. ¿De acuerdo, Daniels?

—De acuerdo —le aseguré.

Nos dieron mapas y nos dividimos para recorrer los senderos desgastados y abruptos que nos habían asignado. Ryker y Bash iban al frente de sus respectivos escuadrones; yo dirigí al mío por el camino que conducía a la cantera. Justo detrás de mí, Lawson cargaba la motosierra. Al voltear, respiré de alivio al ver que, si bien River cerraba la marcha, Taylor mantenía el paso junto con los demás. Braxton estaría orgulloso.

Tras una hora de caminata empezamos a subir la colina. El sudor bajaba por mi espalda y empapaba mi camisa.

—¡Manténganse hidratados! —grité sobre el hombro conforme entrábamos en el bosque.

Si no hacíamos bien nuestro trabajo, en la noche todo esto sería cenizas... Ojalá que la estrategia de Spencer sea la correcta.

—Puedo ver cómo giran los engranes en tu cabeza —dijo Cameron, rebasando a Lawson para caminar detrás de mí.

—Ni siquiera me puedes ver la cara. No ves un carajo —respondí.

—Estás pensando que sabes más que Cohen —continuó—. Ese arroyo parece una magnífica barrera natural, sobre todo si los vientos no nos dan esas horas valiosas que necesitamos.

—Pensé que tu papel era observar.

—Yo pensaba que el tuyo era guiar a tu escuadrón —replicó arqueando las cejas como si hiciera una pregunta.

La pendiente se hizo más escarpada y el sendero se curvaba de forma abrupta a la derecha, hacia el arroyo. Me detuve y estudié los alrededores. La columna de humo se elevaba sobre nosotros y seguía moviéndose hacia el oeste; sin embargo, aún no podíamos ver el incendio, por lo que no sabía si estaba cambiando hacia el norte o no.

—¿Qué vas a hacer? —preguntó Cameron.

Revisé mi mapa. Si seguíamos el plan, aquí acababa nuestro sendero.

—¿Vas a seguir tus instintos o vas a acatar órdenes? —insistió Cameron.

River me miró, expectante.

—¿Seguirá hacia el norte? —le pregunté—. ¿O bajará por esta ladera conforme avance el frente esta tarde?

Después de mí, él era el de mayor experiencia en nuestro escuadrón.

Examinó el humo, sacó el anemómetro para tomar una lectura y luego negó con la cabeza.

—Es demasiado pronto para hacer suposiciones.

—¿Qué decides, Daniels? —volvió a preguntar Cameron.

—Subiremos por aquí. Tengan cuidado con el camino —dije y empecé a subir, dejando atrás el sendero.

—Vas hacia la cantera —comentó Cameron—. ¿En contra de tus instintos?

—Cállate y observa.

—Si tú lo dices —agregó y se quedó atrás.

—Carajo, sí lo digo —mascullé sin detenerme.

Ganamos altura; las piernas me escocían conforme avanzábamos.

—Habla el escuadrón uno. Llegamos a nuestra ubicación y estamos empezando la línea —informó Bash por la radio.

—Entendido, escuadrón uno. Escuadrón dos, estamos como a cinco minutos de nuestro destino. —La voz de Ryker sonó por el altavoz.

Apreté el botón de mi radio.

—Entendido. Aquí escuadrón tres. Estaremos en posición en cinco minutos.

Cinco minutos después, sudorosos y jadeando, llegamos al borde de la cantera. Miré a mi escuadrón y luego la cordillera, donde pude ver que el escuadrón de Ryker ya había comenzado a cavar la línea. El viento nos había dado un respiro, justo como había predicho Cohen.

—Tómense dos minutos e hidrátense —ordené—. Luego, empezaremos a cavar.

Minutos después, Lawson empezó a cortar la maleza y el sonido de la motosierra llenó el aire. El resto, con hachas Pulaski en mano, empezamos a despejar el área, concentrados y sudorosos, abriéndonos paso hacia la cordillera donde se encontraba Ryker.

Cameron había sacado su maldito cronómetro para cuantificar el tiempo que nos llevaba cavar una brecha tras otra.

Mi corazón retumbaba por el esfuerzo y los músculos me ardían conforme avanzábamos sin descanso por el terreno accidentado.

Ni uno solo se quejó. Éramos eficientes. Éramos rápidos. Éramos buenos.

Al cabo de lo que me parecieron horas, nos reunimos con la línea de Ryker; las llamas lamían la cima de la colina sobre nosotros. Teníamos una hora. Tal vez menos si el viento empezaba a arreciar antes de lo previsto.

Por la radio, se escuchó el informe del puesto de vigilancia. Los vientos se mantenían. Habíamos aprovechado nuestra oportunidad a la perfección.

Cuando la brecha cortafuegos estuvo terminada, Spencer ordenó que la quemáramos.

La encendimos y salimos volando de ahí, pendiente abajo hacia el sendero, de manera tan rápida y segura como nos fue posible.

—Se sostiene —dijo River cuando me alcanzó—. La línea negra está muy bien delimitada donde Spencer la quería y las llamas están subiendo para encontrarse con el frente.

Miré sobre el hombro para verlo por mí mismo y asentí.

—Bien.

Nos reunimos con los otros escuadrones; el estado de ánimo, en general, era más ligero, aunque estábamos exhaustos. A pesar de que solo habíamos delineado el camino del incendio, logramos alejarlo del pueblo.

—Fue una decisión interesante la que tomaste allá arriba —dijo Cameron cuando le di el último trago a mi botella de agua. El viento había empezado a arreciar y llevó las llamaradas hacia la cresta. Era hora de salir de ahí—. Siempre pensé que eras de los que siguen sus instintos.

Miré a Spencer, quien examinaba el mapa con Bishop mientras hablaba por la radio.

—Decidí confiar en mi superintendente.

Camerón alzó las cejas.

—Creo que pronto sabremos si tomó la decisión correcta.

—Supongo.

—¡A los camiones! —ordenó Spencer.

Todos nos dirigimos a los vehículos.

—¡Oye, Cameron! —grité.

Cameron volteó.

—Todavía nos debes veinte dólares —le recordé con una sonrisa, antes de subirme al autobús.

Habíamos terminado nuestra parte de la evaluación.

Ahora solo nos quedaba esperar.

CAPÍTULO 28

Harper

Cuando terminamos nuestra comida tardía en el Chatterbox, casi todas las mesas estaban ocupadas. La hamburguesa me supo a aserrín, pero no era por la comida, sino por mis nervios. No ayudaba que Ryker estuviera revisando su teléfono cada cinco minutos.

—Nos dijeron que nos llamarían al final del día laboral —dijo Emerson extendiendo el brazo sobre la mesa para arrebatarle el teléfono—. Me vas a volver loca si sigues mirando.

—Y van a llamar a Spence —agregó Bash.

Sin embargo, vi que su teléfono estaba sobre la mesa en caso de que llegara un mensaje.

Había pasado un día desde el incendio que determinaría su clasificación, y ayer los habían enviado a casa para esperar el veredicto.

—¿Estás segura de que se reunirían hoy? —le preguntó Ryker a Emerson; no había tocado ni una sola de sus papas a la francesa.

—¡Sí! —respondieron ella y Bash al unísono.

—Perdónenme si estoy un poco nervioso —masculló Ryker.

—¿A qué hora se supone que debemos estar ahí? —le preguntó Em a Bash.

—A las cuatro —respondió mirando su teléfono.

—¿Estar en dónde? —pregunté al tiempo que metía una papa en la salsa ranch antes de morderla.

—En casa de Knox —respondió Ryker alzando las cejas en mi dirección como si yo debiera saberlo.

Dejé caer el resto de mi papa a la francesa.

—¿Perdón?

—Mmm. La... celebración. —Emerson tuvo la delicadeza de sonrojarse al pasar la mirada sobre nosotros tres—. Todos nos reuniremos en casa de Knox para esperar la llamada, ¿recuerdas?

—No. —Negué con la cabeza—. Creo que me acordaría si hubiera aceptado algo así.

No podía ver a Knox. Todavía no. Aún me sentía lastimada, vulnerable y, sobre todo, no en un día como hoy. Todos tenían la emoción a flor de piel, habían trabajado durante años para llegar a esto.

La probabilidad de que perdiera la cabeza y me abalanzara sobre él era muy alta.

—Bueno, pues acepta ahora —dijo Ryker encogiéndose de hombros.

—¿Desde cuándo estás del lado de Knox? —pregunté fulminándolo con la mirada.

Él me respondió con el mismo gesto.

—¿Desde cuándo todo tiene que ver con Knox? También es mi equipo, Harpy, y quiero pensar que, si nos dan luz verde para ponernos la insignia de nuestros padres, te gustaría estar ahí. No por él, sino por mí.

Mierda, me sentí mezquina.

La abuela cruzó las puertas batientes y me saludó con un gesto de la mano y una enorme sonrisa, como siempre.

Le devolví el saludo y aparté la mirada rápido. Al entrar aquí, pensé que me echaría de una patada en el trasero, pero me trató como si nada hubiera pasado. Como si no hubiera empacado todas mis cosas en un tiempo récord y hubiera abandonado a su nieto, dejando atrás sus anillos de compromiso y de boda.

—Tienes que estar ahí —insistió Ryker.

La evidente súplica en su mirada era más de lo que yo podía soportar.

—¿Quién garantiza que me dejará entrar?

Todos me miraron como si fueran las palabras más patéticas que hubiera pronunciado en mi vida.

—Te dejará entrar —intervino Emerson para asegurarse de que no malinterpretara sus expresiones.

Tanto Ryker como Bash asintieron.

—Es solo que... —Suspiré—. No estoy lista para lidiar con toda la situación, ¿okey?

No estaba lista para escuchar sus amables disculpas y verlo marcharse. No estaba lista para pasar la página, aunque fuera obvio que lo necesitaba. Quería seguir teniendo ese pequeño resquicio de negación. Ahí era feliz.

Cierto, me sentía pésimo, pero, aun así. Hablar con Knox significaba que en verdad todo se había acabado.

—Entonces, no hables con él —comentó Ryker encogiéndose de hombros otra vez.

—¿En serio piensas que es así de fácil? —Ladeé la cabeza hacia mi hermano.

—Pienso que eres una adulta capaz de tomar decisiones sin que yo intervenenga —respondió metiéndose una papa en la boca.

—Bueno, eso es nuevo.

Bash y Emerson se miraron.

Por supuesto, para ellos todo era fácil. Habían grabado sus nombres en esa maldita pared dos mesas más atrás para que todo Legacy lo viera. Estaban destinados el uno al otro.

—¿Por favor, Harpy? —preguntó Ryker.

Suspiré y llamé a la mesera con una seña.

—¿Me puedes traer una margarita, por favor? —solicité.

—¡Claro! —respondió animada, contenta, y no por completo desconsolada como yo me sentía—. ¿Con hielo triturado o en las rocas?

—¿Qué estás haciendo? —murmuró Emerson como si Bash y Ryker no pudieran oírla.

—No me importa siempre y cuando tenga tequila —le dije a la mesera—. Mucho tequila.

—¡Ahora mismo! —exclamó alejándose a saltitos.

Los tres me miraron fijamente.

—¿Qué? —los desafié.

—Tú nunca bebes alcohol a las dos de la tarde —dijo Emerson despacio.

Desestimé su comentario con una señal de la mano.

—Bueno, no es que siga siendo mamá, ¿verdad? Hoy no tengo ninguna responsabilidad y si voy a estar con Knox en la misma habitación, es más, en la misma casa, entonces ni loca voy a estar sobria.

No estaba segura de que hubiera alcohol suficiente en el mundo que me ayudara a aguantar esta tarde.

—¿Eso quiere decir que vas a venir? —preguntó Ryker con un tono esperanzado.

—Eso quiere decir que voy a ir —admití.

Antes de irnos, me tomé tres de esas bebidas dulzonas y saladas.

Con un poco de suerte, esta sería la gran noche de Ryker y, con un poco más, no recordaría nada de ella.

CAPÍTULO 29

Knox

La casa empezó a llenarse conforme se acercaban las cuatro de la tarde. Dejé la puerta principal abierta para que los miembros del equipo entraran; algunos llegaban solos y otros con sus familias. Me quité del camino del empleado del *catering*, quien daba los toques finales a la montaña de alimentos en el comedor.

No estaba seguro de qué me ponía más nervioso, si la llamada inminente del equipo de certificación o los anillos que tenía en el bolsillo.

Mentira. Eran los anillos. Esos idiotas hacían que mi estómago diera saltos mortales.

Ella llegaría en cualquier momento. Ryker, Bash y Emerson me juraron que la convencerían para que viniera.

—Gracias por invitarnos, Knox —dijo Spencer al cruzar el umbral y me estrechó la mano—. Es mucho más familiar que escuchar la noticia en la casa club.

—Con gusto.

No mencioné que esta había sido la única idea que se me ocurrió para que ella viniera. ¿Hubiera podido presentarme en su departamento? Sin duda. ¿Irrumpir en el kínder? Seguro. Pero esta casa... aquí fue donde todo sucedió, donde nos convertimos en «nosotros»; por eso pensé que este era el mejor lugar para recordarle precisamente lo bien que estábamos juntos.

—¿Me llevas a tu despacho? —preguntó.

—Claro. —Cruzamos la casa y avanzamos por el pasillo hasta el despacho—. Todos nos quedaremos afuera para que no haya ruido durante la llamada telefónica. Luego, cuando estés listo, puedes salir para darnos la buena noticia.

Spencer me ofreció una sonrisa forzada.

—Siempre y cuando sea una buena noticia.

—Lo será —aseguré con más confianza de la que sentía—. No es posible que todo lo que hemos hecho, todo por lo que hemos trabajado, haya sido en vano. Serán buenas noticias.

El incendio ya estaba contenido al treinta por ciento y en gran parte se debía a la estrategia de Spencer de ayer. Su decisión había sido la correcta.

Y yo había tomado la decisión correcta al seguir sus instrucciones, aunque Cameron no estuviera de acuerdo.

Spencer desvió la mirada hacia una fotografía de la brigada original de Legacy y su mandíbula se tensó un par de veces.

—Tu padre estaría orgulloso de la persona en la que te has convertido, Knox. No solo el bombero, sino también el hombre.

—Gracias —dije con voz ahogada.

No importaba cuántos años hubieran pasado, el dolor de perder a papá no había disminuido. Se había convertido en una suerte de sombra que, en ocasiones, se alargaba y, en otras, sobrevolaba cerca de mí, pero nunca me abandonaba.

—Te enviaré a Bishop cuando llegue —agregué.

Salí del despacho y regresé a la reunión que estaba por convertirse en fiesta. El reloj dio las cuatro y eché un vistazo rápido por la sala y las ventanas hacia la terraza de la izquierda; calculaba que la mayoría ya había llegado.

Emerson me cortó el paso al final del pasillo. Tenía los labios apretados y una mirada de disculpa se desbordaba en sus ojos.

—No vino —aseguré desmoralizado.

Emerson hizo un gesto.

—Ah, no. Sí vino.

—¿Está aquí?

Miré más allá de la chica morena y recorrí la habitación con la mirada en busca de mi esposa, pero no la vi.

—Sí. —Asintió despacio.

—¿Qué me estás ocultando?

—Sí, bueno, mmm... —Arrugó la nariz un momento—. Pero... precopeó un poco.

—Precopeó —repetí como perico.

—Ya sabes —agregó encogiéndose de hombros—. Como cuando vas a salir en la noche, pero tomas unas copas antes de irte.

—Em, entiendo lo que significa precopear.

Volví a mirar, pero seguí sin advertirla.

—Sí, bueno, precopeó bastante.

—¿Estás tratando de decirme que mi esposa está borracha? —pregunté marcando cada palabra.

—Quizá un poco. —Acercó su pulgar e índice y fue agrandando poco a poco la distancia entre sus dedos—. O mucho. Quiero decir que, si su complexión fuera más robusta... digamos, la de un defensor de la NFL, no sería tanto, pero ella es... pequeña, así que...

—Así que está borracha —supuse.

—Lo siento mucho. Si te hace sentir mejor, solo lo hizo para reunir el valor para verte. —Arrugó la nariz.

Quedé boquiabierto.

—Eso no me hace sentir mejor, Em.

De hecho, echaba a perder mi plan para esta tarde.

En ese momento, Harper entró bailando en mi campo de visión con una sonrisa enorme en su bello rostro. Llevaba puestos los shorts más cortos del mundo y un suéter demasiado grande que le llegaba a la cadera y se caía descubriendo un hombro; su cabello estaba suelto sobre su espalda. La boca se me secó; se veía maravillosa.

Se tambaleó un poco y Ryker la ayudó a estabilizarse.

—Borracha —repetí.

—Era la única manera de que viniera.

Suspiré y forcé una sonrisa. No podía recordar la última vez que había visto a Harper dejarse llevar así. El momento no era nada oportuno, pero, en cierto sentido, no me sorprendía, porque así había sido siempre entre nosotros.

—Hazme un favor —le pedí a Em al pasar a su lado—. ¿Puedes decirle a Bishop que vaya al despacho cuando llegue? Ahí está Spence esperando la llamada.

—Claro que sí —respondió alzando los pulgares—. Y buena suerte —agregó señalando a Harper— con todo eso.

La iba a necesitar.

El sonido de la risa de Harper fue una descarga eléctrica en mi corazón. Estaba descontrolado y los latidos se aceleraron hasta que volvieron a estabilizarse conforme avanzaba hasta donde ella estaba.

—Hola, Knox. —Alguien me detuvo—. ¿Dónde están las camisetas? Queremos estar preparados.

Por la voz supe que era River.

—Empacadas por talla debajo de la mesa del comedor —respondí sin dejar de caminar y sin quitarle los ojos de encima a Harper.

Ryker miró en mi dirección y me lanzó la misma mirada de disculpa que Emerson cuando Harper volvió a reír... por algo que Chance dijo, quién sabe qué.

—¿Alguien sabe dónde están los vasos de plástico? —gritó Avery desde la cocina.

—¡En el estante superior! —respondió Harper girando un poco.

Nos miramos fijamente. Valía la pena luchar por esta mujer, aunque tuviera que defender mi caso, aunque tener esperanza significara hacerlo una y otra vez.

—Harper —dije en voz baja.

—Knox. —Su sonrisa se evaporó—. Ryker dijo que no tengo que hablar contigo si no quiero. —Abrió los ojos y se llevó la mano a la boca—. Uy, hablé muy fuerte, ¿no?

—Está bien.

A juzgar por la manera en que casi todos en la sala dirigieron su atención hacia nosotros, sí, había hablado muy fuerte, pero no me importaba.

—Pero Ryker también piensa que es una buena idea que lo escuches —intervino Ryker, sosteniéndola de nuevo cuando se tambaleó.

Gracias a Dios llevaba tenis, si hubieran sido tacones, se hubiera matado.

Harper volteó a ver a su hermano con un movimiento exagerado.

—Traidor.

—Solo te estoy dando mi opinión franca.

Harper me miró y tuve que reunir todas mis fuerzas para no echármela al hombro y sacarla de aquí, para que entrara en razón. Había miles de emociones en su mirada, pero la que me resultó imposible de soportar fue la de dolor, porque sabía que yo lo había provocado.

Se alejó de Ryker y presionó un dedo contra mi pecho, fulminándome con la mirada.

—Me prometí que no iba a hablar contigo, porque... —Negó con la cabeza—. Por muchas cosas. Pero ¿sabes qué? Quizá sí lo haga. Todavía no decido.

—¿Al menos podemos hablar en privado?

No necesitaba que el resto del equipo presenciara esto.

Entrecerró los ojos.

—Bien, después de la llamada. Pero vas a tener que mantener las manos quietas, Knoxville, porque no puedo pensar cuando me tocas.

Reprimí una sonrisa. La Harper pasada de copas y sin filtros tenía sus ventajas.

—Dios mío, por favor, tengan esta conversación en privado —se quejó Ryker.

—Bishop acaba de llegar —anunció Bash abriéndose paso entre la multitud con Emerson a su lado—. Se fue al despacho.

—Ahora, esperamos. —Ryker echó un vistazo a su reloj y Harper retrocedió para ponerse a su lado.

Íbamos a hablar.

Un rumor nervioso llenó el aire y se hizo más intenso conforme pasaron los minutos.

Los chicos y Em hicieron un esfuerzo por hacer plática en nuestro pequeño círculo, pero yo casi no puse atención a lo que decían.

Harper y yo entablábamos una competencia emocional con la mirada.

—Son las cuatro y media —murmuró Bash mientras pasaba su peso de un pie a otro.

—Llamarán —dijo Emerson, ofreciéndole a su prometido su sonrisa más solidaria.

—En este momento, el ayuntamiento está dándose de topes contra la pared —comentó Ryker al tiempo que pasaba un brazo sobre los hombros de Harper para evitar que se volviera a tambalear.

Carajo, ese era mi trabajo.

—Hicieron todo lo que pudieron para que ustedes fracasaran. —La sonrisa de Emerson desapareció.

—No lo vamos a hacer —aseguré sin quitarle la mirada de Harper—. El fracaso nunca ha sido una opción.

Harper hizo una mueca y sentí una presión en el pecho por temor a que nuestra conversación no saliera como yo quería. Ganar una competencia emocional de miradas nunca me había parecido tan jodido.

—¡Atención! —La voz de Bishop resonó en toda la casa y todos guardamos silencio—. Vengan todos.

—Ya era hora —se quejó Bash en un murmullo.

Lawson le hizo una seña a los que estaban en la terraza y la planta baja de mi casa se atiborró a su máxima capacidad.

Cerré los ojos y respiré hondo. Ya no se podía hacer nada más. Entonces, ¿por qué tenía el estómago hecho un nudo? Nos certificarían o no. La decisión ya se había tomado. Estaba fuera de nuestras manos.

Reinaba el silencio, a pesar de que éramos al menos cuarenta personas reunidas.

—Recibí la llamada del equipo de certificación —anunció Spencer desde el borde de la cocina, donde todos podían verlo.

Contuve el aliento.

Una sonrisa lenta, orgullosa, se dibujó en su rostro.

—Legacy está de vuelta, ¡todos están certificados como brigadistas de élite!

«Diablos».

Nuestras ovaciones fueron ensordecedoras.

Mi corazón latía con fuerza y la emoción abrumaba todo pensamiento lógico. Ryker, Bash y yo nos abrazamos con las cabezas juntas, y gritamos de alegría.

El trabajo, el sacrificio, las súplicas ante el ayuntamiento. Las gestiones y el dinero. Las noches en vela que pasamos tratando de ubicar a cada miembro. El entrenamiento y las dudas... todo había valido la pena.

Éramos hijos dignos de nuestros padres y habíamos recuperado su insignia.

Cada persona en esta habitación había desempeñado un papel, pero nosotros tres estuvimos desde el principio.

—Lo logramos —exclamó Bash.

—¡Sí! ¡Mierda, lo hicimos! —grito Ryker.

—Estarían orgullosos de nosotros.

Mi voz salió tensa; el nudo en mi garganta crecía con cada minuto que pasaba, con cada parpadeo de mis ojos adoloridos.

Ambos asintieron y nos separamos.

Alguien me abrazó, River, y me dio una palmada en la espalda antes de soltarme. Todos a nuestro alrededor saltaban, se abrazaban, chocaban las manos y sonreían como si hubieran ganado la lotería.

Bash tenía a Emerson en sus brazos.

Ryker abrazó a Harper y la levantó.

La alegría se quebró en mi pecho. Era mi esposa. Era la única mujer a la que amaba y amaría jamás y todo esto no significaba nada si no la tenía a ella.

—¡Maldonado! —gritó Spencer.

—¡Aquí! —respondieron River y Bishop al unísono, haciendo que todos riéramos.

Las camisetas volaron hasta las manos ansiosas del equipo.

—¡Daniels!

Alcé la mano y Bishop arrojó la camiseta, que voló por la sala hasta que la atrapé.

A nuestro alrededor, los miembros de la brigada se quitaban la camisa y la dejaban caer al suelo.

—Bueno, se puso interesante —dijo Emerson con aprecio sincero mientras Bash quedaba con el pecho desnudo.

Puse los ojos en blanco e hice lo mismo para ponerme la camiseta de la Brigada de Élite de Legacy. La acomodé y miré la insignia que estaba justo debajo del hombro. «Igual que la de papá».

Giré y, de pronto, una masa de cabello rubio estaba en mis brazos. Harper. Lanzó los brazos alrededor de mi cuello, aspiré su aroma, su cuerpo presionado contra el mío. La abracé y la levanté.

—Ahora sí es perfecto —dije contra su sien.

—Estoy muy orgullosa de ti —respondió y me sujetó con más fuerza.

Si hubiera podido detener algún momento para vivirlo durante toda una eternidad, hubiera elegido este.

—Te amo.

Las palabras salieron de mi boca sin preámbulos, sin adornos, sin haber practicado un discurso bonito en mi mente durante todo el día.

Apartó de golpe la cabeza y me miró con los ojos llenos de asombro y un poco embriagados.

—Knox. No.

—Te amo —repetí, asombrado de que el mundo no hubiera estallado en llamas ni se hubiera hundido en arenas movedizas por formular esas palabras.

Negó con la cabeza y me empujó por el pecho.

La solté.

Nos miramos por lo que me pareció una eternidad, pero que probablemente solo fue una fracción de segundo. En algún lugar, sonó el ruido de un tapón de champaña que destapaban. Las cervezas circulaban entre la gente.

Harper arqueó una ceja, dio media vuelta y se dirigió a la escalera.

—¡Suerte! —gritó Ryker.

La iba a necesitar. «Aparta la vista de sus nalgas», me dije mientras la seguía escalera arriba, pero, carajo, estaba justo frente a mí. Mis palmas ansiaban tocarla y, cuando resbaló, la sujeté por la cadera hasta que recuperó el equilibrio.

—¡Oye! —exclamó agitando el índice en mi dirección—. Fuera manos.

—¿Preferirías que te dejara caer?

Frunció el ceño y sacudió la cabeza antes de subir corriendo los últimos escalones.

Miró a la derecha, a nuestra recámara, luego giró a la izquierda y abrió esa puerta en su lugar.

No estaba preparado para la manera en que contuvo el aliento ni para el dolor agudo que me atenazó.

Era su recámara, la de Liam y Jamie.

—Todo se siente tan mal —dijo sacudiendo la cabeza mientras se sentaba en la cama individual—. La recámara sigue aquí, pero ellos ya no están.

No quedaba nada personal de ellos. Era solo un cascarón.

—Sí, así es.

Me senté junto a ella a una distancia prudente, como para no tocarla, como prometí, pero lo suficientemente cerca como para ayudarla si se caía.

—¿Sabes lo que pasa cuando solo tienes responsabilidades durante meses?

La miré, pero no respondí a su pregunta retórica.

—Tu tolerancia al alcohol desaparece—murmuro y frunció el ceño al mirarme—. Tomé demasiado tequila como para tener cuidado de lo que te diga.

—Pues no lo hagas.

Eso también significaba que, probablemente, tomó mucho tequila para que yo no la hiciera responsable de cualquier cosa que dijera.

Sopló con fuerza para retirarse un mechón de la cara y parpadeó al observar la habitación.

—¿Dónde está la cuna de Jamie?

La alfombra aún conservaba las marcas.

—Se la di a Nolan.

Volteó a verme; la rapidez con la que lo hizo debió hacerla perder el equilibrio, porque se sujetó de mi brazo.

—¿Se la diste a Nolan?

—Era la cuna de Jamie. —La miré y pasé el mechón detrás de su oreja—. Escuché todos los mensajes que me dejaste, Harper, y tenías razón. Lo mejor para los niños era que estuvieran con Nolan. —Sentí una presión en el pecho al pensar en todo lo que había terminado esa noche que ella se fue. Ni siquiera sabía por dónde empezar a disculparme o si lo recordaría mañana—. Estaba tan enojado esa noche cuando llegué a casa y vi que ya se habían ido.

Harper se echó hacia atrás.

—Fui muy estúpido por dejar que mis emociones me controlaran. Muy estúpido por atacarte como lo hice.

Miró alrededor y se puso de pie.

—No puedo hacer esto aquí.

—Harper —exclamé, pero ella ya había salido de la habitación. Fui tras ella. La seguí hasta nuestra recámara, al baño. Abrió la llave del lavabo y se lavó la cara con agua fría.

Le extendí una toalla y ella la tomó, se secó la cara y se recargó en el lavabo.

—No tomé tu apellido —admitió levantando despacio la mirada en busca de la mía.

—Sí. Eso fue horrible.

—Y no fue porque no te ame. —Apretaba la toalla en sus manos—. Ese es el problema con nosotros, Knox. Siempre te he amado.

Me acerqué a ella; alzó la mano para detenerme.

—Solo déjame decir esto, porque Dios sabe que mañana en la mañana voy a arrepentirme.

Me dolió, pero me alejé.

—Y sabía, incluso cuando nos apresuramos con la ceremonia, que yo estaba obteniendo todo lo que siempre quise, pero tú no. —Levantó el índice y cerré la boca—. Te casaste conmigo porque te viste reflejado en los niños y estabas dispuesto a hacer cualquier cosa, incluso encadenarte a mí, para mantenerlos a salvo. Pero todo eso fue temporal. Lo sabíamos.

Tensé la mandíbula, pero no dije una palabra.

—Siempre dijiste que no eras capaz de enamorarte. Y claro que sabía que tenías problemas. Todos los tenemos. No soy ingenua, Knox. Te conozco de toda la vida. —Cerró los ojos un segundo y presionó la toalla contra su mejilla—. Sabía que cuando conocieras a la mujer correcta, sin la que no pudieras vivir, encontrarías una manera de sanar y te enamorarías. —Una sonrisa cruzó su rostro—. Porque tienes mucho amor que dar. Y también sabía, por mucho que me doliera, que no era yo.

Arrugó la nariz y con ese gesto se llevó mi corazón.

—Harper...

—No. —Agitó la cabeza sin dejar de enjugarse las lágrimas de las mejillas—. Entonces, cuando iba a firmar el acta de matrimonio tenía dos opciones, aferrarme a ti y dejarme llevar por este sueño o pensar en lo que quedaría de mí una vez que, inevitablemente, tuviera que regresar a mi apellido Anders. Pensé en la mujer a la que algún día te gustaría darle todo: tu apellido, tu corazón, tu amor. ¡Habría sido muy injusto para ti que yo lo tomara cuando ya me habías dado tanto! —Se dibujó en su rosto una sonrisa enorme y genuina que hizo que mi cuerpo se estrujara—. Y luego tú me llamaste señora Daniels y me gustó tanto que no tuve el valor de decirte la verdad. Nunca pensé que estaríamos casados durante seis semanas, mucho menos durante cinco meses.

—Entiendo.

No me gustaba, pero la comprendía.

—Y en cuanto a lo de mi departamento...

—Ya lo sé —dije encogiéndome de hombros—. Ryker me explicó. Lamento haber sacado conclusiones tan rápido.

Asintió.

—Y yo lamento haber dejado que te casaras conmigo.

—Dios, no. Harper, no. —Me acerqué a ella y tomé su rostro entre mis manos—. Por favor, no lamentes eso. Yo no me arrepiento.

—Lo llevamos demasiado lejos. Yo lo llevé demasiado lejos. Tenías razón, cuando dijiste que ellos eran lo único que nos mantenía juntos.

—Fui un idiota —murmuré.

—Admítelo —me pidió—. Solo una vez, di la verdad. De no haber sido por los niños, jamás hubiéramos estado juntos. Nunca me hubieras besado...

—Te besé mucho antes de que los niños estuvieran en la ecuación.

Solo mirar sus labios ahora me hacían desear hundirme otra vez en ellos.

—Y mira cómo terminamos —murmuró—. En serio, no hay nada como besarte, Knox. Todo desaparece cuando tu boca está en la mía.

Lancé un gemido y pegué mi frente contra la suya.

—Parece apropiado estar aquí, ¿no crees? —Colocó sus manos en mi pecho y la toalla cayó al piso—. ¿Que me siguieras hasta el baño?

Alzó el rostro y rozó mis labios con los suyos.

—Estás borracha.

Sentí esa caricia en cada nervio de mi cuerpo.

—Prefiero usar el término «un poco bien servida».

—Eso significa que no podemos...

Se levantó de puntitas, pasó los dedos por mi cabello y me besó, deslizando la lengua por el borde de mis labios.

—Carajo.

La tomé por las caderas y la levanté para sentarla sobre el mueble del lavabo.

—Bésame, Knox. —Me dio una mordidita en el labio inferior—. Aunque sea la última vez.

—No es la última vez. ¿No escuchaste que te dije que te a...?

Presionó mi boca con la suya. Perdí el autocontrol y le devolví el beso. Hundí la lengua en su boca; sabía a tequila, a cítricos y a hogar. La más pequeña provocación de su parte bastaba para que mis buenas intenciones cayeran por la borda.

Nuestras bocas se mezclaron, el beso se hizo más apasionado y, por un momento, olvidé todo.

Olvidé que me había dejado.

Olvidé que necesitaba recuperarla.

Olvidé que estaba demasiado borracha como para decir que sí.

Se apartó para quitarse el suéter y volvió a mí. Harper había disparado mis endorfinas y tomé su boca una y otra vez. Abrazó mi cintura con sus piernas y meció las caderas contra mi cuerpo.

—Carajo, qué delicia.

—Te deseo —murmuró arrastrando las palabras.

Lo único que quería era desnudarla y usar mi cuerpo para recordarle lo que se sentía ser el uno para el otro, pero eso no iba a suceder. Esta noche no. Mi pene no tomaba las decisiones por mí, mucho menos cuando se trataba de Harper.

—Yo también te deseo —le juré, haciendo un enorme esfuerzo por levantar la cabeza—. Pero tú, amor mío, estás borracha.

—Digo que sí —insistió tomando mi camiseta en su puño.

—Dilo mañana por la mañana y haremos algo al respecto.

Ni loco haría algo de lo que se arrepintiera al día siguiente.

—Todo me da vueltas —agregó parpadeando rápido y dejó caer la cabeza sobre mi hombro.

Hice una mueca.

—¿Necesitas que te sostenga el cabello?

Hizo en gesto avergonzado y se enderezó.

—Deja de girar.

—Sí. Hora de dormir. —Sus talones seguían entrelazados alrededor de mi cintura; pasé una mano sobre su espalda y la otra debajo de su increíble trasero—. Sujétate.

Gimió y yo di media vuelta despacio para llevarla a nuestra cama.

La acosté justo donde pertenecía, luego le quité los zapatos y los calcetines.

—Siempre amé tu cama —murmuró quitándose los shorts antes de que yo pudiera detenerla.

—Yo la odio si tú no estás aquí.

Mierda, esas piernas largas y tersas me iban a matar. Desvié la mirada mientras ella se metía debajo de las cobijas.

Su brasier aterrizó en el piso.

Merecía que me canonizaran, porque, sin voltear a verla, me quité la camiseta y le dije:

—Siéntate.

Se enderezó con esfuerzo y le puse mi camiseta, ayudándola a pasar los brazos por las mangas. Así estaba mejor, bien cubierta.

Sacó una pierna de debajo de las cobijas y puso el pie en el suelo.

—Deberías regresar a la fiesta. Es tu gran noche.

Aparté el cabello de su cara.

—Créeme, Harper, no me gustaría estar en otra parte en este momento. No estuve aquí cuando me necesitaste y sé que volverá a ocurrir, pero esta noche estoy aquí.

—Estoy estúpidamente borracha, Knox. No me estoy muriendo, así que puedes bajar. Me siento mal de arruinar tu noche.

Cada palabra se arrastraba después de la anterior.

—La verdad es que regresarte a nuestra cama es lo mejor que me podía pasar esta noche, así que creo que estoy bastante bien.

Le sonreí, pero ella no me vio.

Estaba dormida.

CAPÍTULO 30

Harper

La mejor comida en el mundo para la cruda eran los *waffles* del Chatterbox, y frente a mí tenía una montaña de ellos con chispas de chocolate.

—¿En serio te le escapaste así? —preguntó Emerson, boquiabierta.

—Doblé su camiseta —dije como si eso mejorara las cosas—. Me porté como una completa idiota anoche, Em. Recuerdo que le conté todo y luego traté de acostarme con él.

Mi estómago dio un vuelco por la humillación o quizá era resultado de anoche. Me había bañado esta mañana tan pronto llegué a casa, pero aún podía sentir el tequila que salía por mis poros. Al parecer, seis copas de tequila después de cinco meses de abstinencia no fue una buena idea.

—¿Lo hiciste? —preguntó asombrada.

Asentí.

—Y él me rechazó. —Aún no decidía si eso había sido bueno o no—. Todo se vuelve un poco borroso cuando entramos al baño, pero eso lo recuerdo.

«Te amo».

Eso, sin embargo, estaba segura de haberlo imaginado en mi estado de intoxicación.

El mundo había empezado a dar vueltas y me metió en la cama.

—Em, creo que le arruiné la noche.

Emerson soltó una carcajada.

—No lo hiciste, créeme. Cuando te dormiste bajó y pasó un par de horas con nosotros antes de regresar contigo. Y estoy bastante segura de que, antes de que terminara la fiesta, otros miembros del equipo mayores de veintiún años estaban más borracho que tú. Nunca había visto tantas bebidas de tantos colores. Al parecer, Indie prepara cocteles asesinos.

—Tú no pareces cruda.

—Spencer y yo éramos los conductores designados. Knox mantuvo a todos hidratados mientras llevábamos a los borrachos a sus casas. —Sonrió—. Quizá fuiste tú la primera que cayó, pero sin duda no la última, Harper.

Eso me hizo sentir un poco mejor. Dios, cuánta luz había aquí. La mesera había sido superamable y nos sentó al fondo, junto a la pared, lejos de las ventanas, pero incluso la luz artificial me taladraba las sienes. Me merecía todo este tormento.

—No puedo creer que me le haya aventado de esa manera.

Devoré unos bocados del *waffle* y lancé un lamento por mi estupidez; me alegraba que la abuela estuviera en la barra y no pudiera oír lo idiota que me había portado.

—Es un buen tipo —dijo Em, partiendo sus hot cakes—. Sé cuántas ganas tenía de recuperarte anoche.

—¿Qué? —pregunté deteniendo el tenedor a medio camino hacia mi boca—. Digo... hablamos de algunas cosas—. Fruncí el ceño tratando de recordar con exactitud lo que habíamos dicho—. Pero pensé que lo que él quería era pasar la página.

Negué con la cabeza.

—Ey —dijo ladeando la cabeza—. Por lo que Bash me contó, los chicos hablaron del tema justo antes de la evaluación y Knox les dejó muy claro que lucharía por ti.

—Querrás decir lucharía conmigo.

—No, lo dije en serio. —Una sonrisa cruzó su rostro—. Los chicos chismean peor que nosotras, te lo juro. Además, anoche era un hombre con una misión y esa misión eras tú.

Mastiqué despacio.

Emerson abrió los ojos, sorprendida, al ver sobre mi hombro.

—Y creo que esa misión sigue en pie —agregó.

—¿De qué estás hablan...? —Me interrumpí al voltear y ver a Knox avanzar por la cafetería a zancadas, con la camiseta de la brigada doblada en la mano—. Ah, parece molesto.

—Creo que esa descripción es bastante acertada. —Le lanzó una sonrisa a Knox cuando llegó a nuestra mesa y él me fulminó con la mirada—. ¿Te gustaría desayunar?

Tragué saliva. La intensidad en sus ojos me robó el aliento.

—Basta —dijo, como si lo hubiéramos ofendido.

—¿Basta de qué? —pregunté dejando el tenedor sobre mi plato.

—Basta de todo esto —respondió agitando la mano entre él y yo.

—No te entiendo.

Demonios, ¿me iba a cortar en público? Nunca fue del tipo que hablara de sus emociones más tiernas en público, pero ¿su rabia? De eso tenía antecedentes.

—Basta de esta tontería, de que huyas de mí.

La gente nos miraba. Me sonrojé.

—No hui de ti esta mañana —expliqué en un murmullo, esperando que entendiera que la implosión de nuestra relación no era un deporte para espectadores.

—Me parece que, si despierto en una cama vacía, con una camiseta doblada sobre tu almohada, puedo considerar que saliste huyendo.

Levantó la camiseta de la que hablaba como si necesitara presentar la evidencia en esta audiencia pública.

—¿Hubieras preferido que me robara tu camiseta? —pregunté alzando una ceja.

—¡Sí! —gritó.

Todas las cabezas giraron en nuestra dirección.

«Trágame, tierra».

—Es tu camiseta de la brigada de élite —afirmé lo obvio, esperando que entendiera.

—¿Y? —Levantó la camiseta ofensiva—. Te la puse anoche.

—Y conoces las reglas en este pueblo —dije entre dientes, removiéndome en mi asiento—. Solo los miembros de la brigada de...

—Y la gente que le pertenece a los miembros —interrumpió— también la usan.

—Exacto.

Las mejillas me ardían y supe que, si me hubiera mirado en el espejo, tendrían el color de un tomate cherry.

—Okey, ¿cómo puedo dejártelo más claro? —Se inclinó hacia mí—. Hagamos una demostración visual. Brazos arriba.

Me quedé boquiabierta.

—Brazos arriba —repitió.

La intensidad de su mirada me hizo alzar los brazos.

En la cafetería, se escucharon rumores.

Pasó la camiseta por mi cabeza y la estiró sobre la blusa que llevaba; se tomó el tiempo para sacar con cuidado mi cabello del cuello.

—Eso. ¿Ya entendiste?

Bajé despacio los brazos, en silencio.

—Harper, estoy enamorado de ti —confesó con la mandíbula tensa.

—¿En serio dijiste eso anoche?

Asintió con brusquedad.

—Bueno, no pareces muy contento al respecto —murmuré.

Rio, incrédulo.

—Estaba muy feliz al respecto hasta que desperté y vi que ya no estabas. Pero entiendo. Si necesitas que te persiga, entonces aquí estoy. —Extendió los brazos a ambos lados—. Si necesitas asegurarte de que no estaba contigo porque fueras conveniente o por los niños o por cualquier otra excusa que te hayas inventado cuando te saliste de mi cama esta mañana, aquí estoy.

Giró en un círculo como si la cafetería fuera un cuadrilátero y él contendiera por el cinturón del campeonato.

—¿Qué estás haciendo?

Estaba segura de que Amy Donahue había sacado su teléfono.

Se inclinó sobre mí y puso la palma de su mano en mi mejilla, lo que bloqueó a los demás de mi vista; solo estábamos él y yo.

—Estoy peleando por ti. Entiendo que es algo nuevo, así que quizá no lo reconozcas, pero eso es lo que estoy haciendo. Anoche fuiste tú quien habló, ahora me toca a mí.

Entreabrí los labios y mi corazón salió a todo galope.

—No soy perfecto. Cometo errores y, cuando se ha tratado de nosotros, he cometido bastantes. Pero tú me has visto en mis mejores y peores momentos y, de alguna manera, no has dejado de amarme.

Contuve el aliento porque era cierto. No había nada que Knox pudiera hacer para impedir que mi tonto corazoncito siguiera amándolo.

—Lo sigues haciendo —continuó—. Me amas desde que éramos niños y eso no desaparecerá por un pleito que tuvimos un día que, con toda probabilidad, fue el peor de nuestras vidas. Me sigues amando pese a que desquitamos nuestro enojo el uno con el otro en lugar de resolverlo juntos. Nunca has negado nuestra historia, aunque yo he tratado de evitarla durante años. No renunciaremos a algo así porque vale la pena lo que tenemos. —Se inclinó hasta que nuestros ojos quedaron al mismo nivel—. Así que luchemos.

—Knox...

—Cometí un error cuando dije que solo estábamos juntos por los niños, lo dije porque estaba furioso y para dejarte libre. Los chicos nunca fueron la razón por la que estuvimos juntos. Fueron la excusa que necesitábamos porque yo tenía mucho miedo de perderte como para siquiera intentar tenerte.

»Cometí un error cuando me largué después de ese pleito, porque te di la oportunidad de dudar de esto, de nosotros. Te di la oportunidad de huir y, carajo, la aprovechaste.

Sus palabras me hicieron estremecer, pero su tacto era suave.

—Cometí un error al no ir tras de ti esa noche, al no hacerte regresar a casa para que pudiéramos discutirlo.

»Pero el peor error de mi vida fue no decirle a Ryker que se metiera su lista por el culo la noche que te besé por primera vez.

En ese momento, supe que tú eras la única mujer para mí, la única a la que siempre amaría. Y sí, Harper, dije «amor». Quizá no sabía lo que era entonces y ahora te confío esas palabras como tú me confiaste las tuyas.

Me mordí el labio inferior para evitar que temblara.

—No puedo prometerte que siempre estaré a tu lado cuando me necesites. —Su voz se hizo un murmullo—. Pero te prometo que, esté donde esté, seré tuyo.

Antes de que pudiera responder, se irguió, sacó una navaja de su bolsillo y giró hacia la pared.

Emerson miró asombrada los movimientos rápidos y eficientes de su mano.

Yo no podía pensar, no podía respirar. Solo era capaz de mirarlo mientras mi corazón latía desbocado, a un ritmo que siempre le había pertenecido a él.

Cuando se apartó, su grabado apareció en el centro de la pared para que todos lo vieran: «Knox ama a Harper».

Mi visión se nubló al verlo arrodillado frente a mí. Sacó el anillo de la abuela, mi anillo, del bolsillo del pantalón.

—Knox —murmuré.

—La última vez que puse este anillo en tu dedo fue porque tenía miedo. Miedo de perder a esos niños. Miedo de que los separaran. Miedo de que salieras de mi casa y nunca miraras atrás si yo no tenía una razón para mantenerte ahí. —Levantó el anillo hacia mi mano izquierda y lo puso en la primera falange de mi anular—. Pero ya no tengo miedo. Ya nos pasó lo peor y seguimos en pie. Tú y yo hemos vivido todo. El pueblo entero se incendió a nuestro alrededor y lo reconstruimos, volvimos más fuertes. Tú y yo siempre lo haremos. Esta vez quiero ponerte este anillo porque estoy seguro de que no hay nadie más en el mundo que pueda amarte como yo te amo. Estoy listo para pasar el resto de mi vida demostrándotelo. Lucha conmigo, Harper. Cásate conmigo. —Su sonrisa me desarmó—. De nuevo. Hagámoslo por las razones correctas.

En su mirada no había dudas ni nervios. Los dedos no le temblaban.

Este hombre sabía exactamente lo que quería: a mí.

Me incliné hacia adelante y lo besé, vertiendo todo lo que sentía en ese beso, mientras todas las personas en la cafetería nos ovacionaban.

—¿Esto es un sí? —preguntó contra mi boca.

—Es un sí, Knoxville.

Diablos, un sí con todo mi corazón. Un sí a luchar y trabajar junto a él, un sí al amor y a sobrellevar las pérdidas juntos.

Sonrió y deslizó el anillo hasta el fondo.

EPÍLOGO

Harper

Cuatro años después

—Feliz cumpleaños a ti.

Cantamos la última estrofa, apretujados alrededor de la mesa de pícnic del parque.

—¡Pide un deseo! —exclamó Liam, emocionado.

James se hizo hacia adelante y sopló las cinco velas.

Todos aplaudimos y él retrocedió, sonriendo ante los halagos. Nolan empezó a sacar las velas que todavía humeaban mientras una docena de niños de kínder pedían pastel a gritos.

—Es difícil creer que el próximo mes empieza la primaria —dijo Knox abrazándome por la espalda y descansando la cabeza en mi hombro.

—¿Verdad? —respondí recargándome en él—. Siento que apenas la semana pasada llegó a su primera clase de preescolar.

Knox soltó una risita.

—Yo sigo sintiendo que, si me descuido, me va a vomitar sobre la espalda.

—Ya no hace eso —dije poniendo los ojos en blanco.

—Gracias a Dios. No va a conseguir muchas chicas con ese hábito. —Señaló a Liam, quien repartía una rebanada de pastel—. Ese va a ser un rompecorazones. Ya entendió que la manera de llegar al corazón de una mujer es con productos horneados.

Cambié mi peso de uno a otro de mis pies hinchados. Knox bajó las manos por mi cintura hasta mi vientre.

—¿Por qué no subes las piernas un minuto?

Lo miré arqueando una ceja.

—Subir las piernas un minuto hace siete meses es la razón por la que ahora estoy así.

No había sido intencional, Ivy tenía apenas un año de edad.

Miré hacia el pino más cercano y sonreí al ver a Ryker cargando a su sobrina bajo la sombra.

—No es mi culpa que te encuentre irresistible. —Knox me besó el cuello, se inclinó y me levantó en brazos como si no pesara nada—. Y seamos francos, nunca dije que tenías que subir las piernas. Según lo recuerdo, hice que te inclinaras...

—¡Knoxville! —exclamé poniendo una mano en su boca para callarlo.

Sonrió y me mordió los dedos con suavidad.

Me cargó hasta la siguiente mesa y me sentó en la banca; se sentó y subió mis piernas sobre su regazo. Luego, me sobó el arco de un pie entre mis sandalias y lancé un gemido de puro placer.

Lo miré para empaparme de él; sabía que tenerlo a mi lado, aunque fuera una semana en esta época del año, era algo que debía disfrutar. Aprovechábamos cada momento que teníamos juntos; sin importar cuántas veces lo llamaran, yo siempre lo esperaba en casa con los brazos abiertos.

—Oye, Knox, ¿quieres jugar a la pelota? —preguntó Liam al acercarse a nosotros con una pelota de espuma en la mano. Su gorra nueva de la Brigada de Élite de Legacy ya estaba sucia y rota en algunas partes. Eso me hizo reír. Ese niño acababa con las gorras como nadie.

Knox me miró y yo asentí.

—Vayan a divertirse.

Se movió con cuidado para quitarse mis pies de encima.

—¿Esa también va a ser una niña? —me preguntó Liam mirando mi vientre.

—Sí, es una niña —respondí.

—¿Tú querías un niño? —le preguntó a Knox con el ceño fruncido.

—Yo quería cualquier cosa que fuera —respondió Knox haciendo girar la visera de la gorra de Liam sobre su cabeza—. Además, no puedo pensar en nada mejor que estar todo el tiempo rodeado de chicas bonitas.

Liam consideró sus palabras un momento y luego se inclinó hasta quedar a unos centímetros de mi ombligo.

—Hola, pequeñita. Soy Liam. Tus padres son geniales, así que no te estreses.

Knox se rio y yo no pude evitar sonreír al verlos alejarse y empezar a lanzarse la pelota. Era casi demasiado pintoresco; los niños corrían con las caras manchadas de glaseado, lo que lo hacía aún más perfecto.

Memoricé todo de este momento para poder recordarlo alguna noche en que Knox no estuviera en casa, cuando los días difíciles superaban en número a los buenos.

Knox sacó el teléfono de su bolsillo y respondió, sujetándolo entre la mejilla y el hombro mientras le lanzaba la pelota a Liam. Sentí una presión en el pecho. ¿Otro llamado? Volteé a ver a Ryker de inmediato, pero él seguía recargado contra el árbol con Ivy dormida sobre su pecho.

Knox levantó el índice en dirección de Liam, luego caminó hacia mí con el teléfono aún al oído.

—¿Un incendio? —pregunté.

Negó con la cabeza, puso el teléfono sobre la mesa y presionó el altoparlante.

—Adelante, Elliot. Harper está aquí.

Ah, era ese tipo de llamada.

—Hola, Harper.

—Hola, Elliot. ¿Necesitas ayuda?

Bajé los pies y me senté erguida mientras Knox se sentaba a mi lado, a horcajadas sobre la banca.

—Tengo a dos hermanos. Un niño de siete y una niña de tres. Estamos buscando un cuidado de relevo, no a largo plazo, pero sabré más el lunes cuando vayamos al tribunal.

Knox y yo nos miramos. Cuando los Pendridge se retiraron oficialmente hace cuatro años como los únicos padres de acogida del pueblo, Knox y yo tomamos su lugar. Incluidos Liam y James, doce chiquillos habían pasado por nuestra puerta en los últimos cinco años, aunque ninguno se había quedado tanto como los chicos.

—¿Es como la última vez que el cuidado de relevo duró tres meses? —preguntó Knox bromeando—. ¿O más bien como la vez anterior, que fue una semana?

—La verdad es que no lo sabré hasta el lunes —respondió.

—Danos un segundo —le pedí.

Knox apretó el botón de silencio.

—¿Te sientes capaz? —me preguntó preocupado—. No puedo garantizar que estaré aquí el lunes y tú estás... —Hizo un gesto hacia nuestra nueva hija.

—Embarazada, Knox, no desahuciada. —Puse los ojos en blanco.

—Cierto. Solo quería estar seguro. —Quitó el silencio del teléfono—. Los aceptamos.

—Imaginé que lo harían. Gracias. Se los llevaré en un par de horas.

—Suena bien. —Knox colgó y me besó con suavidad—. ¿Aquí vamos de nuevo?

Su beso me hizo sonreír.

—Aquí vamos de nuevo.

Agradecimientos

En primer lugar, quiero agradecer a Dios por bendecirme más allá de lo que jamás soñé. Gracias a mi esposo, Jason, por su amor y su apoyo infinito, y por las entregas de nachos con queso directo a mi escritorio. Gracias a mis hijos, quienes me enseñan cada día lo que es el amor incondicional. A nuestra hija menor, Audrey-Grace, quien me enseñó lo que se necesita para ser una madre de acogida y por la alegría desenfrenada que traes a nuestro hogar siendo una chica Yarros. A mi hijo, Aidan, por inspirarme todos los días con tu devoción absoluta hacia tu hermana menor, tanto los años en que la acogimos como cada día después de eso. A mi mejor amiga, Emily, quien jamás se inmutó cuando me tardaba tres días en responder un mensaje cuando se acercaban mis fechas de entrega. A nuestra trabajadora social, Kristy, quien peleó para que nuestra hija se quedara con nosotros de manera permanente.

Gracias a mi editora, Karen Grove, por siempre entender el extraño funcionamiento de mi cerebro. A Jenn Wood, por dejar todo para revisar y corregir, y a RBA Designs por su portada fenomenal. A mi increíble agente, Louise Fury, quien tiene una manera maravillosa de hacer realidad mis sueños.

Gracias a esas amigas que constituyen nuestra profana trinidad, Gina Maxwell y Cindi Madsen, quienes siempre responden al teléfono. A Shelby y Cassie, por incitar a mi cerebro de unicornio. Gracias a Linda Russell, por cazar las ardillas, por traerme siempre pasadores para el pelo y mantenerme entera los días en que estoy a punto de venirme abajo. A cada bloguero y lector que me ha dado una oportunidad a lo largo de los años. A mi grupo de lectoras, las Flygirls, por ofrecerme un espacio seguro en Internet.

Por último, puesto que eres mi principio y mi final, agradezco de nuevo a mi Jason. Hay un poco de ti en el novio de cada libro.